비트 더 리퍼

어느 의사의 고백, 나는 킬러 였다!

비트 더 리퍼

조시 베이젤 | 장용준 옮김

황금가지

BEAT THE REAPER

by Josh Bazell

| 목차 |

의사 스탠리 탄츠(1911-1996)를 추모하며

한 사람에게 모욕을 주는 것이 그 사람을 죽이는 것과 마찬가지라는
니체의 말이 옳다면, 자서전을 쓰려는 그 어떤 진솔한 시도도
자기파멸의 행위가 될 것이다.

— 까뮈

1

　출근길, 눈 위에서 비둘기 한 마리가 쥐를 공격하는 게 보여 나는 발길을 멈춘다. 그러자 어떤 얼간이 같은 자식이 나를 습격해 온다. 당연히 총을 지닌 녀석이며, 내 뒤로 다가와 뒷덜미에 총구를 들이민다. 살에 닿은 느낌은 차갑지만 어쩐지 지압을 받는 듯 나쁘지 않다. 그가 말한다.

　"의사양반, 가만히 계시지."

　의사양반? 그러면 그렇지. 새벽 5시라 해도 너 같은 얼치기 강도에게 당할 내가 아니다. 난 이스터 섬에 있는 부두노동자 석상처럼 생겼다. 그러나 이 얼간이는 나의 오버코트 아래 파란 수술복과 바람이 통하는 클로그 슬리퍼를 보고는 내가 약물과 돈을 지니고 있으리라 추측한 것이다. 게다가 내가 습격을 받아도 순순히 저항하지 않으리라는 무슨 다짐이라도 한 줄 아나보다.

내가 지금 가지고 있는 돈과 약물은 나도 겨우 하루를 버티기에도 부족한 양이다. 게다가 내가 실제로 무슨 다짐을 한다 해도 이 녀석을 처음부터 다짜고짜 작살부터 내지는 말아야지 하는 정도이다. 그리고 그마저도 한계를 넘긴 것 같다.

"좋아."

나는 두 손을 들어 올리면서 말한다. 눈 위에 있던 비둘기와 쥐는 도망가 버린다. 겁쟁이 같은 것들.

몸을 돌리자 뒤통수에 붙어 있던 총이 떨어진다. 동시에 나는 놈의 팔 위로 손을 들어올린다. 그러고는 팔꿈치를 감싸 위로 틀어 올린다. 그러자 그의 인대가 샴페인 코르크처럼 탁탁 소리를 낸다.

자, 잠깐 짬을 내어 팔뚝의 구조를 감상해 보고 넘어가자.

팔뚝의 두 개의 뼈 척골(尺骨)과 요골(橈骨)은 제각각 움직이기도 하고 돌기도 한다. 손바닥을 위로 하고 손을 돌려보면 그 사실을 알 수 있다. 그렇게 하면 척골과 요골이 평행을 이루고, 손바닥을 아래로 하면 두 뼈가 X 자를 이루며 꼬인다.* 그러므로 그 뼈들은 팔꿈치에서 복잡한 고정 장치가 필요하고 인대들은 감기고 풀리는 리본을 이루며 여러 뼈의 끝부분을 감싸서 마치 테니스

---

* 그러한 현상은 똑같은 배열이 퇴화되어 남아 있는 하지에서 비교가능하다. 그것은 하지의 두 뼈 경골(脛骨)과 비골(腓骨)로서, 같은 배열로 맞물려 있다. 바깥쪽 뼈인 비골은 무게를 지탱하지 못한다. 사실상 이식조직이나 뭐 그 따위 것으로 쓰려고 비골을 떼어내도, 발목이나 무릎을 망가뜨리지만 않는 한 환자가 걷는 데는 아무 지장이 없다.

라켓 핸들에 감긴 테이프 같은 모양을 이룬다. 이 인대들을 끊어 놓는 것은 참으로 안타까운 일이 아닐 수 없다.

그러나 이 녀석과 나는 지금 더 심각한 문제에 직면해 있다. 나는 오른손으로 놈의 팔꿈치를 작살내면서, 내 오른쪽 귀 옆으로 왼손을 힘겹게 들어 올려 아슬아슬하게 그의 목덜미를 낚아챈다.

여기서 제대로 가격을 하면 들숨을 쉴 때 기관(氣管)을 열게 해주는 연약한 연골 고리들을 바숴놓을 수 있다. 그렇게 되면 녀석이 숨을 쉬려고 할 때, 기관이 마치 항문처럼 꽉 닫혀버릴 것이다. 그러면 6분 후엔 저승길을 떠나게 된다. 나의 프로펄새틸 펜('프로펄새틸'은 작품에 소개된 가상의 '발기부전 치료제'이고 '프로펄새틸 펜'이라는 것은 발기부전 치료제 제약회사에서 홍보용으로 만든 펜으로 접혀진 부분이나 장치의 내부에 있던 부분이 누르면 남자의 성기가 발기하듯 커지는 펜을 일컫는다 ─ 옮긴이)이 망가지는 걸 감수하고서라도 기관을 열기 위해 노력하더라도 헛수고일 것이다.

때문에 나는 스스로에게 빌고 애원하며 내 손이 더 위로 올라가도록 애쓴다. 턱, 혹은 입을 겨눌 수 있는 위치(입을 가격하면 지저분해질 것이다.)를 지나 코를 겨눌 수 있는 위치까지 손을 올린다.

덕분에 놈의 코는 젖은 찰흙처럼 함몰한다. 안에 잔가지가 들어 있는 젖은 찰흙 말이다. 놈은 의식을 잃고 그대로 길바닥에 쓰러진다.

나는 내 상태가 평온한지 확실히 점검한다. 평온하다. 그저 잠깐 짜증이 났을 뿐이다. 그러고는 그의 옆에 털썩 무릎을 꿇고 앉는다. 다른 모든 일에도 마찬가지겠지만 이런 일에는 계획을 짜고

평정심을 유지하는 것이 속도보다도 훨씬 긴요한 일이다.

그렇다고 이 상황에서 아주 많은 계획과 평정심이 요구된다는 말은 아니다. 나는 놈을 옆으로 뉘여 숨이 막히지 않게 한 후, 부러지지 않은 팔을 머리 아래로 넣어 얼어붙은 보도에 얼굴이 닿지 않도록 한다. 그런 다음 여전히 숨을 쉬고 있는지 확인한다. 사실상 그는 삶의 환희라도 맛보는 듯 거품을 문 채 숨을 쉬고 있다. 또한 팔목과 발목의 맥은 양호하다.

그리하여 나는 이러한 상황에서 보통 그렇게 하듯 '위대한 자'인 마모셋 교수에게 내가 이제 자리를 떠도 좋은지 물어보는 상상을 한다.

그러면 마모셋 교수는 언제나처럼 "안 돼. 그자가 너의 형제라면 어떻게 하겠느냐?"라고 답하는 것이 머릿속에 그려진다.

나는 한숨을 내쉰다. 나는 형제가 없다. 그러나 그게 무엇을 의미하는지 알고 있다.

나는 사내의 작살난 팔꿈치 밑으로 무릎을 밀어 넣고 힘줄이 견딜 수 있을 만큼 넓게 뼈들을 당긴 후, 다시 천천히 제 자리를 잡게 놔둔다. 그러자 사내는 무의식 상태에서도 고통에 겨워 신음을 내뱉는다. 하지만 그러거나 말거나 응급실에서도 다들 그렇게 한다. 단, 응급실에 실려 간 시점이라면 의식이 돌아와 있겠지만 말이다.

사내의 몸을 뒤져 휴대전화를 찾는다. 물론, 그런 행운은 없다. 그렇다고 내 휴대전화를 사용하고 싶지도 않다. 내게 형제가 있었다면 이런 일로 경찰에게 들볶이기를 원하지 않았으리라.

결국 녀석을 들어 올려 어깨에 들쳐 멘다. 가벼웠으나 오줌에 전 수건처럼 고약한 냄새가 난다.

그리고 일어나기 전에 녀석의 권총을 집어 든다.

놈의 권총은 참으로 가관이다. 두 개의 압축 판금(板金)과 살짝 중심을 벗어난 탄창. 심지어 손잡이도 없다. 육상 경기 대회에서 출발 신호를 알리는 총으로 쓰였던 것처럼 보인다. 미국에 3억 5000만 대의 권총이 있다는 사실이 떠오르며 기분이 좋아진다. 그런 다음 나는 밝게 빛나는 놋쇠로 된 총알 끄트머리를 보고 이렇게 같잖은 물건으로 사람을 죽일 수 있다는 사실에 새삼 놀라움을 금치 못한다.

이 권총을 버려야만 한다. 총신을 구부러뜨리고 배수로에 던져 버려야 한다.

하지만 난 수술복 바지 뒷주머니에 권총을 밀어 넣는다. 오래된 습관은 잘 떨쳐지지 않는다.

의국(병원에서 의사들이 대기하는 방 — 옮긴이)으로 올라가는 엘리베이터 안에 검은 파티 드레스를 입고 여행 가방을 든 자그만 체구의 제약회사 영업사원 금발 여자가 서 있다. 여자의 가슴은 밋밋하지만, 허리는 잘록 들어가고 엉덩이가 위로 치켜져 마치 날씬하고 섹시한 강낭콩 같은 모양을 하고 있다. 살을 좀 심하게 태웠다. 나이는 스물여섯이다.* 코의 생김새가 성형을 한 것 같지

---

* 의사들은 항상 사람들의 나이를 잘 맞힌다. 우리는 그러한 점을 이용해 사람들이 우리에게 거짓말을 하는지 아닌지 파악할 수 있다. 거기에는 여러 가지 공식이 있는데, 예를 들어 목의 주름과 손등의 정맥과 비교해 보는 것도 포함된다. 그러나 실상 그러한 공식들이 꼭 필요한 것은 아니다. 하루에 30명의 사람들을 만나면서 몇 살이냐고 묻다보면 누구든 나이 맞히는데 고수가 될 수 있다.

15

만 사실은 자연 그대로의 코다. 주근깨가 장난 아니다. 치아는 병원의 그 어떤 물건보다도 더 희게 빛난다.

"안녕하세요. 저 아세요?"

말투로 보아 오클라호마 출신 같다.

"뭐, 아직은 아니죠."

나는 그렇게 말하며 이런 생각을 한다. '왜냐하면 아가씨가 영업 일에 초짜이기 때문이지. 아니면 이렇게 고생하고 있겠어?'

"오더리신가요?"

"내과 인턴입니다."

인턴은 의대를 마친 1년차 레지던트로 보통은 나보다 여섯 살이 어리다. 나는 오더리(남자 간호사 — 옮긴이)가 무엇인지 모른다. 그건 정신이상자 수용소에서 일을 하는 사람 느낌이 난다. 아직도 정신이상자 수용소가 있는진 모르겠다.

"우와, 의사 치고는 너무 귀여우신데요."

내가 겪어본 여자들이 그 말에 대부분 그런 의미를 품고 있긴 했지만 '귀엽다'란 말이 난폭하고 멍청해 보인다는 의미라면 여자의 말이 맞다. 나의 수술복 셔츠는 몸에 꽉 끼어서 어깨에 있는 문신이 보일 정도였으니.

왼쪽 어깨엔 머큐리 신의 뱀 지팡이 문신, 오른쪽엔 다윗의 별.*

"오클라호마 출신이에요?" 내가 여자에게 묻는다.

---

* 나의 왼쪽 어깨에 있는 문신은 두 마리의 뱀이 휘감고 있는 날개가 달린 지팡이로 실제 헤르메스의 상징, 따라서 상업의 상징이란다. 아스클레피오스의 상징이며 따라서 의술의 상징이 되는 것은 뱀 한 마리가 휘감고 있으나 날개는 없는 지팡이다. 누가 알았겠는가?

"음, 맞아요."

"스물두 살?"

"그러면 좋겠지만, 스물넷이에요."

"에이, 왜 이러시나? 사실 두 살 더 뺏죠?"

"어머. 그래, 맞아요. 그런 얘긴 그만둬요. 재미없어요."

"난 재밌는데. 이름이 뭐예요?"

"스테이이이시."

여자는 팔을 등 뒤에 대고 내게 가까이 다가오며 말한다.

여기서 꼭 짚고 넘어갈 것이 있다. 의사들의 만성적인 수면부족은 술에 취한 상태와 아주 흡사한데, 그 때문에 병원이 마치 끝도 없이 이어지는 성대한 직장 내 크리스마스 파티와 같은 느낌이 든다는 것이다. 단 크리스마스 파티에서는 옆에 서 있는 어떤 얼간이가 '전기칼'이라는 것으로 당신의 췌장을 저미는 일은 없다는 것뿐이다.

또한 미국에서는 의사 일곱 명 당 한 명꼴로 있는 제약사 영업사원이 애교로 돈을 번다는 사실도 언급해야 하겠다. 심지어는 잠자리를 해주기도 한다. 그 점에 대해서는 확실히 장담할 순 없지만 말이다.

"어떤 회사에서 일해요?"

내가 묻자 여자가 답한다.

"마틴-화이팅 알도메드 사(社)요."

"목스페인 있어요?"

목스페인은 미시간에서 출발해 이라크를 폭격하러 갔다가 쉬지도 못하고 곧장 돌아와야 하는 폭격기 조종사들에게 주는 약이다. 그 약을 한입에 털어 넣으면 피곤도 모르는 기계처럼 쉬지 않고 몸을 쓸 수 있다.

"음, 있어요. 그런데 그거 주면 나한테 뭘 주시겠어요?"

"뭘 원해요?"

여자는 바로 내 곁에서 나를 올려다보고 있다.

"내가 뭘 원하느냐고요? 그 생각을 하다 보면 나 울지도 몰라요. 내가 우는 걸 보고 싶진 않겠죠."

"일하러 가는 거 보단 낫겠죠."

그녀는 장난스럽게 나를 한 대 때리더니 나 보란 듯이 상체를 수그리며 가방을 연다. 음, 속옷은 입지 않았겠지. 속옷 입고 이런 작업을 거는 건 나로서는 본 적이 없다.

"음. 어쨌든, 내가 원하는 건 '경력' 같은 거라고나 할까. 아니면 세 명이나 되는 룸메이트와 함께 지내지 않아도 되는 거. 아니면 내가 고향 오클라호마를 떠나지 말고 그곳에 그냥 눌러 살았어야 한다고 생각하는 부모가 없는 거. 뭐, 그런 건데 당신이 날 도와줄 수 있을지 모르겠네요."

여자는 목스페인 샘플 한 통과 18달러짜리 마틴-화이팅 알도 메드 사의 고무글러브를 꺼내고는 말한다.

"제가 잠깐 우리 신제품 글러브를 보여줄게요."

"그거 사용해 봤어요."

"그럼 이걸 입에다 대고 키스해 본 적 있어요?"

"아뇨."

"나도 안 해봤어요. 그런데 해보고 싶어 죽겠어요."

여자는 엉덩이로 엘리베이터 '멈춤' 버튼을 누르곤 "어머나."를 내뱉는다.

그녀는 글러브 소매 끝동을 입으로 뜯어 펼치고, 그 모습에 나는 웃는다. 이 여자가 내가 좋아서 들이대는 건지 약 팔려고 그러는 건지, 아니면 꿈인지 생신지조차 헛갈리는 이 느낌은 뭐지?

나는 이 느낌이 좋다.

"병실 완전 생지옥이야."

인턴 아크펠이 내가 교대해 주러 가자 그렇게 말한다. 인턴들에게 '병실 완전 생지옥이야.'라는 말은 일반인들의 '안녕하세요.'라는 말과 같다.

아크펠은 이집트 출신 'J 카드'이다. J 카드란 외국 의대 졸업생들로, 지도 교수의 눈 밖에 나면 비자가 취소되는 신세를 말한다. 그들을 칭하는 또 다른 말로는 '노예'가 적당하겠다.

그는 내게 현재 환자 명단을 건네주고(그도 하나 가지고 있지만 그의 것은 여기저기 끼적거렸고 심하게 구겨져 있다.) 설명을 한다. 어쩌고저쩌고 남관 809호실. 어쩌고저쩌고 결장절개술 감염. 어쩌고저쩌고 37세 여자 화학요법 어쩌고저쩌고 정기 스케줄 잡았음. 어쩌고저쩌고 씨부렁씨부렁. 다 따라잡는 건 불가능하다. 설령 원한다 하더라도 말이다.

대신 나는 간호사실 데스크에 등을 기댄다. 그랬더니 아직도 내 수술복 바지 주머니에 들어 있는 권총이 느껴진다.*

---

* 수술복은 뒤집어 입을 수 있으며 안쪽 바깥쪽에 모두 주머니가 달려 있다. 그것은 마취 등이 필요한 경우를 대비한 것인데, 보통은 너무 피곤해서 똑바로 입을 수가 없다.

권총을 어딘가에 숨겨놓아야 한다. 하지만 라커룸은 4층이나 떨어져 있다. 어쩌면 간호사실 안에 있는 책 꾸러미 뒤에 숨겨놓아야 할지 모른다. 아니면 대기실 침대 밑에 넣어도 된다. 나중에 내가 어디다 두었는지 기억해 낼 수만 있다면 어디에 두든 상관없다.

아크팰이 마침내 말을 멈춘다.

"알아들었어?"

그의 질문에 나는 이렇게 답한다.

"어. 집에 가서 잠이나 좀 자."

"고마워."

아크팰은 집에도 가지 않을 것이며 잠도 자지 않을 것이다. 그는 적어도 다음 네 시간 동안 우리 지도교수 노르덴스커크 박사에게 제출할 보험 서류 작업을 할 것이다.

'집에 가서 잠이나 좀 자.'는 인턴들에게 '잘 가.'라는 인사인 것이다.

아침 5시 30분에 회진을 돌다보면 보통 어떤 환자들은 '염병, 당신네들이 네 시간마다 돌아다니면서 어떠냐고 묻는답시고 깨우지만 않는다면 멀쩡하단 말이오.'라고 답하는 사람이 꼭 있기 마련이다. 나머지 사람들은 그러한 사실을 조용히 혼자 속에 담고서는, 그 대신 누군가 자신의 mp3 플레이어를 훔쳐갔네, 약을 훔쳐갔네, 아니면 이것저것을 훔쳐갔네 하며 불평을 늘어놓는다. 어떤 식이든 의사로서는 각별히 '의원병'(의사가 유발하는 병)이나 '병원 감염'(병원에서 유발하는 병)의 징후가 있나 예의주시하며 환자를 대강 훑어본다. 그 두 가지를 합한 것이 미국에서 사망 원인 8위를 차지하니 말이다. 그런 다음 자리를 뜬다.

이른 아침에 환자들 회진을 돌다보면 이따금씩은 아무도 불평을 늘어놓지 않는 때도 있다.

그런데 그것은 결코 좋은 조짐이 아니다.

다섯 번짼가 여섯 번째 들어간 병실은 듀크 모스비의 병실로 내가 현재 가장 덜 미워하는 환자다. 그는 당뇨 합병증으로 입원한 90세의 흑인 남성으로 두 발에 다 괴저가 생겼다. 2차 대전 때 특수부대에서 복무했던 열 명의 미국 흑인 중 하나였는데, 1944년 콜디츠 포로수용소에서 도망 나왔다 한다. 2주 전에는 맨해튼 가톨릭 병원의 바로 이 방에서 도망을 쳤다. 1월에 속옷 바람으로 말이다. 괴저는 그리하여 생긴 것이다. 당뇨는 말하자면, 신발을 신는다 하더라도 혈액 순환을 망쳐놓는 병이다. 감사하게도 당시엔 아크펠이 근무 중이었다.

"별 일이라도 있소, 의사양반?"

그가 내게 말을 건다.

"별 일 없어요, 선생님."

"선생님이라고 부르지 마요. 나는 직접 내 밥벌이를 하며 살고 있소." 그는 항상 이렇게 말한다. 그건 일종의 군대식 농담으로, 자신이 장교가 아니었다는 둥 그런 말과 같은 맥락이다. "그냥 새로운 소식 있으면 이야기나 해주쇼, 의사양반."

자신의 건강 상태에 대한 답을 원하는 게 아니다. 애초에 자신의 건강 상태가 관심사가 된 적도 거의 없다. 그래서 나는 정부에 관한 소식이라며 이러쿵저러쿵 말을 지어낸다. 그게 사실인지 아닌지 그가 어디서 알아내겠는가?

나는 냄새나는 그의 발을 붕대로 감으며 말한다.

"또 오늘 아침 출근길에 쥐하고 비둘기가 싸우는 걸 봤어요."

"그래요? 누가 이겼는데?"

"쥐요. 상대도 안 되더라고요."

"쥐가 비둘기를 잡을 만도 하지."

"이상한 건, 그래도 비둘기가 계속 덤비더라고요. 깃털을 한껏 세운 채 피범벅이 되어서는 말이에요. 비둘기가 공격할 때마다 쥐가 비둘기를 그저 한 번 물고 패대기쳐버리던데요. 나야 뭐 포유류이겨라 했지만 뭐, 좀 역겨웠어요."

나는 그의 가슴에 청진기를 댄다. 모스비의 목소리가 청진기를 통해 윙윙 울린다.

"비둘기가 그토록 처절하게 공격을 계속 했다니, 아마도 그 쥐가 비둘기에게 뭔가 단단히 잘못을 했나보군."

"분명히 그랬겠죠."

나는 청진기로 그의 복부를 문지르며 통증 부위를 찾는다. 모스비는 알아차리지 못하는 것 같다.

"오늘 아침에 간호사들 보셨어요?"

"물론이오. 계속 들락날락 하던데."

"모자 쓰고 흰 치마 입은 여자들은요?"

"자주 왔었소."

저런. 그런 차림을 한 여자는 간호사가 아니라 스트리포그램이다(노래를 부르거나 춤을 추며 스트립쇼를 하는, 메시지를 전달해

주는 사람 — 옮긴이). 나는 모스비의 목에서 림프절을 만져본다.

"의사양반, 내가 농담 하나 해드리리다."

"그래요? 뭔데요?"

"의사가 한 사내에게 이렇게 말하지. '당신한테 두 가지 나쁜 소식이 있어요. 첫 번째는 당신이 암에 걸렸다는 거예요.' 그러자 남자가 이렇게 반응을 하지. '이런! 두 번째 소식은 뭡니까?' 그러자 의사가 말한다우. '치매에 걸리셨어요.' 그러자 남자가 이렇게 말해. '음, 적어도 암엔 걸리지 않았군요!'"

나는 웃는다. 그가 내게 언제나 똑같은 이 농담을 할 때면, 늘 이렇게 웃어준다.

모스비의 병실 문가에 있는 침대에(병실 담당 직원이 모스비의 자리를 문에서 150센티미터 떨어진 곳으로 옮기면 병실에서 도망칠 확률이 줄어들 거라고 생각해 내기 전까지 모스비가 썼던 침대) 내가 알지 못하는 살진 백인 사내가 누워 있다. 금발의 짧은 턱수염이 났고 뒷머리를 길게 길렀다. 나이는 45세이다. 전등을 켠 채로 옆으로 누워 있는데 깨어 있다. 좀 전에 컴퓨터로 체크해 본 결과 그의 '주된 증상'(이건 환자가 직접 언급한 말인데, 그 말 때문에 환자가 참 바보 같아 보인다.)은 '엉덩이 통증'이다.

"엉덩이에 통증이 있어요?"

내가 묻자 그가 이를 간다.

"그래요. 게다가 지금은 어깨까지 아프네요."

"엉덩이부터 시작해 봅시다. 언제부터 아프기 시작했어요?"

"벌써 다 말한 건데요. 차트 보시면 되잖아요."

물론 그러면 되겠지. 종이 차트 말이다. 그러나 종이 차트는 환자가 열람을 요구할 수도 있고, 때론 판사가 소환장을 발부할 수도 있는 관계로 의사들은 거기에 알아보기 쉽게 써놓으려 하지 않는다. 엉덩이 사내의 차트에는 마치 어린아이가 파도를 그려놓은 것 같은 글자들이 나열되어 있다.

컴퓨터 차트로 말할 것 같으면(그것은 비공식적인 것이며 누구의 말이든 의사에게 전달하고 싶어 하는 것이면 어떤 정보라도 모두 쓰여 있다.) '주 증상: 엉덩이 통증' 옆에 쓰인 유일한 것은 '너츠(nuts)? 좌골(坐骨)신경통?'이다. 너츠의 뜻이 '고환'이란 건지 '돌았다'는 건지 알 수가 없다.

"알고 있습니다. 하지만 다시 말씀해 주시면 더 도움이 될 것 같네요."

그는 내 말을 믿지 않지만, 그렇다고 뭐 어쩌겠는가?

그는 아주 불편한 심기로 말하기 시작한다.

"얼마 전부터 엉덩이가 아프기 시작했어요. 2주 정도. 점점 더 심해지더라고요. 그러다가 응급실까지 실려 온 거죠."

"엉덩이가 아파서 응급실에 실려 왔다고요? 그렇다면 분명히 통증이 심했겠군요."

"아파 뒈지겠수다."

"아직도 그래요?"

나는 남자의 진통제 수액을 바라본다. 딜라우디드(진통·마취제의 상표명 — 옮긴이)를 저렇게나 많이 넣고 있으니, 이정도면 감자 깎는 칼로 제 손의 살을 도려내도 통증을 못 느낄 거다.

"지금도 아프다니까요. 아니, 아뇨. 난 마약 중독자 나부랭이가 아니라고요. 그리고 이젠 젠장맞을 어깨까지 아프다고요."

"어디요?"

그는 오른쪽 쇄골의 중간쯤을 가리킨다. 거긴 남들이 '어깨'라고 부르는 부위가 아니다. 하지만 뭐 그게 대수일까 싶다. 보기에 멀쩡해 보여 그 지점을 가볍게 누르며 묻는다.

"여기 아파요?"

남자는 비명을 지른다.

"거기 누구요?"

듀크 모스비가 제 침대에서 묻자, 나는 모스비가 날 볼 수 있도록 커튼을 옆으로 걷어낸다.

"저예요, 선생님."

"선생님이라고 부르지 마시오."

나는 커튼을 도로 닫는다.

엉덩이 사내의 바이탈 사인 차트를 훑어본다. 체온 37, 혈압 120/80, 호흡 18, 맥박 60. 모두 완전히 정상이다. 이는 모스비의 차트도 마찬가지였고, 오늘 아침 내가 본 다른 모든 환자들의 바이탈 사인 차트 역시 마찬가지였다. 나는 마치 어머니처럼 엉덩이 사내의 이마를 짚어본다. 설설 끓고 있다.

제길.

내가 남자에게 묻는다.

"CT 검사를 해야겠군요. 간호사들 왔었나요?"

"지난 밤 이후로 못 봤소."

"제길."

나는 소리 내어 말한다.

아니나 다를까 다섯 번째 병실의 여자가 끔찍한 공포로 짓눌린 표정을 지은 채 완전히 죽어 있다. 바이탈 사인 차트도 체온 37, 혈압 120/80, 호흡 18, 맥박 60으로 나와 있다. 혈액이 몸 속 깊숙이 다 가라앉아버려 마치 5센티미터 깊이의 푸른 잉크 웅덩이에 가라앉아 있는 것처럼 보임에도 말이다.

나는 화를 억누르며 두 명의 담당 간호사들에게 싸움을 걸러 간다. 한 명은 비만한 자메이카 여자로 무언가를 정신없이 쓰고 있다. 다른 한 명은 아일랜드 출신 할망구로 인터넷을 하고 있다. 나는 그 둘을 모두 알고 있으며 또 둘 다 좋아한다. 자메이카 여자는 이따금 내게 먹을 것을 가져다주어서 좋고 아일랜드 여자는 더부룩이 자란 잔털을 항상 염소수염 모양으로 깎고 다니기 때문이다. 세상에 대고 그보다 더 멋지게 '엿 먹어라'를 날리는 방법이 있나 모르겠다.

"우리가 알 바 아니에요." 아일랜드 간호사는 내가 할 말을 다하고 나자 그렇게 말한다. "게다가 할 수 있는 일도 없고요. 그 라트비아 계집들이 철야근무를 섰어요. 아마 지금쯤은 여성전용 휴대폰을 팔고 있을 거예요."

"그럼 그 사람들을 잘라요."

내 말에 둘 다 웃음을 터뜨린다.

"간호사가 좀 부족한 형편이에요. 선생님은 못 알아차렸을 수도 있겠지만 말이죠."

자메이카 여자다.

나도 알고 있다. 보아하니 이제는 카리브 해와 필리핀, 동남아시아 출신 간호사들은 전부 바닥이 났기 때문에 대부분 동유럽 출신을 데려다 쓰고 있는 형편이리라. 형편이 이러하니 니체의 누이가 예전에 파라과이에서 설립했다던 백인 우월론자 집단이 정글에서 다시 부활하면 적어도 그 잘난 순수 백인이라는 회원들은 일자리를 얻는데 어려움이 없을 것이다.

"난 사망증명서 안 쓸 겁니다."

내 말에 아일랜드 여자가 대답한다.

"아, 아시아 사람. 그 파키스탄 의사 엿 먹이시게?"

그녀는 마치 컴퓨터 속으로 들어가기라도 할 것처럼 얼굴을 모니터에 가까이 들이대고 있다.

"아크펠은 이집트 사람이에요. 그리고 아뇨, 난 그걸 아크펠에게 뒤집어씌우지 않을 거예요. 당신들 말마따나 그 라트비아 계집들한테 넘길 거예요. 스탯.*"

자메이카 여자는 유감스럽다는 듯 고개를 저으며 말한다.

"그래봤자 소용없어요. 걔네들더러 증명서 쓰라고 해보세요. 그럼 걔네들은 코드(코드블루: 병원 내에서 심정지 등 위급한 상황에서 의료진을 부르는 신호 —옮긴이)를 부를 걸요."**(근무시간에 담당 환자가 사망하면 자신의 이름이 기록에 남으니 그것을 피하기 위해 이미 사망한 환자를 두고 응급 상황임을 알리는 '코드블루'를 불러 스스로의 책임을 회피하는 부정행위를 일컫는다 —옮긴이)

"젠장, 상관 안 해요."

"파넬라?"

---

* '스탯(Stat)'은 많이 줄인 건 아니지만 '즉시(statim)'의 축약어이다.
** '코드를 부르다'는 환자가 이미 죽었다는 사실을 모르는 척 하고 싶을 때 실행하는 일이다.

자메이카 여자가 묻자 아일랜드 여자가 말한다.

"나도 안 할래요." 그러곤 "멍청한 것."이라고 혼자 수군거리듯 덧붙인다.

자메이카 여자가 아일랜드 여자가 내뱉은 욕지거리에 대해 반응하는 태도를 보니, 그녀는 아일랜드 여자가 자신이 아니라 나들으라고 욕을 한 것이라는 사실을 아는 모양이다.

"그냥 그 사람들한테 사망증명서 쓰라고 하세요."

난 그렇게 말하고 자리를 뜬다. 훨씬 기분이 좋아진다.

그러나 난 조금 더 쉬어야 한다. 30분 전에 씹어 먹은 목스페인도 문제지만, 그 목스페인이 약효를 내는데 너무 오래 걸릴 경우를 대비해 내 가운 안에 있던 봉투에서 발견한 덱세드린을 모두 먹은 까닭에 정신을 집중하기가 어렵기 때문이다. 갑작스럽게 약 기운이 절정에 달한 것이다.

나는 덱세드린(각성제의 일종 ― 옮긴이)을 좋아한다. 그것은 방패 모양인데 중간 아래쪽으로 수직선이 나 있어 마치 여자의 음부 같아 보인다.* 덱세드린 자체만으로도 사람을 빙빙 돌게 만들어 사물에 집중하기 힘들어지고 심지어 바라보기조차 힘들게 만드는 약효를 갖고 있다. 거기에 목스페인까지 함께 복용하면 사물을 보는 시야가 흐려진다.

---

* 사실, 음모를 나타내는 의학용어 'escutcheon'은 '방패'를 의미한다. 물론 정착 생활 이전의 인간에게서는 여성의 음모만이 방패 모양이긴 하다. 남성의 음모는 자연스럽게 다이아몬드 모양을 띠어 위로는 배꼽을 향해 좁아지며 아래로는 샅을 향해 좁아진다. 그러한 이유로 다이아몬드 모양으로 음모를 면도한 여성들이 무의식적으로 당신네들에게 과도하게 들이대는 것이다.

때문에 나는 정신을 차리기 위해, 또 어쩌면 침대 속에 감추어 둔 벤조디아제핀(정신 안정제 — 옮긴이)을 좀 복용할 수도 있겠다 싶어 레지던트 대기실에 들어간다.

그러나 문을 연 순간, 어두운 실내에 누군가 있다는 사실을 깨닫는다. 방 안에선 고약한 입 냄새와 몸에서 나는 고린내가 난다.

"아크펠?"

나는 아크펠일 리 없다는 사실을 알면서도 그 이름을 불러본다. 아크펠의 냄새는 내 무덤까지도 따라올 정도로 고약하지만, 이 냄새는 아크펠의 냄새보다도 더 지독하다. 또한 듀크 모스비의 발 냄새보다도 더 고약하다.

"아니오."

침대 한쪽 구석에서 힘없는 목소리가 들려온다.

"젠장, 그럼 누구야?"

내가 호통 치듯 말하자 그가 대답한다.

"수술 귀신이오."*

"왜 레지던트 대기실에 있는 거야?"

"난…… 난 잠 잘 곳이 필요했을 뿐이라오."

그의 말은 이런 의미다. '아무도 날 찾을 사람이 없는 곳에서 말이지.'

좋다, 좋아. 사내는 대기실을 악취로 채우고 있을 뿐만 아니라 단 하나 남은 침대까지 꿰차고 있는 것이다. 침대가 하나뿐인 이유는 2층 침대의 위층은 《위(Oui)》(성인잡지 — 옮긴이)의 1978년

---

* 수술귀신은 실제 직업이다. 그렇다고 자세히 알아볼 만큼 흥미롭진 않다.

부터 1986년 판들로 가득 차 있기 때문이다. 그건 내 경험 상으로 잘 아는 바, 치우기에는 너무나 큰 고역이다.

나는 그냥 사내가 머물게 놔둘까 한다. 방이 이미 앞으로 얼마 동안은 사용할 수 없을 정도로 고약한 냄새가 배었기 때문이다. 그러나 나는 목스페인 에지 TM을 복용한 관계로 생각과 말이 제대로 작동하지 않는다.

나는 그에게 말한다.

"젠장맞을, 여기서 나갈 시간 5분 주겠어. 그런데도 나가지 않으면 네 머리통에다 오줌 병을 던질 테다."

나는 나가면서 방 안의 불을 끈다.

이제 조금 더 의식이 또렷해진 것 같지만 아직 환자들과 대화를 나눌 수 있을 만큼은 아니다. 따라서 나는 컴퓨터로 검사 결과를 확인하러 간다. 아크펠이 그 대부분을 이미 차트에 옮겨 놓긴 했다. 하지만 노르덴스커크 박사의 보험 가입 환자 한 명에 대한 병리 보고서가 있는데 아크펠은 그 보고서는 건드리지 못했다. 노르덴스커크 박사는 백인이나 아시아인이 아닌 경우, 어느 누구도 보험 가입 환자들을 대하지 못하게 하기 때문이다.

그래서 나는 컴퓨터로 검사 결과 리포트를 훑어본다. 니콜라스 로브루토라는 남자에게 갈 한 꾸러미의 나쁜 소식들이 있다. 이름을 보니 이탈리아 사람이다. 순간 내 머릿속에서 움찔하는 것이 느껴졌지만, 분명 이 남자 이름은 들어본 적이 없다. 더군다나 조직원들은(선택권이 있는 대부분의 사람들처럼) 어쨌든 맨해튼 가톨릭 병원으로는 오지 않는다. 바로 그 때문에 내가 이곳에서 일을 할 수 있게 된 것이다.

병리 보고서의 주요 문구는 '반지세포 양성'이다. 반지세포는 다이아몬드가 박힌 반지(혹은 도장, 아직도 편지에다 밀랍으로 봉인을 하는지는 모르겠다.)처럼 생겼는데, 암으로 인해 세포가 단백질 생산을 멈출 수 없고 바로 그 단백질 때문에 중앙에 있어야 하는 세포의 핵이 벽 쪽으로 밀려서 그런 모양이 생긴 것이다. 구체적으로 말하자면 위암, 또는 위암이었다가 현재 뇌라든가 폐로 전이된 암을 말한다.

모든 위암은 골칫거리이긴 하나 반지세포가 그보다 더 심하다. 대부분의 위암은 그저 위벽에 구멍을 뚫어버려 위의 반을 들어내기만 하면 된다. 그러면 제대로 똥을 못 싸서 그렇지, 그럭저럭 살 수 있다. 그러나 반지세포 암은 위 표면을 따라 침투해 들어와 소위 '가죽 주머니 위'라고 알려진 상태에 빠지게 한다. 그러면 위를 통째로 들어내야 한다. 게다가 진단을 받는 시점이면 보통은 너무 늦은 때이다.

니콜라스 로브루토의 복부 CT 촬영 검사 결과, 암이 다른 곳으로 퍼졌는지 아닌지 아직까진 불확실하다(물론 그가 CT 검사에서 발생하는 방사선 때문에 다른 암에 걸릴 확률은 1200분의 1이다. 그렇게까지 운이 나쁘랴.) 좀 더 자세한 건 수술을 해보아야만 확실히 알 수 있을 것이다.

나는 이 모든 것을 아침 6시 30분에 직접 환자에게 가서 알려주어야 한다.

'로브루토 씨? 1번 라인에 전화 왔습니다. 누구라고 말하지 않더라고요. 그런데 저승사자 같더군요.'

나로서도 한 잔 하기엔 너무 이른 시간이다.

로브루토는 병원의 작은 호화 병동인 애너데일 관에 입원해 있다. 애너데일 관은 마치 호텔처럼 보이기 위해서 애쓴 곳이다. 접수처는 원목 무늬 리놀륨이 깔려 있고 턱시도를 입고 피아노를 연주하는 머저리도 하나 있다.

그래도 그게 진짜 호텔이었다면, 더 좋은 건강관리를 받았을 것이다.* 애너데일 관에는 실제로 1960년대의 멋진 간호사들이 있다. 그들이 지금 멋지다는 말은 아니다. 내 말인즉슨, 그들이 맨해튼 가톨릭 병원에서 일하기 시작한 1960년대에 멋졌다는 것이다. 현재 그들은 대부분 성격도 뒤틀려 있고 치매기도 있다.

프런트를 지나치자 그들 중 하나가 젠장 어딜 가는 길이냐고 고함을 질러댄다. 하지만 여자의 말을 무시하고 로브루토의 '스위트룸'으로 곧장 향한다.

병실 문을 열고 안에 들어서니, 솔직히 그게 병실로서는 꽤 좋은 방이라는 사실을 인정하지 않을 수 없다. 병실에는 접이식 칸막이벽이 있는데 지금은 거의 접혀 열려져 있다. 그 칸막이벽이 공간을 구분해 '거실'과 실제 병실 침대가 놓인 '침실'이 존재한

---

* 돈을 더 많이 지불하면 건강관리가 더 열악해질 리는 없다고 생각하는가? 미국이 그 어떤 나라보다 1인당 의료비를 2배나 더 많이 소비하면서도 결과에 있어서는 상위 36위 밖에 있다는 것을 보여주는 수도 없는 연구 결과 볼 필요가 뭐 있겠는가. 마이클 잭슨을 한 번 보시라.

다. 거실에는 토사물 따위를 치우기가 간편해 보이는 비닐이 덮인 팔각형의 탁자를 놓아 가족들이 모여 식사를 같이 할 수 있게 해 놓았다. 방 안에는 바닥에서부터 천장에 이르기까지 전면 유리창이 있는데 지금 막 동녘에서부터 빛을 받기 시작한 허드슨 강이 보인다.

풍광이 참으로 멋지다. 이 창은 내가 출근한 이래 처음으로 내다보는 창이다. 창으로 들어오는 빛이 침대에 있는 로브루토를 역광으로 비추어 내가 그를 알아보기 전에 그가 먼저 나를 알아본다.

"이런, 젠장!" 그가 소리를 지르며 나를 피해 침대에서 기어 달아나려하지만 몸에 잔뜩 붙어 있는 수액 줄과 모니터 줄 때문에 제지당하고 만다. "베어클로(bearclaw, 곰발톱)잖아! 날 죽이려고 보낸 놈이야!"

2

나는 대학 시절 어느 여름에 엘살바도르 원주민들의 투표권 등록을 도와주기 위해 그곳에 간 적이 있다. 내가 방문한 마을에서 어떤 아이가 손 낚싯줄로 낚시를 하다가 악어에게 물려 팔이 떨어져 나가는 일이 발생했다. 그때 의사였던 다른 미국인 자원봉사자가 아니었다면 아이는 내 앞에서 목숨을 잃었으리라. 나는 바로 그 자리에서 의대에 들어가기로 결심했다.

다행스럽게도 이 이야기는 실제로 일어난 사건이 아니다. 게다가 나는 대학에도 간신히 들어갔다. 이 이야기는 의대에 지원할 때 지원동기로 쓰라고 사람들이 권하는 말이다. 의사에게는 그런 이야기나, 아니면 자랄 때 어떤 병을 앓다가 기적처럼 그 병이 나았다든가 하는 사연들이 일주일에 120시간씩이나 일을 하면서도 긍정적인 사고를 할 수 있게 만든다는 것이다.

그러나 할아버지가 의사였고 할아버지를 항상 존경해 왔기 때문에 의사가 되고 싶다는 말은 하지 말아야 한다고 한다. 그건 왜 그런지 모르겠다. 내 생각엔 그보다 더 안 좋은 이유들도 많은데 말이다. 게다가 정말로 나의 할아버지는 의사였고 실제로 할아버지를 존경했다. 내가 아는 한 나의 할아버지와 할머니는 20세기의 위대한 로맨스를 실천한 사람들이었고 또한 지구상에 마지막으로 남아 있던 진정 점잖은 사람들이었다. 그들은 내가 흉내 내기도 어려운 진지한 위엄을 지녔었고 나는 생각하기도 어려운, 짓밟힌 사람들에 대한 끝없는 애정을 지니고 계셨다. 그들은 또한 몸가짐이 발랐고 스크래블(단어 게임 — 옮긴이)과 공영 텔레비전, 그리고 무수히 많은 유익한 책들을 진지하게 즐겼다. 심지어 그들은 옷도 격식을 갖추어서 입었다. 그리고 본인들이 비록 이제는 찾아볼 수 없는 모범적인 유형의 시민들임에도 불구하고 그렇지 못한 사람들에 대한 용서를 보여주셨다. 예를 들어, 마약에 취한 나의 어머니가 1977년 인도의 한 수행자의 집에서 나를 낳고는 자신의 남자친구(나의 아버지)와 함께 로마로 가고 싶어 했을 때, 그들은 나를 데리러 직접 인도까지 오셨다. 또 뉴저지로 돌아와서는 날 기르셨다.

그렇다 하더라도 내가 의사가 된 것을 조부모에 대한 나의 사랑과 존경에 기인한다고 말하는 것은 정직하지 못한 일일 것이다. 왜냐하면 나는 그분들이 살해되고 8년 후까지도 의대에 들어갈 생각은 꿈도 꾸지 않았기 때문이다.

조부모는 1991년 10월 10일 살해되었다. 나는 당시 15살에서 4개월 모자란 14살이었다. 나는 친구 집에 갔다가 저녁 6시 30분쯤에 집으로 돌아왔다. 10월의 웨스트 오렌지는 그 시간이면 꽤 이슥한 시각이어서 불을 켜놓아야 한다. 하지만 불이 켜져 있지 않았다.

당시 할아버지는 의료진이긴 했으나 주로 비수술 분야의 자원봉사를 하시고 계셨고 할머니는 웨스트 오렌지 공공 도서관에서 자원봉사를 하고 계셨다. 따라서 그 시간쯤이면 두 분 다 집에 있을 시간이었다. 게다가 현관문 옆에 있는 유리창('돌결무늬 새김'이라 부르는 유리)이 누군가 안으로 손을 집어넣어 잠금쇠를 열기 위해 그런 것처럼 깨져 있었다.

만약 그런 일이 벌어지면 그 자리를 벗어나 911에 전화하라. 집 안에 침입자가 여전히 머물고 있을지도 모르니. 그러나 그때의 나는 그냥 안으로 들어갔다. 누군가 조부모님을 해칠까봐 걱정되었기 때문이다. 당신 같아도 아마 그랬을 것이다.

그분들은 거실과 주방 사이에 있었다. 할머니는 가슴에 총을 맞고 거실에 누워 있었고 할아버지는 주방에서 복부에 총을 맞고 몸이 앞으로 꺾인 채 고개를 숙이고 있었다. 할아버지는 손으로 할머니의 팔을 붙잡고 있었다.

사망한 지 꽤 시간이 흐른 상태였다. 카펫에 흘린 피가 나의 신발에 스며들었고 나중에 내가 그곳에 누웠을 때는 내 얼굴에도 피가 묻었다. 나는 911로 전화를 걸고 나서 할아버지와 할머니 사이에 내 머리를 뉘였다.

내 기억 속에 그 일은 아주 생생한 색깔로 남아 있다. 그것은 참으로 흥미로운 일인데, 왜냐하면 빛이 침침한 상황에서는 실제로 색깔을 볼 수 없기 때문이다. 우리의 마음은 상상을 하고 우릴 위해 상황에 색깔을 덧입히는 것이다.

나는 그분들의 흰 머리에 내 손가락을 넣고 우리 셋의 몸을 바짝 당겨 붙였다. 응급 구조대가 도착했을 때, 그들이 한 일이라고는 경찰이 범죄현장을 사진 찍고 시청 서비스 사무국에서 시체를 처리하도록 나를 떼어내는 일뿐이었다.

조부모 이야기 중에 특별히 아이러니한 것은 그보다 50년 전에 그들이 더 교묘한 살해 위협 속에서도 살아남았다는 것이다. 두 분은 1943년 겨울에 폴란드의 비아보비에차 숲에서 전설처럼 만났는데, 그때의 나이가 열다섯으로 당신들이 살해된 것을 발견했던 때의 나와 별 차이가 없었다. 그분들은 다른 십대의 무리들과 함께 눈 속에 몸을 숨기고 폴란드 인들이 자신들을 건들지 못하도록 그 지역의 유대인 사냥꾼들을 있는 대로 없애고자 애쓰고 있었다. 조부모는 이 일의 정확한 사정을 내게 얘기해 주지 않았다. 하지만 당시 투쟁 상황은 꽤 팽팽하고 치열했을 것이다. 1943년 헤르만 괴링(1893~1946 나치 독일 공군의 사령관 — 옮긴이)은 그 숲 남쪽에 별장을 두고 그곳에서 수하들과 함께 로마의 원로원 복장을 한 채 진두지휘하면서 그 숲의 상황을 훤히 꿰고 있었을 것이기 때문이다. 히틀러의 제6군 패잔병 소대가 그해 겨울에 스탈린그라드로 가는 도중 비아보비에차에서 사라진 사건도 있었다. 엄밀히 말하자면 어쩌됐건 패잔병들은 목적지에 도착했다 하더라도 죽음을 면치는 못했을 것이다.

이런 나의 조부모가 붙잡히게 된 계기는 함정 때문이었다. 그들은 크라쿠프의 블라디슬로프 부덱이라는 이름의 한 남자로부터 할머니의 오빠가 체포되어, 수용소로 가기 전 임시 구류소인 포드고르즈 '게토'에 보내졌다는 소식을 들었다. 할머니의 오빠는 베를린의 주교*를 위해 크라쿠프에서 스파이로 활동을 하고 있었다. 부덱은 1만 8000즐로티인지, 뭔지 당시 사용하던 젠장할 화폐 말인데, 그 돈을 주면 할머니의 오빠를 빼내줄 수 있다고 주장했다. 그분들의 수중엔 돈이 없었고 어쨌든 의심이 들어 직접 크라쿠프로 가서 확인해 보기로 했다. 부덱은 경찰에 연락해 조부모를 아우슈비츠에 팔아넘겼다.

그분들은 아우슈비츠에 보내진 것을 나중에 뜻밖의 행운으로 묘사했는데, 왜냐하면 그것은 유대인 사냥꾼에게 붙잡혀 숲속에서 총살을 당하는 것보다는 더 나을 뿐 아니라 죽음의 수용소**에 보내지는 것보다 더 나았기 때문이라고 했다. 아우슈비츠에서

---

* 이 인물은 콘라드 프레이싱으로 '유일한 착한 독일인'이라고 알려진 사람이다. 그는 교황 피우스 12세에게 홀로코스트의 증거를 13번에 걸쳐 제시했으나 교황은 1941년 나치의 정책이 가톨릭 교리와 어긋나지 않는다고 공표했다. 나는 피우스가 성화(聖化)된다면 그 사실 자체가 기적이라고 회자되기 바란다.
** 아우슈비츠에는 죽음의 수용소 비르케나우가 있었으나 또한 노예 노동 수용소인 모노비츠도 있었다. 그러한 점이 아우슈비츠에서의 생존확률을 1/500로 만든 것이며, 그러한 사실이 또 당신이 아우슈비츠에 대해서 들어본 이유가 되는 것이다. 죽음의 수용소에서의 생존확률은 1/75,000이었다.

그들은 몰래 쪽지를 보내 두 번 접촉할 수 있었다. 그들의 말에 따르면 그것이 해방될 때까지 살아남도록 해준 힘이었다고 한다.

장례식은 배리 삼촌의 집 근처에서 열렸다. 어머니의 남동생 배리 삼촌은 주변의 분위기에 짓눌려 정통파 유대교도가 된 인물이었다. 조부모님은 분명 유대인으로서의 정체성을 지켜나갔다. 예컨대, 그들은 이스라엘에 직접 가기도 하고 지지도 했으며, 이스라엘을 악마시하는 분위기가 급속히 전 세계로 퍼지는 것을 보고 곤혹스러워 하기도 했다. 그러나 그들에게 유대인이라는 정체성은 유대교가 유혈의 날조라는 주장에 강력히 맞서는 게 아니라, 일정한 도덕적, 지적 소임을 다하며 살아가야 함을 의미했다. 그런데 내 어머니는 젊은 시절에, 그러니까 배리 삼촌이 아직 어렸을 때부터 온갖 종류의 반항을 부리며 질풍노도의 시기를 보냈다. 누이의 그런 모습에 질려버린 삼촌은 모범적인 유대인 부모 밑에서 반항할 꿈도 못 꾸고 1840년대 폴란드의 슈테틀(옛 동유럽과 러시아 등지의 작은 유대인 마을로 19세기 동유럽에 살던 유대인들의 전통적인 삶과 문화를 상징함 — 옮긴이) 사람처럼 차려 입고 다니는 정통 유대교도의 삶을 택했을 것이다.

어머니는 장례식에 참석해 내게 자신이 미국에 머물렀으면 좋겠는지 아니면 내가 로마로 이사 오는 게 좋은지 물었다. 아버지는 고맙게도 위선을 부리지 않았다. 아버지는 그저 내게 두서없으면서도 좀 가슴 뭉클한 편지를 보내 당신 자신과 당신의 조부모와의 관계에 대해서, 그리고 인생 여정을 겪으면서 어떻게 더 이상 늙어가는 기분이 들지 않게 되었는지에 대해 이야기했다.*

배리 삼촌이 나를 입양해 준 덕에 나는 아동보호국의 귀찮은 간섭을 벗어날 수 있었다. 나는 삼촌을 쉽게 설득해 그냥 조부모님의 집에 머물렀다. 그때의 나는 14살에 이미 몸집이 엄청나게 컸을 뿐더러 늙은 유태계 폴란드 의사의 매너리즘을 지니고 있었다. 브리지 카드 게임도 좋아했다. 게다가 배리 삼촌과 숙모는 출생하자마자 버려져 조부모랑 살다가 어느 날 집에 돌아와 보니 조부모가 살해된 일을 겪은 아이와 당신들의 네 자녀들이 함께 어울리며 살게 하는 일에 대단한 열정을 보이지는 않았다. 혹시라도 나 때문에 위험한 일이 생기면 어쩌겠는가?

그렇지 않은가. 배리 삼촌과 숙모, 현명한 처사이다!

나는 위험한 것을 추구했고 그 취향을 정교하게 다듬었다. 다른 미국 아이들처럼 나도 배트맨과 「데스 위시」의 찰스 브론슨을 우상으로 삼았다. 나는 그들처럼 가진 게 많진 않았지만 어쨌든 들어가는 경비도 별로 없었다. 나는 심지어 카펫도 갈지 않았다.

나는 조부모 살해사건이 나 혼자 해결해야 할 몫이라고 생각했다. 그것은 선택의 여지가 없었으며, 지금도 여전히 그렇게 느끼고 있다.

예를 들어, 경험에 비춰 말하면 이렇다. 만약 당신이 숲 속으로

---

* 내 부모는 오래 전에 이혼했다. 어머니는 부동산 중개인이 되었다. 분명히 밝히는 바, 이탈리아 인이긴 하지만 시실리 인은 아닌 아버지는 플로리다의 리버사이드로 이사했다. 마지막으로 소식을 들었을 때 아버지는 상류층이 이용하는 고급 프랜차이즈 레스토랑을 운영하고 있었다. 그러나 그 이름은 밝히지 않겠다. 아버지 어머니 둘 다 이제는 다른 이름을 쓰고 있으며 나는 둘 다와 연락하지 않고 있다.

들어가서 그곳에 은둔해 있는 일단의 소아기호증 뚜쟁이들을 (글자 그대로 수백 명의 아이들이 목숨을 잃게 한) 총으로 쏜다고 가정해 보자. 그렇게 되면 경찰은 당신을 잡기 위해 미친 듯이 달려들 것이다. 당신이 손으로 머리를 매만지고 손을 씻었을 경우까지 생각해 배수구도 조사해 볼 것이다. 또한 경찰은 타이어 자국도 떠서 확인해 볼 것이다. 그러나 당신이 가장 사랑하는 두 사람이, 물건 좀 털러 와서 비디오나 훔쳐가는 쓰레기 같은 인간에 의해 끔찍하게 살해되었다고 한다면, 그 사건은 젠장맞을 미제 사건이 되기 때문이다.

'원한을 살 만한 사람이 있었어요?'

'원한 산 사람이면서 VCR을 탐냈을 만한 자라든가?'

'아마도 마약 중독자였을 것이오.'

차량과 장갑을 준비하고, 아무에게도 목격되지 않을 만큼 엄청나게 운수 좋은 마약중독자라니. 젠장할.

'우리가 알아보겠습니다.'

'상황을 알려드릴게요.'

이쯤 되면 정의가 어떻게 실현되는지 명확하게 알게 될 것이다. 당신 스스로 실현하든가, 아니면 어느 누구도 실현해 주지 않는다.

대체 무슨 선택권이 그러한가?

많은 무술에서 공통적으로 통하는 한 가지 재미있는 수법이 있다(나는 잠자는 시간보다 훈련하는 시간이 더 많아야 한다는 전통적인 일본식 지령을 따르며 태권도서부터 쇼류 가라데, 겐포(태권도 같은 무술의 일종 ─ 옮긴이)까지, 모두 한결같이 발 냄새가 나는 이 도장 저 도장을 전전하며 해볼 걸 다 해보았다.). 그것은 바로 동물처럼 행동해야 한다는 것이다. 추상적인 뜻으로 하는 말이 아니다. 진짜, 구체적인 동물들을 모방해 전략을 구사해야 한다는 것이다. 예를 들어, 어느 정도 거리를 유지한 채로 빠르고 정확하게 공격할 때는 '학권'을 이용하고 가까이에서 공격적으로 상대를 벨 때는 '호권'을 이용하는 것이다. 그 기저에는 폭력적 상황에서 가장 흉내 내고 싶지 않은 동물이 바로 사람이라는 생각이 존재하는 것이다.

어쨌거나 사람처럼 행동하지 말아야 한다는 말은 맞는 말이다. 대부분의 인간들은 본능적으로 형편없는 싸움꾼들이다. 사람들은 싸우다가 움츠러든다. 마구잡이로 덤벼든다. 또 함부로 등을 돌린다. 우리 인간들은 대부분 싸움에 너무 형편없는데 오히려 그것이 사실상 진화의 이점이 되어 왔다. 왜냐하면 무기를 대량으로 생산하기 이전에는 진정으로 상대방을 해치기 위해선 생각을 해야만 했기에 영리한 자만이 싸움에서 이길 수 있었기 때문이다. 네안데르탈인 같으면 상대방의 엉덩이를 한 대 차주고는 어이없이 앞으로 고꾸라져 그 엉덩이에 입을 맞추고 말 것이다. 뭐, 직접 시험해 보겠다고 한 명 찾아보려면 찾아보시던가.

반면에, 상어를 한 번 보자. 상어의 경우 대부분의 종은 어미의 뱃속에서 부화를 하고는 바로 그 자리에서부터 서로를 물어뜯기 시작한다. 그 결과 그들의 두뇌는 6000만 년 동안 변하지 않고 그대로 머물렀다. 반면 인간의 두뇌는 15만 년 전부터 시작되어 계속해서 점점 복잡해졌다. 15만 년 전에 우리는 말을 하기 시작했고, 따라서 인간이 되었다. 그때부터 우리의 진화는 생물학적인 면에서 과학기술적인 면모로 그 중심축을 바꾸게 되었다.

그러한 사실을 바라보는 데는 두 가지 관점이 있다. 하나는 상어가 인간보다 진화론적인 면에서 훨씬 우월하다는 것이다. 왜냐하면 미치지 않고서야 우리 인류가 6000만 년 동안이나 지속될 것이라고 생각할 수는 없다는 점에서다. 다른 관점은 우리 인간이 상어보다 우월하다는 것이다. 왜냐하면 상어가 우리보다 먼저 멸종될 것이 거의 확실하고, 그 이유가 우리 인류의 멸종이 그러하듯 인간의 덕분이 될 것이라는 점 때문이다. 오늘날에는 인간이 상어를 먹는 확률이 그 반대의 경우보다 훨씬 크지 않은가.

그래도 결승전에서 동점이 되어 연장전까지 간다 치면 상어가 이길 것이다. 왜냐하면 우리 인간은 지성을 지니고 있고 그 지성에 담긴 내용을 세대를 걸쳐 전달할 수 있는 능력을 가지고 있는 반면, 상어들은 그 큰 이빨과 그 이빨을 사용할 수 있는 수단을 지니고서 상황에 대해서 고민을 하지 않는데, 젠장, 인간은 엄청나게 고민을 하지 않는가.

인간은 정신적으로 강하고 육체적으로 약한 것을 증오한다. 우리가 죽으면 이 행성도 함께 사라진다는 사실은 우리에게 그 어떤 기쁨도 안겨주지 못한다. 대신 우리는 운동선수들, 육체적으로 강한 사람들을 경탄하며 지식인들을 혐오한다. 얼간이 같은 한 무리의 인간들이 젠장맞을 달에 로켓을 쏘아 올렸지만 그들이 그곳에 누굴 보내는가? 착륙해선 말도 제대로 못하는 **암스트롱**(강한 팔(arm+strong), 저자의 의도적 말장난 ─ 옮긴이)이라는 금발의 사나이 아니던가.

생각해 보면 그건 참 괴상한 저주와 같다. 우리는 우리가 발견한 그 어떤 다른 생명체보다 훨씬 더 많은 생각을 하고 문명을 건설하도록 짜인 존재이다. 그런데 우리가 진정 되고 싶어 하는 것은 킬러일 뿐이다.

한편, 1991년 추수감사절 무렵의 나는 웨스트 오렌지 경찰서의 경관 메리 베쓰 브레넌과 관계를 맺기 시작했다. 그녀의 크라운 빅토리아 경찰차 안에서였다. 왜냐하면 브레넌은 유부녀였고 또한 경찰들은 근무 중에 자신들의 차에서 벗어나는 것을 좋아하지 않기 때문이었다. 브레넌의 차는 바퀴벌레뿐만 아니라 쥐까지 출몰했는데, 다른 근무조의 얼간이 같은 놈들이 가죽 좌석 사이에 프라이드 치킨 뼈를 쑤셔 넣은 탓이었다. 그 놈의 차는 젠장 맞을 하비트레일(햄스터 같은 애완 설치류 동물 용 투명 관 — 옮긴이)이었다.

물론 내가 그녀와의 섹스를 즐기지 않았다고 말하려는 것은 아니다. 그전까지 나는 섹스를 해본 적도 없었는데, 그저 메리 베쓰 덕에 동정을 뗐다는 것 자체로도 위안이 되었다. 그리고 나는 그녀와의 섹스보다 더 황홀한 섹스가 있을 수 있다는 것은 상상조차 할 수 없었다. 왜냐하면 그 경험 자체가 이미 내가 영화나 책에서 본 그 무엇과도 달랐기 때문이었다.

그러나 미치도록 부드럽고 성숙한 여자가(당시 그녀는 지금의 나보다 어렸으며, 여자의 가슴이란 것은 모두 부드러웠는데, 어린 내가 뭘 얼마나 알았겠는가?) 제복 바지를 무릎 아래까지 끌어내리고서 내 몸을 타고 사정없이 꿈틀거렸다. 나는 그 리듬에 맞춰 머리맡에 있는 라디오에 머리를 짓찧다가 나의 본래 목적을 떠올리고는, 이 여자에게 얼마나 더 세게 해줘야 조부모 살해 사건에 대해 뭔가 알 만한 윗선으로부터 쓸 만한 정보를 캐내올 수 있을까 궁리하곤 했다. 게다가 때는 겨울이라, 그녀 몸 밖으로 나오면 너무 추워 더 세게, 더 깊이 밀어붙였다.

결국 브레넌 경관이 나를 위해 알아낸 것은 다음과 같다.

일단 형사들은 나치의 소행은 아니라고 생각했다. 신나치주의자이든, 다른 나치이든 말이다. 왜냐하면 그들은 하시디즘 신봉자들을 표적으로 삼기 때문이다. 그리고 강도의 소행도 아니라고 했다. 왜냐하면 훔쳐간 물건이 거의 없는 데다, 늘 집 안에 머물고 또 현금을 집 안에 두지 않는 노인들의 특성 때문에 강도들은 노인들의 집을 피했기 때문이다. 비디오 플레이어처럼 몇 안 되는 도난품들은 아마도 충동적인 소행이거나 혹은 수사의 초점을 흐려놓기 위한 계산된 행동이었을 것이란다.

"그래서 누구라는 말이죠?"

내가 메리 베쓰 브레넌에게 물었다.

"그건 말 안 해주던데."

"거짓말 하지 마요."

"난 네가 다치는 거 싫어."

"헛소리 그만 둬요."

그녀는 아마도 살인 행위 자체가 사건의 핵심일지 모른다고 말해주었다. 노인들은 강도 피해자감은 되지 못할지언정 손쉬운 살해 표적은 될 수 있다는 것이다. 행동이 느린 데다 보통은 나자빠진 지 며칠이 지나서야 발견될 가능성이 크며, 아까 말했듯이, 그들은 보통 집 안에 머물러 있다. 희생자가 누구냐 따위는 신경 쓰지 않고 살해 행각을 벌이기로 작정한 사람이면 누구든 나의 조부모 같은 사람들을 좋아한다. 그리고 그러한 자는 두 가지 범주 중 하나에 속한다. 즉 연쇄 살인범이나 폭력단의 오디션을 보는 사람.

1992년 초반의 뉴저지 웨스트 오렌지에서 연쇄 살인범에 가능성을 건다는 것은 머저리나 하는 짓일 것이다.

그러니 십중팔구는 사람을 죽일 수 있다는 점을 보여주고 싶어 했던 자, 그래서 일종의 입회금으로 폭력단 내의 영향력을 얻으려 했던 자의 소행이었을 것이다. 더 정확히 말하자면, 두 명의 소행이었다. 왜냐하면 각자 한 명의 희생자를 맡았을 테고, 우리 조부모님은 서로 다른 총에서 발사된 총알에 맞았기 때문이다.

브레넌 경관이 나를 위해 접촉한 형사들 중 하나는, 그러한 사실로 보아 범인들이 결국에는 붙잡힐 가능성이 크다고 했다. 폭력단의 '침묵의 계율'은 양쪽으로 다 작용한다. 형님들은 부하들에게 위압을 가하고 부하들은 형님들을 밀고한다. 그리하여 경찰은 결국 동시에 적발된 두 놈으로부터 내막을 듣고 용의자를 잡을 수 있게 되는 것이다.

그러나 그런 일은 수십 년이 지나야 가능한 일일 수도 있고, 또 그때가 되면 증거나 이해관계가 남아 있지 말란 법은 없긴 하지만 없어질 수도 있는 일이다. 게다가 그 자들이 실제로 어떻게든 '입단'을 했어야 하는 거지, 그렇지 않고 입단을 거절당하거나 해서 '베스트 바이'든 뭐든 그 따위의 일자리로 되돌아간다면 안

45

된다는 전제가 깔려 있다.

결국 폭력 조직의 입단을 위한 살인사건이었을 가능성에 기대기에는 너무 막연하고 힘든 일이었다. 어쩌면 결국 연쇄살인범의 짓이었을 수도 있다. 아니면 아편쟁이의 짓거리였거나.

그러나 사냥개는 지저분하다고 여우를 피하진 않는다. 그나마 조직원들의 짓이었을 가능성이 내가 유일하게 매달릴 수 있는 것으로서, 나는 그에 주력했다.

그러나 아무것도 드러나지 않았다. 나는 어느 날 메리 베쓰를 아주 힘껏 밀어붙였다. 그랬더니 그녀는 내 가슴을 움켜잡고 울면서 내가 진실로 자기를 사랑하지 않는 것 같아 마음이 아프다고 말했다.

뉴저지 북부 지방에서 어린 시절을 보내다보면 아무개 아버지가 마피아라는 둥 그 따위의 마피아에 관한 허튼소리를 아주 많이 듣게 된다. 또한 서편에 있는 사립군사학교에 관한 이야기도 많이 떠돈다. 그 학교에 다니는 사람을 볼 것 같으면, 그는 필시 시보레 카마로를 몰고 다니며 코카인 흡입용 거울을 깨뜨릴 것만 같은 큰 금 목걸이를 치렁치렁 두르고 다니는 잘난 체하는 재수 없는 인간이라는 것이다. 또 『뉴저지 인명사전』에 수록된 5대 패밀리(미국의 5대 마피아 패밀리: 보나노, 콜롬보, 감비노, 제노베세, 루케세 —옮긴이)의 명사들을 찾아볼 것 같으면 그들 대다수가 그 학교 출신이라는 것이다.

나는 굳어 그 학교 이름을 밝히지 않겠다. 그저 영국에서 가장 유명한 군사 학교 중 한 군데와 이름이 같다고 말하면 충분할 것이다. 물론 독립전쟁 150년 후에 설립되었긴 하지만 말이다.

나는 가톨릭 학교에 들어가게 되리라 생각하고 있었다. 그러나 어디든 별반 차이는 없었다. 나는 벌써부터 체력단련을 하고 있었다.

여름에 그곳으로 전학을 갔다. 학교 등록금은 비쌌지만 내게는 유산과 보험금이 있었다. 그리고 앞서 말했듯이 나는 달리 들어갈 경비가 그다지 많지 않았다.

군사학교로서 그 학교는 완전 사이비였다. 아침 7시 30분에 조례를 하고 매일 14시 30분에 40분씩 열병 수업이 있었고 한 달에 한 번 열병식을 열었다. 그 모든 것을 아주 진지하게 받아들여 여러 스포츠 팀에 가입하려고 하는 등 애를 쓰는 골수 또라이가 있긴 하다. 나머지 아이들은 화장실에서 마리화나나 피우고, 테니스 코트와 숲을 지나 건너편에 있던 여학교 아이들과 재미를 보기 위해서 학교를 몰래 빠져나가 고속도로에 있는 피자헛에 가곤했다. 피자헛의 화장실은 남녀공용이었다.

들어가려면 줄을 서야 했다.

나는 애덤 로카노와 친구가 되기로 했다. 그것은 그가 인기가 있었기 때문이었지, 마피아와 연줄이 있었기 때문이 아니었다. 나는 그에게 어떻게 '스킨플릭(포르노영화 — 옮긴이)'이라는 별명을 얻게 되었는지 물어보기 전까지는 당시에 그런 연줄이 있는지조차 몰랐다.

그는 그런 별명이 생긴 건 자기가 열두 살 때 유모와 포르노를 찍었기 때문이라고 했다.

그가 내게 말했다.

"그게 애틀랜틱시티 출신의 창녀였으면 좋았을 텐데. 나는 기억도 안 나. 너무 취했었거든. 그런데 우리 아버지 사교 클럽의 어떤 또라이 새끼가 테이프를 훔쳐내 복사해서 뿌렸거든. 완전 엿 같았지."

종이 울렸다. 그리고 나는 마피아의 세계에 나도 모르게 발을 들여놓았다는 사실을 깨달았다. 그렇지만 그전까지는 알 수가 없었다. 왜냐하면 로카노는 조직에 속한 다른 아이들과는 달랐기 때문이었다.

그는 나와 열다섯 살 동갑내기였다. 그는 나와는 달리 땅딸막했고 사선으로 주름진 부푼 젖가슴에, 아래턱과 눈두덩이 축 늘어진 강아지 얼굴이었다. 아랫입술도 아주 두툼했다. 또한 나와는 달리 '쿨'했다. 자신감에 찬 것처럼 보이려고 신경 썼는데(심지어 열병식 때 입어야만 하는 그 바보 같은 유니폼을 입고 있을 때도) 마치 1960년대의 라스베이거스에서 밤새 술이라도 마신 것 같은 표정을 지어냈다. 그의 또 다른 매력(내가 그저 경탄해마지 않을 수 없었던 또 다른 면)은 제 속마음을 스스럼없이 드러내는 것 같은 모습이었다. 그는 자위를 한다든지, 똥을 싼다든지, 혹은 자기 사촌 데니스와 사랑에 빠졌다든지 하는 일에 대해 아무렇지 않은 듯 이야기했다. 화가 난다든지 짜증이 나면, 그는 바로 그 순간에 그렇다고 말을 했다. 그 중에는 물론 스포츠나 싸움에 있어 내가 자기보다 낫다는 것이 얼마나 짜증나는 일인지도 포함되어 있었다.

나는 가능하면 경쟁을 벌여야 하는 상황들을 피하려 했다. 하지만 우린 아직 나이가 어렸고, 게다가 소위 군사학교의 학생이었기 때문에 어쩔 수 없이 서로 겨뤄야 하는 일들이 생기기 마련이었다. 그리고 스킨플릭이 그런 일들에 대해 아무렇지 않은 듯 품위 있게 대처하는 모습을 보곤 나는 언제나 감명을 받지 않을 수 없었다. 화가 나서 소리를 지르다가도 바로 웃고 털어버리는 모습은 누가 봐도 솔직해 보였다. 게다가 행동거지는 엉뚱하고, 살면서 처음부터 끝까지 읽은 책은 딱 한 권밖에 없다고 말했어도, 그는 내가 만난 가장 똑똑한 아이였다.

또한 그는 자신에 대한 자부심이 확실했기 때문에 괴짜들이나 구내식당 근로자들 등 온갖 종류의 사람들과 친해지곤 했다. 그러한 점 때문에 그와 친해지는 게 가능했다. 그렇다고 내가 그와 친해지기 위해 노력을 하지 않았다는 것은 아니다. 나는 구 유럽 스타일을 버리고 바르네 선글라스와 산호 목걸이를 갖춘 텁수룩한 스타일의 프레피룩 차림을 하기 시작했다. 말은 천천히 하기 시작했고 톤을 낮추었다. 그리고 되도록 말을 많이 하지 않았다. 누구든 겉도는 고등학생들이 무리와 어울리기 위해서는 아주 강한 동기가 주어져야 한다. 그러면 급속히 '쿨'해질 수 있다.

또한 나는 마약을 거래하기 시작했다. 조부모님이 살해당하기 전에 다니던 고등학교에서 알던 한 녀석을 통해 줄이 닿아 있었다. 사건이 벌어졌을 당시의 다른 친구들은 모두 내게 무슨 말을 해야 할지 몰라 더 이상 나와 말을 섞지 않게 되었다. 그 녀석의 형이 마약 거래를 하고 있었는데, 그가 내게 8온스에 달하는 마리화나와 아주 많은 코카인을 좋은 가격에 구해주었다. 두 형제는 아마 내가 직접 하기 위해서 마약을 구하는 것이라고 생각했을 것이다.

그러나 나는 결국 그것을 더 낮은 가격에 팔고 마는 꼴이 되었다. 결국 친구를 산다는 것은 각별히 특별한 일은 아닌 것이었다. 어쨌든 그게 먹혔다. 스킨플릭과 내가 만난 계기는 마리화나를 통해서였다.

어느 날 그가 수업 시간에 쪽지를 내게 건넸다. 거기엔 이렇게 쓰여 있었다.

친구, 약 좀 있나?

나는 분명 신이 만든 가장 멍청한 얼간이일 것이다. 어딘지도 모르면서 똥을 누는 마야의 폐허에 있는 원숭이, 네안데르탈인보다 못한 인간. 그러나 내가 저질렀던 그 모든 창피스러운 일 중에서도 그나마 내가 가장 이해하기 쉬운 것은 열다섯 살 먹었을 때 애덤 로카노와 그의 가족들과 사랑에 빠졌다는 것이다.

몇 년 후, FBI에서 나를 옭아매려했다. 돌대가리 같은 놈이 조부모님이 조직원 깡패들로부터 살해당한 것을 보고도 결국엔 조직원 깡패들과 함께 살게 되고, 그들을 위해 일을 하고, 그들에게 알랑거리고, 그들을 필요로 하게 되었으니 말이다. 그러나 나에게 그만한 이유가 있었다.

정작 날 도와주었어야 할 경찰들은 7만 달러와 코카인 1/2 킬로그램에 진실을 은폐하고 나를 외면해 버렸다. 로카노 가 사람들은 그런 나를 자기들 가족에 끼워주었다. 영화에 나오는 마피아 조직원 패밀리 따위를 말하는 것이 아니고 말 그대로 그들의 가족에 끼워주었다는 말이다. 젠장, 그들은 스키 여행에 나를 데려가 주었다. 파리에도 데려가 주었고 나중에는 스킨플릭과 함께 기차로 암스테르담에도 갔다. 그들은 기본적으로 친절한 사람들이 아니었다. 그러나 타인에 대해서 공감을 할 줄 알았고, 나에게는 굉장히 친절하게 대했다. 스킨플릭과 그의 부모님 외에도 두 명의 남동생이 있었다. 그리고 그 가족 중 어느 누구도 불안한 표정을 보인다든지 항상 집단 살상을 염두에 둔다든지 그런 모습은 보이지 않았다. 그들 모두는 뒤돌아 서서 알 수 없는 죽음의 함정을 바라보는 게 아니었다. 그들은 앞을, 즉, 삶의 세계를 바라보는 듯했다. 그리고 자신들의 삶에 나를 끼워 넣고 싶어 하는 것 같았다.

나는 그것을 거절할 수 있을 만큼 강하지도 못했다.

스킨플릭의 아버지 데이비드 로카노는 월가 근처에 있는 네 명이 합자해 설립한 로펌의 변호사였다. 그가 그곳에서 조직 관련 일을 하는 유일한 인물이면서도 회사가 굴러가게 떠받치는 사람이라는 사실을 나중에 알게 되었다. 그는 헐거운 비싼 정장을 입고 다녔고 검은 머리는 뒤통수에서 아래로 날렸다. 그는 자신이 얼마나 예리하고 유능한지 완벽하게 감추지는 못했지만, 가족들 주변에서는 대개 어쩔 줄 모르는 어리바리하고 주눅 든 모습이었다. 뭔가를 알고 싶을 때면, 예를 들어 컴퓨터라든지, 혹은 스쿼시를 배워야 한다거나 혹은 존 다이어트(탄수화물, 단백질, 지방을 균형에 맞춰 섭취하는 다이어트 — 옮긴이)를 해야 한다든가 등등…… 그는 언제나 '우리'에게 꼭 물어보곤 했다.

스킨플릭의 어머니 바버라는 마른 체형에 유머 감각이 있었다.

그녀는 애피타이저 만드는 것을 즐겼고 프로 스포츠를 실제로 좋아했거나 아니면 좋아하는 척을 잘 했다. 그녀는 "오, 제발"이라고 말하는 걸 좋아했다. 이런 식이었다. "오, 제발, 피에트로. 너 쟤를 스킨플릭이라고 불러?"

(그나저나 피에트로는 나의 실제 이름이다. 피에트로 '브라우나'라고 발음하는 Pietro Brnwa이다.)

다음으로 스킨플릭이다. 그와 어울리는 것이 꼭 세뇌당하는 일 같은 것은 아니었다. 세뇌라는 것이 보통 실상은 개떡 같은 현실을 바람직한 것으로 받아들이게 한다는 점에서 하는 말이다. 어쨌든 그와 어울리는 것은 '재미'있는데다 세뇌와 똑같은 효과도 있었다.

그와 어울리다 보면, 예컨대 이런 생각들을 하게 되었다.

해변 모닥불 파티에서의 하룻밤의 가치는 무엇인가? 그때 네가 열여섯 살 생일이라면 어떨 것인가? 그리고 네 얼굴 한쪽으로는 불길이, 다른 쪽으로는 바람이, 발목과 청바지 엉덩이 틈으로는 차가운 모래가 느껴지고, 네가 입을 맞추면서도 잘 보이지는 않는 여자애의 입술이 뜨겁게 젖어 테킬라 맛이 나며, 그러면서 너는 그녀와 텔레파시로 소통을 하는 것처럼 느껴지며, 더욱이 너는 인생에서 후회라든지 실망 같은 것은 없는데, 그 이유는 미래는 알 수 없는 것이며, 많은 것을 잃긴 했지만 시간이 가면서 그 만큼 얻을 것 같기 때문인가?

그것을 위해서 너는 무엇을 포기해야만 하는가? 그리고 너는 그것을 죽은 자에 대한 너의 의무와 어떻게 견주겠는가?

복잡하지 않다. 한 번 쳐다보고 가 버리면 된다. 고개를 젓고 다시 옛날로 돌아가, 조부모는 죽고 없는 몸집 크고 외로운 괴짜로 살아가면 된다. 그러면 넌 영혼을 지킬 수 있으니 행복할 것이다.

나는 그렇게 하지 않았다. 나는 로카노 가족으로부터 내가 처음 그들에게서 얻고자 했던 것을 얻고 난 후에도 오래도록 그들과 함께 머물렀다. 나의 삶 자체가 원래 나의 임무에 대한 조롱으로 바뀔 때까지. 나는 나의 조부모 밑에서 자랐다는 사실이, 거짓과 조작이 삶의 방식이자 오락인 사람들과 대항할 꼴 같지 않은 방어책이 되었다고 말할 수 있다. 그러나 또한 로카노 가족과 함께 산 것이 나를 행복에 물릴 정도로 만들었으며, 나는 그게 끝나지 않기를 바랐다는 것도 또한 사실이다.

그리고 사실을 말하자면, 나는 그 이래로 나쁜 일들을 아주 많이 저질렀다.

3

애너데일 별관 침상에 누워 있는 남자는 예전에 내가 알던 사람으로 에디 콘솔이라는 별명의 에디 스퀼란티이다.

"이런, 젠장?" 나는 그의 환자복 앞섶을 한 손으로 움켜쥐면서 호통 치듯 말한다. 그러곤 차트를 다시 한 번 확인해 본다. "당신 이름이 로브루토였어?"

그는 당황한 듯 보인다.

"로브루토 맞아."

"스퀼란티 아니었고?"

"스퀼란티는 그냥 별명이었어."

"스퀼란티? 도대체 무슨 그런 별명이 다 있다고 그러시나?"

"지미 스퀼란티에서 따온 거야."

"쓰레기 업계의 그 자식?"

"이봐. 쓰레기 업계를 되살린 사람이야. 입 조심해. 내 친구였다고."

"잠깐, 뭐? 지미 스퀼란티가 당신 친구였기 때문에 당신 별명이 스퀼란티라는 말씀?"

"그래. 뭐, 그 친구 진짜 이름이 빈센트였긴 하지만."

"젠장, 도대체 무슨 개소리를 하는 거야? 내가 예전에 바버라라는 여자애를 알고 있었다고 해서 사람들한테 나더러 뱁스(바버라의 애칭 — 옮긴이)라고 불러달라고 하진 않거든."

"그래, 그러겠지."

"그럼, '에디 콘솔'이란 이름은 또 뭐야?"

"그건 내 또 다른 별명이지. '콘솔리데이티드('강화된'이란 뜻 — 옮긴이)'라는 말에서 만든 거야." 그는 껄껄거리며 말한다. "이봐, 넌 진짜 사람 이름이 '콘솔리데이티드'일 거라고 생각 하나?"

나는 잡았던 멱살을 푼다.

"아니. 알겠어."

그는 가슴을 쓰다듬는다.

"이런, 이런. 베어클로 자네가 여기……"

"그렇게 부르지 마."

"알았어……" 그는 목소리에 힘을 잃었다. "잠깐. 내가 스퀼란티라는 걸 몰랐다면, 날 어떻게 찾았지?"

"내가 당신을 찾은 게 아닌데."

"무슨 말이야?"

"당신은 이 병원의 환자고 나는 의사거든."

"그냥 의사 옷을 입고 있는 거잖아."

"아니. 나 진짜 의사 맞거든."

우리는 서로를 바라본다. 그런 후 그가 말한다.

"지랄하지 마!"

나는 그 말에 손사래를 친다.

"뭐, 그리 대단한 일이라고 그래, 별 거 아닌데."

"웃기고 있네! 아이고, 마즐 토브('축하드립니다'라는 뜻의 유대어 ― 옮긴이), 친구!" 그는 머리를 가로 젓는다. "더러운 유대인 놈들. 뭐야, 네놈들은 마피아를 변호사로 만들지 않나?"

"난 한 번도 마피아였던 적 없어."

"그렇담 미안하게 됐군."

"사과할 필요까지야."

"생각 없이 나온 말이야. 기분 나쁘게 하려는 생각은 없었어."

나는 조직원들이 그런 식으로 말을 한다는 사실을 잊고 있었다. 마치 그들 모두가 같이 참여하는 무슨 통합된 민주적 모임이라도 있다는 것처럼 말이다. 나는 이렇게 말한다.

"걱정 마. 데이비드 로카노를 위해서 내가 죽인 자들의 반은 마피아였으니까."

그는 침을 삼킨다. 수분 섭취를 전부 팔을 통해 하고 있는 상황에서 침을 삼키는 것은 쉬운 일이 아니다.

"날, 죽일 건가, 베어클로?"

"아직 모르지." 스퀄란티의 시선이 정맥주사액에 가 닿는다. "죽인다 하더라도, 주사액에 공기 따위 넣어서 죽이진 않을 거야."

정맥주사에 공기가 조금 들어간다고 해서 진짜로 사람을 죽일 수 있다면, 맨해튼 가톨릭 병원의 환자들 반이 이미 죽었을 것이다. 실제로는 LD50(50%의 사람들에게 있어서의 치사량)은 매 1킬로그램의 중량마다 공기 2입방 센티미터이다. 로브루토인지, 뭔지 이놈에게 있어 그것은 주사기 10여 개* 분량이 될 것이다.

어쩌면 나는 그의 목구멍에 코르크를 쑤셔 넣어야 할지도 모른다. 경량질 나무는 엑스레이에 잡히지 않을뿐더러 맨해튼 가톨릭 병원의 그 어떤 병리학자도 스퀄란티의 후두를 절개해 볼 수고를 할 사람은 없을 것이다. 허나 코르크는 어디서 구한다지?

"생각 그만해!" 그가 말한다.

"걱정 마. 지금 당장은 내가 당신을 죽일지 어떨지도 확실치 않으니까."

조금 후, 나는 이 말이 사실이라는 것을 깨닫는다. 왜냐하면 꼭 죽여야 한다면 어떤 방법을 쓸지는 이미 알고 있었기 때문이다.

나는 그냥 칼륨을 이용해 처리할 것이다. 아주 천천히 처리한

---

* 어떤 특정한 사람을 뻗게 만들 수 있는 실제량은 매우 가변적이다. 그 이유는 사람들 중 30%가 심장의 왼쪽과 오른쪽 사이의 벽에 구멍이 있어 그곳으로 기포를 내보낼 수 있기 때문이다. 그러면 그 기포는 그곳에서 대기 중으로 내보내지게 된다. 만일 구멍이 없다면 기포는 폐로 들어가고 그러면 곧바로 뇌로 가게 된다. 그러나 대부분의 정맥주사 기구들은 기포 제거하기가 주사기보다 훨씬 더 어렵다. 그러한 이유로 신경 써서 제거하는 사람은 아무도 없다.

다면 심전도*의 급격한 변화를 일으키지 않으면서 심장을 멈추게 할 수 있을 것이다. 그러면 죽고 난 후 아주 많은 세포들이 터져서 몸 전체가 칼륨으로 넘쳐날 것이다.

"망할, 난 어쨌거나 암에 걸린 거 같아."

"당신 진짜로 암에 걸렸어."

"무슨 말이야?"

"방금 당신 생체검사 결과 보고 왔는데."

"뭐라고! 안 좋아?"

"아니, 굉장하던데. 그래서 의사들이 다들 한 번 보고 싶어 하지."

눈에 눈물이 고인 스퀼란티는 고개를 가로젓는다.

"재수 없는 놈. 넌 어릴 때부터 그랬어." 그는 나의 신분증을 움켜쥔다. "어쨌거나 지금은 어떤 이름으로 통하냐?" 신분증을 본 그가 움찔한다. "피터 브라운? 비틀즈 노래에 나오는 그 사람 이름?"

"그렇지."

나는 그의 반응에 놀라지 않을 수 없다.**

"네 이름을 피에트로 브라우나(Pietro Brnwa)에서 피터 브라운(Peter Brown)으로 바꿨단 말이야? 도대체 우릴 얼마나 멍청이

---

* 심전도(Electrocardiograms)는 줄여서 'EKG'라고 한다. 그 이유는 'ECG'가 너무 'EEG'와 흡사하기 때문이다. EEG는 '뇌전도'를 말한다. 그게 아니라면 심전도를 발명한 빌렘 에인트호벤이 'electrokardiograms'라고 불렀기 때문일 것이다.

** 「존과 요코의 발라드」(The Ballad of John and Yoko): "피터 브라운이 전화를 걸어 말하더군. 일이 잘 풀렸어. 너 스페인의 지브롤터에서 결혼식을 올릴 수 있게 됐어." 피터 브라운은 비틀즈를 위해 가장 오랫동안 일한 매니저였다.

로 보는 거야?”

“우라지게 멍청이로 보고 있지.”

천장의 구내방송 스피커에서 안내방송이 흘러나온다.

“코드 블루. 모든 가능한 의료진은 남관 815호로 오십시오.”

방송이 몇 차례 반복된다.

스퀼란티는 무슨 일인지 깨닫고 말을 건넨다.

“베어클로, 나 입 다물고 있을게. 내 약속하지.”

“안 그러면, 돌아와서 당장 없애버리겠어. 씨발, 알겠어?”

그는 고개를 끄덕인다.

병실을 나오는 길에 벽에서 전화기 코드를 뜯어낸다.

나는 코드블루를 부른 곳에 도달한다. 어쨌거나 그 앞 복도에 도착.

모든 사람들이 코드를 좋아한다. 왜냐하면 텔레비전에라도 나오는 것처럼 행동할 수 있기 때문이다. 제세동기를 들고 “클리어!”라고 외치지 않는다 할지라도, 인공호흡기 백을 쥐어짜거나 간호사들이 크래시 카트(심장 정지 등의 긴급 조처용 약품과 기기 등 일습을 실은 손수레 — 옮긴이)에서 꺼내 건네주는 약품을 주사할 수 있게 된다. 또한 병원의 곳곳에서 사람들이 몰려온다. 의무적으로 와야만 하는 의료진뿐만이 아니다. 따라서 이때가 사람들과 교재를 트기에 아주 좋은 기회가 된다. 그리고 실제로 환자가 심장이 멎어가는 중이라서 코드를 부른 거라면, 그때는 정말 누군가의 목숨을 살릴 수도 있는 일이며, 그렇게 되면 그 대단한 의사라는 직업을 택한 것이 잘한 일이라는 것을 만방에 알릴 수도 있는 것이다.

그러나 현장에 도착하자마자 그런 상황이 아니라는 사실을 깨닫는다. 이번 상황은 환자가 사망한 지 벌써 몇 시간이 되었고 어떤 간호사인지 자신의 잘못을 발뺌하기 위해 수작을 부리는 상황이다.

"시간 되는 사람 있어요?" 내가 묻는다.

레이니라는 이름의 간호사가 스톱워치와 당직 체크리스트를 들고서 돌아본다. 그러곤 윙크를 하며 말을 건넨다.

"안녕하세요, 브라운 선생님. 제가 벌써 선생님 이름을 넣었어요."

"고맙기도 하셔라."

레이니는 섹시하지만 유부녀이다. 그럼, 결혼을 했고말고. 하고 다니는 꼴이 12살 먹은 어린애 같으며 농구 셔츠를 칵테일 드레스마냥 길게 늘어뜨려 입는 남자와 말이다. 어쨌든 이 형님은 레이니 당신 수작에 안 넘어갑니다.

대신 이 형님이 하려는 것은 스퀼란티의 병실로 되돌아가는 것이다. 그러고는 그자를 없애버리거나 아니면 어떻게 처리할지 알아내거나 하는 것이다.

선택이 쉬워 보이지 않는다. 그를 살려두면 데이비드 로카노에게 내가 있는 곳을 불 것이다. 그러면 나는 살해당하거나 도망자 신세가 될 것이다. 반면, 아마도 사람을 죽인 걸 보상하기 위해 병원에서 일을 할 수도 있을 것이다.

아니면, 또 다른 일이 벌어질 수도 있겠지.

"선생님?"

등 뒤에서 작은 목소리가 들려와 몸을 돌린다. 나의 학생들이다. 짧은 흰 코트를 입은 애처로운 인간 궁상. 하나는 남자이고 다른 하나는 여자이며, 둘 다 이름이 있다. 그 정도가 내가 그들에 대해 기억하는 전부이다.

"안녕하세요, 선생님."

"선생님이라고 부르지 마. 난 생계를 위해 일할 뿐이야. 검사실에나 가봐."

그렇게 말을 하니 학생들이 어찌할 바 몰라 한다. 하지만 그 중의 하나가 말한다.

"이미 다녀왔습니다."

"그럼 그냥 여기 있어."

"하지만……"

"미안하다, 얘들아. 내가 나중에 가르쳐줄게.* 그럼 7시 반 주치의 회의에서 보자고."

그러나 열 발자국쯤 가고 나자 기다렸다는 듯 중환자실에 있는 아크펠에게서 호출이 온다. 전화를 걸자 그가 내게 말한다.

"잠깐 시간 있어?"

'아니.'라고 말하는 대신 나는 이렇게 묻는다.

"심각해?"

참 멍청한 질문이다. 왜냐하면 그렇지 않다면 아크펠이 날 호

---

* 이 기본적인 인사—안녕하세요, 선생님/미안하다, 얘들아. 내가 나중에 뭔가 가르쳐줄게—는 의과대학 생활 마지막 2년 동안의 주요 활동이다. 첫 2년 동안의 주요활동은 그날그날의 아침에 억하심정이 많고 제대로 보수를 받지 못하는 느려터진 박사학위자가 어깨를 톡톡 치며 말을 거는 학장을 피하지 못해 맡게 된 파워포인트 발표를 참관하는 것이다.

출할 리 없기 때문이다. 그는 그럴 만한 시간이 없다.

"흉관삽입술하는데 자네 도움이 필요해."

젠장.

"바로 갈게." 나는 학생들을 돌아보며 말한다.

"얘들아, 계획변경이다. 아크펠 삼촌께서 우릴 위해 수술을 준비하셨단다."

비상계단으로 향하자 학생 하나가 불안한 모습으로 코드 현장으로 고개를 돌려 가리킨다.

"저 사람은 우리 환자 아닌가요, 선생님?"

"이젠 신의 환자야."

흉관삽입술이란 날카롭게 만든 관을 사람의 흉벽에 꽂는 시술이다. 그것은 흉강(胸腔)에서 피―혹은 고름이나 공기 따위의 것들―가 하나의 폐나 혹은 양쪽 폐를 짓눌러 호흡을 어렵게 만들기 시작할 때 시행하는 것이다. 흉관삽입술을 시행할 때는 주요 장기들―폐, 비장, 간―과 늑골의 아래쪽은 피해야 한다. 왜냐하면 늑골의 아래쪽은 정맥과 동맥, 신경이 지나는 곳이기 때문이다(갈빗대를 잘 보면 확인할 수 있다. 심지어 요리한 후에도 확인 가능하다. 하지만 그러면 욕지기가 날 수도 있다.). 그러나 그런 점만 제외하면 환자가 움직이지 않는 이상 흉관을 삽입하는 것은 간단한 일이다.

그러나 환자가 설마 그리 얌전히 있을 리가 있겠는가. 바로 그때 내가 개입하는 것이다. 이런 말 하는 게 결코 뿌듯하진 않지만 내가 가장 완벽하게 잘하는 의료시술이 바로 환자를 제지하는 것이다. 이제 나의 학생들은 결코 흔하게 볼 수 없는 비범한 재능을 보게 될 참이다.

그러나 중환자실에 도착했을 때, 환자는 옆으로 기울어져 있고, 눈은 뜬 상태로 혀는 쑥 빠져나온 것을 보고는 난 놀라고 만다. 실은 아크펠이 나와 통화한 사이에 환자가 죽은 건 아닌지 걱정스럽다. 그러나 환자의 경동맥을 짚어보니 비록 그가 내 손을 인식하지 못하는 것 같긴 하지만 어쨌든 맥박이 느껴진다. 내가 묻는다.

"이 환자 전에도 이랬어?"

아크펠은 마틴-화이팅 알도메드 사의 도구들을 이용해서 수술 테이블을 준비하고 있다.

"항상 이랬어. 6년 전에 중증 CVA*(뇌졸중 — 옮긴이)를 일으켰어."

"그럼 뭣 때문에 날 부른 거야?"

"차트를 보니 이 환자가 갑작스럽게 발작적인 움직임을 보이곤 한다기에."

나는 남자의 안구를 가볍게 두드린다. 반응이 없다.

"누군가 장난치는 거 같은데. 의료소송 때문에 말이지."

"그럴지도 모르지." 그는 '더마젤' 수술 장갑 한 봉을 뜯어 펼쳐놓은 파란색 종이 테이블보에 올려놓고는 장갑의 안쪽만을 건드리며 한 번에 하나씩 끼고는 말한다. "준비 됐어."

나는 손잡이를 돌려 침대를 올리고 학생들은 각자 다리 하나

---

* CVA는 '뇌혈관장애' 혹은 발작을 가리킨다. 뇌동맥이 막히거나(보통 혈전에 의해 막히는데, 혈전은 주로 심장에서 생기는 것이다.) 혹은 곧바로 터지는 경우가 있다. 그러면 저승사자를 만나게 되는 것이다. 이것은 미국에서 사망원인 제2위이다.

씩 잡는다. 나는 남자의 가운을 풀어 허리까지 떨어뜨린다. 코마 상태의 남자는 살이 축 처져 있다.

아크펠은 왼쪽 흉곽 하부를 요오드 스펀지로 닦아내고 튜브를 들어올린다. 나는 남자의 양팔과 가슴 위쪽을 가로질러 한 팔을 뻗친다.

아크펠이 쿡 찌른다. 환자는 비명을 지르며 학생 둘 모두를 거세게 발로 찬다. 그 바람에 둘은 벽에 내리꽂히는데, 그 와중에 한 학생이 어떤 모니터를 치고 만다.

그러나 흉관은 삽입되었다. 하지만 어디로 삽입되었느냐는 의심스럽다. 왜냐하면 밖으로 —그리고 아크펠이 환자용 소변기를 쳐들어 막기 전까지 그의 가슴과 얼굴을 향해— 뿜어져 나오는 액체가 검고 끈적끈적한 피처럼 보이기 때문이다. 조금 지나자 액체는 정상적으로 뿜어져 나오기 시작한다.

환자는 큰 숨을 내쉬고 다시 나의 팔에서 이완된다.

"얘들아, 괜찮냐?"

내가 묻자 둘 다 정신을 추스르며 대답한다.

"예, 선생님."

"아크펠 자넨?"

"괜찮아. 조심해. 바닥에도 피가 묻었네."

잠시 후 학생들과 내가 중환자실에서 나오자 환자보다 더 젊어 보이고 조금 덜 좀비 같은 사내가 우릴 막아선다.

"우리 아빠 좀 어때요?"

"괜찮습니다."

돌아가는 길에 비상계단에서 고개를 돌려 내가 묻는다.

"애들아, 배운 거 말해 봐라."

"DNR입니다."

그들은 동시에 말한다.

"옳거니."

DNR은 '응급소생술 거부.' '제발 날 좀 죽게 놔둬.' 하는 등의 요청을 뜻한다.

만약 의사들이 그러한 요청을 환자들에게 설명해 주고 환자들이 그에 서명을 할 수 있게 된다면, 병원 밖 세상을 결코 다시 볼 수 없을 환자들에게 현재 기금의 60%를 쏟아 붓고 있는 미국의 의료보건 체제를 구제할 수 있을 것이다.

그건 저승사자가 할 일 아니냐고?

속보: 그 시점에서는 저승사자의 임무는 다 끝난 것이다. '뇌사'라는 것은 비록 그게 사실이긴 하지만 뇌가 죽었다는 것을 의미하지 않는다. 뇌사의 의미는 두뇌가 기능을 잃어 신체가 사실상 죽은 것을 뜻한다. 환자의 뛰는 심장은 통 속에 들어가 있는 것이나 마찬가지이다.

저승사자의 임무를 하는 것이 아니라는 말을 하다 보니, 나는 살인을 생각하기 전에, 우선 스쿼란티에게 확 겁을 주어 입을 꾹 다물게 하기 위해 뭐든 하겠다고 작심을 하고는 다시 병실로 향한다.

어쨌든 그런 식으로 작심을 한 상태다. 나는 학생들을 만약을 대비해 주치의 회의—너무나 지긋지긋한 일이라 이러한 상황에서도 이 아이들을 거기서 빼내주지 못한 것에 대해 마음이 켕긴다—에 미리 보낸다.

그렇지만 아니나 다를까, 도착해 보니 스퀼란티는 휴대전화로 누군가와 통화를 하고 있다.

그는 전화기를 가리며 내게 말한다.

"곧 끊을 거야. 뭐? 제기랄, 내가 무슨 석기시대 사람이라도 되는 줄 아냐? 난 휴대폰 쓸 줄 모를까봐?"

그러더니 그는 손가락 하나를 쳐들고 전화기에 대고 다시 말을 한다.

"지미. 나중에 다시 할게. 베어클로가 여기 왔어."

4

영화를 보면 킬러들은 항상 22구경 소음(消音) 권총을 사용하는데, 현장에서 꼭 떨어뜨린다. 현장에서 떨어뜨리는 것은 이해한다. 왜냐하면 「대부」에서 마이클이 현장에서 자기 총을 떨어뜨리기 때문이다. 그 영화는 1970년대 영화로 배경은 50년대인데 오늘날까지 조직원들이 자신들의 삶의 모델로 삼고 있는 영화이다.*
그렇지만 처음으로 그에 대해 생각해 봤을 때는 22구경을 사용한다는 것이 참 바보 같다는 생각이 들었다.

분명 총알이 작을수록 속도는 빨라진다. 그리고 속도는 운동

---

* 마이클이 「대부」에서 경찰을 쏜 후 권총을 떨어뜨리는 이유는 「알제리 전투」에서 사내가 경찰을 쏜 후 총을 떨어뜨리기 때문이다. 그 영화에서는 적어도 그게 말이 된다. 왜냐하면 알제리 혁명 시기에는 프랑스가 검문소를 두 구역마다 하나씩 두고 있었기 때문이다.

에너지의 주요한 요소이다. 따라서 속도는 조준을 잘 한 총알이 체액의 막이 파열될 때까지 몸속으로 보내는 충격파의 주요한 요소가 된다. 그러나 실제로 총알에서 몸으로 이동되는 운동 에너지의 양은 계산하기 어려운데, 그것은 회전속도와 물리학자들이 두 물체가 실제 접촉한 시간이라고 부르는 '충격량'에 좌우되기 때문이다.

반면, 운동량의 보존은 계산해 내기 쉽다. 예를 들어, 무게가 230그레인(직경이 1인치의 45%인 45구경 총알의 무게와 같은 15그램)에 달하는 총알이 음속(총알로서는 느린 속도이다.)으로 가다가 사람의 몸속에서 완전히 멈추게(작은 총알보다는 큰 총알이 훨씬 쉽다.) 되면, 신체 내의 15그램이 그 충격을 완충하기 위해 음속으로 가속해야 한다. 그렇지 않으면 신체 내의 150그램이 음속의 1/10 속도로 가속해야 하는 그런 식이다. 이게 계산하는 데 훨씬 쉬운 것이다.

나는 《주간 유대인을 쏴라》인지 《네 머리를 날려버려라》인지 뭔지에서 보고 알게 된 낫소 콜리세움 총 전시회에서 어떤 괴짜에게 45구경 쌍발 자동권총을 구한다고 말한 적이 있다.

총 구하는 일이야 쉬운 일이었다. 내가 결국 손에 쥐게 된 총들은 싸구려 같아 보였다. 그 총들은 호두나무 손잡이로 되어 있고 총신은 반질반질 빛나는 게 마치 거울 같았다. 그러나 어쨌거나 견고했고 작동도 깔끔했다. 그러니 언제고 나중에 다시 도색할 수 있을 거라 생각했다. 게다가 나무로 된 손잡이는 반동을 흡수해 줄 거라 생각되었다.

어려운 일은 소음(消音) 장치를 구하는 것이었다.

베트남 전쟁 이후 소음장치를 소유하는 것 자체가 중죄가 되었다. 왜 그런지는 나도 모르겠다. 소음 권총이 사람을 죽이는 데만 사용된다는 것은 사실이다. 그렇지만 공격용 소총도 마찬가지 아닌가. 게다가 NRA(전국소총연합 ― 옮긴이) 덕분에 소총은 싸고 구입하기도 쉽다. 나는 총기 박람회에서 총을 구입한 후, 몇 시간을 서성거리고 나서야 소음기를 거래할 만한 낌새가 보이는 사람을 찾을 수 있었다.

남자는 흰머리에 안경을 끼고 폴리에스테르 셔츠를 입은 사람이었다. 그는 자기 테이블 위에 고위급 나치 인사들의 회고록이니 요상한 총들과 칼들이니 그 모든 낌새들을 드러내놓고 있긴 했지만, 조금도 서바이벌리스트(전쟁이나 재난 등에 대비해 야외에서 살아남기 위해 고군분투하는 사람 ― 옮긴이)처럼 보이지 않았다. 나는 남자에게 서프레서 소음기가 있는지 물었다.

서프레서 소음기는 공격용 소총에 쓰이는 B급 소음기로서, 뭐, 학교친구들에게 총질을 한다거나 그 따위 짓을 할 때 쓰면 귀 먹진 않을 정도다.

"서프레서는 뭐 하게?"

그의 말이 끝나자 그의 혀(회색이었다)가 아랫입술에 얹혀졌다.

"보조무기에 쓰게요."

"보조무기? 보조무기를 소음(消音) 거는 일도 있나."

"전 아주 센 서프레서를 찾고 있습니다."

"아주 센 거라."

"아주 조용한 서프레서 소음기요."

그는 짜증이 나는 것 같았다.

"네 눈에 내가 FBI로 보이냐?"

"아뇨."

"그럼 까놓고 말해. 어떤 걸 찾는 건데?"

"매그넘 로드 할로 포인트에 쓸 거요."

"진담이야?"

"예."

"그게 그 총인가?"

"예."

나는 들고 있던 쇼핑백을 건네주었다. 그는 권총 두 자루를 꺼내 『시온 원로들의 의정서』 위에 올려놓았다. 그는 한동안 그 총들을 바라보다가 마침내 입을 열었다.

"음. 쉬운 일이 아닌데. 어쨌든 이쪽으로 와 봐."

나는 테이블을 돌아 접이식 의자가 마련되어 있는 곳으로 갔다. 그 권총 마니아는 바닥에서 낚시 도구상자를 들어 올려 테이블보 늘어진 자리 아래에서 열었다. 상자에는 소음기가 가득했다.

그는 그것들을 훑으며 말했다.

"음. 자루 당 하나씩 필요한 거지?"

"예."

그는 두 개를 끄집어내며 말했다.

"이게 얼마나 좋은 건지 모를 거야."

기다란 소음기들은 길이가 족히 30센티미터는 될 것 같았는데 15센티미터의 굵은 관에 같은 길이의 가는 관이 부착된 식이었다.

"저게 뭐예요?"

나는 가는 부분을 가리키며 물었다.

"총신이야. 자, 잘 봐라."

그는 약 10초도 안 되어 나의 자동권총 하나를 분해하고 다시 조립했다. 그 과정이 전혀 보이지 않았는데, 그저 원래 총신이었던 건 테이블 위에 놓여 있었고 소음기이자 총신인 것은 총에 끼워져 있는 것만 보였다.

그가 말했다.

"이런 식으로 총을 바꿔치기 하면 나중에 사람들이 총알을 맞춰볼 수 없게 되는 거야. 탄피 추적을 못하게 하려면 노리쇠를 바꾸면 돼. 아니면 사포로 갈던가."

"그렇군요."

"FBI가 추적할 경우를 대비해서 총을 안 쓸 때는 원래 부품들을 꽂아놓아야 해. 또 그들이 수상쩍은 움직임을 보일 경우를 대비해서 항상 장전을 시켜놓아야 한다." 그는 윙크를 했으나, 그건 아마도 안면 경련이었을 수도 있다. "내 말 알아들어?"

"예."

"좋아. 400달러야."

1992년 12월 중순에 로카노 부인이 내게 물었다.

"피에트로, 크리스마스에 뭐 해줄까?"

나는 내 나름의 수를 써보기로 결심했다. 우리는 모두 저녁 식사 중이었다.

"전 유대인이에요."

"오, 그러지 말고."

"제가 원하는 건 누가 우리 조부모님을 죽였는지 알고 싶은 것뿐이에요."

나는 데이비드 로카노를 똑바로 바라보며 말했다.

그러자 모두가 침묵을 지켰고, 나는 생각했다.

'젠장, 다 망쳐버렸다.'

그리고 폭풍이 지나간 듯 여겨졌을 때, 나는 그저 감사한 마음이었다.

그러나 며칠 후 데이비드 로카노는 스킨플릭에게 줄 크리스마스 선물 사는데 도와달라며 자기와 함께 '빅5 스포츠 용품점'에 같이 가자고 전화했다. 나를 태우러 오겠다고 했다.

우린 함께 가서 스킨플릭에게 줄 스피드백을 샀는데 참 웃긴 노릇이다. 왜냐하면 스킨플릭은 스피드백을 치다가 10분도 못 견디고 엉뚱한 곳으로 팔을 허우적거릴 녀석이었기 때문이었다. 그러나 로카노는 나의 조언 따위는 관심 없는 듯했다.

집으로 돌아오는 차 안에서 그는 내게 말했다.

"진짜 너희 조부모님 죽인 놈들 잡고 싶은 거니?"

그 말에 나는 가슴이 철렁 내려앉는 것 같아 한동안 아무런 말도 하지 못했다.

"제가 살아가고 있는 이유가 그겁니다." 마침내 내가 말했다.

"뭐, 그 따위 멍청한 생각이 있나? 물론 네가 그래서 샌드허

스트로*(영국의 '샌드허스트' 왕립육군사관학교에서 따온 이름이
다—옮긴이) 전학 온 거 안다. 또 그래서 애덤하고 친구가 되었
잖아. 하지만 그건 멍청한 짓이야. 그런 생각 집어치워. 꼭 그래야
만 해. 너도 그만두고 싶어 한다는 거 내가 안다."

"그렇게 못 한다면요?"

로카노는 갑자기 가던 길에서 차를 한쪽으로 방향을 획 틀더
니 브레이크를 밟았다.

"센 척하는 잡소리 집어치워. 난 사람들 협박하지 않는다. 염병
할, 난 변호사라고. 사람들을 협박한다 하더라도, 너한테는 그런
짓 안 해."

"알았어요."

"진심으로 말하는데, 넌 살아야 할 이유가 많아. 시궁창에 빠
져들면 안 돼. 애덤은 널 좋아한다. 걘 널 존경해. 그걸 명심해라."

"고맙습니다."

"내 말 알아듣니?"

"예."

나는 듣고는 있었다. 그러나 여전히 멍한 상태였다.

"얘가 그 생각에 완전히 빠졌구먼?"

"예."

그는 한숨을 내쉬고는 고개를 끄덕였다.

"그럼, 좋아."

그가 재킷 안쪽에 손을 집어넣었다.

---

* 아이고, 이런! 말해버리고 말았네.

나는 순간 그를 붙잡을 뻔했다. 하루에 8시간씩 무술 훈련을 받은 지 13개월째였다. 권총을 쥔 그의 손을 제지하고 턱을 밀어 올려 목을 부러뜨리는 것은 식은 죽 먹기였을 것이다.

"긴장할 필요 없어." 그는 수첩과 펜을 꺼냈다. "네게 계약을 잡아줄 수 있을지 한 번 보자."

"무슨 말씀이세요?"

"일을 하려면 널 고용해 줄 수 있는 사람이 필요해."

"전 그 일로 돈 따위 받지 않을 겁니다."

그는 나를 바라보았다.

"아니, 돈 받아야 한다. 그렇지 않으면 넌 건달이 되는 거고, 개 취급당할 거야. 그놈들이 누구든 소문을 한 번 내보자. 지들이 한 짓이 뭐 대단한 일이라고 떠벌리고 다녀서 필요 이상으로 이목을 끄는 바람에 우리 조직을 위험에 빠뜨릴 놈들이 있다고 말이지. 알아들어?"

"예."

"좋아. 너 총이 필요하겠지?"

그들은 형제였다. 조와 마이크 버지. 경찰들이 예상했던 것처럼 그들은 조직에 들어가기 위해서 일을 저질렀다.

나는 로카노의 말을 그대로 받아들이지 않았다.

우선, 나는 그들을 몇 주 동안 미행했다.

버지 형제들은 한 쌍의 깡패들로 거의 매일 밤 지루하다고 발광을 떨다가 누구든 걸리면 두고 보자는 식으로 자신들의 분풀이를 쏟아냈다. 그들은 나이트클럽이든 당구장이든 모든 사람들에게 "주둥이 닥쳐라, 이건 조직의 비즈니스다."라고 소리를 치며 그곳에서 걸린 불쌍한 인간들을 머리끄덩이를 잡아 질질 끌어내 뒷골목에서 늘씬 두들겨 팬 후, 핏물이며 빠진 이가 함께 뒤섞인 웅덩이에 처박아버리곤 했다. 이따금 그들은 상대가 거의 불구가 되거나 숨이 끊어질 때까지 구타를 하기도 하고, 때론 여자를 골라 괴롭히기도 했는데, 그러면 내가 익명으로 경찰에 신고를 하곤 했다.

여기 좀 이상한 구석이 있다. 나는 그들이 신고식 하는 것을 본 것이다. 나는 거의 매일 밤 그들을 따라다녔으나, 그 일이 일어났을 때 놀라지 않을 수 없었다.

그것은 패러머스의 어떤 교회의 부속 별관 지하의 성 앤터니 사원에서였다. 안으로 움푹 들어간 창문이 열기를 빼내기 위해 열려 있었는데, 창살 사이로 실내가 보였다. 그 안에 세 개의 허름한 뷔페 테이블이 U자 형태로 놓여 있었다. 거기서 늙은 조직원들이 빙 둘러 앉아 있고 조 버지와 마이크 버지가 중앙에 발가벗고 서서 가운데 앉은 괴상한 늙은이의 말을 따라 하고 있었다.

잘 들리지는 않았지만 일부 이탈리아어도 들렸고 라틴어, 영어도 오갔다. 버지 형제는 자기들이 만약 마피아를 배신한다면 지옥 불에 떨어질 것이라고 계속해서 맹세하고 있었다. 한번은 메달을 걸고 중절모를 써서 특히나 우스꽝스러워 보이는, 테이블 끝쪽에 있던 두 명의 늙은이들이 종이 뭉치에 불을 붙여 버지 형제의 손바닥에 떨어뜨리기도 했다. 나는 나중에 집에서 그대로 따라 해보았는데 전혀 아프지는 않았다.

염병할 그 모든 일에 나는 격분하지 않을 수 없었다. 나는 우리 조부모님이 이 개똥같은 인간들 때문에 돌아가셨다는 게 믿기지가 않았다. 나는 신고식을 끝까지 보지 않고 차를 몰아 버지네 집으로 갔다.

그 집은 차고가 딸린 단층으로 된 작은 주택이었다. 보통 외출할 때는 차고 문이 열려 있었다.

왜 아니겠는가, 누가 그 집을 털 생각이나 했겠는가?

다음날 아침 학교 가기 전 —3월 초였고 날씨는 아주 추웠다.— 나는 사격 연습을 하기 위해 새들 강 근처 숲으로 갔고, 킬러들이 왜 22구경 총을 이용하는지 이유를 알게 되었다.

각 총의 첫 발은 마치 스테이플러 찍는 소리처럼 들렸다. 두 번째 발은 개가 경고조로 짖는 소리 같았다. 여섯 번째, 일곱 번째 소리는 낮게 나는 제트기 소리가 되었다. 그쯤 되자 두 소음기의 내부는 사실상 불이 붙은 것이나 마찬가지여서 검은 연기와 푸른 불꽃이 총신 밖으로 새어나오고 있었다. 총신의 페인트는 부글부글 끓고 있었다.

그래도 그 총알들의 효력은 참 흥미로웠다. 한번은 양손으로 동시에 총을 쏴서 한 그루의 나무 밑동을 맞추는데 성공했다. 그게 그다지 쉬운 일은 아니었다. 왜냐하면 방아쇠를 당길 때마다 발사 시 반동이 마치 수영장 사다리를 붙잡고 내 몸을 끌어올리는 것 같았기 때문이다. 총알이 박힌 부분에서 떨어져나간 나무껍질 조각이 10센티미터에 달했다.

그리고 톱밥이 60센티미터에 달하는 원을 이루었다.

나는 2학년 봄 방학의 딱 일주일 전을 선택했다.

소음기를 다시 개조했다. 각별히 그 개조 방법을 밝히고 싶어 안달 난 것은 아니다. 그저 금속 실린더를 준비하고 유리섬유 절연체와 25밀리에 달하는 와셔 한 움큼이 있으면 훨씬 수월하다는 것만 말하면 충분할 것이다. 인터넷이 보급되지 않은 시대에도 사용법을 찾는 것이 그리 어렵진 않았다.

나는 버지 형제가 차고와 부엌 사이의 문을 잠그지 않는다는 사실을 알고 있었다. 나는 그 문을 통해 열댓 번은 들락거렸고 그 쓰레기 같은 놈들 집을 훤히 꿸 정도로 잘 알고 있었다. 신디 크로포드 포스터며 듀란듀란의 앨범 커버를 그렸던 작가의 작품까지 전부 다.

그 놈들을 죽이기로 한 날 밤, 나는 그들을 따라 클럽으로 갔다가 다시 돌아와 부엌문을 잠갔다. 그런 다음 열린 차고 문 옆에 서서 그들이 돌아오기를 기다렸다.

내 의대 교수 중 한 명이 이런 말을 한 적이 있다. 겨드랑이의 땀샘과 사타구니의 땀샘은 신경계 중에서도 서로 완전히 다른 부분의 영향을 받으며, 겨드랑이에 땀이 나는 것은 초조하기 때문이고 사타구니에 땀이 나는 것은 열 때문이라는 것이다. 그 말이 사실인지 어떤지는 모르겠으나 이것만은 확실히 말할 수 있다. 버지 형제가 돌아오길 기다리며 서 있는 동안, 나의 사타구니와 겨드랑이 모두에서 엄청난 양의 땀이 흘러내려 신발을 가득 채울 정도였다는 것이다. 외투 때문에 온몸이 답답하고 매끈거렸다. 열기인지 초조감인지 분간해 내기가 어려웠다.

마침내 보도에 쿵 하는 소리가 들리더니 레이싱 카처럼 줄무늬가 있는 버지 형제의 머스탱이 뜨거운 배기가스와 고무의 파동을 남기며 내 옆을 지나 차고 안으로 들어섰다.

그들은 뒤뚱거리며 떠들썩하게 차에서 내렸는데, 한 놈은 운전석에서 차고 문이 닫히게끔 선바이저의 리모컨을 누르며 나왔다. 다른 하나는 조수석에서 나와 쿵쿵 큰 걸음으로 두 걸음 걸어 부엌문을 잡고 문고리를 돌려보더니 흔들기 시작했다.

"뭐야, 젠장?"

고함치는 소리가 차고 문이 내는 소음 너머로 들렸다.

"뭐?"

다른 하나가 물었다.

"제길, 문이 잠겼잖아."

차고 문이 완전히 내려졌다.

"염병할."

"진짜야!"

"젠장, 그럼 열어."

"이런, 씨. 나 키 없다고!"

내가 끼어들었다.

"그냥 돌아보는 건 어때? 천천히."

나의 목소리는 내 자신에게조차 멀게 느껴졌다. 배기가스 때문인지 스트레스 때문인지는 모르겠지만 머리가 어지러웠다. 혹시라도 기절하지 않을까 걱정되었다.

놈들이 뒤로 돌았다. 겁을 먹진 않았다. 그저 멍한 표정이었다.

"뭐야?" 한 놈이 말했다.

"이 시벌, 너 뭐야?" 다른 놈이 말했다.

"협조해라. 그래야 안 다칠 거다." 내가 말했다.

한순간 아무도 입을 열지 않았다. 그런 다음 먼저 말을 꺼냈던 놈이 "뭐라고?"라고 하더니 둘 다 웃기 시작했다.

"환장하겠네. 너 이 새끼 사람 잘못 골랐다."

다른 놈이 말했다.

"그런 것 같지 않은데."

"협조를 하라고?" 첫 번째 놈이 말했다.

"너희들 1년 전 10월에 웨스트오렌지에서 어떤 집 쳐들어갔었지. 노인네 한 쌍을 죽였고. 네놈들이 찍은 VCR 테이프만 내놔."

그들은 서로를 바라보더니 기가 차다는 듯 고개를 저었다.

첫 번째 놈이 말했다.

"이 개자식아, 우리가 그 영감쟁이 부부 비디오를 찍었다면 우리 손에 테이프가 남아 있겠냐?"

나는 한동안 숨을 쉬지 않아도 되도록 깊이 숨을 들이마셨다. 그런 후에 방아쇠를 당기기 시작했다.

복수에 대해 한 마디 하겠다. 각별히 살인에 이르는 복수에 대해서.

그건 아주 부적절한 생각이다. 우선, 그것은 오래 가지 못한다. 복수가 무정하고 차갑게 이루어져야 가장 좋은 복수라고 말하는 이유는 충분한 시간을 가지고 잘못을 바로잡을 수 있다는 점에서가 아니라 복수의 쾌락을 더 길게 즐길 수 있기 때문이다. 즉, 복수를 계획하고 예측하는 시간 말이다.

또 다른 이유는, 만약 복수를 하고 무사히 넘어간다 하더라도 누군가를 살해한다는 것은 본인에게도 나쁜 일이라는 점이다. 그것은 당신 안에 있는 무언가도 함께 죽이게 되는 일이며, 예기치 못하는 각종 다른 결과를 낳기도 한다. 예를 들어 보자. 버지 형제를 죽이고 나서 8년 후에 스킨플릭은 내 인생을 완전히 망가뜨렸고, 나는 그를 6층 창에서 머리부터 거꾸로 던져버렸다.

그러나 1993년 초, 그 밤에 나는 오로지 기쁨만을 느꼈다.

45구경 소음총으로 버지 형제를 쏜 것은 마치 그들의 사진을 쳐들고 반으로 찢어놓는 것과 같은 기분이었다.

5

나는 스퀼란티의 손에서 휴대전화를 빼앗아 반으로 빠갠다.

"말해, 개자식아."

내 말에 그는 어깨를 으쓱한다.

"뭘 말하라는 건데? 내 목숨이 붙어 있는 한, 내 편인 지미는 브룩클린에 전화 안 해."

"브룩클린의 누구한테 전화를 안 한다는 거야?"

"보몬트에 있는 데이비드 로카노에게 소식을 전할 수 있는 그의 수하가 있어." 나는 주먹을 쥔다. "진정해 봐. 그건 내 목숨이 끊어진 후에야 있을 수 있는 일이야!"

나는 턱 아래 늘어진 그의 목살을 쥐고 그를 침대에서 일으켜 앉힌다. 살가죽이 마치 도마뱀의 살갗처럼 건조하다.

"당신 목숨이 끊어져야만? 정신이 나갔군. 댁은 죽을병에 걸렸어! 이미 죽은 거나 다름없다고!"

"그그 아니 바러."

그는 침을 흘린다.

"바라긴 뭘 바라. 그런다고 뭐가 달라질 줄 알아!"

그가 다시 뭐라 웅얼거린다. 나는 움켜쥔 그의 먹살을 풀어준다.

"뭐라고?" 내가 묻는다.

"프렌들리 박사가 수술 해준다고 했어. 그 선생이 이놈의 암을 물리칠 수 있을지도 모른다고 하더군."

"빌어먹을, 프렌들리가 어떤 작잔데?"

"유명한 의사라고!"

"그래서 그 사람이 맨해튼 가톨릭 병원에서 수술을 한다?"

"뉴욕에 있는 병원이라면 어디든 가서 수술을 하는 의사야. 자신만의 수술팀을 데리고 다닌다더군."

그때 호출기가 울려, 나는 '꺼짐' 버튼을 누른다.

"그 의사 선생하고 같이 이놈의 병을 무찌를 거야."

나는 그의 뺨을 때린다. 가볍게.

"지랄하시네. 당신이 죽는다고 나까지 끌고 갈 수 있을 줄 알아? 로카노의 그 끄나풀 입막음이나 잘 시키시지."

"그럴 순 없어."

그가 조용히 애원한다. 나는 이번엔 좀 더 세게 그의 뺨을 후려친다.

"멍청한 새끼야, 내 말 들어. 당신이 살아남을 확률은 지금으로도 꽝이야. 내 손으로 당신 죽이게 만들지 마."

"넌 날 못 죽여."

"이러나저러나 마찬가지인데 내가 못 죽일 것 같아?"

그는 무언가를 말하려다가 대신 눈만 끔벅거린다. 다시 말을 하려다가 울기 시작한다. 그는 고개를 틀고 몸이 허락하는 한 자세를 최대한 끌어당겨 태아의 자세로 몸을 웅크린다.

"베어클로, 난 죽고 싶지 않아." 그가 울면서 말한다.

"그래, 그래. 죽고 사는 건 사람 마음대로 되는 게 아니니까 징징거리지 마."

"프렌들리 박사가 살 수도 있다고 했어."

"의사들이 그렇게 말하는 건 '난 좀 더 큰 모터보트를 사고 싶다.'란 뜻일 뿐이라고."

호출기가 다시 울린다. 나는 또 꺼버린다. 스퀼란티가 침팬지 같은 손으로 내 팔뚝을 잡는다.

"도와줘, 베어클로."

"가능하면 그러지. 끄나풀이나 막으셔."

"수술 할 수 있게만 해줘."

"할 수 있으면 한다니까. 그 놈이나 처리하라고."

"내가 수술을 잘 마치고 여기서 나가게 되면 그러겠다고 약속하겠어. 비밀을 무덤까지 가지고 가겠다고. 내가 영원히 살겠다고 이러는 것도 아니잖아?"

"안녕들 하십니까! 지금 무슨 이야기들을 하시는 겁니까?"

등 뒤에서 누군가의 목소리가 들렸다.

뒤를 돌아보니 의사 둘이 병실로 들어온다. 한 명은 호리호리하게 키가 크고 지쳐 보이는 수술복 차림의 레지던트이고 나머지 하나는 55세 먹은 뚱뚱한 사내이다. 둘 다 모르는 사람이다. 뚱뚱한 사내는 안색이 불그레한데, 대머리를 가리려 옆머리를 반대편으로 길게 늘인, 아니 좀 더 정확히 말하자면 빙 둘러치고 또 친 진짜 과감한 헤어스타일을 하고 있다. 그러나 재미있는 것은 그게 아니다.

재미있는 것은 허벅지까지 내려오는 흰 의사가운이다. 그 가운에는 마치 NASCAR(미국 개조 자동차 경주 연맹 — 옮긴이)처럼, 의약품 이름이 인쇄된 헝겊 조각들이 덕지덕지 나붙어 있다. 게다가 그것들은 가죽이다. 설상가상으로 그 조각들은 각각의 약품이 쓰이는 신체 부위에 맞게 온 몸에 덕지덕지 붙어 있다. Xoxoxoxox('조조자작스'라고 발음)는 심장 부위에, 렉틸리파이는 결장 위에 붙어 있는 식이다. 사타구니 —코트가 열려 있으니, 반으로 쪼개진— 위에는 그 유명한 발기부전 치료제 프로펄새틸의 로고가 붙어 있다.

"그거 굉장한 가운이군요."

내 말에 사내는 내가 비꼬는지 어떤지 모르겠다는 듯한 표정으로 나를 바라본다. 허나 나도 내 의도를 모르겠다. 그러니 그가 어찌 알겠는가.

그가 입을 연다.

"의료진입니까?"

"그렇습니다."

"나는 프렌들리 박사요."

그러셔. 이 자가 내 차 정비를 한다니 신뢰가 가지 않는다.(위에서 말한 NASCAR와 관련지어 '내 환자' 스퀄란티를 차에 비유한 말임 — 옮긴이)

"오늘 아침에 내 집도 하에 이 환자는 수술실에 들어갑니다. 준비 확실히 해두도록 하시오."

그의 말에 내가 대답한다.

"준비되었습니다. 이 환자는 DNR을 원치 않습니다."

프렌들리 박사는 내 어깨 위에 손을 얹는다. 어쨌거나 손톱 손질은 잘 되어 있다.

"물론, 그러시겠지. 그리고 거, 나 엿 먹일 생각은 마쇼. 내 레지던트한테서 충분히 당하고 있으니." 나는 그저 그를 바라볼 뿐이다. "당신하고 상의할 일이 있다면 호출하겠소."

나는 병실을 나가지 않을 구실을 생각해 내려 하지만 떠오르지 않는다. 정신이 산란하다. 첫째 이유는 프렌들리 박사가 내게 등을 돌리자 신장 부위에 '마리너' 로고가 보였기 때문이다. 다음으로는 그의 레지던트에게서 나는 냄새 때문이다.

순간, 나는 갑자기 떠오르는 것이 있어 돌아선다. 레지던트는 내가 돌아서자 다크서클이 내려앉고 핏발이 선 눈으로 나를 노려본다.

"수술 귀신?" 내가 그에게 묻는다.

"맞아요. 아까 제가 잘 시간을 줘서 고마워요."

입 냄새가 장난이 아니다.

나는 병실을 나가면서 스퀄란티를 돌아보며 말한다.

"내가 돌아올 때까지 죽지 마요."

애너데일 별관을 나설 때 내 왼편에서 높은 소리로 울부짖는 소리가 들린다.

나는 '위대한 자' 마모셋 교수라면 어떻게 하라고 할지 상상해 본다. 나는 거의 입 밖으로 소리가 새어 나올 정도로 그에게 묻는다. '마모셋 교수님!!! 빌어먹을, 제가 어떻게 해야 하죠???'

그가 고개를 가로젓는 모습이 상상된다. '우라질, 내가 어떻게 알겠나, 이스마엘.'*

염병. 나는 휴대전화기를 꺼낸다. 전화기에 대고 "마모셋."하고 말하고 '통화' 버튼을 누른다.

내 옆을 지나가던 간호사가 말한다.

"병원 내에서 휴대전화 쓰시면 안 됩니다."

"예."

전화기에서 우습도록 숨이 새근거리고 관능적인 여자 목소리가 들린다.

"안녕하세요. 자동응답 서비스 반딧불이입니다. 누굴 찾으십니까?"

마치 자궁에서부터 들려오는 말 같다.

"마모셋."

"마모셋 교수는 지금 전화를 받을 수 없습니다. 제가 그를 찾아보길 원하십니까?"

"예."

---

* 이스마엘은 WITSEC 내에서의 나의 암호명이다. 물론 마모셋 교수를 제외하고 어느 누구도 실제로 그 이름으로 날 부르진 않는다. WITSEC은 '연방 증인보호 프로그램'을 FBI가 줄여서 부르는 말이다.

나는 그 망할 놈의 기계에다 대고 말한다.

"성함을 말씀해 주세요."

"이스마엘."

"잠깐만 기다리세요. 기다리시는 동안 음악을 들으시겠습니까?"

"엿 먹어라."

그러나 내가 던진 장난은 내게로 되돌아온다. '스팅'의 노래가 들린다.

"그를 찾을 수 없습니다. 메시지를 남기시겠습니까?"

마침내 반딧불이가 말한다.

"그래."

나는 이 괴물 같은 기계와 대화를 해야 한다는 사실에 비어져 나오는 쓴웃음을 참으며 말한다.

"천만에요. 지금부터 메시지를 남기면 됩니다."

"마모셋 교수님……."

나는 말을 하기 시작한다. 삐 소리가 난다.

그런 다음 침묵. 몇 초 기다린다. 아무 변화도 없다.

나는 말을 잇는다.

"마모셋 교수님. 방금 삐 소리가 났습니다. 그게 녹음이 시작되었다는 건지, 아니면 끝났다는 건지 알 수가 없네요. 이스마엘입니다. 교수님께 드릴 말씀이 있어요. 전화를 주시거나 호출을 주세요."

나는 두 번호 다 남긴다. 휴대전화 번호는 내 청진기에 붙어 있는 이름표를 보면서 되뇐다. 언제 마지막으로 다른 사람에게 내 번호를 알려주었는지 기억조차 없다.

그런 다음 샘 프리드에게 전화를 걸어볼까 생각해 본다. 그는 애초에 날 WITSEC(WITSEC는 신분 세탁만이 아니라 주거지 마련, 직장 알선 등도 돕는다 ― 옮긴이)에 데려간 인물이다. 그러나 프리드는 퇴직했고 나는 그에게 연락할 방법을 모른다. 또한 프리드의 업무를 이어받아 하고 있는 자에게 연락할 형편이 되지 못한다.

호출기가 다시 울리자 나는 혹시 그게 마모셋인지 들여다본다. 그러나 그저 알파벳과 숫자가 조합된 메시지로, 지금이 아무리 최악의 상황이라 여겨져도 언제나 그보다 더 안 좋아질 수 있다는 것을 깨닫게 해주는 메시지다.

"어디야? 회의 당장 안 오면 잘림."

나는 컨디션이 좋은 날이라도 주치의 회의에 앉아 있느니 차라리 보험사 직원하고 이야기 나누는 것이 더 좋다. 지금 내가 오랜 세월 동안 생각지도 않았던 등신 같은 자식이 날 죽일 수도 있고 혹은 또 다시 도망자 신세가 될 수도 있는 마당에 주치의 회의는 진짜 짜증나는 일이다.

왜냐하면 **당장 안 오나** 마나 난 **뒈진** 거나 마찬가지기 때문이다.

6

시실리에 가면 할 수 있는 재미난 일이 하나 있다: 맙소사, 거기서 빨리 떠나라. 도망 가.

그곳은 이탈리아 반도에 가까우면서도 메뚜기들이 닿지 못할 정도로 해안에서 멀리 떨어진 곳이었다. 그러나 로마인들이 밀밭을 조성하기 위해 숲을 불태우고 언덕을 뭉개버린 이후로 아주 엉망이 된 곳이었다. 심지어 가리발디의 '붉은 셔츠대'조차 이탈리아를 해방시키고도 사슬에 묶여 시실리를 떠나야만 했다. 그곳은 그 누구도 쉽사리 포기하지 못하는 소중한 곳이었다.

시실리 인들은 수세기에 걸쳐 뚜렷한 세 계층으로 나뉘게 되었다. 우선 농노 계층이 있는데, 그들에 대해서야 무슨 말을 하겠는가. 다음으로 지주가 있는데, 그들은 그 섬에 대저택을 소유하고 있으나 실제로는 거의 오지 않았다. 그리고 감독들이 있다. 이들은 생산량을 늘리기만 하면 농노들에게 그 어떤 짓거리를 하더라도 관여를 받지 않는 거머리 같은 인간들이었다.

감독들은 지주가 방문할 때를 제외하고는 지주의 저택에 머물렀다. 오토만 시절에 그들은 '으스대는 자'라는 뜻의 '메이워'라고 불렸다. 그 말이 나중에 마피아가 되었다.

20세기 초반에 시실리 인들이 미국으로 이민 오기 시작했다. 그때 그들 대부분은 맨해튼의 로어 이스트사이드에서 쓰레기 더미를 뒤져 종이를 골라내는 일을 했는데, 마피아가 그들의 피를 빨기 위해서 좇아왔다. 금주법 시대에 마피아는 반론의 여지가 있긴 하지만 사회적으로 유용한 일을 했으나, 그 시절이 끝나자 그들은 다시 풀타임 폭력배로 회귀해 사람들을 위협하기 시작했다. 살 '작은 시저' 먼자로라는 이름의 로마 역사 숭배자는 심지어 카포데치나라든가 콘시글리에리 같은 이탈리아화된 로마 계급을 사용하는 민병대를 조직하기도 했다. 그러다 뉴욕의 삶이

하도 척박해져서 연방수사관들이 마침내 관심을 가지게 되었다. 그 시절 마피아를 구한 유일한 것이 쓰레기 산업이었다.

아직까지 확실한 이유는 알 수 없으나, 아마도 민간업체가 공기업보다 불법적으로 주 경계를 넘어 쓰레기를 투기하는 것이 더 쉽다는 이유로, 1957년 뉴욕시는 쓰레기 수거를 멈추고 민간 업체에 사업권을 넘겨주었다. 하루아침에 취해진 조처로서, 민간 업체에게 전적으로 사업권이 넘어가버렸다. 백년 만에 처음 있는 일이었다. 그리하여 뉴욕의 모든 관련 업체들이 갑자기 주 경계를 넘나드는 수출업에 뛰어들었고, 이 때 거래 상품이란 건 트럭으로만 나를 수 있는 썩어가는 거대한 쓰레기더미였다.

마피아는 종이를 나르던 시절부터 트럭에 대해 잘 알았고 또 좋아했다. 트럭은 느리고 구하기도 쉬울 뿐만 아니라 트럭 인부 조합은 소규모인데다 또 농간을 부리기 쉬웠다. 1960년대 중반에 마피아는 자신들이 관리하고 있던 쓰레기 업계의 노동자 연맹을 조작해 쓰레기 회사들에 반기를 들고 파업을 하게 만들었는데, 그 쓰레기 회사들 역시 마피아 자신들이 소유한 회사들이었다. 그렇게 해놓고는 수거되지 않는 쓰레기 때문에 생기는 쥐와 전염병의 확산을 막고자 시 당국에서 수거료 인상 정책을 내놓는 것을 기다렸다.

이러한 일이 1990년대까지 발생했다. 당신들은 아마 아르마니 정장이라든가 '대퍼 돈('멋쟁이 대부'란 뜻으로 감비노 조직의 두목 존 고티 주니어를 일컫는 말이다 ― 옮긴이)'이라든가 '존경'이라든가 "하하, 토니 소프라노(HBO의 드라마「The Sopranos」의 '소프라노' 마피아 패밀리의 두목 ― 옮긴이)가 쓰레기 업계 사람인 척

하네." 따위의 이야기들을 많이 들어보았을 것이다. 이런 화려함의 이면을 보면 오랫동안 5대 조직을 먹여 살린 것은 쓰레기였다. 마약이니 살인, 매춘부, 심지어는 도박업과 이후의 인디언 도박업 지원 어쩌고 하는 것도 그저 부업에 지나지 않았다.

그렇지만 결국 뉴욕 시장 루디 줄리아니가 참을 만큼 참았다고 결론을 내리고 다국적 기업 '웨이스트 매니지먼트'를 도입했다. 그 규모가 그야말로 압도적인 것이어서 그에 비하면 마피아는 마치 존 베넷이 참가하곤 했던 예쁜 어린이 선발대회의 조그만 계집애처럼 보였다. '웨이스트 매니지먼트'의 불법 행위 또한 관련 기관에까지 만연하면서 결국 증권거래위원회의 혁신을 최우선적으로 꾀하는 상황을 초래하였다. 그러나 어쨌든 뉴욕 쓰레기 업계에 그 기업이 출현했다는 것 자체가 마피아에게는 또 한 번의 종말의 위기가 다가온다는 예고였다.

그렇지만 또 다시 실제적인 종말은 법률로 인해 피할 수 있게 되었다. 이번에는 주정부 차원이었다.

오랫동안 마피아는 사기행각을 벌여왔었다. 즉, 그들은 바지 사장을 내세워 주유소를 연 다음, 주 세금을 내야 할 때가 오면 문을 닫는 것이다. 주 세는 1갤런 당 25센트가 넘었기 때문에, 그들의 그러한 행각은 다른 정직한 업체들을 업계의 경쟁에서 밀리게 만들었다. 그렇게 문을 열었다 닫았다 하면서 사업을 벌이면 영업할 때는 큰 이윤을 볼 수 있었지만, 각 주유소가 파산을 하고 다시 문을 여는 사이 최소 3개월 동안 장사를 하지 못한다는 단점이 있었다. 어쨌거나 그리하여 주에서 법을 바꿔 소매업체가 아니라 정유 도매업체가 유류세를 지불하게 되었다.

유류세 사기행각을 소탕하고자 법규를 바꿨지만, 그 결과로 인해 훨씬 더 이윤이 큰 새로운 세금 사기 수법이 출현하게 되었다. 그것은 믿기 힘든 일이긴 하지만, 뉴턴과 라이프니츠가 동시에 미적분학을 발명한 것처럼, 로렌스 이오리조와 러시아 갱단원 '리틀' 이고르 로이즈맨이 동시에 만들어낸 수법이었다.

새로운 사기 수법은 이러했다. 가짜 도매업체를 열었다가 주유소 사기 행각과 마찬가지로 세금을 내야 할 때가 오면 문을 닫는 식인데, 그러면서 자기들이 소유한 주유소는 일 년 내내 열어 노다지를 캐는 식이었다. 그 사기는 너무 뻔하고 말도 되지 않는 것 같지만, 1995년 말까지 시실리 인들과 러시아 인들은 그 수법을 이용해 뉴욕과 뉴저지 두 곳에서만 도합 4억 달러를 벌여 들였다.

그렇지만 결국 시실리 인들이 러시아 인들과 똑같은 사업에 종사하는 상황이 좋을 리는 없었다. 시실리 인들은 '자칼과 썩은 고기' 문화에 2000년 동안 길들여지다 보니, 똑같이 성(城)에 살면서 농노들의 시중을 받고 사는 꿈을 지닌 영국인들처럼 게을러졌다. 근래에 들어 조직화된 사회에 대한 모든 환상이 산산조각 나는 경험을 한 러시아 인들도 똑같은 꿈을 꾸었을지 모르나, 그들은 어쨌거나 그 꿈을 위해 기꺼이 죽을 똥을 싸며 노력할 준비가 되어 있었다.

그러한 상황이 어떠한 결과를 낳게 될지 예측하는 건 어렵지 않을 것이다. 러시아 인들이 결국, 이러쿵저러쿵 말이 많긴 하지만 코니아일랜드를 차지하게 되는 것처럼, 그 새 유류세 사기도 독차지하게 된다는 것이다. 문제는 단지 얼마의 시간이 걸릴 것이며 또 얼마나 일이 순조롭게 진행될 것이냐에 달렸을 뿐이었다. 시실리 출신 마피아들로서는 실익을 얼마나 챙기며 빠질 수 있느냐의 문제였다.

현실을 똑바로 직시한 시실리 인들은 그 시기가 빠를수록 좋다는 사실을 깨달았다. 오랫동안 쓰레기 업계에 몸담아 생긴 힘이 그나마 조금이라도 남아 있을 때 협상을 벌이며 퇴각하는 것이, 싸움에 져서 달아나는 것보다는 나았기 때문이었다.

그렇지만 개중 상황을 제대로 파악하지 못한 시실리 인들은 사업에서 손을 털고 나와야 하는데, 미련을 버리지 못하고 문제를 일으켰다. 그리고 러시아 인들도 그들 나름대로 또 말썽을 일으키는 작자들이 있었다. 그렇게 뉴욕의 조직범죄 '창고정리세일'이 마감에 임박했을 때, 깎고 다듬어야 할 모난 귀퉁이들이 있기 마련이었다.

그 귀퉁이들을 깎고 다듬는 일이 바로 데이비드 로카노의 일이었다.

나는 버지 형제 살인사건으로 체포될 것을 걱정하며 고등학교 2학년을 마쳤다. 그것이 바로 내가 대학에 가지 않겠다고 결심한 이유 중의 하나였다. 물론 더 큰 이유는 단순히 내가 게을렀기 때문이었다. 나는 스스로 나이도 먹을 만큼 먹었고 세상사에 빠삭해, 대학 기숙사에 틀어박혀 얼간이 같은 놈이 연주하는 어쿠스틱 기타 소리나 들으며 포크너 따위를 읽고 있을 순 없다고 생각했다. 게다가 학업을 중단하면 조부모님의 명예에 먹칠을 하는 일이라는 것을 알고 있었지만, 내가 어떤 짓을 하든 더 이상 수치심을 느낄 조부모님은 존재하지 않는다는 사실도 항상 인식하고 있었다.

나는 로카노 가족과 아주 잠깐 떨어져 있던 적이 있었다. 예를 들어, 그들이 아루바에 갈 때 솔직히 같이 가고 싶긴 했지만, 대신 그동안 조부모님의 집에 머문 적이 있었다. 그리고 나는 그들과 함께 지내는 것이 과연 옳은 일인지 따져보기도 하고, 또 계속 함께 지내기 위해 필요한 구실을 생각해 보곤 했다.

이를테면, 한번은 스킨플릭과 함께 마약을 하다가 녀석에게 마피아에 입단하고 싶은 생각이 있는지 물어보았다. 우리는 약쟁이들이 말하는 '먼치스(대마초 흡연 후의 공복감 — 옮긴이)'에 아주 약했기 때문에 패스트푸드점에 가고 있던 참이었다.*

"젠장, 절대 안 되지. 내가 그러고 싶다 하더라도, 우리 아빠가 날 죽여 버릴 거야."

그가 말했다.

"음. 그나저나, 네 아버지는 마피아에 입단하기 위해 누굴 죽였냐?"

"아무도 안 죽였어. 아빤 변호사이기 때문에 특별히 면제받았거든."

"너 그걸 믿냐?"

그는 트림을 했다.

"당연하지. 아빤 나한테 거짓말 안 해."

스킨플릭은 제 아버지와 그지없이 원만한 관계를 유지하고 있

---

* 마음을 확장시켜라, 그러면 육체도 따를 것이다, 라고 당신은 말할 수도 있을 것이다. 그러나 그것이 한 번도 날 살찌우지 않았고, 스킨플릭은 이미 뚱뚱했다.

는 것 같았다. 하지만 그는 자기가 유일하게 처음부터 끝까지 읽은 책이 제임스 프레이저의 『황금가지』라고 말하곤 했다. 그 책은 유일하게 읽을 만한 책으로 선택한다는 것 자체가 이상할뿐더러, 기본적으로 부친살해에 관한 책이며, 또한 문명의 기원이 세대 간의 싸움이라는 점을 보여주는 책이다. 황금가지라는 것은 프레이저가 논하는 원시 사회의 젊은 노예들이 왕에게 죽음의 결투를 신청할 때 꺾는 가지이다. 그러고 나서 결투를 치르고 승자가 왕관을 갖게 된다.

하지만 스킨플릭은 그게 아버지에 대한 적대감을 보여주는 것이라는 점을 부인했다. 그는 그저 그 책을 고른 이유가 「지옥의 묵시록」에서 커츠 대령이 읽었기 때문이고, 그 책에서 드러나는 자유에 관한 생각과 모더니티가 호소력이 있어서라고 했다.

한번은 마침 자기 아버지의 차를 타고 갈 때에 그가 내게 이런 말을 한 적이 있다.

"사람들은 우리가 원초적으로 지니고 있는 '투쟁 도주 반응'이 현대사회에서 얼마나 억압받고 있는지, 또 그것 때문에 얼마나 우울해지는지에 대해 항상 이러쿵저러쿵 투덜대곤 하잖아. 하지만 난 고속도로를 달리면서 총을 쏠 수 있어. 역사상 그렇게까지 자유로운 사람은 아무도 없었을 걸."

"그럼, 제자리에 가만히 서서 총 쏘다가 무슨 꼴을 당하려고!"

그의 아버지가 말했다.

데이비드 로카노와 나의 관계는 말하자면, 비현실적이었다. 그는 버지 형제를 죽인 것에 대해 내게 4만 달러를 주겠다고 고집했다.

"갖고 싶지 않으면 버리든가."

그는 그렇게 말하고 결코 다시는 그 일을 입 밖에 내지 않았다. 우리 단 둘이 있을 때조차도 그랬다.

그렇지만 한번은 스킨플릭은 비디오를 빌리러 나가고 로카노 부인은 밖에서 뭔가를 하고 있었을 때, 부엌 식탁에 앉아 그가 내게 혹시 또 다른 일을 하고 싶으냐고 물어본 적이 있다.

"고맙지만, 아닙니다. 이제 그런 일 안 할 겁니다." 내가 말했다.

"이건 그런 일이 아닌데."

"뭔데요?"

"그냥 말만 전하면 돼." 나는 그의 말을 끊지 않았다. "지나치게 의심이 많은 러시아 인들이 전화로는 말을 안 하려고 해. 브라이튼 비치에 있는 어떤 자에게 가서 나한테 하고 싶은 말이 뭔지만 물어보면 돼."

"전 브라이튼 비치 전혀 모르는데요."

"어려울 거 없어. 특히 네가 나도 아닌데, 뭐. 그곳은 아주 작은 데야. 오션 애비뉴의 '샴록'이라는 바에 가서 물어봐. 거기서 알려줄 거야. 그자는 아주 대단한 인물이야."

"위험한 일인가요?"

"아마 거기까지 운전해 가는 것보다도 위험하지 않을 걸."

"음."

나는 한 발 물러서 잠깐 따져보아야 했다. 많은 범죄자들이 집착하는 한 가지 문제가 있다. 그것은 '신고식'이라는 것이다.

그것은 원래 자기 밑에서 일할 여자를 구하는 포부가 큰 전형적인 뚜쟁이들에서 유래한 개념이다. 직업여성들은 이미 기둥서 방이 있기 때문에 안 된다. 그리하여 그는 되도록 세상의 풍파로 부터 때가 덜 탄 아가씨를 동네에서 골라 꾀어낸다. 그러고는 그 럴싸한 로맨스를 벌이다가 어느 날 여자에게 급히 돈을 마련하지 못하면 자기가 큰 어려움에 빠질 것이라면서 자기가 아는 사람이 여자와 하룻밤 같이 보내는데 백 달러를 주겠다고 하더라는 말 을 흘린다. 여자가 제의를 받아들여 관계를 맺고 나면 남자는 여 자가 역겹다는 듯 행동을 하며 여자에게 손찌검을 하고 욕을 보 인다. 그런 후에 고통에 빠진 여자에게 마약을 권한다. 여자가 중 독되고 꾸준히 일을 하게 되면, 즉, '신고식'을 하게 되면 그는 아 가씨 넘버2로 넘어간다. 우리 족속들 참 멋지기도 하다.

오늘날에 '신고식'은 여러 가지 상황에서 일어날 수 있다. 그 중 에 가장 문자 그대로인 경우는 감옥에서 벌어진다. 감옥에서는 감방동료에게 담배를 빌려주는 것에서부터 시작해서 더블A 배터 리나 헤로인 같은 것에 대한 답례로 큰 집단에 연결시켜준다든가 하는 식으로 아주 빨리 진도가 나간다. 그렇지만 대부분의 경우 는 좀 더 미묘하게 이루어지고, 사람들이 범죄의 세계에 입문하거 나 인도되거나 혹은 인도된다고 생각하는 그 많은 방식들과 긴밀 한 관계를 맺게 된다.

나는 그 모든 것들을 알고 있었다. 나는 이미 『대디쿨』을 읽어 보았다. 나는 데이비드 로카노가 시키는 일이 나를 입문시키는 것 이라는 사실을 알고 있었다. 그리고 내가 결국 받아들이고 만 이 번 일이 폭력이 필요하지 않은 일이라 하더라도 그 일을 받아들 였다는 사실 자체가 내가 결국 나중에 폭력을 받아들이겠다는 의미나 마찬가지였다.

나는 그냥 그러한 것들을 무시하기로 했다.

나는 어느 맑은 토요일 코니아일랜드로 갔다. 나무 핸들이 달린 은색 45구경 총 하나를 소음기를 달지 않고 후드 재킷 안주머니에 집어넣은 채 조부모님의 니산 자동차를 타고서 조지 워싱턴 다리를 건너 맨해튼으로 진입했다. 그런 다음 맨해튼 다리를 건너 고속도로를 타고 죽 달려 브룩클린을 지났다. 그러고는 코니아일랜드 한가운데 있는 수족관에 주차했다. 데이비드 로카노의 이름만 댔더니 쉽게 주차할 수 있었다. 그들은 리스트 확인조차 하지 않았다.

나는 어렸을 때에 그 수족관에 와본 적이 있으며, 또 서쪽으로 나무판자 길을 따라 가면 나오는 오래된 놀이공원에도 가보았다. 동쪽 브라이튼 쪽은 전혀 알지 못하는 곳이었다.

그곳은 사람들로 붐볐다. 눈이 아플 정도로 아주 밝은 형광색 트레이닝복을 입은 건달 같아 보이는 젊은 금발의 사내들도 있었고, 물에서 200여 미터나 떨어져 있는데도 수영복에 양말을 신고 어깨에 타월을 두른 벤치에 앉은 노인들도 보였다. 또한 여름옷을 입은 히스패닉 대가족들과 겨울옷을 입은 정통 유대교도들도 보였다. 어딜 보든 아이를 패고 있는 사람들이 있었다.

리틀 오데사(브라이트 비치의 별칭 ─ 옮긴이)로 들어가면서 해변은 완만하게 굽어져 들어갔다. 건물들은 마치 슬럼가를 재현한 영화 세트장 같아 보였다. 오션 애비뉴 위로 지나는 높은 전철 선로들과 그 아래로 보이는 상점들이 일부는 원래 간판 그대로, 또 일부는 키릴 문자로 된 새로운 나무 간판으로 교체되어 있었다. 몇 블록 못 가 샴록을 발견했다. 그곳은 클로버 잎 모양의 불이 꺼진 네온사인이 달려 있었다. 나는 안으로 들어갔다.

샴록 안에는 삼나무 바가 있었고 쪼개진 바닥판이 보였다. 그 술집은 실제로 아일랜드 인이 소유하고 있었을 때부터 났을 듯한 게워낸 맥주 냄새가 배어 있었다. 조명은 생각보다 잘 되어 있었고, 조그마한 정사각형 테이블들에는 붉은색 바둑판무늬의 코팅 처리된 면 테이블보가 씌워져 있었다. 두 테이블에는 사람들이 앉아 있었는데, 하나는 남녀 한 쌍이 앉아 있었고 다른 하나는 남자 둘이 차지하고 있었다.

문을 열면 바로 바였다. 바 안쪽 벽에 금발의 젊은 여자가 기대서 있었는데, 나보다 그리 나이 들어보이진 않았다. 그녀는 눈 밑에 다크서클이 있었고 체형은 빼빼 마른 편이었다. 때문에 이민 오기 전 고향에서 한창 성장할 시기에 영양분을 충분히 섭취하지 못한 듯한 인상을 풍겼다.

그래도 여자의 영어 실력은 괜찮았다.

"식사를 하실 거면 테이블에 앉으셔도 돼요."

"그냥 탄산수 하나 줘요. 닉 드젤라니를 찾아왔거든요."

내가 여자에게 말했다. 여자는 벽에서 떨어져 내게 다가왔다.

"누구요?"

나는 이번에는 '드'를 강조하며 말했다.

"닉 드젤라니."

나도 모르게 얼굴이 빨개지는 것이 느껴졌다. 이름을 똑바로 발음하려고 드니 '드젤라니'라는 말이 발음하기가 더욱 더 어려웠다.

"그런 사람 몰라요." 여자는 조금 지나 다시 입을 열었다. "탄산수 드실 거예요?"

"그럼요. 이 근처에 샴록이라는 술집이 또 있나요?"

"모르겠어요."

여자가 우스꽝스러울 정도로 통이 좁은 잔에 든 음료를 들고 왔을 때 내가 물었다.

"물어볼 만한 사람 없을까요?"

"뭘요?"

"닉 드젤라니 말이에요." 나는 혹시라도 다른 손님들이 알 수도 있지 않을까 싶어 다 들리도록 그 이름을 목청껏 말했다. "여기 사람들이 그 사람을 안다고 하던데요."

여자는 잠시 생각하는 표정을 짓더니 현금출납기에서 펜을 가지고 와 냅킨과 함께 내게 내밀었다.

"써 보세요."

나는 시키는 대로 이름을 썼다. 데이비드 로카노가 내게 보여준 그대로 썼다고 생각했지만, 또 그렇다고 완전히 확신하는 건 아니었다. 그리고 쓰는 순간엔 확신이 더 떨어졌다. 어쩌면 로카노 자신이 잘못 알고 있을지도 모르는 일이다.

여자는 이름을 적은 냅킨을 들고 바의 다른 쪽 끝에 있는 전화기로 가서 전화를 걸었다. 통화는 러시아어로 몇 분간 계속되었다. 그러는 중에 여자의 목소리가 한번 날카로워졌다가 다시 사과를 하는 것 같았다. 그러는 내내 여자는 내 쪽으로 한 번도 눈길을 주지 않았다. 여자는 다시 내게로 왔다.

"좋아요. 누군지 알아냈어요. 내가 당신을 데려가야 하는군요.

지금 일을 하고 있는 시간인데도 말이죠."

나는 자리에서 일어나며 말했다.

"미안해요. 얼마 드리면 되죠?"

"4달러 50이요."

얼마든지. 어차피 버지 일로 받은 돈이었다. 나는 10달러짜리를 내놓았다. 바텐더 여자는 돈을 쳐다보지 않고, 그냥 바의 통로를 들어 올려 돌아 나왔다.

"이쪽이에요."

여자는 나를 이끌고 뒤쪽으로 갔다.

우리는 금발의 뚱뚱한 여자가 엎어놓은 플라스틱 양동이에 앉아 담배를 피우며 키릴 문자로 된 하드커버 책을 읽고 있는 작은 부엌을 지나쳤다. 여자는 우릴 쳐다보지 않았다. 바텐더 여자는 반대쪽에 있는 문에 달린 세 개의 자물쇠를 열고는 나를 이끌고 골목길로 나갔다.

밖으로 나가자마자 여자는 움푹 팬 구덩이에 발이 걸려 넘어지면서 비명을 질렀고 발목을 움켜쥐었다. 나도 여자와 함께 넘어지며 그녀를 잡았다. 무슨 일인지 생각해 보려 했으나 머리가 빨리 돌지 않았다.

등 뒤에서 어떤 소리가 들리더니 무언가 내 뒤통수에 내리꽂혔다. 나는 바텐더 위로 엎어지다가 가까스로 몸을 뒤틀어 한 쪽 다리로 멈춰 섰다.

그러나 눈앞에 사내 셋이 나타났는데, 그 중의 하나는 벌써 나를 브라스 너클(격투기 때 손가락 관절에 끼우는 쇳조각 ─ 옮긴이)로 후려치기 시작했다.

나는 너무나 빠르게 까무러쳐 반대편 벽에 부닥치는 것을 느낄 새도 없었다.

 정신을 차리며 눈을 깜박거렸다. 똑바로 앞에 있는 것만 간신히 보일 뿐이었는데 눈에 눈물이 가득 찼다. 나는 얼굴을 아래로 향한 채 팔다리로 매달려 있는 것 같은 느낌이 들었다. 참을 수 없을 만큼 목이 탔다. 마치 누군가 뒤통수를 날려버리려고 내 머리 위에 올라서 있는 듯한 느낌도 들었다.
 그러나 두통과 갈증만이 실제였다. 코 안에 들어찬 콧물을 빼내고 눈을 비벼 살펴보았다. 나는 어느 불탄 건물의 1층에 있었는데, 전면의 벽 전체가 날아간 상태였다. 파란 하늘 뜨거운 햇빛 아래 나는 깨진 벽돌들과 콘크리트가 산을 이룬 폐허를 굽어보고 있었다.
 그리고 상체가 앞으로 쏠려 있긴 했지만, 나는 매달린 게 아니었다. 팔과 다리가 접착테이프로 결박당한 채 나무의자에 앉아 있었다.
 러시아어가 몇 마디 들렸고 누군가 찢어진 내 뒤통수를 후려쳤다. 멍청한 고통—멍청하다는 것은 통증이 그저 표면에 불과하다는 것을 알기 때문이었는데, 어쨌거나 그 고통 때문에 나는 울부짖고 말았다—은 오른쪽 발목과 동시에 머리로 다가오더니 오른쪽 눈으로 이어졌다. 러시아어가 몇 마디 더 들렸다.
 그자들이 시야 안으로 들어왔다. 골목에서 나온 세 놈—하나는 내 머리통 살점이 찍혀 있는 브래스 너클을 아직도 들고 있다—과 새로 등장한 다른 한 놈이 또 있었다.

특히 새로 등장한 사내는 왠지 외국사람 분위기가 풍겼는데 마치 '저 사람은 다른 언어를 사용해서 얼굴이 변한 건가, 아니면 카드뮴이 너무 많이 들어간 물을 마셔서 얼굴이 달라진 건가'라는 식의 느낌을 주는 얼굴이었다. 턱은 뾰족하고 이마는 넓어서 전체적으로 그의 얼굴은 거꾸로 놓은 삼각형 모양이었다.*

그 사내가 빛을 막고 있었는데, 어두운 시야에 익숙해지자 그의 얼굴에 깊은 주름이 진 것이 눈에 띄었다. 그것만 아니면 젊어 보이는 얼굴이었다. 일반적으로 왜소한 사람의 특징이라고도 할 수 있었다.

"안녕하신가. 날 찾고 있었나?" 그가 물었다.

나는 그를 올려다보기 위해 몸을 뒤로 젖혔다. 의자가 내 몸무게에 못 이겨 삐걱거리며 흔들렸다. 갑자기 기분이 훨씬 나아지는 느낌이 들었다.

"닉 드젤라니라는 남자를 찾고 있습니다."

"내가 그 사람이야."

"데이비드 로카노 씨에게 할 말이 있다고요?"

"데이비드 로카노?"

"예."

드젤라니는 다른 사내들을 둘러보더니 웃기 시작했다.

"그놈한테 엿 먹으라고 전해. 아니지, 네놈 대가리를 그자에게 보내서 내 뜻을 직접 전달해야 하겠다. 내가 좋아하는 게 바로 그런 거야. 그놈이 너한테 그거 말 안 해주더냐?"

---

* 여성의 음부와 같은 모양이라고 할까. 뭐, 세심하게 들여다 본 적이 있는 사람이라면 알 것이다.

"아뇨. 말 안 했습니다."

어찌된 일인지 나는 그 순간까지 드젤라니가 칼을 들고 있다는 사실을 알아차리지 못했다. 그는 칼날을 자신의 허벅지에 툭툭 치고 있었다. 그러더니 칼을 천천히 들어 올려 평평한 면을 내 목에 갖다 댔다.

그런 다음 이렇게 되었다.

나는 '어떻게 해봐야 할 텐데.'라고 생각했고, 머릿속의 생각이 척추를 타고 내려가는 것이 느껴졌다. 다시 끌어올려야만 했다. 그러나 나는 준비가 되지 않았다. 그때 나는 그 생각을 다시 끌어올리기엔 너무 늦었고, 또 끌어올리려 하다가 오히려 시간만 버려 일을 엉망으로 망치게 되리라 생각했다. 따라서 나는 그냥 움직이기로 했다.

나는 팔을 앞으로 다리를 뒤로 뻗어 의자를 부수며 자리에서 일어났다. 그러자 드젤라니가 바로 내 앞에 위치하게 되었는데, 그의 정수리가 내 가슴 바로 밑에 왔다. 그를 연방으로 세 번 내리쳤다.

내가 구사한 삼연타는 '겐포'라 불리는 그 멋진 무술에서 나온 동작이다. 그것은 손뼉을 치듯이 두 손을 모아 하는 동작인데 오른손이 왼손보다 약간 위로 오고 또한 약간 빠르게 움직인다. 그리하여 오른손으로 드젤라니의 뺨을 후려치고 난 다음, 바로 왼손으로 왼뺨을 때리는 것이다. 그런 다음 오른손을 다시 날려 손등으로 다시 치는 것이다. 재빨리 삼연타를 날림으로써 상대방을 어리둥절케 만든다. 그 상황에서 상대방이 적절히 머리를 쓴다는 것은 쉬운 일이 아니다. 그것은 마치 의자의 네 다리를 모두 부여

잡고 사자 한 마리와 맞설 때 사자가 정신을 못 차리는 것과 마찬가지이다.

그러나 내가 실제로 드젤라니에게 삼연타로 따귀를 때린 것은 아니다. 두 번 치고 난 후에 오른손을 펴서 손등으로 뺨을 친 것이 아니고, 주먹을 쥐고 관자놀이를 친 것이다. 이 방법은 절대 쓰지 마라. 그렇게 하면 상대가 쓰러지다 못해 죽을 수도 있다. 나는 드젤라니를 단숨에 해결했다.

그런 다음 똑바로 앞을 향해 몸을 날려 브래스 너클을 가진 놈에게 덤벼들었다. 놈을 주먹으로 작살내버리고 싶은 기분이 가라앉지 않아 오른손 주먹을 그 놈의 얼굴에 내리꽂았다.

그는 몸을 움찔거렸으나 그게 바로 연타로 주먹을 내리꽂아 치는 타격의 묘미이다. 상대가 타격을 피하려 한다면 타격을 가하는 주먹(혹은 발, 혹은 그 무엇이 되었든)은 앞으로 그리고 아래로 계속해서 날아가게 되고, 그러다 보면 마침내 무언가는 맞게 되는 것이다. 내 경우는 사내의 오른쪽 쇄골을 가격했다. 쇄골은 구부러지지도 않고 중간 부분에서 조각나 가슴을 찔렀고 놈은 쓰러지고 말았다.

전략적으로 더 잘 싸울 수도 있었다. 왜냐하면 그때 나의 왼쪽 오른쪽에 각각 한명씩 있는데다 둘 다 그렇게 내게 가깝지 않았기 때문이다. 두 명이 있다는 사실 자체가 이점이었다. 협동 전투를 훈련받지 않은 사람들은 무리 지어 있을 때, 거의 언제나 싸움을 더 못한다. 왜냐하면 그런 상황에서는 가장 어려운 싸움은 동료가 맡을 것이라고 생각하고는 모두 한 발 물러서기 때문이다.

나는 왼쪽에 있는 놈을 향해 몸을 돌렸다. 그러고는 그놈에게서 멀어지며 뒤로 점프를 해서 부러진 의자를 넘었다. 그러고 나서 뒷발질로 내 뒤에 있는 놈의 명치*를 가격해 일보 떨어져 있는 벽까지 내동댕이쳤다.

그러자 마주보이는 놈이 총을 꺼내기 시작했다. 놈이 가죽재킷에서 총을 꺼내는 순간 아직도 테이프로 의자 팔걸이가 감겨 있는 내 팔뚝으로 놈의 목을 가격했고, 그러면서 우리 둘의 몸이 엉겨 붙은 채로 녀석의 등 뒤쪽 벽으로 밀어붙여졌다. 내가 놈에게서 떨어지자 그는 쿵 무릎을 꿇고는 지독한 비명을 내질렀다. 그러나 오래 가지는 않았다.

나는 놈의 총을 집어 올렸다. 멋들어진 글록 총이었다. 총에 안전장치가 없다는 것을 알아차리고 네 놈의 머리를 차례차례 쏘았다. 놈들의 정체를 파악하기 위해 지갑을 뒤지다가 브래스 너클을 끼고 있던 녀석에게서 나의 45구경 총을 발견했다. 그럼, 그렇지. 이런 물건을 그냥 버리진 않았겠지.

한편, 내가 죽인 사람들의 수를 세 배로 늘리는 것보다 내 팔에 감긴 테이프와 나무 조각을 떼어내는데 더 많은 시간이 걸렸다.

오후 4시, 나는 로카노 집 현관문의 초인종을 눌렀다. 로카노 부인이 나오더니 비명을 질렀다. 나는 플랫부시 플랫랜드에서 수족관까지 산책로를 피하며 걸어간 후에 차에 탔다. 그러고선 실내 백미러를 보았기 때문에 그렇게 비명을 지르는 이유를 알만했다.

---

* 『그레이의 해부학』을 따르는 자들에게: 의학에서 명치(태양신경총)는 지난 몇 십 년 동안 '복강신경총'이라는 공식 용어를 지정해 사용해 왔다. 사람들은 『그레이의 해부학』덕분에 '명치'라는 말이 입에 붙은 것이다.

마치 도끼 살해를 당한 사람 꼴이라고나 할까.

"오, 이런 세상에, 피에트로! 어서 들어와!"

"피 묻히고 싶지 않은데요."

"그런 게 무슨 상관이야!"

데이비드 로카노가 나타났다.

"어떻게 된 일이야?"

감사하게도 그들은 집 안으로 나를 부축해 들어갔다. 그래서 나는 벽을 건드리지 않아도 되었다.

"무슨 일이지?" 로카노가 다시 물었다.

나는 로카노 부인을 보았다.

"여보, 우리 얘기 좀 할게." 로카노가 말했다.

"앰뷸런스를 부를게요." 그녀가 말했다.

"안 돼요." 로카노와 내가 동시에 말을 했다.

"치료를 해야 해요!"

"캠벨 박사를 집으로 부르면 돼. 가서 침실 물건이나 준비해 놔."

"무슨 물건이요?"

"알아서 해, 여보. 수건이니 뭐 그딴 거 있잖아, 부탁이야."

그녀가 자리를 떴다. 데이비드 로카노가 복도에 놓인 우편물 전용 나무 탁자에서 의자 하나를 끌고 와줘서 나는 거실 소파에 앉지 않아도 되었다.

그는 내 옆으로 와 몸을 웅크리며 낮은 목소리로 물었다.

"젠장, 도대체 어떻게 된 거냐?"

"드젤라니 찾으러 다닌 거뿐이에요. 저들이 날 함정에 몰아넣었고요. 드젤라니와 세 놈이 더 있었습니다. 그 놈들의 지갑을 가지고 왔어요."

"뭘 가져와?"

"그자들을 죽였다고요."

로카노는 잠시 나를 바라보더니 조심스럽게 나를 끌어안았다.

"피에트로, 내가 미안하다. 정말 미안하다." 그는 뒤로 물러나 내 눈을 바라보았다. "하지만 정말 잘했다."

"알아요."

"이 일에 대해 네가 합당한 보수를 받도록 꼭 약속하마."

"그런 건 상관없어요."

"정말 잘했다. 이런, 세상에. 너 진짜 이 일에 굉장한 소질이 있는 것 같구나."

이때가 나의 인생에서 아주 흥미로운 순간이었다. "이제 난 이 일에서 손 털 거예요."나 "겁나 죽는 줄 알았어요."라든지 "그 따위 짓은 다시 안 할 겁니다."라고 말해야만 하는 순간 말이다. 그러나 나는 그런 말 대신 내게 로카노 가족이 얼마나 간절한지, 또 얼마나 피 맛에 빨리 중독되었는지에 대해 구차하게 말을 늘어놓고만 말았다.

"다시는 저한테 거짓말하지 마세요."

"난 거짓말 하지……"

"웃기는 소리 마세요. 나한테 다시 거짓말을 해서 내가 무고한 사람을 죽이게 된다면, 그 다음엔 아저씨 차례인 줄 아세요."

"알다마다."

우리는 이미 협상을 하고 있던 것이다.

7

오전 7시 40분, 나는 다시 안락의자에서 잠이 들고 내 머리는 쿵쿵 벽을 친다. 그것은 이 세상의 그 어떤 스트레스를 받고 있더라도 주치의 회의 동안 깨어 있게 하지는 못한다는 사실을 참 웃긴 방법으로 증명해 준다.

주치의 회의라는 것은 많은 사람들이 병동 라운지에 모여 환자 목록을 훑어보며 '우리 모두가 생각이 같은지 확인'하고, 실제로 환자 치료 결정권을 가진 자가 이미 다른 이에 의해 이루어진 결정에 대해서 적어도 알고는 있어야 한다는 법적 의무의 구색을 갖추기 위해 벌이는 것이다.

그런 게 바로 '주치의', 현실세계의 의사이다. 주치의는 매년 한 달 동안 하루에 한 시간씩 병동에 들러 관리를 하고, 그 대가로 뉴욕의 일류 의과대학에서 교수라는 직함을 받는다. 내가 아는 한 맨해튼 가톨릭 병원과 다른 그 어떤 연결고리도 없는 대학에서 말이다. 보건의료계에서 지향하는 용어의 명확성에 맞추어서 말하자면 '주치의'는 병동에서 주재하는 시간이 가장 적은 사람이다.

각별히 이 주치의는 내가 아는 사람이다. 그는 60세다. 그는 항상 굉장히 비싸 보이는 신발을 신고 다니는데 그보다 정말로 나의 경탄을 사는 점은, 내가 아침인사를 할 때마다 언제나 이렇게 대답을 한다는 점이다.

"아주 좋아. 난 9시에 브리지포트로 돌아가네."

지금 그는 한 손으로 머리를 괴고 있다. 그 손 아래로 턱살이 마치 식탁보의 모서리처럼 늘어져 있다. 눈은 감았다.

이 방에 있는 다른 사람들은 다음과 같다. 아크펠과 나와 같은 입장으로 건물의 반대편 병동을 제외한 지역을 담당하는 인턴 하나(그녀는 '징징'이라는 이름의 젊은 중국여자로 이따금씩 심한 우울증에 빠지곤 하는데, 그럴 때면 옆에서 웅크린 그녀의 사지를 펴 줘야 할 정도이다.), 우리들에게 배정된 의대생 네 명, 그리고 치프 레지던트이다. 우리는 지금 라운지를 독차지하고 있다. 병원 침대가 아니라 다른 곳에서 죽고 싶다는 희망을 품고 텔레비전을 보던 목욕가운 차림의 환자들을 우리가 쫓아냈기 때문이다. 그대들, 미안해요. 복도가 있잖아요.

하지만 이런 니미럴, 난 정말 피곤해.

의대생 한 명—내 담당도 아니고 징징의 담당인—이 엄청나게 길고 애매한 간 기능 검사 결과 리스트를 글자 하나하나 그대로 읊어대고 있다. 이 검사들은 애초에 오더내리지 말았어야 했던 것들이다. 환자는 심부전을 앓고 있다. 게다가 검사 결과가 결국 정상으로 돌아왔으니 말이다. 그랬다면 적어도 우리가 이 모든 것을 들어야만 하는 수고는 면케 해줄 수 있지 않을까 싶다.

그러나, 아무도 소리 지르지 않는다.

나는 깨어 있는 상태에서 벽에서 이끼가 자라나는 환각을 맛본다. 그러다가 다시 잠에 빠져드는 것을 느낀다. 그래서 나는 트릭을 쓴다. 즉, 한쪽 눈—치프 레지던트 쪽에서 보이는—만 뜨고 있는 것이다. 그런 채로 내 두뇌의 반은 휴식을 취할 수 있길 바란다. 머리가 벽에 다시 쿵 부딪친다. 잠에 빠졌었나 보다.

지금은 7시 44분이다.

"회의가 지겨운가요, 브라운 선생?" 치프 레지던트가 묻는다.

치프 레지던트는 레지던트 기간을 모두 이수했으나 '나머지 반' 삼아 일 년 더 머물기로 자원했다. 나는 그것이 '스톡홀름 신드롬'의 발현이라고 생각한다. 그녀는 흰 가운 안에 꽤 섹시한 스커트 정장을 입고 있지만 얼굴 표정은 평상시대로 '네가 날 엿 먹이냐?'라는 표정이다.

"뭐, 다른 때하고 별 다른 거 있겠습니까."

나는 졸음을 쫓으려고 얼굴을 부비면서 말을 한다. 나는 겹쳐 보이는 시야로 인해 과장이 있긴 하지만 벽 한군데에서 실제로 이끼가 자라는 것을 본다.

"빌라노바 씨에 대해 말씀을 좀 해주시겠어요?"

"그러죠. 뭘 말씀드릴까요?"

나는 빌라노바가 누군지 생각해 보며 묻는다. 한순간 나는 그게 스퀄란티의 또 다른 별명이 아닌가 싶기도 해 찜찜하다.

"선생이 그 환자의 가슴과 엉덩이 CT 촬영을 급하게 오더 내렸던데요."

"어, 맞아. 엉덩이 사내. 가서 확인해 봐야겠네요."

"나중에 해요."

나는 다시 자리에 앉는다. 왼손으로 코를 닦으며 호출기로 천천히 뻗어 내려가는 오른손을 가린다.

"그 환자는 PCA에도 불구하고 오른쪽 엉덩이와 쇄골하단 통증 OUO*를 보이고 있습니다. 열도 있는 것 같고요."

"바이탈 사인은 정상이었어요."

"맞아요. 저도 알고 있었어요."

오른쪽 엄지손가락이 나 자신도 알아차릴 수 없을 정도로 아주 재빨리 호출기의 테스트 버튼을 누른다. 그 멋진 알람이 울릴 때 나는 액정화면을 흘끗 쳐다보며 자리에서 벌떡 일어선다.

"젠장, 가봐야겠군요."

"회의 끝날 때까지 기다려요." 치프 레지던트가 말한다.

"안 됩니다. 환자 호출입니다."

그것은 거짓말이라기보다 동문서답이다. 나는 내 학생들에게 말한다.

"너희들 중 누가 반지세포암 위절제술에 대한 통계치 좀 찾아봐. 나중에 부를게."

나는 그렇게 자리에서 풀려난다.

그렇지만 스퀼란티 문제를 어찌 처리할 것인가에 대한 생각이 너무 더디게 이루어진다. 그래서 나는 손가락 끝으로 목스페인 한 알을 으깬다. 그러곤 엄지를 최대한 바깥쪽으로 쭉 뻗어 손목 끝에 만들어지는 경사면에 그것을 올리고 흡입한다.

그러자 콧구멍이 미칠 듯 화끈거리고 순간 눈앞이 깜깜해진다. 배에서 금속성으로 통통 튀기는 소리가 점점 커지자 나는 정신을 차린다.

---

* 뭐, 이게 무슨 뜻인지 누가 신경이나 쓰랴.

뭐라도 먹어야겠다. 마틴-화이팅 알도메드 사에서 아마도 병원 어디에선가 무료 아침식사 행사를 벌이고 있을 테지만 나는 도무지 거기 갈 시간을 낼 수 없다.

나는 업무용 승강기 옆에 놓인 사용한 쟁반 함에서 따지 않은 플라스틱 콘플레이크 사발과 비교적 깨끗한 숟가락을 찾아낸다. 우유는 없지만 반 정도 남아 있는 4온스짜리 마그네시아 유제(乳劑) 병이 있다. 그것은, 말하기 민망하긴 하지만 어떤 특정한 상황에서는 우유만큼 괜찮거나 혹은 더 낫다고 할 수 있다.

나는 그것들을 들고 문간 침대가 비어 있는 방으로 들어가 오줌 때가 묻은 매트리스 가장자리에 앉아 먹을 준비를 한다.

한 입 막 먹으려하자 커튼 너머 저쪽에서 여자의 목소리가 들린다.

"누구신가요?"

나는 일단 마저 먹는다. 4초 정도 걸린다. 그런 다음 목스페인 한 알을 더 씹고 자리에서 일어나 그쪽 침대로 걸어간다.

그 침대에 젊은 여자가 있다. 21살, 예쁜 아가씨다.

병원에서 예쁜 사람은 보기 드물다. 젊은 사람도 마찬가지다.

그러나 나는 그런 점 때문에 할 말을 못하진 않는다.

내가 말한다.

"젠장, 당신 내가 알던 사람하고 닮았군요."

"여자친구요?"

"그래요."

닮은 점은 아주 조금이다. 여우같은 검은 눈, 뭐 그 정도이다. 하지만 현재의 나의 상태로서는 그 점이 나를 흥분시킨다.

"안 좋게 헤어졌나요?" 여자가 묻는다.

"죽었어요."

무슨 이유에서인지 여자는 내가 농담을 하고 있다고 생각한다. 아마도 목스페인 때문에 내 얼굴 표정에 뭔지 모를 변화가 생긴 탓인지도 모른다. 여자가 말한다.

"그래서 사람들 살리려고 병원에서 일하나보죠?" 나는 어깨를 으쓱한다. "그거 아주 진부하군요."

"당신이 나처럼 여러 사람을 죽였다면 그렇지 않을 걸요."

나는 그렇게 말하지만 속으로는 이렇게 생각한다. '일단 이 방에서 빠져나가는 게 좋겠어. 흥, 그런 다음 이놈의 마약이 지껄이고 싶은 말 뭐든지 다 하라지.'

"의료사고를 말하는 건가요, 아니면 연쇄살인범이 하는 짓이요?"

"둘 다 조금씩이라고 해두죠."

"간호사인가요?"

"의사입니다."

"의사 같아 보이지 않는데요."

"아가씬 환자 같아 보이지 않는군요."

그 말은 사실이다. 적어도 겉으로 보기에 여자는 완벽히 건강해 보인다.

"조만간 아파 보이게 될 거예요."

"왜 그렇죠?"

"내 담당 선생님이 아니죠?"

"아니에요. 그저 궁금해서요."

111

여자가 고개를 돌린다.

"오늘 오후에 내 다리를 자른대요."

나는 잠깐 생각해 본다. 그런 후 말한다.

"기부하시나보죠?"

여자는 격하게 웃음을 터뜨린다.

"그래요. 쓰레기통에다요."

"다리에 무슨 문제가 있는 겁니까?"

"골암이 있어요."

"어디에요?"

"무릎."

주요 골육종 지대이다.

"한번 봐도 되겠어요?"

여자는 침대보를 걷어낸다. 그 바람에 여자의 가운 자락도 같
이 말려 올라가 반짝이는 여자의 사타구니가 보인다. 모던한 타입
으로 털이 없는 멕시칸 사타구니다. 푸른색 탐폰 끈도 보인다. 나
는 재빨리 여자의 사타구니 부위로 침대보를 끌어올린다.

여자의 무릎을 본다. 오른쪽 무릎이 눈에 띄게 부었는데 뒤쪽
에서는 더 부었다. 만져보니 액이 차 있는 듯 폭신하다.

"저런."

"그러게나 말이에요."

"생체검사 마지막으로 한 게 언제죠?"

"어제요."

"뭐래요?"

"'출혈성 무정형 선(腺)조직'이라고 하더라고요."

저런, 저런.

"얼마나 오래 됐어요?"

"이번에요?"

"무슨 말이에요?"

"처음 생겼을 때는 한 열흘 정도 갔어요. 하지만 그건 3개월 전이에요."

"이해가 안 가는군요. 없어졌다고요?"

"예. 일주일 전쯤 다시 생겼어요."

"음, 그런 건 본 적이 없는데."

"아주 드문 경우라고 하더라고요."

"이번에는 다시 그게 없어지는지 두고 보지 않는다고 해요?"

"이런 종류의 암은 아주 위험하다네요."

"골육종이요?"

"예."

"맞는 말이죠."

그게 골육종이라면 말이다. 젠장, 내가 뭘 알겠냐만.

"내가 한번 좀 찾아볼게요."

"그럴 필요 없어요. 몇 시간 후면 절단할 텐데요."

"그래도 찾아볼게요. 뭐 다른 거 필요한 거 있어요?"

"아뇨." 여자가 잠시 말을 멈춘다. "뭐, 발 마사지라도 해주실 거 아니라면."

"마사지 해줄게요."

여자는 경찰차 사이렌처럼 얼굴을 붉히지만 내게서 눈길을 거두지 않는다.

"진짜요?"

"못할 거 뭐 있어요?"

나는 침대 끝에 걸터앉아 여자의 발을 쥔다. 그러고는 엄지손가락 끝으로 여자의 발바닥 인대를 눌러 밀기 시작한다.

"오, 빌어먹을."

그녀가 그렇게 말하곤 눈을 감는데, 감은 눈에서 눈물이 흐른다.

"미안해요." 내가 사과한다.

"계속 해줘요."

나는 계속 마사지를 한다. 잠시 후 여자가 들릴락 말락하게 말을 건넨다.

"핥아줄래요?"

나는 고개를 들어 여자를 쳐다본다.

"어딜 핥아요?"

"내 발, 이 변태야."

여자는 눈을 뜨지 않고 말한다. 나는 입이 닿도록 여자의 발을 들어 발바닥을 핥는다.

"다리도." 여자가 말한다.

나는 한숨을 쉰다. 나는 여자의 다리 안쪽을 핥으며 거의 사타구니 근처까지 올라간다. 그런 후 나는 자리에서 일어선다. 그러면서 내가 만일 제대로 전문가답게 행동한다면 의사로서 내가 어때 보일까 잠깐 생각해 본다.

"괜찮아요?" 내가 묻는다.

여자는 울고 있다.

"아뇨. 빌어먹을, 내 다리를 잘라버린대요."

114

"유감이에요. 나중에 다시 들를까요?"

"네."

나는 '근처에 있게 되면요.'라고 덧붙일까 하다가 그만둔다.

낙담을 안겨주고 싶지 않다.

8

1994년 겨울 로카노 가족은 다시 스키 여행을 가게 되었다. 콜로라도에 있는 비버 크릭인가 어딘가였는데 나더러 같이 가자고 했다. 나는 그 제안에 거절을 하고, 대신 폴란드로 갔다. 그러나 나는 하느님께 맹세코 블라디슬로프 부덱을 죽이러 폴란드에 간 것은 아니다. 우리 조부모를 아우슈비츠에 팔아버린 인간 말이다.

나는 그보다 더 터무니없는 이유로 거기에 갔다. 나는 '숙명'이 실재한다고 믿었다. 계획은 최대한 짜지 않고, 부덱을 만나게 될지 말지는 숙명에 맡겨보기로 했다. 그러면 그 결과에 따라 후에 내가 데이비드 로카노의 비공식 킬러가 되느냐 마느냐를 결정할 수 있으리라는 생각이 컸던 것이다. 이탈리아 인들과 러시아 인들을 죽이는데 이용할 수 있으며 스킨플릭을 위해 일종의 보디가드 역할을 해줄 킬러 말이다. 그렇지만 스키 여행을 거절하고 폴란드에 온 것이 표면적으로는 내가 나의 조부모보다 로카노 집안사람들을 더 중시하는 건 아니라는 점을 스스로에게 증명하는 것이라 여겼다.

(우주에 무슨 의식이라든가 매개자가 있는지 어떤지는 알 수 없지

만) 허구적이며 초자연적인 매개자로 하여금 내 삶의 도정을 이끌도록 한 나의 결정에 있어 이상한 점은, 그렇다고 그 때문에 의학적으로 볼 때 내가 미쳤다고는 말할 수 없다는 점이다. 정신병원에서 진단비를 청구할 수 있을 정도까지의 정신병적 기능이상의 여러 변종들을 분류하려 시도한 『진단 통계 매뉴얼』은 이 점에 있어 명확하게 설명한다. 그 책에 따르면, 하나의 믿음이 망상이라고 규정되려면 '본인을 제외한 거의 모든 사람들의 믿음과 반대되고 또한 논쟁의 여지없이 명백한 반대의 증거나 증명이 있는데도 불구하고, 굳건하게 유지되고 있는 외부의 현실세계에 대해 추론을 잘못해서 생기는 잘못된 믿음'이어야 한다는 것이다. 또한 복권을 사는 사람들이며 불운을 막기 위해 나무에 손을 대는 사람들(복수의 여신이 내리는 벌을 피하려고 주위에 있는 나무로 된 물건에 손을 대는 풍습—옮긴이), 혹은 모든 일은 다 이유가 있어 생기는 것이라고 믿는 사람들이 그토록 많은 것을 보면 그 어떤 불가사의한 믿음이라도 병적인 현상이라고 명명하는 것은 힘든 노릇이다.

물론 『진단 통계 매뉴얼』은 '어리석은 일'이라고 규정짓는 것도 꺼린다. 내 생각을 말하자면 지력(知力)에는 11가지쯤의 종류가 있는 것 같고 어리석음의 종류는 적어도 40가지는 되는 것 같다.

그 중 대부분은 내가 직접 경험한 것들이다.

블라디슬로프 부덱을 찾는 것조차 불가능해 보였기 때문에 나는 그냥 구경이라도 다니기로 했다. 첫 목적지를 부덱이 나의 조부모와 접촉했을 당시 그들이 은신해 있던 원시림으로 정했다. 나는 비행기를 타고 바르샤바로 가서 올드타운(고국(Old Country)처럼 대문자로 쓰는 올드타운(Old Town))에 있는 과거 공산주의 시절의 매우 허름한 호텔에서 하룻밤 머무르며 그곳의 식당에서 이상한 생김새의 튜브 형 고기로 아침식사를 했다. 그런 다음 루블린까지 기차를 타고 갔다. 그곳부터는 버스를 타고 갔는데 가톨릭 학교에 다니는 열여섯 먹은 여드름투성이 여학생 한 무리가 가는 내내 오럴섹스에 대해 재잘거렸다. 발음은 그런대로 괜찮다 하더라도 나의 폴란드어 어휘실력은 보잘 것 없었다. 그래도 그 정도는 알아들을 수 있었다.

한편 우리가 지나치는 모든 곳은 거의가 공장 지대이거나 열차 선로가 놓인 곳이었다. 내가 폴란드 인이었다면 나는 아마도 이렇게 말했을지도 모르겠다.

"물론 나는 홀로코스트가 벌어지고 있다는 사실을 몰랐어. 젠장, 나라 전체가 무슨 수용소 같구면!"

폴란드 인이었다면 신경이라도 썼을 것처럼 말이지.

마침내 우리는 한 마을에 당도했는데, 그야말로 시골이어서 공장이 겨우 네 개밖에 되지 않는 곳이었다. 숲의 전면을 따라 마을 밖으로 이어지도록 쟁기질한 진입로가 있었다. 나는 돌아갈 일정을 다시 한 번 확인한 후, 정거장의 여직원에게 가방을 맡기곤 길을 따라 걷기 시작했다.

젠장, 폴란드가 얼마나, 얼마나 추운지 내가 말했던가? 진짜 돌아버릴 정도로 추웠다. 눈이 얼지 않으려고 눈물을 뿜어대고 이는 앙다물어지고 입술은 오므라드는 추위였다. 그나마 유일하게 몸을 덥힐 수 있는 것이라곤 히틀러의 제6군 병력들의 징이 박힌

군홧발이 체온을 땅으로 전도하는 이미지일 뿐이다. 공기마저 너무 차가워 숨쉬기도 어려웠다.

나는 길을 걷다 무작정 길에서 벗어나 쌓인 눈더미로 올랐는데, 눈더미가 너무 깊고 부드러워 마치 수영을 하는 것 같았다. 표면은 반들거리는 얼음덩어리로 뒤덮였는데, 숲으로 향하는 내 발길에 쪼개지며 낱장으로 미끄러져 나갔다.

50미터쯤 더 나아가자 내 눈이 어둠에 적응했다. 소음과 바람은 잦아들었다. 어떤 나무인지 알 수 없는(뭐, 예를 들어 '참나무'니 뭐니 내가 나무를 구별할 수 있다는 것은 아니지만) 이상하게 생긴 거대한 나무의 가지들이 사방으로 뻗쳐 있었다. 낮게 드리운 가지들은 눈 밑에서 내 발에 걸렸다.

그저 앞을 향해 나아가는 것 자체에도 굉장한 주의를 기울여야 했기 때문에, 나는 한 마리가 내 바로 앞 나뭇가지에 내려앉을 때까지 까마귀들이 있는지조차 알아차리지 못했다. 또 다른 두 마리는 좀 더 위쪽에 앉아 나를 내려다보았다. 나는 눈밭에 누워 그 까마귀들을 쳐다보았다. 이제껏 본 새 중에 가장 큰 새들이었다. 조금 지나자 까마귀들은 고양이처럼 제 몸을 닦기 시작했다.

나는 깨끗하고 매서운 공기를 들이마시고는 까마귀들이 앵무새만큼 오래 사는지, 또 그렇다면 이 녀석들은 2차 대전, 혹은 1차 대전 동안에도 여기 있었는지 생각해 보았다. 또한 나의 조부모님이 까마귀를 잡아먹으려고 시도해 보았는지도 궁금했다.

까마귀가 아니라면 무엇을 먹으려고 했을까? 대체 이런 곳에서 돌아다니는 것 자체가 어떻게 가능했을까? 나치와 대항하는 것은 고사하고 도대체 빨래는 어떻게 했을까? 이곳은 마치 저승

같았다.

마침내 까마귀 한 마리가 날카로운 울음을 내지르더니 세 마리 모두 날아가 버렸다. 곧 이어 어떤 기계음이 들렸다.

분명 이제 해야 할 일은 길가로 다시 돌아가는 것이었다. 부츠 안으로 눈이 스며들기 시작했던 것이다. 그러나 나는 궁금했다. 소음의 정체뿐만 아니라 목적지가 있다면 이 숲을 뚫고 도대체 얼마나 빨리 그곳에 닿을 수 있을지도 궁금했다. 그리하여 나는 소리가 들리는 방향으로 숲 속 깊이 들어가기 시작했다.

소리가 점차 커지자 다른 기계음도 그 소리에 합세하기 시작했다. 곧 크레인의 상부가 보였다. 나는 비틀거리며 또 다른 눈더미 벽을 뚫고 나아가 개활지에 닿았다.

그곳은 '방금 닦여진' 개활지였다. 바닥은 대략 40만 제곱미터 정도 완벽하게 고르게 닦여 있었다. 파카를 입고 원색의 안전모를 쓴 남자들이 거대한 기계를 이용해 가장자리부터 나무들을 베고 쓰러뜨린 후, 세로로 잘라 평상형(平床型) 트레일러에 싣고 있었다. 여섯 군데서 나오는 검은 연기가 흰 하늘에 얼룩을 만들었다.

나는 일꾼 한 명에게 말을 걸었다. 그는 핀란드 목재 회사인 버크 사에서 나왔다고 말한 듯하지만, 우리 서로 통할 수 있는 공통의 언어가 없었기 때문에 결국 둘 다 어깨를 으쓱이고 그저 웃고 말았다. 젠장, 달리 뭘 할 수 있겠는가.

그렇지만 별로 우습진 않았다. 비아보비에차는 한때 유럽의 80퍼센트를 덮었던 숲의 마지막 남은 자락이다. 그러한 곳의 한 덩어리가 베어지는 것을 보는 것은 마치 세계의 배꼽을 사포로 갈아버리는 장면을 보는 것과 같았다. 그것은 과거로 가는 입구의 1퍼센트가 막히는 것과 같았다. 내 조부모의 과거이든 그 누구의 과거이든 간에 말이다. 또한 애초에 우리가 인간이었다는 표식이 1퍼센트 줄어드는 것이었다.

그리고 역사의 한 조각이 증기로 화하는 것이었다. 우리가 원하는 것이 무엇이었든 그것을 볼 수 있었던 역사의 한 조각. 아니, 어쩌면 아무것도 볼 수 없었던 역사의 한 조각일까.

나는 루블린으로 되돌아가, 여행의 주된 목적을 위해 남쪽으로 향했다. 아이언 커튼 급행열차 침대칸을 이용해 크라쿠프로 향했다. 그런 식의 여행은 처음 해보는 것이었다. 그렇게 나쁜 경험만은 아니었지만, 아마 앞으로는 다시없을 여행일 것이다. 2층 침대의 위층에서 엄청난 양의 음모가 엉겨 붙어 있는 이불은 걷어 치워버렸다. 그러곤 코트를 덮고 머리맡에 있던 알전구에 의지해 책을 읽었다.

나는 루블린에서 한 꾸러미의 책을 샀다. 공산당 정권 시절에 나온 책들은 재미는 있으나 깊이가 없었다. ("레닌 제철, 치지니 담배 공장, 보나르카 화학비료 공장 견학하세요!") 대부분의 현대 폴란드 출판물은 멍청하고 가증스러운 것이었다. 수백 페이지에 걸쳐 레흐 바웬사가 성인(聖人)이라는 점을 설명하고 있는데, 단 한 페이지도 그가 돼지 얼굴을 한 암캐마냥 똥이나 처먹어야 한다는 것에 대해서는 이야기하지 않고 있었다.* 그리고 맞는 말을 하고

---

* 내가 레흐 바웬사 이야기 중 제일 좋아하는 것은 폴란드로 가지 직전에 들은 것이다. 바웬사는 자신이 대통령직을 잃게 될 것을 깨닫고는 자신의 적수가 스스로

있는 것 같은 책들은 그저 우울할 뿐이었다.

"화재의 원인 유대인! 전염병의 원인 유대인! 유럽 전역이 유대인 혐오자들에 의해 지배되고 있는 원인 유대인!"

1800년 크라쿠프 인구의 삼분의 일이었던 유대인, 1900년에는 사분의 일, 1945년에는 전무.

아침에 기차역에서 호텔로 가는 도중에 나는 잠시 발길을 멈추어 아우슈비츠로 가는 버스표를 샀다.

자, 당신은 이제 나의 눈을 통해 수용소 투어를 떠나는 것이다.

아우슈비츠는 한참 활약을 할 동안은 실제로는 세 개의 수용소로 이루어져 있었다. 그것은 죽음의 수용소('아우슈비츠 II'로도 알려진 비르케나우 수용소)와 I.G. 파르벤 공장 수용소('아우슈비츠 III', 혹은 모노비츠 수용소), 그리고 그 두 수용소 사이에 위치해 구금과 몰살 둘 다를 수행하던 결합형 수용소('아우슈비츠 I'혹은 그냥 아우슈비츠)였다. 독일인들이 도망치면서 비르케나우 수용소를 폭파시켰고 ―그것을 보면 인간의 수치심은 오직 발각의 위협에서 나온다는 플라톤의 주장이 잘 증명된다.― 그런 후 폴란드 인들이 벽돌을 건지기 위해 폐허를 헤집고 다녔던 관계로 주 박물관은 아우슈비츠 I에 있다.

유대인임을 숨겨 왔다고 발표했다. 그리고 나서 바웬사는 자신이 편협한 인종차별주의자가 아니라고 주장하며 이런 말을 했다. "사실 난 내 자신이 유대인이었으면 좋겠습니다. 그러면 훨씬 더 많은 돈을 벌 수 있었을 테니까요." 웃기기도 하셔라!

그곳에 가기 위해서는 버스를 타야 하는데 그 버스들은 일종의 역사적 기술비약을 통해 미국의 그 어떤 버스보다도 더 현대적이다. 폴란드 인들은 그 동네를 오슈비엥침이라고 부른다. '아우슈비츠'라는 푯말은 그 어디에서도 볼 수 없다. 그 지역은 완전히 산업화되어 있고 수용소 입구에서 길 건너편에는 아파트 단지가 들어서 있다. 그러나 관광가이드는 폴란드어로 아주 많은 말썽을 일으키는 세계 각지의 호전적인 유대인 무리들만 아니었다면 지금쯤 슈퍼마켓을 짓기 위해 그곳이 철거되었을 것이라고 말한다. 그 말에 누가 기분이 상할지 둘러보니, 이를 갈고 있는 사람들은 버스 뒷좌석에 앉아있는 하시디즘 종파(폴란드의 유대교의 한 파 — 옮긴이)의 가족뿐이다.

당신은 지금 바깥마당을 건너고 있다. 나치는 여력이 닿는 대로 수용소를 계속해서 확장시켰다. 그리하여 그 유명한 '노동을 하면 자유로워진다' 문(아우슈비츠 I의 정문 — 옮긴이)에 이르려면 한 건물을 지나가야 하는데, 그곳엔 스낵바와 필름 매점과 매표소가 있다. 이 건물은 예전에 수감자들이 문신 시술을 받고 머리를 밀던 곳이자 나치가 유대인 성위안부 노예들을 두던 곳이었다. 화장실은 청소하지 않아 하수구 냄새가 나며, 사진 속의 문신은 우리네 조부모들이 했던 것과 비슷해 보이지도 않는다.

정문 안쪽에 18미터에 달하는 나무로 된 십자가가 있는데, 그 주변에서 한 무리의 수녀들과 스킨헤드들이 팸플릿을 나누어주고 있다. 팸플릿에는 흥분한 국제 유대인들이 가톨릭 국가 내에 있는 아우슈비츠에서 가톨릭 예배를 금지시키기 위한 시도를 하고 있다고 쓰여 있다. 그 모습 봐라. 당신도 주먹이 근질거리지 않는가. 스킨헤드 한 놈의 목을 비틀어버리면 프로이드의 말마따나 어린 시절의 욕망 충족이 인간을 행복하게 해주는 유일한 방법이라는 주장이 사실인지 어떤지 확실해지지 않을까 궁금해진다.

그러나 결국 당신은 이곳으로 구경 온 여행자일 뿐이다. 날카로운 쇳조각이 달린 철선 울타리로 둘러쳐진 합숙소, 교수대, 무차별 총질을 해대던 초소들을 구경만 할뿐이다. 그리고 의학실험실 건물과 화장터가 보인다. 이런 것들을 보면서 당신은 이런 생각에 사로잡힌다. 남들보다 조금 더 살자고 가스실을 청소할 수 있을까? 시체 소각실에 시체를 밀어 넣게 될까?

젠장, 기분 더러워진다.

그러다가 문득 각 국적별로 표기된 —예를 들어, 슬로베니아인들— 희생자들의 합숙소들이 있는데, 왜 어디에도 유대인 민족의 것은 없는지 궁금해지기 시작한다. 그러곤 경비대원에게 묻는다. 경비대원은 길 건너편을 가리킨다.

합숙소 37을 찾아간다. 그러곤 경비대원의 말이 반만 옳다는 사실을 깨닫는다. 그 합숙소는 아우슈비츠의 유일한 연합 합숙소이다. 슬로바키아 인들(원형 그대로의 전시: 표지판에서 그 사실을 알 수 있다.)과 유대인들 말이다. 그러나 문고리에 체인이 감긴 채 그 전체가 폐쇄되어 있다. 이 합숙소는 개방되어 있는 것보다 닫혀 있는 날이 더 잦다는 사실을 나중에 알게 된다. 예를 들어 1967년과 1978년 사이에 한 번도 개방된 적이 없었다. 버스를 함께 타고 왔던 하시디즘 종파 가족이 쓸쓸한 표정으로 체인을 바라보며 서 있다.

당신은 그 젠장맞을 자물쇠를 발로 때려 부수고 문을 밀어 열고는 하시디즘 종파 가족을 먼저 들어가게 한다.

안에서는 많은 더러운 꼴을 보게 된다. 아우슈비츠에서는 무수히 많은 유대인들이 죽었기 때문에 그들이 남긴 것들—머리카락, 1차 대전에서 폴란드를 위해 싸웠던 참전용사들의 나무 의족들, 아이들의 신발 등등—이 유리로 막아놓은 모든 방들에 가득 차 있다. 그 안에서 그것들이 썩어가며 악취를 풍긴다. 이것들에 비하면 평범한 듯 사악하게 ('폴란드계 유대인'에서 '폴란드계'를 긁어 지워버렸고, 국가사회주의자들이 '재계와 정부에 유대인들이 필요 이상으로 많다는 사실에 반응을 보였다.'라고) 쓰여 있는 박물관 명판들은 당신의 주의를 끌지 못한다. 왜냐하면 많은 사람들이 즐겨 쓰는 유대인 혐오 상투 문구인 '필요 이상으로 많다.'가 포함되어 있더라도, 이 문구의 논리를 따져보면, 2차 대전 때처럼 누군가 지구상의 유대인들 절반을 죽여 없애버린대도 오히려 그 분야에서 유대인의 비례대표성은 두 배가 되는 식이어서 결국 특별할 것도 없는 얘기가 되어버리기 때문이다.

결국 당신은 버스로 되돌아가 죽음의 수용소 비르케나우로 간다. (이런 실례! '브제진카'라고 해야지. 폴란드에서는 '비르케나우'는 활자로 나오지도 않는다(비르케나우는 독일어 명칭이고 브제진카는 폴란드어이다 — 옮긴이)). 그곳, 폐허가 된 거대한 로마 목욕탕 식의 죽음의 공장에서 유럽인들조차 눈물을 흘린다. 그곳에 드리워진 슬픔은 거의 귀로 들릴 것 같은 느낌, 귀를 할퀴는 느낌을 준다.

마침내 관광가이드는 손님들 각각을 찾아가 어깨를 두드리며 이제 크라쿠프로 돌아갈 것이라 조용히 말을 건넨다.

당신은 이렇게 묻는다.

"우리 모노비츠 안 들릅니까?"

여자 가이드는 '모노비츠'를 모르겠다고 말한다.

당신은 이렇게 대답한다.

"모노비츠. 드워리. I.G. 파르벤 수용소. 아우슈비츠 Ⅲ 말입니다."

"오, 거긴 가지 않아요." 여자가 말한다.

"왜 안 가죠?"

아우슈비츠에서 살아남은 사람들의 반수는 모노비츠에 갇혀 있던 사람들이다. 당신의 조부모뿐만이 아니다. 프리모 레비와 엘리 비젤 같은 사람들도 그곳에 갇혀 있었다.

"전 그냥 관광가이드일 뿐이에요." 여자가 말한다.

마침내 당신은 그곳에 내려주지 않으면 걸어가겠다고 위협을 하고, 여자는 마음대로 하라고 한다. 그리하여 거기로 가는 길을 찾고 30분 동안 걷는다. 그러곤 철조망이 둘러쳐져 있는 정문에 도달하는데, 그 문은 새로 만든 것으로 실제 경비대원들이 기관총을 들고 지키고 있다. 그들 중 하나가 방문은 '특별히 허가받은 자만'이 가능하다고 말해준다.

그자의 뒤를 바라보니 그 이유를 알 수 있다. 모노비츠는 바로 지금도 검댕을 하늘로 뿜고 있다. 이곳은 아직도 운영 중이며 한 번도 폐쇄된 적이 없었던 것이다.*

---

* 아우슈비츠에 노동 수용소를 운영했던 화학업체인 I. G. 파르벤―I. G. 파르벤은 사람 이름이 아니라, '국제 염료 회사'를 독일어로 줄인 말이다―은 자신들이 한때는 83,000명까지 착취했던 과거 노예들에게 배상금을 지불해야 한다고 주장하면서

정문에서 웃음을 터뜨리는 경비대원들과 이야기를 나눈 후에 당신은 손가락을 말아 손톱이 손바닥 피부를 파고들 정도로 꽉 움켜쥐고는 택시를 잡기 위해 아우슈비츠로 걸어 돌아간다.

크라쿠프로 돌아와 — '이런, 기막히군! 스머프들이 언덕 위에 중세 마을을 지어놨군. 여전히 굉장해 보이는데. 시계처럼 아주 정교하게 만들어졌어. 폴란드의 나치 총독이 성에서 살면서 건물들을 보호했기 때문이야!' — 나는 나무를 태우는 난로가 있는 코뮤니스트 시절의 커피하우스에서 저녁식사를 하고 뒤쪽으로 가서 거대한 옛날 전화번호부를 훑어보았다.

그곳의 손님들은 너나할 것 없이 모두 잡는 힘이 센 입술을 지니고 있으며 치아가 없는 것 같았다. 또 내가 어깨너머 이야기하는 것을 들은 치들은 그럴만한 이유가 당연히 있다는 듯 무언가에 대해 불평을 하고 있었다. 나는 방금 블라디슬로프 부덱을 지나쳤을지도 모른다는 사실을 깨닫고는 깜짝 놀랐다.

나는 항상 부덱을 나이 먹은 클로스 본 불로(덴마크 태생 영국

전쟁이 끝난 후에도 사업을 계속했다. 그러고 나서 그 업체는 계속해서 탐욕스럽고 앙심에 찬 유대인들에게 부당하게 수십 년 동안 집요한 괴롭힘을 당하고 있다는 식의 주장을 흘렸다. 2003년 회사는 어쩔 수 없이 실제로 25만 달러(일인당 지급액이 아니라 총액을 말하는 것이다)를 지급하게 될 위기에 처했는데 그러는 대신 파산선고를 해버렸다. 그러나 그것도 '아그파'와 '바스프', '바이엘', '훼스트'(현재는 합병으로 인해 거대 제약회사 아벤티스의 반이 된 회사) 같은 자회사들을 성공적으로 분리 독립시키고 나서야 이루어진 조치였다. 그 모든 업체들은 오늘날까지도 번성하고 있다.

의 사교계 명사로 아내 살인미수 사건으로 유명하다 ― 옮긴이)처럼 생각해 왔다. 주머니에 루거 총이 든 스모킹 재킷을 입고 능글능글 웃는 고집 센 명사 말이다. 그러나 그자가 칸마다 요일별로 표시가 되어 있는 플라스틱 약상자를 지닌 채 이집 저집 술집이나 어슬렁거리는 그저 그런 얼간이일수도 있지 않은가? 혹은 내가 추궁하는 것을 알아듣기도 어렵게 귀가 먹고 나이가 들었다면 또 어떡하나?

나는 그자를 만나면 이렇게 소리 지르려고 생각하고 있었다.

"당신 50년 전에 악마 같은 인간 쓰레기였지?" 아니면 이렇게. **"어쩌면 당신은 아직도 악마 같은 인간쓰레기일 거야, 그러나마나 이젠 어떻게 해 볼 힘조차 없어 보이는구먼."**

어쨌거나 이제 곧 알아낼 참이었다. 나는 눈에 들어온 이미지가 뇌에 다 전달되기도 전에 손가락에 스파크를 느꼈다. 부덱의 주소는 여섯 블록 떨어진 곳으로 나와 있었다.

그곳은 한 줄로 죽 늘어선 타운하우스들 가운데 한 집의 꼭대기 층이었다. 뒤쪽으로는 주민들만 이용할 수 있는 출입문이 난 길고 좁은 공원이 있었다. 나는 공원으로 들어가 집 뒤로 진입해 볼까 생각했으나 정신을 차리기도 전에 이미 계단을 올라 꽈배기처럼 꼬인 벨을 누르고 말았다.

마치 몸 안에 있는 모든 수분이 빠져나와 나의 분신을 이루려는 듯 온 몸에 땀이 솟았다. 나는 차분해지자고 스스로를 달랬다.

그러나 곧바로 그런 마음을 저버렸다. 신경 쓸 게 무언가?

문이 열렸다. 쭈그렁 얼굴. 여자? 어쨌거나 실내복은 핑크색이었다.

"네?"

노파는 폴란드어로 말했다.

"블라디슬로프 부덱 씨를 찾아왔습니다."

"여기 없다우."

"천천히 말씀해 주시겠습니까? 폴란드어를 잘 못합니다. 언제 돌아오시죠?"

노인은 찬찬히 나를 훑어보았다.

"누구시오?"

"미국에서 왔습니다. 저희 조부모님이 부덱 씨와 아는 사이였습니다."

"조부모님이 블라디스를 안다고?"

"예. 그랬습니다. 지금은 돌아가셨지만요."

"조부모님이 누구시오?"

"스테판 브라우나 씨와 안나 마이젤 씨입니다."

"마이젤? 유대인인가보군."

"예."

"댁은 유대인 같지 않은데."

나는 '고맙습니다.'라고 말해야 하나라는 생각이 들었다. 대신 이렇게 말했다.

"부덱 씨 부인이십니까?"

"아니. 난 블라디스의 누이, 블란샤 프셰드미에쉬치에라우."

상황이 갑자기 초현실적으로 변했다. 나는 조부모로부터 이 여자에 대해 들은 적이 있다. 풍문에 따르면 이 여자는 동시에 두 남자, 하나는 나치 그리고 다른 하나는 부인이 유대인 지하조직과 끈이 닿은 남자와 관계를 맺고 있었는데, 그래서 오라비의 계략을 가능케 했다고 한다.

노파는 내가 알아들을 수 없는 뭔가를 말했다.

"뭐라고요?"

내가 묻자 노인이 좀 더 천천히 다시 말했다.

"경찰서에서 나를 잘 알고 있다고."

"경찰 얘기를 왜 하시죠?"

"글쎄. 댁이 미국인이라면서."

훌륭한 대답이다.

"들어가도 될까요?" 내가 물었다.

"왜?"

"그저 부인 오빠에 대해 몇 가지 여쭤보려고요. 이야기하다가 싫으시면 경찰이든 누구든 불러도 좋습니다."

노파는 생각해 보는 것 같았다. 유대인 혐오가 인종차별주의 백인들의 근원적인 충동일지는 모르나 외로움이라는 것은 근원의 근원까지 가는 것이다. 마침내 노파가 말했다.

"그럽시다. 하지만 먹을 것은 기대하지 마시우. 그리고 아무것도 건들지 말고."

아파트 안은 곰팡내가 났지만 네모난 60년대식 가구들과 봉긋한 브라운관이 있는 텔레비전이 보였는데 전체적으로 단출하게

129

정돈되어 있었다. 몇 개의 사이드테이블에는 사진 액자가 얹어 있었다.

하나는 담쟁이덩굴이 덮인 돌담 앞에 두 명의 젊은이가 서 있는 사진이었다. 사진 속의 여자는 이 여인인 것 같기도 했고, 나머지 한 사람은 차갑고 음침해 보이는 검은 머리의 남자였다.

"이게 그 분인가요?"

"아니. 그건 내 남편이라오. 독일군이 침공해 왔을 때 죽었지."
말과 손짓을 이용해 노파는 자기 남편은 말이 끄는 포병에 있었고 독일군은 비행기를 이용했기 때문이었다고 의사를 전달했다.
"블라디스는 여기 있지."

그러면서 손으로 가리켰다.

사진 속엔 산에서 스키를 타며 햇빛 속에서 뻐드렁니를 드러낸 채 웃고 있는 건방져 보이는 금발 남자가 보였다.

"오빤 멋진 남자였지."

노파는 감히 자신의 말에 토를 달지 못할 것이라는 태도를 보이며 말했다.

"'였지'라고 하시는데요. 돌아가신 건가요?"

"1944년에 죽었지."

"1944년이요?"

"그렇다오."

"어떻게 돌아가셨나요?"

노파는 쓴웃음을 지었다.

"유대인들이 죽였지. 창문을 통해 들어왔거든. 총을 들고서 말이야."

노파가 뒤이어 한 말을 이해하는 데는 시간이 좀 걸렸다. 그 유
대인들은 노파를 부엌에 묶어놓고는 자신의 오빠를 지금 내가 서
있는 거실 소파 한쪽 끄트머리에서 쏴 죽였으며, 베개를 이용해
서 아무도 소리를 듣지 못하게 했다고 한다.

"하지만 경찰이 이미 오고 있는 중이었지. 그래서 그치들이 나
가다가 붙들렸고."

"와."

그럼 누군가 먼저 여기 왔었다는 이야기군. 꽤 다행스럽게도
간발의 차이였네.

"사내아이와 여자아이였다오. 십대들 말이야."

"뭐라고요?" 노파가 다시 말해주었다. "농담하시는 거예요?"

"그게 무슨 말이지?"

나는 속이 메슥거렸다. 그게 들킬까봐 나는 소파에 앉았고, 노
파는 나를 쫓아내려고 했다.

나는 더 알아야만 했다.

"그들이 어떻게 생겼었나요?"

"유대인처럼."

노파는 어깨를 으쓱했다. 나는 다른 방식으로 말을 유도했다.

"경찰들은 어떻게 해서 오게 된 건가요?"

"그게 무슨 말이요?"

노파는 안락의자에 앉았으나 여차하면 전화기에 달려들 준비
를 하는 것 같이 쿠션의 끝자락에 엉덩이를 붙여 앉았다.

"경찰이 그런 사태가 일어날 줄 어떻게 알았냐고요."

"나도 모르겠는걸. 블라디스가 일찌감치 전화를 했으니까."

"사내아이와 여자아이가 오기 전에 전화했단 말이죠?"

"그렇다오."

"하지만 그는 또 어떻게 그네들이 올 줄 알았죠?"

"나도 모르지. 어쩌면 들은 바가 있었을 수도 있고. 어쨌든 아주 오래 전 일이니까."

"기억이 안 나세요?"

"그렇다오. 기억 안 나는구려."

"유대인 둘이 창을 통해 침입해 들어와 부인을 포박까지 했는데, 오빠가 그네들이 올 것을 어떻게 알았는지 부인은 기억을 못한다고요?"

"그렇다오."

"혹시 부인과 오빠가 그치들에게 그들의 친척을 살릴 수 있다고 하면서 돈을 받아냈기 때문인가요?"

노파는 매우 차분해졌다.

"도대체 왜 내게 그런 것들을 묻는 거요?"

"무슨 일이 벌어졌는지 알고 싶어서요."

"내가 왜 댁한테 그런 걸 말해야 하지?"

나는 잠시 생각해 보았다.

"왜냐하면 부인과 내가 이 지구상에 유일하게 그 일을 신경 쓸 사람들이고, 부인에게 주어진 날들이 그리 많아 보이지 않기 때문입니다."

노파는 뭔가 '말 가려서 해.'라는 뜻의 말을 건넸다.

"제발 무슨 일이 일어났는지 그냥 말해주세요."

노파의 창백해진 얼굴이 붉게 달아올랐다.

"우린 유대인들에게 희망을 판 것뿐이오. 그들이 희망을 꿈꾼 건 신도 알 거요."

"구한 사람이 있긴 했나요?"

"전쟁 동안에 유대인을 구한다는 것은 불가능한 일이었지. 아무리 원한다 하더라도 말이오."

"그리고 그들이 당신네들의 내막을 너무 자세히 들여다보면 당신들은 그들을 죽였고요?"

노파는 이 질문을 피했다.

"이제 가시오."

"도대체 왜 그렇게 유대인들을 증오했나요?"

"유대인들이 온 나라를 좌지우지했지. 미국을 휘두르는 것처럼. 자, 내 집에서 나가시오."

"갈 거예요. 그 유대인들의 이름을 말해주면요."

"나는 몰라! 나가!"

나는 자리에서 일어났다. 나는 더할 수 없이 확실히 알게 되었다.

문으로 다가갔다. 문을 열자 얼 것 같은 바람이 몰아닥쳤다.

노파가 말했다.

"잠깐. 댁 조부모의 이름 다시 한 번 말해 보시오."

나는 돌아섰다.

"아뇨. 난 그저 조부모님이 왜 부인을 살려줬는지 궁금할 뿐입니다."

노파는 나를 응시했다.

"나도 항상 그게 궁금했다오."

나는 밖으로 나와 문을 밀어 닫았다.

공식적으로는 나는 다음과 같은 결정을 했다.

여자는 겨냥하지 않는다(그건 명백한 사실이다.). 그러나 또한 악행을 저지른 게 오직 과거에만 국한된 자도 표적으로 삼지 않는다. 현재에도 위해가 될 자들만 상대한다. 나는 조부모님이 왜 블란샤 프셰드미에쉬치에를 살려주었는지 알 길이 없었다. 그러나 그녀는 여자였고 그녀의 오빠를 죽이는 것으로 작전을 끝장내는 데 충분했을 것이다. 결국 그렇게 되었던 것이다.

한편, 나는 데이비드 로카노가 더 나은 세상을 위해 죽어 없어져야 좋을 킬러들을 처리하길 바란다면, 상대의 정보를 확실히 알아보고 난 다음 기꺼이, 아니 책임감까지 느끼면서 그들을 사냥해 살해할 준비가 되었다.

나는 나의 조부모가 이런 나의 결심을 허락하실 거였다면, 애초에 내게 평화와 관용에 대해서가 아니라 오히려 부덱을 암살해야 했던 당신들의 임무에 대해 더 많은 이야기를 해주셨을 것이라는 생각은 한 번도 하지 못했다. 나는 그러한 것들을 고려해 볼 필요를 느끼지 못했다. 내가 할 일은 그저 운명이 시키는 대로라고 생각했다.

아, 젊음. 그것은 마치 코로 흡입하지 않고 입으로 빨아들인 헤로인과 같다. 너무나 빠르게 사라져 아직도 그에 대한 대가를 치러야 한다는 사실을 믿을 수가 없다.

9

두 명의 환자들에게 카데터를 꽂으러 가는 길에, 학생들이 나를 찾아온다. 그중 하나가 보고한다.

"위절제술 스태터스 포스트* 5년 생존 확률은 10%입니다. 또한 수술시 생존 확률은 절반인 50%입니다."

"음."

이 정보를 풀어보면, 스퀼란티가 수술을 견뎌내고 살아난다면 차후 5년 생존확률은 10%가 아니라 20%가 된다. 왜냐하면 그 10%라는 수치는 아마도 애초에 20%였지만 수술 중에 죽을 절반의 확률 때문에 10%로 줄인 수치일 것이기 때문이다. 문제는 스퀼란티가 오늘 죽을 확률이 50대 50이라는 것이다. 그리고 나를 밀고하기 위해 데이비드 로카노에게 연락을 할 확률도 그만큼이다.

우리 앞에서 엘리베이터 문이 열린다. 엉덩이 사내가 누워 있는 침상이 굴러 나온다. 나도 무언가를 하고 있는 것처럼 보이기 위해 침대 옆으로 바짝 다가선다.

"좀 어때요?"

내가 그에게 묻는다.

그는 여전히 모로 누워 있다.

"이런 젠장맞을, 죽어가고 있는 거 안 보이쇼."

그가 말한다. 뭐, 그 비슷한 말이다. 심하게 이를 덜덜 떨고 있

---

* '스태터스 포스트'는 줄여서 's/p'로 표기하는데 '~이후'를 뜻하지만 '꼭 ~ 때문에 유발된 것은 아닌'이란 의미가 함축된 일반적인 의학용어이다. 그것은 라틴어로서 "고소해 볼 테면 해봐, 이 멍청아."라는 의미인 것이다.

어 확실치가 않다.

그게 나의 주의를 끈다. 그는 분명 죽어가고 있는 것처럼 보인다.

"약에 알레르기 반응 같은 건 없어요?"

"없수다."

"좋아요. 잘 버티세요."

"엿이나 드쇼."

나는 그를 따라 병실로 가서 재빨리 항생제와 항바이러스제 한 움큼을 처방하고 모든 항목에 'STAT(즉시 — 옮긴이)'라고 쓴 다. 머릿속엔 이런 생각이 오간다. '스퀼란티를 좀 더 위협해 볼 까? 어떤 목적으로 뭘 가지고 하지?' 그런 다음 엉덩이 사내의 CT 스캔을 컴퓨터 스크린에 올린다.

때론 CT 화면을 보다보면 마음이 차분하게 달래지기도 한다. 방법을 잘 알고 트랙볼을 움직여 CT를 바라보면 참 아름답다. 뭐 가 뭔지 모르면서 하더라도 아마 아름답게 보일 것이다. 수백 개 의 가로선들은 올라갔다 내려갔다 하고, 다양한 타원형들—가 슴, 폐, 심실, 대동맥—은 요동치는 날씨 패턴처럼 팽창과 수축을 반복하며 서로를 지나치다가 여러 층에서 끝이 가늘어진다. 그렇 다 하더라도 어디가 어디인지 항상 알 수 있다. 왜냐하면 인체의 내부는 사실상 그 어떤 부분이라도 서로 똑같은 것은 없기 때문 이다. 왼쪽과 오른쪽으로 나누어 보더라도 마찬가지다. 심장과 비 장은 왼쪽에 있는 반면 간과 담낭은 오른쪽에 있다. 왼쪽 폐는 두 개의 엽(葉)이 있고 오른쪽 것에는 세 개가 있다. 왼쪽과 오른쪽 결장(結腸)은 폭이 다르고 통로의 모양도 다르다. 우측 생식선의 정맥은 심장으로 직접 흘러들어가고 좌측 정맥은 좌측 신장의 정맥에 합류한다. 남성의 경우 좌측 생식선은 우측 생식선보다 더 낮게 달려 있는데, 그로 인해 양 다리의 교차 운동이 가능한 것이다.

따라서 엉덩이 사내의 CT에 골프공만 한 두 개의 농양은 즉각 눈에 띈다. 하나는 우측 쇄골 안쪽에 있고 다른 하나는 우측 엉덩이에 있다. 자세히 들여다보면 그 농양들은 가장자리에 보풀 같은 것이 있다. 해면종(海綿腫) 같은 것이리라. 그것은 알코올 중독자들이 의식을 잃고 제 토사물을 흡입하고는 그 때문에 폐에서 군체(群體)가 자라는 모양과 흡사하다. 나는 분명 근육에서는 이런 것을 본 적이 없다.

학생들을 보내 병리학과에 호출을 넣게 한다. 병리학과의 사람들을 자신들의 소굴에서 끄집어내는 것은 좀 어려운 경향이 있다. 그들의 소굴은 마치 텔레비전에 나오는 연쇄살인범의 집처럼 인체 기관을 담은 병들이 줄지어 있는 곳이다. 그러나 엉덩이 사내는 생체검사가 필요할 것이다. 나는 그들이 검사를 할 동안 전염병학과에 호출을 넣게 할 것이다. 왜냐하면 두 과 중 어느 과도 우리에게 답변을 해주지 않을 가능성이 크기 때문이다.

학생들이 시야에서 사라지자 컴퓨터의 CT 스크린을 닫았다. 그러곤 내가 지금 당면하고 있는 이 젠장맞을 상황에 대해 좀 더 심층적인 조사를 한 번 해보기 위해 스퀼란티의 주치의 존 프렌들리 박사를 구글에서 검색해 본다.

이름을 입력하니 놀랍고 구체적인 내용이 뜬다. 프렌들리는 내가 들어본 적이 있는 모든 비만한 유명 인사들의 위를 묶었거나 절제했다. 사실상 《뉴욕》—병원 대기실에 앉아 있는 사람들의 손에서 손으로 병원균을 옮기는 것이 주요 기능인 이 잡지로서는 당연히 그쪽 사정을 잘 알고 있었으리라— 은 그를 뉴욕에서 가장 뛰어난 다섯 명의 위 전문의의 하나라고 소개하고 있다. 프렌들리는 심지어 아마존에서 그다지 호응이 나쁘지 않은 책『바늘의 눈: 수술로 변형된 소화관을 위한 요리』라는 저서도 있다.

나는 이 정보들이 오늘 이른 아침에 내가 만났던 그 사람에 관한 것이 확실한지 확인하기 위해 사진을 찾을 때까지 검색을 계속한다. 왜냐하면 오늘 아침엔 좀 정신없었기 때문이다. 검색하는 도중에 나는 좀 더 재미있는 기사를 찾게 된다. 프렌들리는 최근『가상의 아빠』에서 아빠 역을 한 남자의 결장절개술을 한 것으로 나와 있다.

이거 뭐, 그 배우가 프렌들리 덕에 "젠장, 이제 한숨 놓았군."라는 식으로 떠들어댔다는 분위기네.

나는 나의 안도감이 얼마나 클지 한 번 생각해 본다. 이제 스퀼란티가 훌륭한 의사를 만나 실제로 수술에서 살아날 확률이 50%에서 75%로 늘었다고 볼 수 있을까? 만일 그렇다면 그가 살아서 자기가 한 말을 지키고 나를 팔아넘기지 않을 확률은 어떻게 될까? 현재 내 환자가 없는 병실에서 호출이 온다.

나는 호출기의 번호를 보고는 그게 아크펠이 세 시간 전에 내게 말했던 새로운 환자 문제인가 생각해 본다. 그런 후 골육종을 앓고 있는 여자의 방이라는 것을 깨닫고 비상계단으로 내달린다.

여자를 다시 보고, 나는 여자가 아름답긴 해도 여자의 눈이 실제로 잃어버린 나의 막달레나의 눈과 전혀 닮지 않았다는 사실을 먼저 깨닫는다. 그러고 나서 나는 그렇게 실망을 한다는 사실에 당혹감을 느낀다.

"무슨 일이에요?" 내가 묻는다.

"무슨 말이죠?"

"호출을 받았어요."

여자는 손톱을 깨물다가 멈추고 병실 문 쪽을 가리키며 말한다.

"저기 새로 온 여잔가 봐요."

어, 그래. 커튼이 드리워져 있고 목소리가 들린다. 나는 골육종 여자의 멀쩡한 쪽의 다리를 가볍게 두드리고 벽에 노크를 하고는 커튼을 열어젖힌다.

간호사 세 명이 새 환자를 위해 비어 있던 침상을 아직 꾸리고 있다.

또 젊은 여자이다. 그러나 머리를 밀고 붕대로 감아놓았는데, 머리의 좌측 상단부 1/4이 없어진 터라 정확히 나이를 분간하기가 어렵다. 그 자리에 남아 있는 것은 그저 거즈로 감아놓은 움푹 팬 자국이다.

그 아래 야생의 푸른 눈으로 여자가 나를 바라본다.

"어떤 환자죠?" 내가 묻는다.

"새로 들어온 환자예요, 브라운 선생님. 신경외과에서 왔어요."

간호과장이 말한다.

"안녕하세요. 전 닥터 브라운입니다."

"아아니니." 여자가 말한다.

당연하다. 모든 오른손잡이들과 대부분의 왼손잡이들에 있어 좌측 전두엽은 성격을 관장하는 곳이다. 아니, 이 경우엔 관장했었던 곳이다. 여자 머리의 사라진 부분에 둘러쳐진 붕대가 말을 하기 위한 노력으로 들쑥날쑥 움직이기 시작한다.

"그냥 편히 있으세요. 가서 차트 좀 읽어볼게요."

나는 여자에게 말을 하고 대답을 듣기 전에 자리를 뜬다.

대답이 아니면 자극에 대한 반응, 혹은 뭐가 되었던 말이다.

머리가 깨진 여자의 차트는 간단하다. 이렇게 나와 있다.

s/p craniectomy for septic meningeal abscess s/p lingual abscess s/p elective cosmetic procedure +s/p laparotomy for calvarium placement.

달리 말해 여자는 혀에 피어싱을 했고 뇌까지 감염이 됐다. 그런 다음 감염 부위를 보기 위해 두개골을 열고는 두개골의 한쪽 덩어리를 절개해 꺼낸 후, 그곳에 감염이 계속될지 여부를 지켜보는 동안 절개한 두개골을 복부 피부 밑에 이식했다는 것이다.

혀 피어싱을 '미용'이라고 부르는 것은 말이 안 된다. 왜냐하면 그것은 예뻐 보이기 위해 하는 것이 아니기 때문이다. 그것은 애정에 목마른 나머지 자기가 얼마나 성기를 잘 빠는지를 대놓고 광고하기 위해 소름끼치는 방식으로 스스로를 해하는 짓이다.

'젠장, 기분 참 더럽군.'

쾌락의 집, 즉 808W호에 대한 조사를 완수하기 위해 나는 골육종 여자의 차트를 꺼내본다.

대단한 것은 없다. 그저 '변종의' 이것, '가능성이 많은' 저것 따위 들이다. 우측 대퇴골 무릎 바로 위에서 때때로 출혈이 발생한다. 출혈이 없을 때도 있다. 그리고 몇 시간 후 엉덩이에서 그 전체를 드러낼 예정이다.

골 때리는, 심히 예상도 못할 일들이 사람들에게 일어난다.

나는 머리가 깨진 여자의 입원 서류 작업을 들여다보지도 않고 처리한다. 그러나 그것을 마치기 전에 또 다른 호출을 받는데, 그것은 듀크 모스비와 엉덩이 사내가 입원해 있는 병실이다.

그나저나 실상은 이렇다. 아크펠과 나는 일주일에 삼십 명의 새 환자를 병실로 받아들여야 한다. 그 사람들을 얼마 만에 내보내느냐는 우리에게 달렸다. 분명 그들을 빨리 내보내는데 인센티브가 따른다. 그러니 우리는 그들을 돌보지 않아도 된다. 그러나 만일 그들이 퇴원한 지 48시간 안에 다시 응급실로 실려 오면 우리 책임 하에 그들을 맡아야 한다. 반면, 퇴원한 지 49시간 후에 돌아오면 그들의 담당은 마치 그들이 처음으로 내원한 것처럼 무작위로 이루어지며, 따라서 다른 사람의 담당이 될 확률은 5대 1이다.

관건은 환자가 퇴원 후 병원 밖에서 49시간을 생존하기에 충분히 좋아질, 딱 그 순간을 포착해 그들을 떠밀어내는 것이다. 그건 냉혹해 보인다. ―실제로 냉혹한 것이다.― 그러나 아크펠과 내가 그렇게 하지 않으면 우리는 일을 수행하기 불가능해진다.

이미 거의 불가능하다. 오래 전에 보험회사 간부진이 우리를 압박하기 위해 그들이 돈을 지불하지 않아도 될 정확한 선―말하자면 우리들의 49시간 한계―을 알아냈고, 우리를 그것에 맞추게 하는데 전문적 역량을 발휘하고 있다. 둘 다 악몽과 같은 서류작업을 뜻하는 새 환자를 입원시키는 일과 기존의 환자를 퇴원시키는 일 사이에 끼인 우리에게는 입원한 환자를 관리할 시간이 거의 없다.

이 말인 즉, 오늘 이미 본 환자들―예를 들어 엉덩이 사내라든지 듀크 모스비 같은 환자들―을 다시 살핀다는 것은 순전히 시간낭비라는 것이다. 환자가 즉각적으로 치료 가능한 상태인 경우를 빼고 말이다.

그 경우라는 것은 항상 논외적인 것으로, 만약 그러한 경우가 생기면 나는 비상계단을 내달려 병실로 가야 하는 것이다.

병실 안에 사람들이 몰려 있다. 회진을 돌고 온 주치의와 징징, 네 명의 학생, 그리고 치프 레지던트이다. 내가 알지 못하는 두 명의 남자 레지던트도 있다. 그 중 하나는 선이 굵고 짙은 스타일로, 잘생겼으면서도 정신 사나워 보이는데 손에 커다란 주사기를 들고 있다. 다른 한 명은 새같이 생겼으며 짜증이 나보인다.

"안 돼요." 치프 레지던트가 주사기를 들고 있는 남자에게 말한다. "안 돼요, 선생." 치프는 남자와 침대 사이에 서 있다.

나는 "안녕하세요."라고 말하면서 엉덩이 사내가 주먹을 맞부딪칠 수 있도록 내 주먹을 뻗는다. 그러나 그는 그저 나를 노려볼 뿐이다. "당신들 누구죠?" 나는 레지던트들에게 묻는다.

"ID과예요."

피하주사기를 든 자가 말한다. ID과란 전염병학과를 말한다.

"병리학과요. 저한테 호출했나요?" 다른 남자가 말한다.

"한 시간 전쯤요. 저한테 호출했나요?" 내가 묻는다.

"제가 했습니다, 선생님." 학생 하나가 말한다.

"이 선생이 병소의 생체검사를 하려고 해요."*

치프 레지던트가 ID과 남자를 일컬으며 내게 말한다.

"좋아요." 내가 말한다.

"좋아요? 이 환자는 판명되지 않은 확산 병원균을 지니고 있는데 선생은 그걸 퍼뜨릴 위험을 무릅쓰겠다는 건가요?"

치프 레지던트가 말한다.

"병원균이 어떤 건지 알아내고 싶습니다."

"질병통제센터에 보고할 생각은 해봤어요?"

"아뇨."

사실이다.

"그건 이미 대둔근에서 흉부상단으로 진행됐어요. 그게 얼마나 더 확산되겠어요?"

ID과의 사내가 말한다.

"젠장맞을 내 병동 전체에 전염되면 어쩔 건데요?"

치프 레지던트가 말한다.

새같이 생긴 병리학과 사내가 끼어든다.

"저는 왜 호출했어요?"

치프 레지던트는 그를 무시하고 주치의에게 돌아선다.

"어떻게 생각하세요?"

주치의는 손목시계를 보더니 어깨를 으쓱한다.

"시작합니다."

ID과의 사내가 말하자 치프 레지던트가 저지하려 한다.

---

* '병소'는 구체적이지는 않지만 모든 비정상을 일컬을 수 있는 아주 유용한 용어다 (왜냐하면 그게 꼭 고름 덩어리처럼 들리기 때문이다.).

"기다려……"

그러나 ID 사내는 주사기를 든 쪽 팔꿈치를 들고 그녀를 에둘러 엉덩이 사내에게 다가선다. 그러곤 엉덩이 사내의 가슴위쪽을 두 번 치는데 그때 엉덩이 사내에게서 비명이 새어나온다. ID 사내는 그곳에 손가락을 대고 주사바늘을 박고는 재빨리 주사기 플런저를 잡아당긴다. 엉덩이 사내의 비명은 고음으로 치솟고 주사기 안에는 노란 액이 휘도는 피가 가득 찬다.

"이런 젠장!"

치프 레지던트가 소리를 지른다.

ID 사내는 바늘을 홱 뽑아내곤 만족한 표정으로 그녀에게 돌아서지만 그들 사이의 거리를 잘못 파악한다. 사실상 그들은 딱 붙어 있는 것이나 마찬가지다. 치프 레지던트가 그와 부딪치며 뒤로 나자빠지면서 둘이 서로 뒤엉켜 쓰러지기 시작한다.

바로 나를 향해.

나는 옆으로 몸을 비키는데, 내 밑에 있던 의대생이 내 신발 밑에서 깽깽거린다. 나는 벽에 부딪치고 이 와중에 내 얼굴을 보호하기 위해 오직 할 수 있는 일은 팔뚝을 들어 올리는 것이다. 주사기가 내 팔뚝을 치며 바늘이 살에 꽂힌다.

일순간 모든 게 멈춘다.

그런 다음 사람들이 나를 피해 일어서기 시작한다. 나도 일어선다. 팔뚝을 내려다본다. 주사기가 팔뚝에 매달려 있다. 플런저가 맨 아래까지 내려와 속이 비어 있다. 큰 주사기가 박힐 때 따르는 통증이 생긴다. 피부조직의 면들을 분리시키기 때문이다. 나는 주사기를 팔뚝에서 비틀어 뽑아낸다.

나는 바늘을 뽑아, 내 뒤 벽에 붙어 있는 주사바늘 상자가 들어 있는 서랍에 던져 넣는다. 그런 후 나는 ID 사내의 가운의 앞섶을 움켜쥐고 주사기를 그의 주머니에 집어넣으며 말한다.

"이 안에 남아 있는 것 긁어모을 수 있는 대로 긁어모아 분석해요. 병리학 남자도 데리고 가고."

"나는 도대체 여기서 뭘 하는지도 모르겠어요."

병리학 사내가 징징거린다.

"나를 열 받게 하지 마요." 내가 그에게 말한다.

"브라운 선생." 주치의가 나를 부른다.

"예, 선생님?" 나는 여전히 ID 사내를 바라보며 대답한다.

"나 5분 정도 먼저 떠난 걸로 해주겠나?"

"선생님은 10분 전에 떠나셨습니다."

"이보게, 자넨 천사야, 잘 해보게."

그가 자리를 뜨며 말한다. 모든 사람이 얼어붙어 서 있다.

"서둘러, 이 멍청한 인간들아!" 내가 그들에게 말한다.

거의 다 병실 밖으로 나갔을 때, 나는 무언가 잘못 되었다는 것을 깨닫는다. 다른 문제 말이다.

듀크 모스비의 침상이 비어 있다.

"모스비는 어디 있나?" 내가 묻는다.

"산책 나간 것 같은데요." 학생 한 명이 내 뒤에서 말한다.

"모스비는 양 발에 괴저가 있어. 그자는 제대로 서지도 못한다고."

그러나 보다시피 그는 도망 가능하다.

10

스킨플릭이 자신의 사촌, 데니스를 사랑했다는 말은 내가 이미 한 것으로 알고 있다. 그는 내내 마음이 변치 않았다.

데니스는 두 살 아래였다. 스킨플릭은 항상 그녀 이야기를 했다. 주로 자신의 그 뚱딴지 같던 『황금가지』 맥락으로 말이다. 과학적 근거도 없고 심지어 역사적으로 보아 타당하지도 않은데, 단지 그 멍청한 미국인들의 편견 때문에 자기와 데니스가 왜 함께할 수 없는지에 대해 불평을 늘어놓곤 했다. 그러면서 시실리 인들에게 전해지는 '사촌은 사촌끼리'라는 경구가 역사적으로 정확할뿐더러 얼마나 멋진 말이냐 하는 말도 했다.*

"머저리 같은 인간들이 뭐라 하고 무슨 짓을 하든, 미국인들은 언제나 사랑을 하거든."

그는 그렇게 투덜대곤 했다.

스킨플릭과 나는 고등학교를 졸업하고 나서 차를 몰고 LA 남쪽에 있는 팔로스 베르데스까지 데니스를 보러 간 적이 있다.

데니스의 아버지 로저는 스킨플릭의 어머니의 오빠였다. 그는 우리가 당도한 그 순간부터 의심을 품었지만 스킨플릭과 데니스

---

* 의학적으로 볼 때 그 말이 그리 간단치가 않다. 사촌과 결혼하는 여성은 선천적 결함을 지닌 아기를 낳을 확률이 2%정도 더 증가한다. (비교하자면, 40세에 임신을 한 여성은 태아가 다운증후군을 지닐 확률이 10%이다) 반면에, 근친혼 부부의 자식들은 가정의 안정이라는 측면에서 보자면 더 많은 혜택을 누릴 수 있다. 어쨌든 인간의 게놈은 이미 다른 그 어떤 포유류보다 훨씬 더 보수적이다. 달리 말해, 근친 교배가 더 많이 이루어졌다는 뜻이다. 따라서 우리는 이미 뭐, 예컨대 쥐보다 훨씬 더 많이 사촌끼리 교미를 한 셈이다.

가 틈만 나면 몰래 기어나가, 혹은 위층으로 기어 올라가 섹스를 하는 것을 막을 수는 없었다.

데니스의 어머니 셜은 적어도 그런 면에 있어서는 큰 문젯거리가 아니었다. 그러나 내게 꼬리를 친다는 점에 있어, 또 자기 조카가 자기 딸을 끊임없이 올라타는 것에 자극을 받았다는 점에 있어서는 더 큰 골칫거리였다. 뭐, 그렇다고 내가 성자같이 굴었다는 뜻은 아니다.

다행히도 로저가 손님방에서 붙잡은 것은 나와 셜이 아니라 스킨플릭과 데니스였다. 로저는 스킨플릭을 자기 집에서 내쫓았다. 데니스는 질질 짰다. 추잡스럽긴 하지만 로맨틱했다고 할 수 있다.

스킨플릭과 나는 애초에 해변에 놀러가기 위해 여행을 떠나온 것이었다는 듯 플로리다까지 내려갔다. 우리는 이삼 일을 내리 나의 아버지와 저녁을 함께 했는데, 그런대로 재미있었다. 내 아버지 실비오는 당시 보트 판매와 부동산 거래일을 하고 있었는데, 그때가 그의 전성기였다. 따라서 아버지는 당시 항상 싱글벙글 웃고 있었고, 두 손을 펼치며 "인생이 이렇게도 될 수 있다는 걸 누가 알았겠냐? 안 그래?"라고 말하곤 했다.

아버지는 어쩌면 아직도 그렇게 잘 나가고 있을지 모른다. 마지막으로 아버지와 이야기를 나눈 것은 내 재판이 열릴 동안 감옥으로 나를 보러 왔을 때였다.*

---

* 나는 내가 부모와 연락을 하고 지내지 못한 것이 단지 WITSEC의 규칙 때문만은 아님을 여기서 밝혀야겠다. WITSEC 관리 하에 있다 하더라도 가족과 메시지를 주고받을 수 있고 심지어 버지니아 정보센터를 통해 전화통화도 할 수 있다. 그리고

한편, 스킨플릭은 여름 내내 데니스에 대해 불평을 늘어놓으며 징징거렸다. 심지어 참 품위 있게도 다른 여자들과 어울릴 때도 그랬다.

그는 또한 운동에 있어서 여전히 진도가 나가지 못했다. 그의 아버지는 그에게 싸움의 기술을 가르치라고 나를 계속해서 닦달했지만, 스킨플릭은 천성적으로 격투기에는 젬병이었다. 그는 몸을 뒤틀어 얼굴과 배를 보호하려 했다. 그러면서 척추와 신장, 뒤통수를 고스란히 드러냈다. 반사 신경은 그런대로 괜찮았지만 의지력이 없으니 그나마도 움찔거리는데 머물고 말았다.

스킨플릭과 나는 그 즈음 학업에 관한 생각을 바꿔 북 뉴저지 커뮤니티 대학에 등록했다. 우리는 버건 카운티에 있는 아파트에서 함께 살았다. 우린 둘 다 스킨플릭의 서투른 몸짓에 대해 웃어넘기곤 했는데, 그때까지만 해도 다른 면으로는 내가 그를 존중하고 있었기 때문이었다.

나는 데니스를 세 번 더 보았다. 맨해튼 중간지구에 있는 한 호텔 로비에서 그녀와 스킨플릭이 섹스를 하러 위층으로 올라가기 전에 만난 것이 첫 번째였다. 그때가 정확히 몇 년도였는지 기억나지 않는다. 두 번째와 세 번째는 1999년 8월로 그녀의 결혼식 바로 전날과 결혼 당일 밤이었다.

그때는 내가 폴란드에 다녀온 후, 4년 반이 지난 시점이었다. 그 동안 나는 북 뉴저지 커뮤니티 대학 2년 코스를 마쳤고(스킨플릭

그렇게 자주 하다보면 결국 그곳 직원들이 '실수'를 해서 가족에게 직접 연락할 수 있는 연락정보를 주기도 한다. 나는 그저 그렇게 하지 않았을 뿐이다.

은 대학 1년을 마치고 그만두었다.) 스킨플릭을 도와 '음반사'(데이비드 로카노가 자금을 댄 회사로 이름이 '랩 시트 레코드'였다. 찾아보려면 한 번 찾아보시던가.)를 운영해 말아먹었다. 그러고 나서 스킨플릭과 함께 데이비드 로카노의 4인 합작 로펌에서 변호사 보조원으로 일했는데, 그곳에서는 나머지 세 명의 합작 경영자들의 투표로 해고를 당했다. 실제로 소득은 없으면서 고객들을 접대하는데 너무나 많은 돈을 썼다는 이유에서였다. 뭐, 일리 있는 조처였다.

당시 데이비드 로카노는 여전히 스킨플릭이 마피아에 들어가는 것이 싫다고 우리 둘 다에게 표명했다. 그건 아마도 진심이었을 것이다. 어떤 아버지라도 자기 자식이 자기를 능가하거나 자기와는 다르기를 바란다는 점을 따져보면 말이다. 그러나 사는 게 무엇인지 우리에게 가르쳐주기 위해, 또 로펌에서 버텨내지 못하고 쫓겨난 것에 대한 벌로 그는 우리를 브룩클린에 있는 쓰레기 트럭 운송업체에서 일하도록 했다. 그런데 그것은 아주 '안 좋은 처사'였다라고 밖에는 보지 않을 수 없다.

우선, 그건 벌이라고 보기도 어려웠다. 따분하고 지루했지만 쉬운 일이었다. 게다가 시간 여유가 많았다. 그리고 해고되기가 불가능한 일이었는데, 우리가 보수를 받는 이유가 데이비드 로카노와 연결되었다는 점 하나였기 때문이었다.

또한 일부 하층민들, 그중에서도 과거의 향수를 떠올리게 하는 자들은 흥미로웠다. 샐리 녹커스나 조이 카메로* 같은 이름의 나

---

* 추측건대 '투덜거리는 카마로'라는 표현에서 유래한 이름일 것이다. 그는 실제로 엄청 투덜거렸다.

149

이가 꽤 든 남자들은 수익의 반을 걷으러 일주일에 두어 번 들르는 깡패들에게 굽실거리곤 했다. 머리를 한껏 매만진 그 깡패들도 일부는 흥미로웠다.

커트 림이 떠오른다. 림은 우리보다 10살가량 많았다. 그는 매우 잘생긴데다 마피아 차림이 아니라 진짜로 멋지게 옷을 잘 입었다. 그는 사람들의 대화에 흔히 등장하는 맨해튼에 살며 주식매매로 단기간에 엄청난 돈을 벌면서 아주 많은 여자들과 즐긴다는 누구누구의 삼촌 같은 사람이었다.

실상은, 휴대폰 중계기 설치 사업과 관련하여 일련의 부당취득 혐의로 기소되어 있었는데, 그것마저도 비교적 앞서 나간 사람의 생각처럼 보였다.

스킨플릭은 자기처럼 쿨하고 냉소적이며 느긋한 ―자기처럼 영리하진 않을지라도― 남자로서 그에게 집착했다. 게다가 성공을 이룬 자이니 두말할 나위 없었다. 한편 전통적 하층 계급 조직원 가족에서 자수성가한 림은 데이비드 로카노의 아들의 숭배를 달가워했다.

림은 일을 보러 노상 시내를 돌았는데, 언젠가부터 스킨플릭을 데리고 다니기 시작했다. 내가 보기에 그 대부분은 쇼핑을 보러 가는 일 같았다. 다른 것보다도 스킨플릭이 림과 함께 있을 때 코카인을 너무 많이 하기 때문에, 그자와 그렇게 어울리는 것을 말렸어야 했다.

하지만 당시 나는 정기적으로 데이비드 로카노가 시킨 일들을 하고 있었기 때문에, 내가 없을 때 그와 놀아줄 사람이 생겼다는 사실로 만족해야 했다.

내가 한 일에 관해서는 많은 말은 하지 않겠다. 할 수도 없다.

이 정도는 말할 수 있다. 만약 내가 열 두어 명의 사람들—지금 내가 밝힐 수 없는 자들인데, 왜냐하면 지방검사가 그들에 대해서는 알지 못했고, 따라서 내 면책 협정에 들어 있지 않은 사안이었다.—을 죽였다면 그때가 바로 내가 그렇게 했던 시절이었을 것이다.

그렇다고 내가 그런 암살을 했다는 말은 아니다. 나는 분명 '만약'이라고 이야기했다.

더욱이 **만약** 내가 그 사람들을 죽였다면, —젠장맞을 **만약**—나는 분명 그들 하나하나가 모두 진짜로 개망나니처럼 악독한 인간임을 확인하고 나서야 처리했을 것이다. 만일 그런 인간이 활개치고 다니고 있다는 것을 안다면 당신네 가족들을 은행 금고에라도 보관하고 싶어 할 그런 정도의 인간 말이다. 데이비드 로카노가 오죽 잘 알아서 내게 일을 맡겼으랴.

그리고 마지막으로 하는 말인데, 나는 그 일들 하나하나를 완벽하게 처리했을 것이다. 탄피를 흘린다거나 지문을 남긴다거나 알리바이에 구멍이 나지 않았을 것이다. 심지어 대부분은 사체도 보이지 않게 말이다. 그러니 캐려고 하지 마라.

어쨌든.

스킨플릭과 나는 데니스가 결혼한다는 사실을 알았을 때에도 여전히 쓰레기 운반업에 종사하고 있었다. 적어도 서류상으로는 말이다.

엘리자베스 퀴블러 로스는 한때 인간이 죽음을 받아들이는데 부정, 분노, 타협, 우울, 수용이라는 다섯 단계를 거친다고 했다.*
스킨플릭이 데니스에 대한 소식을 접했을 때 그는 곧장 뿌루퉁해
지고 짜증을 내는 기분으로 변했으며 그런 다음 체중이 줄기 시
작했고 많은 시간을 홀로 지내게 되었다.

　상황이 그렇다 보니 스킨플릭은 여자, 마약, 커트 림 사이를 전
전했고, 또 우리 둘 다 따로 머물 장소가 있었기 때문에(나는 여
전히 조부모의 집이 있었고, 그는 자기 부모님 집이 있었다.) 다마레
스트에 침실 2개짜리 아파트를 공유하긴 했지만, 어쨌건 나는 스
킨플릭을 볼 일이 그다지 많지 않았다. 그러나 데니스의 결혼식이
있던 주에 스킨플릭은 단 한 차례도 일터에 모습을 드러내지 않
았으며, 나 또한 어디에서도 그와 마주치지 못했다. 그리고 결혼
식 바로 전날 밤, 커트 림이 내게 전화를 했다.

　"피에트로, 스킨플릭 못 봤어?"

　"예. 이번 주에는 일하러 오지 않았어요."

　"난 삼 일 전쯤에 봤는데."

　마침 바로 전날, 림이 스킨플릭에게 안 좋은 영향을 끼친다고
걱정하고 있던 데이비드 로카노와 점심을 함께 했기 때문에, 로카
노 역시 스킨플릭을 한동안 보지 못했다는 사실을 알고 있었다.

　"아마 여자랑 있을 거예요."

　"데니스가 결혼을 하는데 설마."

---

* 내가 '한때'라고 말한 이유는 우리가 퀴블러 로스에 대해 생각할 때 떠오르는 것
이 바로 그 수용단계이기 때문이다. 그러나 우리가 퀴블러 로스에 대해 생각할 때
생각하지 않으려 하는 것은 바로 그녀가 후에 생각을 바꿔 우리 모두는 환생할 것
이라고 결론을 내렸다는 점이다. 내가 당신네들을 놀려먹고 있는 거라면 좋겠다.

"바로 그거예요."

"걔가 걱정이야, 피에트로."

"왜요? 걔 코카인 얼마나 가지고 있어요?"

"난 코카인 하지도 않을 뿐더러 하는 사람 알지도 못해."

"진정하세요. 난 그저 걔가 무슨 일이 나진 않았는지 알고 싶어서 그런 거예요."

잠시 정적.

"그래. 그럴지도 모르지."

"알았어요. 무슨 소식 있으면 연락할게요."

"고맙다, 피에트로."

"예."

20분 후 전화기가 울렸다. 나는 또 럼인 줄 알았는데 스킨플릭이었다.

우물거리는 소리였다.

"어디야?" 그가 물었다.

"집이야. 전화한 건 너잖아."

"그래. 이 번호 저 번호 해보고 있었다. 옷 차려 입고 있어. 리무진 타고 금방 갈게. 너한테 소개해 줄 여자가 하나 있다."

시계를 보았다. 9시밖에 되지 않았지만 무슨 일인지는 모르겠으나 별로 좋은 일은 아닌 것 같았다.

"글쎄. 여보세요?"

내가 불렀지만 이미 그가 전화를 끊은 후였다.

리무진 안은 펜라이트들로 마치 나이트클럽 같았다. 차에 타고 나서 한참이 걸려서야 어둠에 적응이 되었다. 뒷자리 흐늘흐늘한 가죽 좌석에 스킨플릭과 데니스가 앉아 있었다. 스킨플릭은 눈 밑만 빼고 온통 번들거리며 창백한 모습이었다. 그들과 마주한 내 옆 자리에는 젊은 금발 여자가 있었는데, 자세가 올곧고 특이하게 근육질의 맨 어깨를 드러낸 데다 목은 굵었다. 나중에 알고 보니 여자는 대학에서 수영 선수를 했었는데, 3개월 전에 그만두었다고 했다.

스킨플릭은 턱시도를 입고 셔츠는 풀어놓고 있었다. 데니스는 칵테일 드레스를 입고 있었다. 금발여자의 드레스는 더 이상했다. 녹색 견직(絹織) 비단이었다.

"이런." 나는 차가 출발하면서 몸을 기울여 데니스에게 키스했다. "댄스파티의 밤인 줄 몰랐네."

"자기 충분히 멋있어. 여긴 리사야." 데니스가 말했다.

"안녕, 리사."

리사는 내 볼에 키스하며 뜨뜻한 알코올 기운을 내게 내쉬고는 나에 대해 많이 들었다고 말했다.

"당신에 대해서도."

나는 거짓말을 했다. 이어 스킨플릭이 리사에 대해 덧붙였다.

"리사는 신부들러리야."

"이런 젠장할." 내가 말했다.

스킨플릭은 인터컴을 조정했다.

"조지, 우리 어디로 가는지 알지?"

"예, 압니다."

"어디 가는 거야?"

차가 나아가자 내가 물었다.

"서프라이즈야."

나는 리사를 쳐다보았다. 그녀는 돌아가는 상황에 대해서는 아는 바 없다는 얼굴을 하고 있었다. 그녀는 그저 내게 어깨를 으쓱해 보이고는 데니스가 코카인 스푼을 내미는 쪽으로 몸을 기울였다. 참 이상한 순간이었다.

리무진이 첫 번째 큰 교차로에서 북쪽으로 방향을 틀자 미트 타운 터널이 나왔다. 스킨플릭이 손목에서 약을 핥을 때 데니스가 내게 코카인을 한 스푼 내밀었다.

"술이나 먼저 한 잔 하고."

코니에 도착했을 때, 나는 술과 약에 완전히 취해 있었다. 하지만 다른 사람들은 나보다 더 심했다. 스킨플릭은 코카인 스푼에 대해 말하고 있었다. 누가 그걸 만들었으며 그게 식탁용품 세트에 속하는지 어떤지에 대한 이야기였다. 운전수 조지—포니테일 머리에 완벽한 운전기사 복장을 갖추어 입은, 내가 알고 있던 사내—는 내가 1993년 러시아 인들을 죽일 때 차를 댔던 그 장소에 주차를 했다. 그는 우리를 내려주고 기다리기 위해 다시 차에 올라탔다.

나는 스킨플릭에게 리틀 오데사에 가고 싶지 않다고 말했다.

"우리 리틀 오데사에 안 가."

그는 데니스의 팔을 붙잡더니 산책로로 그녀를 이끌고 바다로 향했다.

코니아일랜드 산책로는 세상에서 가장 너른 산책길 가운데 하나다. 우리처럼 상태가 말이 아닐 때는 끝도 없어 보인다. 그리고 그것도 우리가 그 산책로 위를 지날 때 얘기다. 바닷가로 향하는 계단으로 일단 내려온 뒤, 여자들이 하이힐을 벗고 나서는 스킨플릭이 바지주머니에서 조그만 손전등을 꺼냈다. 그러고는 그는 다시 우리가 온 길로 되돌아간다고 말했지만 산책로 밑으로라고 했다.

마치 젠장맞을 모타운(흑인 음반 회사가 유행시킨 음악 형태—옮긴이) 노래처럼.

"제길, 절대 안 돼. 발 베일 거야. 나 내일 결혼한다고."

데니스가 말했다.

"걱정 마. 그자가 데려가지 않으면 내가 데려갈게."

스킨플릭이었다.

"날카로운 바닥을 어떻게 밟고 가."

"그래도 그럴만한 가치가 있는 거야."

"너한텐 그러겠지."

"그냥 내가 밟는 데를 밟고 와."

스킨플릭은 뒤를 보지 않고 앞으로 나아갔고 데니스는 그를 따랐다. 따라가지 않으면 그나마 스킨플릭이 들고 있는 전등 불빛마저 잃는 꼴이 되기 때문이었다. 리사가 그 뒤를 이었고 내가 맨 마지막이었다.

산책로 아래로 하나의 오싹한 도시가 펼쳐져 있었다. 모타운 노래에는 지금 우리 눈앞에 나타난 이 보일 듯 말 듯한 노숙자들

까진 묘사되어 있지 있다. 그 사람들은 자기들만 아는 뭔가 무서운 것을 피해 도망치는 것처럼 후다닥 우리 곁에서 휘청거리며 어둠속으로 사라졌다.

그렇지만 스킨플릭은 우리를 이끌고서 어둠 속에서 쉭쉭 지나치는 유령 같은 사람들과 앞을 가로막는 기둥들을 피하며 꽤 빨리 그 길의 맞은편에 도달했다. 그곳을 잘 아는 것 같았다. 당시 나는 데니스가 결혼한다는 사실에 확 돌아버린 스킨플릭이 자기나 우리들에게 무슨 일이 벌어질지에 대해선 젠장맞을 눈곱만큼도 신경 쓰지 않고 막무가내로 움직이는 것이라 생각했지만, 우리가 끝에 ―사이사이 긴 플라스틱 조각이 수직으로 얽혀있는 철조망 펜스― 이르렀을 때에는 개구멍이 어디인지까지 이미 파악해 두고 있었다. 데니스와 리사가 모래가 너무 차갑다고 투덜거릴 때, 스킨플릭은 개구멍 안으로 몸을 밀고 들어가서 구멍을 벌려 붙잡고 있었다. 데니스가 먼저 통과했다. 우리는 갑자기 다시 휘황한 뉴욕의 밤하늘 아래로 돌아와 있었다.

우리가 밟고 있는 바닥은 아스팔트였다. 발전소와 고등학교 사이 십자가처럼 생긴 어떤 단지의 후미였다. 2, 3층으로 된 원통 모양의 시멘트 건물들이 들쭉날쭉 서 있었는데 1층에서 서로 둘러싸인 통로로 연결되어 있었다. 창은 없었고 파이프들만이 벽을 통해 나와 있었다. 윙윙거리는 소리가 들렸고 이상하게 썩는 냄새가 풍겼다.

또한 기이하게도 저쪽에 원형 극장이 있었다. 아래에 알루미늄 관람석이 보였다.

"이게 뭐냐, 하수처리장이야?"

내가 물었다. 나는 우리가 주차장을 기준으로 어디에 있는지 도통 알 수가 없었다.

"얼토당토않은 소리."

스킨플릭이 말했다. 그는 곧장 가장 큰 건물을 향해 걸어갔다. 데니스와 리사는 아직 신발을 신고 있는 중으로 그의 뒤를 팔딱 팔딱 뛰면서 욕지거리를 내뱉었다.

그를 따라잡아 가보니 스킨플릭은 어떤 건물의 튀어나온 입구에 서 있었다. 그는 열쇠를 가지고 있었다.

그가 문을 열었을 때, 마치 내뱉는 숨처럼 따뜻한 공기가 획 쏟아져 나왔다. 바다냄새였다. 농축된 바다 같은 냄새.

스킨플릭의 플래시 불빛에 비추어 우리는 건물 외벽을 따라 이어진 통로를 볼 수 있었다. 그곳은 마치 잠수함의 내부 같았다. 푸른색으로 이제 막 페인트칠한 금속 파이프들과 젖은 시멘트, 많은 다이얼들과 두엇 되는 일종의 수조들이 있었다.

"문 잠가."

스킨플릭이 통로를 나아가며 말했다. 바다냄새는 해변에서보다 한결 강렬했다.

"스킨플릭, 여기 수족관이야?" 내가 물었다.

"그렇다고 볼 수 있지." 스킨플릭은 내가 문을 닫기를 기다렸다.

"무슨 말이야, 그렇다고 볼 수 있다니?"

"일종의 뒷문이야."

홀은 이제 끝이 났고 노란 금속 계단이 그 자리를 차지했다. 계단은 벽 내부를 따라 주욱 올라가고 있었는데, 어둠과 건물의 만곡 때문에 위쪽 끝이 보이지 않았다.

"냄새가 역겨워."

리사의 말에 데니스가 이어 말했다.

"음부 냄새 같아."

그녀는 지금 술과 약에 취해 엉망이 된 스킨플릭처럼 야릇한 기분에 빠져 있었다. 데니스는 그의 손을 붙들고 계단을 오르기 시작했다.

음부 냄새 같진 않았다. 그곳은 거인이 잠들어 있는 동굴에서 날 법한 냄새가 났다.

"좋은 생각이 아닌 것 같은데." 리사였다.

데니스는 그녀를 내려다보며 손가락을 입에 댔다.

"쉬. 피에트로가 알아서 해줄 거야."

그녀는 나를 향해 자기 손가락으로 V자를 그리고는 그 사이로 혀를 내밀었다. 그러고는 스킨플릭과 함께 절벅거리며 시야에서 사라졌다. 그들의 플래시 불빛만이 구부러진 벽을 따라 올라가는 것이 보였다.

"젠장." 다시 리사였다.

"네가 원하면 우린 여기 있으면 돼." 내가 그녀에게 말했다.

"그래, 그래."

그녀는 몸을 돌려 홀 쪽을 바라보았다. 이제 그곳은 어둠만이 남았다. 그녀는 땀으로 축 처진 머리칼을 얼굴에서 밀어제쳤다.

"자기가 먼저 갈래?" 그녀가 물었다.

"좋아."

내가 계단을 오르기 시작했다.

곧 완전히 어두워졌고 내가 속도를 늦추자 리사는 내 뒤를 바짝 좇아 내 허리를 붙잡았다. 리사의 팔이 매우 굳셌다. 그것 때문에 내가 흥분하자마자 발이 허공을 내딛었고 나는 우리가 꼭대기에 올라왔음을 깨달았다.

"데니스!"

리사가 소리 질러 데니스를 찾았고, 그녀가 답했다.

"여기."

목구멍 안쪽에서 나는 듯한 데니스의 목소리는 사방으로 울려 퍼졌다. 리사와 나는 머리를 부딪치지 않으려고 주의를 기울이며 그 소리를 따라 낮게 아치를 이룬 통로를 따라갔다. 스킨플릭의 손전등이 꺼진 상태였지만 갑자기 우리의 시야가 다시 밝아졌다. 우리가 들어간 방의 천장에 창이 나 있었기 때문이었다.

'방'이란 표현은 잘못된 말일지 모르나 아무튼 뭔지 모르지만 그곳은 거대한 6각형이었고 우리가 디디고 있는 격자로 된 금속 통로가 내부 공간을 쭉 휘돌아 발코니까지 이어져 있었다. 통로가 둘러싼 안쪽 공간은 아마 직경이 9미터 정도 되는 것 같았다.

통로 아래 150센티미터 되는 곳에, 중앙뿐만 아니라 우리가 밟고 서 있는 격자 통로 아래로도 물이 있었다. 물은 천창에서 오는 빛을 받아 반짝거렸는데 완전히 검은색이었다.

우리는 거대한 물탱크 위에 서 있었다.

젠장맞을 건물 전체가 물탱크였다.

스킨플릭은 난간에 기대어 뒤에서 팔로 데니스를 감싸고 있었다.

"어때?" 그가 물었다.

"도대체 이게 뭐야?" 내가 그에게 물었다.

소리가 마치 교회 안에서 나는 것처럼 울렸다.

"상어 탱크."

"'안드레아 도리아(이탈리아 선박 — 옮긴이)' 호에서 나온 궤짝이 들어 있다는?"

"그래. 하지만 그건 오래 전에 없어졌어."

나는 놀라지 않을 수 없었다. 나는 열두어 번 아래쪽에서 상어 탱크를 본 적이 있긴 하다. 하지만 유리를 통해 본 것이었으며, 그것도 어렸을 때였다. 지금 이렇게 보아하니 수족관은 하나의 거대한 실내 공간처럼 보였다. 그러나 그것이 각각의 수조들 사이에 놓인 터널처럼 생긴 통로들 때문에 생긴 하나의 착각이었다는 것을 깨달았다.

수조 중 가장 큰 것은 우리가 지금 올라선 바로 그 수조였다. 내 기억에 어릴 적 상어 수조는, 죽음의 눈을 뜨고 스스로 움직이지 않아도 저절로 앞으로 슥슥 유리벽을 지나치며 나아갈 수 있는 거대한 괴물 같은 짐승들의 소용돌이로 남아 있었다. 또 수조의 중앙 모래 위에는 '안드레아 도리아' 호의 보물 궤짝이 있었다.

"안드레아 도리아 호의 궤짝은 어떻게 됐어?" 내가 물었다.

"어떤 멍청이 같은 인간이 공중파 텔레비전에서 생방송 중에 그걸 열었어. 케이블 생기기 전에 말이야."

"저런, 젠장. 안에 뭐가 있었는데?"

"뭐가 있었을 거 같아? 우리 어린 시절 내내 상어 수조 바닥에 있었던 궤짝인데 말이야. 열어보니 진흙으로 가득 차 있더라고."

리사가 목을 가다듬었다.

"저기 지금도 상어가 있어?"

161

"리사, 이건 상어 수조야." 데니스가 말했다.

스킨플릭은 손전등을 다시 켜서 수면 위를 비추었다. 그 빛은 대부분 반사가 되었을 뿐이다.

"불을 켤 수 있을까?" 내가 물었다.

천창 바로 아래 기둥에 연결된 큰 아크등들이 보였다. 스킨플릭은 손전등 불빛을 아크등에 비추어보고는 다시 불을 껐다.

"안 돼. 타이머에 맞추어져 있는 거야."

리사는 자기 발밑을 내려다보면서 물었다.

"이거 튼튼한 거야?"

스킨플릭은 제자리에서 펄쩍 뛰어 격자 바닥에 발을 굴렀다. 쩌렁쩌렁한 소리가 울리면서 진동이 일었다.

"튼튼한 거 같은데."

"고맙기도 하셔라, 애덤. 토할 것 같아." 리사가 말했다.

"괜찮아질 거야."

스킨플릭은 길을 이끌고 통로를 돌아 잠수복 다발과 스쿠버 다이빙 탱크 몇 개가 들어 있는, 지주에 기대지 않고 독립되어 서 있는 개방된 금속 옷장을 지나 난간이 없고 그저 노란 나일론 밧줄만 매어져 있는 격자 바닥 쪽으로 갔다. 그러고는 밧줄의 한쪽 끝을 끌렀다.

"애덤, 뭐하는 거야?" 데니스가 물었다.

나는 한 발 뒤로 물러섰다. 본능적인 반응이었다. 그쪽 통로를 보면서 떨어질까 봐 겁내지 않을 수 없었다.

"경사로를 내리려고." 스킨플릭이 말했다.

경사로가 격자 바닥에 겹쳐졌다. 스킨플릭은 그 경사로를 들어

올린 다음 물 위로 떨어뜨렸다.

경사로가 수직이 아니라 물을 향해 45도로 각을 이뤄 자리를 잡으면서 쿵하는 소리를 냈다. 그 소리가 마치 영원히 지속될 것 같았고, 데크가 흔들려 우리는 물속에 처박힐 것 같았다.

"저기 봐, 잠수복이 있어. 누구 수영 한번 하고 싶은 사람 없어?"

스킨플릭이 제안했지만 아무도 대답이 없었다.

"없어? 음, 그럼 내가 발을 담가보지."

그런 다음 그는 실제로 경사로에서 발을 뻗기 시작했다.

"애덤, 그러지 마!" 데니스가 고함을 쳤다.

"장난치지 마." 리사가 말했다.

"스킨플릭. 제기랄, 거기서 떨어져."

내가 그를 잡으려고 했으나 난간 없이 그쪽 근처에 가는 것 자체가 겁이 났다.

스킨플릭은 엉거주춤 자세를 낮추고 경사로의 끄트머리를 향해 게걸음으로 나아가기 시작했다.

"누가 손 좀 잡아줘. 겁나 무섭군." 그가 말했다.

"절대 안 돼." 내가 말했다.

"내가 해줄게."

데니스는 경사로 위로 올라가 눕고는 한 손을 뻗어 스킨플릭에게 내밀었다. 그런 다음 데니스는 고개를 돌려야 했다. 스킨플릭은 데니스의 손을 잡고 발을 물 가장자리에 넣기 시작했다.

"스킨플릭. 하지 마." 내가 말했다.

그는 끙끙거렸다. 경사로 끄트머리와 수면 사이는 족히 30센티미터 가량 떨어져 있었기 때문에 데니스의 손을 놓치지 않고 발로 수면에 닿기 위해선 몸을 완전히 쭉 뻗어야만 했다.

그는 한쪽 신발 끝으로 물을 찬 다음 다시 경사로로 발을 당겼다.

"봤지? 별 거 아냐."

바로 그 즉시 그의 발이 들어갔다 나온 곳에서 폭발이 일었고 뒤이어 또 다른 폭발이 생겼다. 바로 몇 초 내에 수면 전체가 거대하고 끈적끈적한 몸체로 들끓기 시작했다. 그것들은 마치 양동이에 가득한 거대한 뱀들이 서로의 몸 위로 미끄러지며 뒤틀리는 모습과 흡사했다.

"오 젠장, 오 젠장, 오 젠장!"

스킨플릭이 말하며 엉금엉금 경사로로 기어올라 팔로 데니스를 붙잡고 벽까지 이르렀다.

이제, 물결을 이루며 물이 차올랐다 첨벙 가라앉았다 하면서 상어가 온 사방에 가득 차 있었다. 한 마리가 몸을 구르며 지느러미로 수면을 내리쳤다. 젖은 지느러미가 유리천장에서 들어오는 빛을 받아 반짝거렸다.

그러다 결국 수면이 잠잠해지며 상어들이 자취를 감추었다.

스킨플릭이 웃기 시작했다.

"이런, 지랄 환장. 여태까지 겪어본 중에서 제일 겁나는 일이었네."

데니스가 그의 가슴을 때렸고 스킨플릭은 다시 그녀를 움켜잡고 키스했다.

내 심장도 뛰고 있었다. 그러고 보니 나는 리사와 부둥켜안고 있었다.

스킨플릭이 데니스의 등을 두 손으로 훑었다.

"좋아. 너희들 어떤 쪽을 원해?"

그가 나와 리사를 보며 말했다.

"뭐야, 우리가 지금 섹스를 해야 한다는 뭐, 그런 말이야?"

리사였다.

"이건 처녀파티야. 그러니까, 그게 옳은 말씀."

"세상에, 맙소사."

"로맨틱하지 않아도 돼. 그냥 원초적이면 돼. 지금 바로 그렇잖아. 안 그래, 데니스?"

"젠장, 그렇고말고."

"자, 어떤 쪽에서 할래?"

그의 말에 리사가 데니스를 불렀다.

"데니스……"

데니스가 그녀를 향해 소리 질렀다.

"젠장, 어떤 쪽인지나 골라!"

그래서 그녀가 말했다. 잠수복과 캐비닛이 있는 쪽.

그곳은 격자 바닥 아래로 물을 내려다볼 필요 없이 앉아서 서로를 안을 수 있고 그러다 결국 섹스를 할 수 있는 곳이었다. 수조의 냄새까지 막을 순 없다 하더라도.

얼마나 어려야, 얼마나 미쳐야, 얼마나 애송이여야 마치 사탄의 눈 위에 매달려 있는 것 같은 느낌이 드는 곳에서 섹스를 할 수 있단 말인가?

나는 그에 답할 수 없다. 24시간 후 막달레나를 만났고, 그래서 나의 인생이 완전히 다른 것이 되었다고 말할 수 있을 뿐이다.

11

엉덩이 사내와 모스비의 병실 밖 간호사실에서 '자원봉사' 작
업복을 입은 아이가 내게 다가온다. 그는 근방에 있는 시티 칼리
지 학생으로 자기가 언젠가는 의대에 들어가 신경외과의사가 될
것이라 믿는 아이이다. 그애는 자기 인생 전부를 바쳐 가운(家運)
을 일으켜 세운 할아버지가 되는 게 꿈이다. 어쩌면 그럴 수 있을
지도 모른다.

내가 이 모든 것을 알고 있는 것은 한 번 그 아이에게 왜 두뇌
모양으로 다듬은 아프로 헤어스타일을 했냐고 물어본 적이 있기
때문이다.

"저, 브라운 선생님……"

"시간 없다."

"간단한 거예요. 그냥 제가 그 환자를 PT에 데려다 주었다고
말씀드리려고요."

PT는 물리치료를 말한다. 나는 걸음을 멈춘다.

"어떤 환자?"

아이가 자기 클립보드를 본다.

"모스비요."

"누가 모스비를 PT에 데려가라고 했나?"

"선생님이 하셨잖아요. 오더에 쓰여 있었는데요."

"오더? 이런, 제길. 어떻게 데리고 갔어?"

"휠체어로요."

젠장!

나는 간호사실로 몸을 돌린다.

"누가 모스비한테 자기 차트 갖다 주고 다시 가져와 오더 통에 넣어두었나?"

그곳에서 일하는 네 명 모두 내 눈을 피한다. 무언가 잘못 되면 그들은 항상 그런다. 그건 마치 자연 다큐멘터리에서 본 어떤 모습과 같다.

"네가 실제로 그 환자 물리치료실에 데리고 갔어?"

내가 아이에게 묻는다.

"아뇨. 거기서 그 환자 예약 건 찾는 동안 대기실에 놔두고 가라고 했어요."

"알았다. 너 나들이 좀 할래?"

"예!"

나는 지금 막 모스비와 엉덩이 사내의 병실에서 나오고 있는 내 학생들에게 몸을 돌리며 말한다.

"그래, 너희들. 누구라도 모스비 어디 있냐고 묻거든 방사선과에 있다고 말해. 방사선과 이미 알아봤다고 하거든 PT과라고 말하는 걸 헷갈렸다고 해. 그리고 그동안 내가 좀 전에 찔렸던 염병할 것에 대해 검사실에서 결과가 날아올 때를 대비해 항생제 좀 훔쳐놔. 제3세대 세팔로스포린과 마크롤라이드, 그리고 플루오로퀴놀론이야. 그리고 항바이러스제도* 구해 놔. 구할 수 있는 모

---

* 항바이러스제는 항생제가 아니다. 왜냐하면 바이러스는 박테리아와 달리 '생물적'이지 않아 살아있지 않기 때문이다. 바이러스는 그저 똑같은 유전암호를 더 많이 만들어 사방으로 퍼뜨리라는 명령으로 우리 신체가 인식하는 유전암호일 뿐이다. 일부 바이러스들, 예컨대 HIV 같은 경우 우리 신체가 그것을 우리의 DNA에 직접 집어넣어 복제를 더 쉽게 해주며 아예 우리의 일부로 만들어버린다.

든 종류로 말이야. 날 죽이지 않을 조합으로 해놓으라고. 못 하겠 거든 그냥 내가 엉덩이 사내를 위해 만들어 놓은 처방을 이용하 고, 그거의 두 배로 만들어. 알았어?

"알겠습니다, 선생님."

학생 하나가 말한다.

"좋아. 겁낼 거 없어."

나는 뇌 모양의 아프로 머리를 한 아이에게 돌아서 말한다.

"따라와."

엘리베이터에서 나는 아이에게 다시 한 번 이름을 묻는다.

"머숀입니다."

그가 답하지만 나는 철자가 어떻게 되는지 묻지 않는다.

나는 그 아이에게 코트를 입게 했다. 나는 앞면에 '의학박사 로 티 루이스'라고 바느질 되어 있는 가운을 입고 있다. 로티 루이스 가 누군지 모르지만, 그녀는 자기 가운을 나 입으라는 듯 아무 곳에 놓아둔다. 아니 놓아두었다.

"머숀, 혀에다 피어싱 하지 마라."

나는 1층으로 내려가며 그 이야기를 해준다.

"그런 더러운 짓 안 해요."

병원 앞엔 눈과 진눈깨비가 날리고 모든 게 엉망진창이다. 흔 히 말하듯, 시계(視界)가 좋지 않다.

내가 뭘 기대했는지 알 수 없다. 음, 이제와 생각해 보니, 진창 에 휠체어 자국 같은 거라도 남지 않았을까 하는 거겠지. 하지만 인도는 염화칼슘에 절었고 1분에 30명이 지나간다. 게다가 전면을 따라 옆으로 쭉 50미터 가량 커다란 금속 차양이 뻗어 있다. 인도는 검은 물이 절벅거린다.

"어떤 길로 갔을까?" 나는 이렇게 말하며 생각한다. '이 입구로 나왔다 치더라도, 건물 사방에 길이 나 있는데.'

"이 길이요." 머숀이 말한다.

"왜지?"

"내리막길이잖아요."

"음. 널 데려오길 잘했다."

모퉁이를 돌아 옆골목은 지금 우리가 서 있는 대로보다 강을 향해 더 가파르게 뚝 떨어져 내린다. 머숀이 고개를 끄덕이고 우리는 그곳으로 내려간다.

몇 개 블록 지나니 자국을 남길 수 있을 만한 7미터에 달하는 진창 구덩이가 보인다. 거길 지나는 염병할 정도로 많은 휠체어 자국 같은 것으로 보건대 알 수 있는 사실이다. 그 자국은 그라피티로 뒤덮인 금속 문이 나 있는 건물을 향해 이어진다. 창문들은 판자로 덧대어져 있다. 그러나 바퀴자국은 실제로 거기에 닿지는 않고 사라진다.

나는 거기로 가서 문을 두드린다. 머숀은 의심스러운 눈길로 건물을 올려다보며 묻는다.

"여기가 뭐하는 곳입니까?"

"폴 볼트(장대높이뛰기 — 옮긴이)야."

"그게 뭔데요?"

"너 진짜 몰라서 묻는 거야?" 그가 나를 빤히 바라본다. "게이

바야."

문을 연 것은 머리가 희끗하고 가슴이 두툼한 50살 먹은 흑인 사내이다. 그는 플란넬 작업복 셔츠를 입고 이중초점안경을 끼고 있다.

"무슨 일이오?"

그가 우리를 보기 위해 고개를 꺾으며 말한다.

"휠체어 탄 늙은 흑인 남자를 찾고 있습니다." 내가 말한다.

사내는 잠깐 그냥 거기 서서 휘파람으로 내가 알지 못하는 곡조를 흥얼거리더니 묻는다.

"왜 찾소?"

머숀이 대답한다.

"왜냐하면 우리 둘 다 크리스마스인데 갖고 싶었던 휠체어 하나 받지 못했고, 또 그래서 '휠체어 타는 늙은 흑인남자 마트'에 가봤더니 전부 품절되었더라고요. 그래서 그 분이라도 찾아보려고요."

"입원한 환잡니다. 그런데 도망갔어요." 내가 말한다.

"정신과 환자요?"

"아뇨. 발에 괴저가 있어요. 치매가 있긴 하지만요."

사내는 잠시 생각한다. 다시 휘파람을 불면서.

마침내 그가 말한다.

"왠지 모르지만…… 빌어먹을, 어쨌든 당신네들이 나쁜 뜻을 품은 것 같진 않네. 공원 쪽으로 갔소."

"여긴 왜 왔었나요?" 내가 묻는다.

"이불 하나 달라더군."

"그래서 주셨어요?"

"손님이 놓고 간 재킷 하나 주었소. 어깨에 둘러 주었지." 그는 주위를 둘러보더니 몸을 떨며 또다시 휘파람을 분다. "이제 됐소?"

"예. 하지만 이렇게 신세를 졌으니, 우리 병원 한 번 들러 폐기종 검사 한 번 받아보세요."

사내는 콧등을 찡그리며 나의 흰 가운에 모노그램으로 짜 맞추어진 '의학박사 로티 루이스'라는 이름표를 곁눈질한다.

"전 피터 브라운입니다. 이 아이는 머숀이고. 우리가 무료로 해 드릴게요."

사내는 씨근거리며 웃다가 목이 막혀 멈추고는 말한다.

"내가 오늘날 이렇게 살아있을 수 있는 건 병원 근처는 얼씬도 안 했기 때문이요."

"그렇군요."

나는 그렇게 말할 수밖에 없다.

내려가는 길에 머숀이 내가 어떻게 그 사내가 폐기종이 있는지 알았냐고 묻는다. 나는 그가 보이는 신체적 징후들을 나열한다. 그런 다음 내가 말한다.

"머숀, 퀴즈 하나 맞춰봐. 휘파람은 누가 부는지 아나?"

"머저리들이요?"

"좋아. 또 누구?"

머숀이 그에 대해 생각한다.

"뭔가에 대한 생각에 빠졌다가 무의식적으로 그와 관련된 노래가 생각난 사람들이요. 선생님이 부신경 검사를 하다가 자기도 모르게 '머릴 들어'를 휘파람으로 부는 것처럼요."

"좋아. 하지만 많은 사람들이 무의식적으로 폐에 기압을 높여서 조직에 더 많은 산소를 돌리려고 휘파람을 불지."

"진짜요?"

"그래. 너 『백설공주』에 나오는 광산에서 일하는 난장이들 알아?"

"예, 알죠."

"규폐증이 있어도 개네들처럼 시시때때로 휘파람을 불어."

"아."

"그래."

마저 남은 길을 걸어가는 동안 나는 내가 마치 마모셋 교수 같다는 생각이 든다.

우리가 찾아간 순간 듀크 모스비는 리버사이드 공원 언덕에서 허드슨 강을 굽어보는 판석이 깔린 누각 위에 있다. 풍경이 장관이다. 그러나 강은 젖은 바람을 맹렬하고 광포하게 휘몰고 있다. 플라스틱 클로그 슬리퍼의 구멍으로도 불어 들어오는 것이 느껴진다. 눈송이들이 하늘에서 빙글빙글 돌아내리기도 하고 동시에 바닥에서 위로 휘돌아 오르기도 한다. 모스비의 머리와 눈썹에도 눈송이들이 내려앉는다.

"모스비 씨, 여기서 뭐 하세요?"

나는 바람을 헤치고 그에게 소리 지른다.

그는 몸을 돌려 미소 짓는다.

"별 거 아니오, 선생. 당신은요?"

"머숀 아시죠?"

그가 나를 바라보지 않은 채 말한다.

"물론 알죠. 선생, 그거 알아요? 이따금 강을 바라보는 게 왜 그렇게 중요한 건지."

"모르겠어요. 의대 다닐 때 그 수업은 놓친 것 같네요."

"우리 인간은 모두 가끔씩 신이 만든 창조물을 봐야 하기 때문인 것 같소. 포로수용소에 나무를 좀 심어놓으면 사람들이 탈옥하려는 시도가 좀 준다고 하지 않소."

"난 신이 만든 작품 중에 뭘 봐야 한다면, 차라리 여자를 보겠어요."

머숀이 끼어든다.

"여기 여자 하나라도 보여?"

모스비가 그에게 묻는다.

"없는데요."

"그렇다면 우리에겐 이 강밖에 없는 것 같은데." 모스비는 머숀의 헤어스타일을 눈여겨보고는 말한다. "도대체 네 머리통이 그게 뭐냐?"

나는 갑자기 정신이 나갈 것 같다는 느낌이 든다.

"자, 이제 병원으로 돌아갈까요?" 내가 말한다.

로비에서 나는 다시, 거의 반사적으로, 마모셋 교수에게 전화를 건다. 나는 자동응답 시스템인 반딧불이가 생각나 이를 악물고 있는데 마모셋이 직접 전화를 받는다.

"응, 안녕, 칼……" 그가 직접 받는다.

"마모셋 교수님?"

"예?" 그가 혼동한 모양이다. "누구시죠?"

내가 답한다.

"이스마엘입니다. 잠깐만 기다리세요."

나는 머숀에게 돌아서서 묻는다.

"이 일을 너한테 맡겨도 되겠지?"

"제가 처리할 수 있어요, 선생님."

"너 믿는다." 나는 머숀의 눈을 똑바로 바라보며 말한다. 때론 그 방법이 먹히는 것이다. "저 분을 물리치료실에 데리고 가서 20분 기다린 다음 왜 예약시간에 부르지 않았는지 물어봐. 거기서 예약이 없었다고 말하면 저 분을 다시 플로어로 데리고 가서 물리치료실에서 예약 실수를 했다고 말해. 알아들었어?"

"알겠습니다."

"너 믿는다." 나는 다시 한 번 말한다. 그런 다음 몸을 돌려 전화기를 다시 올린다. "마모셋 교수님?"

"이스마엘! 나 오래 이야기 못하네. 올 전화가 있어. 무슨 일인가?"

무슨 일이냐고? 나는 실제로 그와 이야기를 하게 된 것이 너무나 기뻐 어디부터 말해야 할지 생각해 놓았던 것이 정확히 기억이 나지 않는다.

"이스마엘?"

"반지세포암 환자가 한 명 있어요."

"안됐군. 그래."

"예. 프렌들리라는 사람이 개복술을 하기로 했어요. 그 사람을 좀 알아봤는데……."

"존 프렌들리 말인가?"

"예."

"그리고 말하는 환자는 자네 환자이고?"

"예."

"다른 사람 시켜."

"왜죠?"

"자네가 그 환자 살리고 싶어 하는 것 같으니까."

"하지만 프렌들리는 뉴욕에서 최고의 소화기내과 전문의라고 하던데요."

"잡지에서 그러겠지. 그자는 자신에 관한 통계를 부풀리는 자야. 말하자면 수혈 보고를 하지 않으려고 수술실에 자기가 보유한 혈액까지 가져다가 쓰는 자이지. 까놓고 말해 그자는 골칫거리야."

"젠장. 그는 그 환자한테 DNR 오더를 안 내리려고 해요."

"바로 그거야. 환자가 식물인간이 되면 프렌들리는 환자를 사망자로 보고하지 않아도 되거든."

"제길! 어떻게 하면 그자를 이 일에서 손 떼게 할 수 있죠?"

"생각해 보자고. 좋아. 그럼 코넬 대학의 소화기내과 전문의 르랜드 마커에게 전화를 해보게. 지금 아마 스키 여행 갔을 거야. 하지만 사무실을 통해 연락을 취할 수 있을 거야. 그러면 그의 비

175

서에게 빌 클린턴이 개복술을 해야 하는데 언론을 피하기 위해 맨해튼 가톨릭 병원에 몰래 입원했다고 말해. 클린턴이 가명을 쓰고 있다면서 자네 환자 이름을 말해주게. 마커가 사실을 알게 되면 열 받아 죽으려고 하겠지만 그때쯤은 너무 늦는 거야. 그럼 수술을 할 수밖에 없을 거라네."

"그럴 시간이 없을 것 같은데요. 프렌들리가 몇 시간 후에 수술을 하기로 되어 있어요."

"음, 커피에 GHB(물에 타 먹는 향정신성 마약 — 옮긴이) 좀 타든가. 내가 알기론, 그래도 그자가 눈치 못 챌 거야."

나는 벽에 기댄다. 한쪽 귀에서 울림이 생기고 현기증이 일기 시작한다.

"마모셋 교수님. 전 꼭 이 환자 살려야 합니다."

"음, 거리두기 기술이 필요한 것 같군."

"아뇨. 제 말은 이 환자가 꼭 살아남아야 할 필요가 있다고요."

잠시 침묵이 이어지다가 마모셋 교수가 말한다.

"이스마엘, 괜찮은 건가?"

"아뇨. 이 환자가 사는 거 봐야 돼요."

"왜지?"

"이야기가 길어요. 하지만 어쨌든 그래야 합니다."

"내가 우려해야 할 일인가?"

"아뇨. 그래봐야 도움이 안 됩니다."

또다시 침묵. 그는 어떻게 해야 할지 생각하는 듯하다.

"알았네. 하지만 내가 몇 군데 전화를 기다려야 하는 일이 있거든. 말할 수 있을 때가 되거든 나한테 전화를 해주게. 메시지를 남겨. 어쨌든 나는 자네가 수술에 참여해야 한다고 생각하네."

"수술에 들어가라고요? 저는 의대 졸업한 이래 수술 해 본 적이 한 번도 없습니다. 그리고 그때도 젬병이었고요."

"그래. 나도 기억하네. 하지만 아무리 그래봤자 존 프렌들리보다 더 나쁠 것도 없어. 행운을 비네."

그러고 나서 그는 전화를 끊는다.

12

1999년 8월 13일 데니스의 결혼식 날 밤, 나는 막달레나를 만났다. 그녀는 현악 6중주단에서 비올라를 연주하고 있었다. 그녀는 보통 4중주단에서 연주를 했지만 그녀의 에이전트에서 몇 가지 다른 중주단도 관리하고 있어, 보통 결혼식같이 사람들이 6중주단을 원할 때면 에이전트에서 그런 식으로 합주단을 마련하곤 했다. 데니스의 결혼식에는 6중주단이 왔고 저녁식사 후의 파티를 위해 DJ도 한 명 마련했다.

성대한 결혼식이었다. 데니스가 자기 친척 대부분이 살고 있는 동부에서 식을 올리고 싶어 했기 때문에 신랑 가족이 회원으로 있는 롱아일랜드의 한 컨트리클럽에서 결혼식을 올렸다. 스킨플릭과 나는 그녀로부터 한 1킬로미터쯤 떨어진 곳에 자리를 잡았다.

어찌된 건지 모든 사람들이 나를 스킨플릭을 돌볼 담당자로 여기는 것 같았다. 따라서 나는 그가 황당한 짓거리를 하지 못하게 너무 취하거나 그렇다고 너무 말짱한 정신으로 있지 못하게 해야 했다. 그것은 아주 지저분한 일이었는데, 나는 금세 이력이 났다. 나는 스킨플릭만큼이나 숙취로 고생을 했고, 그가 징징거리는 것을 듣는데 지쳐갔다. 한편으로는 스킨플릭이 그렇게나 절박하다면, 소동을 피우더라도 데니스를 데리고 도망쳐야 한다고 생각했다. 전통이나 가족의 제약을 벗어던지고 단 한번이라도 자신의 그 염병할 『황금가지』에 충실해져라.

그러나 의례들은 우리 모두를 염병할 바보로 만든다. 마치 제 조상들이 머리를 날개 속에 파묻고 잠을 잤다는 이유로 머리를 모로 틀고 잠을 자는 새들처럼 말이다. 플루타르크에 따르면, 실상은 사비니의 여자들을 겁탈한 것을 의미하는 행위인데, 그것도 기억 못하고 결혼식을 올린 후 신랑이 신부를 안고 문지방을 넘는 풍습은 어리석은 짓이라고 말했다.(고대 그리스의 철학자 플루타르크의 저서 『영웅전』에 따르면, 로물러스(Romulus)가 로마를 세우고 나서 전사들만 많고 여자가 부족하자 축제를 벌여 이웃 부족 '사비니' 사람들을 불러들인 후 여자들을 납치하고 겁탈한 다음 아내로 삼는다. 신랑이 신부를 안고 문지방을 넘어가는 것은 액운을 막기 위한 서양 결혼 풍습의 하나다. ― 옮긴이) 망할, 이것도 2000년이나 된 말이다. 우리는 아직도 사신(死神)을 낫을 든 모습으로 그린다. 이제 어리석은 인습에서 벗어나, 사신을 아처 대니얼스 미들랜드 사(농산품 가공업체 ― 옮긴이)에서 존 디어(농기계 생산업체 ― 옮긴이) 지게차를 모는 자로 그려야 한다.

그렇기 때문에 스킨플릭이 수천 년을 이어져온 결혼 행렬 앞으로 나아가지 못하는 게 이해할 만한 일인지 모른다. 그러나 어쨌든 그게 여전히 나를 질리게 했고 술도 아무런 도움이 되지 않았다. 어느 순간 나는 그와 한동안이나마 떨어져 있고 싶어 술집에서 나와 빙 둘러. 걷고 있었다.

그때 막달레나를 보았다.

이게 당신이 참견할 일인지 어떤지는 모르겠으나 진심으로 내가 그녀 이야기를 하길 바란다면, 자 이런 것이다.

육체적인 면: 머리는 검은머리이다. V자형 머리털 끝선이 있다. 눈은 끝이 치켜 올라간 동양적인 눈이다. 체구는 작았다. 달리기로 단련된 근육질 하체를 빼고는 비쩍 말랐다. 그녀를 만나기 전에는 나는 항상 체구가 큰 금발의 여자에게 끌렸다. 그녀는 그 모든 여자들을 한방에 날려버렸다.

비올라 연주를 위해 입은 흰 셔츠는 그녀에겐 너무 커서 소매를 접어 올렸고 목 부분은 헐거웠다. 쇄골도 드러났다. 연주를 할 때는 벨벳 밴드로 머리를 뒤로 묶었는데 머리 터럭이 계속해서 V자형 끝선으로부터 둥글게 말려 내려왔다. 처음 보았을 때, 그것은 마치 안테나처럼 보였다.

그날 밤 그녀는 창백했다. 그러나 그녀는 실외에서 햇빛을 좀 받으면 마치 이집트 출신인 것처럼, 혹은 화성에서 온 것처럼 금방 갈색으로 변했다. 비키니를 입으면 하의가 날카로운 엉치 뼈 한쪽에서 다른 쪽 뼈로 걸쳐지는 식이었는데, 가운데 배 부분에서는 1센티미터 가량 떠 있어서 그 안으로 주먹 하나도 집어넣을 수 있을 정도였다. 입술은 두툼했다. 나는 그 입술을 가질 수 있다면 내가 여태까지 죽였던 그 모든 사람들을 다시 죽일 수도 있을 것이라는 생각이 들었다.

이 모든 말들이 그녀가 누구인지 정확히 짚어 내주지 못한다. 그녀의 외모에 대해서도 마찬가지다.

그녀는 루마니아 인이었다. 그곳에서 태어나 14살에 미국으로 건너왔다. 그래서 그곳 억양이 남아 있었다. 그녀는 독실한 가톨릭교도였다. 매주 일요일 교회에 다녔고 기도를 할 때는 입술 위로 땀이 맺혔다.

아마 당신들은 내가 사랑한 사람, 사랑한 단 한 사람이 그렇게 독실한 종교인이었다는 것이 이상하다는 생각이 들지도 모르겠다. 그렇지만 나는 그녀의 그런 면조차 사랑했다. 그녀 앞에서는 세상에는 마법 같은 것이 존재하지 않는다고 주장하기 어려웠다. 게다가 그녀는 교리에서 완전히 자유로웠다. 그녀에게 자기가 가톨릭교도이고 내가 그렇지 않다는 사실은 다른 모든 것과 마찬가지로 신의 뜻일 뿐이었다. 신은 우리가 함께 하길 바랐고 또한 당신이 사랑하지 않는 사람을 그녀가 사랑하게 만들 리는 없었다.

나는 막달레나를 만나기 전에는 가톨릭 하면 먼지투성이의 성화상(聖畵像)과 부패한 교황들과 「엑소시스트」를 떠올리곤 했다. 그러나 내가 성 마가렛의 무서운 나무 조각상을 떠올릴 때, 그녀는 나비들과 함께 있는 스코틀랜드 들판의 성 마가렛 자체를 떠올렸다. 그녀에게 동정녀 마리아는 내게 있어 막달레나와 같은 존재였다. 그래도 그에 대해 나는 한 번도 질투하지 않았다. 그저 그녀 곁에 머무를 수 있다는 것에 감사할 뿐이었다.

그나저나 사빈의 여인들을 이야기하니 생각나는 것인데, 내가 가장 좋아하는 것은 막달레나를 번쩍 안는 것이었다. 스킨플릭과 어울리지 않던 그 시절 디마레스트의 아파트에서 나는 몇 시간씩 그러곤 했다. 「검은 산호초의 괴물」(유니버설 사의 고전 호러 영화로 아마존의 반어인(半漁人) 괴물이 여주인공을 죽이지 않고 팔로 안고 간다 ─ 옮긴이)처럼 벌거벗은 그녀를 양팔로 안거나 굽힌 오른팔에 앉히면 막달레나는 한쪽 팔을 내 목에 감았는데, 그런 자세로 전면을 바라보는 것이다. 때론 내가 벽에다 양 팔을 쭉 뻗고 그녀가 나를 보며 내 팔뚝에 허벅지로 걸터앉게 해서 그녀의 음부부터 목의 양옆까지 핥기도 하고 엉덩이뼈나 흉곽을 애무하기도 했다.

이렇게 말해도 여전히 막달레나를 제대로 묘사하지 못하고 있는 것이다.

언제나 아련했던 우리 사이. 우리는 서로를 보는 순간 알게 되었다. 얼마나 우울한 일인가? 내게 혹은 다른 사람들에게 앞으로 일어날 그 모든 일들과는 또 얼마나 거리가 먼 일인가?

나는 막달레나를 보았고 그녀를 보는 시선을 멈출 수가 없었다. 막달레나도 멈추지 않고 나를 응시했다. 나는 그녀가 연주를 하다가 어쩌다 자신의 눈길이 향한 곳에 우연히 내가 서 있게 된 것이 아닌가 싶어 자리를 움직였다. 그랬더니 그녀의 시선이 나를 따랐다. 자신의 연주 부분이 아니어서 비올라를 내려놓을 때 입이 그저 조금 벌어질 뿐이었다.

그때 스킨플릭이 내 뒤로 와서 말했다.
"야, 저 호모자식이 혼자 어슬렁거린다."
"누구?"

나는 여전히 막달레나에게서 눈을 떼지 않은 채 말했다.

"데니스의 **남편**."

'호모자식'이라 함은 스킨플릭이 커트 림과 어울리면서 입에 붙인 표현이다. 그는 그 단어를 꼴통 마피아들을 조롱할 때처럼 아이러니하게 쓰기 시작했으나, 곧 그의 입에 달라붙게 되었다. 어쨌든 그는 그 말을 동성애자를 일컫는데 쓰지는 않았다.

"알았어."

"따라가 보자."

"아니, 사양할게."

"그러시든가, 개자식. 나 혼자 가서 할 거다."

잠시 후 나는 "젠장."이라 내뱉고 그를 좇아갔다.

나는 스킨플릭이 조리실 텐트의 뒤로 돌아 가는 것을 보고는 따라갔다.

데니스의 새신랑은 거기 어둠 속에 서서 홀로 마리화나를 피우고 있었다. 그는 로스앤젤레스에서 컴퓨터 애니메이션인가 뭔가를 하는 자로, 포니테일 머리를 한 금발의 사내였고 무테안경을 쓰고 있었다. 무슨 상관이겠냐만, 그의 이름이 스티븐이었던 것 같다.

"이 자식 약쟁이야?" 스킨플릭이 물었다.

사내는 스물여섯 정도로 보였다. 그러면 우리보다 네 살이 많았고 데니스보다는 여섯 살이 많은 나이였다. 그가 물었다.

"네가 애덤이냐?"

"젠장, 그렇다."

"네가 마피아 사촌이구나?"

"뭐라고?"

"잘못 봤나보네. 직업이 뭔데?"

"이런, 네가 날 씹었냐?" 스킨플릭이 소리를 질렀다.

사내는 마리화나 남은 것을 손가락으로 튀겨버리고는 주머니에 손을 집어넣었다. 인상적이었다. 스킨플릭이 혼자였다면 그가 혼쭐을 내주었을 수도 있었을 것이다. 그러나 스킨플릭은 혼자가 아니었다.

"피에트로한테 한 방 맞아볼래? 네 놈의 머리통을 갈기게 해서 고꾸라트려 볼까. 주둥이 닥치게 한번 혼나볼래?"

스킨플릭이 말했다.

"아니, 그렇겐 못해." 나는 한 손을 스킨플릭의 어깨에 대며 말했다. 그러고는 사내에게 말했다. "이 친구 좀 취했어요."

"보아하니 그렇군."

사내가 말하자 스킨플릭이 내 손을 찰싹 때렸다.

"둘 다 엿이나 드셔."

나는 스킨플릭이 떼어내지 못하게 그의 팔을 세게 붙잡고는 말했다.

"천만에. 축하한다고 말씀드려."

"지랄 마." 그러더니 사내에게 말했다. "너 데니스한테 잘 해줘라."

사내는 내가 스킨플릭을 끌고 식장으로 되돌아갈 때 현명하게도 아무런 대답도 하지 않았다.

나는 우리 테이블로 스킨플릭을 데리고 가서 재낵스(신경안정제—옮긴이) 두 알을 내가 보는 앞에서 먹게 했다. 약효가 드러나기 시작하자 나는 그를 그곳에 두고 6중주단을 보러 되돌아갔다.

9시에 6중주단의 연주가 끝나고 DJ가 그 자리를 차지하자 사람들이 춤을 추기 시작했다. 연주단원들은 모두 자리에서 일어나 악기와 악보대를 싸기 시작했다.

나는 무대 가장자리로 갔다. 막달레나는 얼굴을 붉히고 물건을 싸면서 내 눈을 피했다.

"안녕하세요?" 내가 말을 걸자 그녀는 얼어붙었다. 다른 사람들이 우릴 쳐다보았다. "얘기 좀 할 수 있을까요?"

"우리는 손님들과 이야기 나누는 게 금지되어 있어요."

그 중 하나가 말했다. 첼로를 연주하던 주걱턱 여자였다.

"그럼 전화해도 될까요?"

내 말에 막달레나가 고개를 저었다.

"미안해요."

그때 처음으로 그녀의 억양을 들었다.

"내 번호를 줄까요? 나한테 전화해 줄래요?"

그녀는 나를 바라보았다.

그러곤 말했다.

"네."

얼마 후 내가 여전히 정신이 멍 한 채 주변에 서 있을 때 커트림이 다가왔다.

"너 여자한테 작업 거는 거 봤다."

"여기 초대받으신 줄 몰랐네요."

"스킨플릭 좀 돌봐야 할 거 같아서 왔다. 그 애한테 어려운 일이잖아."

"예, 그래요. 제가 내내 그 애랑 같이 있었어요."

림은 어깨를 으쓱했다.

"내가 좀 바빴다. 화장실에서 그 애 외숙모랑 재미 좀 보느라고."

"셜 말씀인가요?"

그는 언짢아 보였다.

"그래."

"그 여자 엿이나 먹으라죠. 취한 거였길 바라요."

하지만 나는 셜이 취했든 아니든 상관하지 않았다.

사랑이 여기저기 떠돌고 있었다.

나는 그 다음 3일을 디마레스트에서 펀치백이나 두들기며 막달레나의 전화를 기다렸다. 대신 데이비드 로카노의 전화가 걸려와 맨해튼 10번가에 있는 오래된 러시아 사우나에서 자길 좀 보자고 했을 때, 나는 뭔가 할 일이 생겼다는 이유만으로 후다닥 튀어나갔다.

로카노가 당시 사우나를 애용한 이유는 FBI가 한증막을 견디는 도청장치를 설치하지 못할 거라는 생각에서였다. 그 생각은 터무니없이 낙관적인 것 같았다. (그때는 9/11 이전이었고 9/11이 터지고 나서야 루이스 프리(FBI의 당시 국장 —옮긴이)의 FBI가 얼마나 무능한지 알게 되었다.) 어쨌든 우리는 로카노의 생각대로 움직였다.

나로 말하자면 한증막이 좋았다. 더럽긴 했지만 고대 로마 같은 분위기를 풍기며 회합을 가질 수 있었던 것이다.

"애덤이 맨해튼에다 제 아파트를 구한단다."

내가 도착하자 로카노가 말했다. 그는 우울해 보였다. 타월로 아랫도리를 두른 채로 앞으로 상체를 숙이고 있었다.

"네."

나는 그의 옆에 앉았다.

"너 나한테 말하려고 했니?"

"아시는 줄 알았어요."

"봤어?"

"예. 그 애랑 같이 보러 갔어요."

그랬더니 그가 움찔했다.

"걘 나한테 왜 말 안 했지?"

"모르겠어요. 물어보지 그러셨어요."

"그래. 그래야 하는데, 난 걔하고 말할 기회가 별로 없단다. 걔 볼 때도 말이지."

"그 앤 홍역을 치르고 있어요."

사실이었다. 스킨플릭은 모든 시간을 커트 림과 함께 지내고 있었다. 그러나 나는 그에 대해 기분 나쁘지 않았다. 나도 내 문제가 있었고 스킨플릭이 제 아버지뿐만 아니라 나한테마저도 반항을 하고 있다는 사실이 이상하게도 기분 으쓱해지는 일이었다. 그 것은 스킨플릭이 제가 나한테 영향을 끼쳤듯 나를 자기한테 영향력을 행사하는 사람으로 본다는 점을 시사하는 것이었다.

그렇지만 그의 아버지는 다르게 생각했다.

"그게 다 그 망할 놈의 커트 림 때문이야. 그자가 애덤을 일에 끌어들이려고 하고 있어."

"스킨플릭은 휘말려 들지 않을 거예요."

그는 천천히 고개를 끄덕였다. 우리 둘 다 내 말을 믿지 않았다.

"난 정말이지 그렇게 되는 거 원치 않는다."

"저도 마찬가지예요."

그는 목소리를 낮추었다.

"그러려면 걔가 누군가를 죽여야 하잖아."

나는 잠시 생각해 보았다.

"그 앨 예외로 하는 건 어떨까요?"

"웃기는 소리 하지 마라. 예외가 없다는 건 너도 알잖아."

물론, 나도 알고 있었다.

그래도 그가 그것을 인정하는 말을 듣고 있는 게 기분이 좋지 않았다.

"그러니 어떻게 하겠어요?"

"그 애가 휘말리는 것을 그냥 놔둘 수 없다."

"그래요. 하지만 어떻게요?"

로카노는 내 눈길을 피하며 속삭였는데 무슨 말인지 들리지 않았다.

내가 물었다.

"뭐라고요?"

"네가 림을 죽여 다오."

"뭐라고요?"

"5만 달러를 주겠다."

"안 돼요. 저한테 그런 일을 시키시면 안 되잖아요."

"10만 달러. 말만 해."

"그런 짓은 안 해요."

"단지 애덤 때문에 이러는 거 아니다. 림은 골치 아픈 인간이야."

"골치 아픈 인간이라고요? 누가 신경 쓰는데요?"

"그잔 냉혈한 킬러야."

"그건 또 무슨 얘긴데요?"

"러시아 식료품점 점원의 얼굴을 쐈어."

"입단하려고요?"

"그게 무슨 상관인데?"

"젠장맞을 상관 많죠. 아저씨 말은 림이 누군가를, 뭐, 5년 전에 쏴 죽였다는 말이죠? 그거 참 지랄 같은 일이네요. 그럼 그자는 그 일로 죽어 마땅하고 나는 적어도 그자가 그 일로 감옥에라도 가길 바란다고요. 하지만 그렇다고 내가 그것 때문에 그자를 쏴죽일 권리가 있는 건 아니에요. 아저씨도 마찬가지고요. 그렇게 느낀다면 경찰을 부르던가요."

"내가 그럴 수 없다는 거 잘 알잖아."

"저는 스킨플릭에게 좋지 않은 영향을 끼친다고 사람을 죽일 순 없어요. 입단하기 위해 아저씨는 누굴 죽였나요?"

그의 목소리가 굳어졌다.

"염병할, 그건 네가 상관할 일이 아니다."

"그러시던가요."

"젠장, 너 어떻게 된 거야?" 그가 그렇게 말하곤 잠시 침묵하고 다시 말을 이었다. "내가 듣기론 너와 림이 데니스의 결혼식장에서 잠깐 같이 있었다면서?"

"우린 서로를 욕하면서 30초 정도 같이 있었어요. 나는 그 인간이 싫어요."

"애덤은 그 자식을 숭배하고 말이지. 그러다가 그 애가 죽임을 당하거나 감옥에 갈 수도 있어."

"그래요. 왜 20년 전에 그런 생각 좀 하시지 그랬어요."

내가 무슨 말을 할 수 있겠는가?

가장 친한 친구의 아버지. 어느 순간 그를 자기 아버지인양 생각하기 시작한다. 혹은 이상적인 자기 아버지의 상으로 생각한다. 그가 자기를 좋아하며 자기도 그를 믿을 수 있다고 믿게 된다. 심지어 그에게 험한 말도 할 수 있다고 믿는다.

결코 '이자는 킬러이고 영악하다. 이자를 열 받게 하면 내게 달려들 수도 있다. 아주 손쉽게.' 이런 식으로 생각하지 않는다.

내 말은, 너무 늦어버리기 전에는 그런 생각을 못한다는 것이다.

아파트로 돌아왔을 때 메시지가 와 있었다.

"안녕하세요. 막달레나입니다."

숨소리가 들리게 말을 한다. 일부러 목소리를 낮추기 위해 애쓰는 것처럼. 그런 다음 침묵, 이어 전화를 끊는다. 아무것도 없다. 번호도 남기지 않았다.

나는 돌아버릴 것 같았다. 메시지를 대여섯 번 다시 돌렸다. 그런 다음 바버라 로카노에게 전화를 했다. 또 림 일에 대해 갑자기

189

이상한 느낌이 들면서 셜에게도 전화했다. 셜은 6중주단을 고용했던 맨해튼의 웨딩 플래너의 이름을 내게 알려주었다.

자기 차 안에서 휴대전화를 받은 웨딩 플래너는 '프라이버시 때문에' 단원들의 개인 연락처를 알려줄 수 없다고 말했다.

"손님 본인의 결혼식을 준비하고 있는 거라면 완벽하게 훌륭한 오케스트라를 구해드릴 수 있어요."

다음날, 나는 견적을 내기 위해 사무실에서 웨딩 플래너와 만나기로 약속을 잡았다. 그녀가 한껏 들떠 요구가 많아졌을 때, 나는 그녀가 얼마나 진지한지 알려고 하지 않고 그저 요구하는 모든 것을 다 들어주었다. 뭐, 알려고 하지 않은 게 아니고 알아차리지도 못했다.

막달레나의 스케줄을 얻는 것은 더 쉬웠다. 막달레나의 예약 에이전트인 마르타는 그걸 알려주는 것을 일종의 홍보로 생각하며, 그 정도 위험은 감수할 가치가 있다고 생각하는 것 같았다. 적어도 자신에게는 말이다. 예약 에이전트를 스토킹하는 사람이 누가 있겠는가.

4중주단의 스케줄에 올라 있는 대부분의 파티는 개인 주택에서였다. 개인 주택의 파티는 사람들과 부딪혀도 주의를 끌지 않을 수 있을 만큼 넓을 수도 있지만, 그렇지 않을 수도 있는 일이다. 때문에 나는 북부 맨해튼의 포트 트라이언 공원에서 저녁에 열리는 결혼식을 골랐다. 행사가 열리는 곳에 가보니 공원 중심에 있는 벽돌담의 레스토랑 한편에 붙어 있는 큰 천막 하나가 결혼식의 주무대였다. 큰 행사는 아니었으나 느긋한 분위기였고, 나는 사람들이 얼마간 몰리자마자 그들 틈으로 끼어들 수 있었다. 나

는 포트 트라이언 공원에서는 아무도 '검은 넥타이' 결혼식(남자
는 턱시도, 여자는 칵테일 드레스 등의 완전한 격식을 차린 의상을
입는 파티 — 옮긴이)을 열지 않을 것이라 생각하고는 정장을 입
고 갔다. 내 생각이 옳았다.

막달레나는 그 전과 똑같은 흰 셔츠와 검은 웨이터 바지를 입
고 있었다. 나는 그녀의 시야 밖에 머무르면서 연주단이 잠깐 언
덕 위 차로에서의 휴식 시간을 가질 때까지 기다렸다가 그녀에게
다가갔다. 막달레나는 밴 근처에서 첼로 연주자와 이야기를 나누
고 있었다.

"안녕하세요." 내가 말을 걸었다.

"안녕하세요." 첼로 연주자가 답했다.

그녀 목소리에 섞인 힐난의 음색이 그녀의 주걱턱을 더욱 도드
라지게 했다.

"괜찮아." 막달레나가 그녀에게 말했다.

첼로 연주자는 내가 알지 못하는 언어로 무언가를 말했고 막
달레나가 같은 언어라고 생각되는 말로 응답을 했다.

"나 저쪽에 있을게."

첼로 연주자는 우리 둘 다 들으라고 말을 한 후 가버렸다.

막달레나와 나는 서로를 바라보았다.

"저 분이 방어적이네요." 내가 말했다.

"예. 자기가 그래야 한다고 생각하고 있어요. 왜 그런지 나도
모르겠어요."

"이해합니다."

그녀가 미소를 지었다.

191

"그게 여자에게 작업걸 때 쓰는 말투인가요?"

"아뇨. 뭐, 그럴 수도. 당신을 알고 싶어요."

그녀는 머리를 한쪽으로 기울이더니 한쪽 눈을 감았다.

"내가 루마니아 사람이란 건 알고 있죠?"

"아뇨. 당신에 대해서 아무것도 몰라요."

"루마니아 인과 미국인이라면, 잘 풀리지 않을 수도 있어요."

"나는 전혀 그렇게 생각하지 않아요."

"저도요."

혹시나 했는데 그런 대답이 나오자 나는 곧바로 이렇게 말했다.

"언제 만날 수 있을까요?"

그녀는 고개를 돌리고 한숨을 쉬었다.

"전 부모님이랑 함께 살고 있어요."

그 순간 나는 그녀가 열여섯쯤 먹은 것은 아닌지 생각해 보았다. 분명 가능한 일이었다. 그러나 그녀가 서른 살 먹었다고 해도 이상할 것 없을 것 같았다. 뱀파이어나 혹은 천사를 볼 때 느껴지는 고풍스러운 느낌이 풍겼기 때문이었다.

솔직히 말해, 그녀가 열여섯이었다 해도 나는 포기하지 않았을 것이다.

"몇 살이죠?" 내가 물었다.

"스물이요. 당신은요?"

"스물둘."

"음, 그래요. 좋아요."

그녀가 미소 지었다.

"지금 당장 나랑 같이 가요."

그녀는 가느다랗고 힘센 손가락으로 내 손등을 만졌다. 나는 손을 들어 올려 그 손에 깍지를 꼈다.

나중에 그녀는 그 손가락들로 다 움켜쥐어지지 않는 내 고환을 쥐고 잠들곤 했는데, 그때마다 나는 공원에서의 그날 밤을 즐거이 돌이켜 떠올리곤 했다. 하지만 당시 그녀는 이렇게 말했다.

"안 돼요."

"그럼, 언제 볼 수 있어요?"

"모르겠어요. 전화할게요."

"꼭 전화해야 해요."

"그럴게요. 하지만 우린 전화가 한 대밖에 없어요."

"어디서라도 전화해 줘요. 언제라도. 내 번호 아직 가지고 있죠?"

그녀는 기억으로 번호를 읊었다. 그것이 나를 기쁘게 했다.

그러나 막달레나에게서 전화가 오지 않은 채 꼬박 한 주가 흘러갔다. 광기. 나는 내 전화를 사무실로 연결시키고는 혹시라도 그녀의 전화를 놓칠까 미친놈처럼 서둘러 가곤 했다. 집 안에서는 무선전화기를 끼고 다녔다. 그녀가 아닌 다른 전화는 그냥 끊어버렸다.

그녀는 어느 토요일 밤 늦게 전화를 했다. 나는 벽에 기대 물구나무서서 소리를 지르며 푸시업을 하고 있었다. 창밖에 비가 오고 있었다. 나는 앞으로 굴러 손에 전화기를 들고 자리에서 일어섰다.

"여보세요?"

"막달레나예요."

나는 가만히 정지했다. 온몸이 땀으로 뒤범벅되어 완전히 미끈거렸다. 맥박이 터져 손가락 끝을 가를 것 같았다. 일분 전에도 그랬는지 어떤지 기억이 나지 않았다.

"전화 고마워요."

나는 거칠고 낮은 목소리로 말했다.

"이야기 할 수 없어요. 지금 파티에 있는데요. 침실에 있어요. 모든 사람들의 지갑이 여기 있어요. 내가 아마 뭔가를 훔칠 거라고 의심할 거예요."

"당신을 봐야겠어요."

"알아요. 나도 당신을 봐야겠어요. 이리 와 줄 수 있어요?"

"그래요."

파티는 브룩클린 하이츠의 브라운스톤 주택에서 열리고 있었다. 그녀는 비를 피해 길 건너 아파트 건물 차양 아래서 나를 기다리고 있었다. 비올라는 나일론 케이스에 담겨 있었다. 나는 그녀를 보자마자 차를 돌려 건물 앞의 소화전 공간으로 들어갔다. 그녀는 뛰어와 뒷자리에 비올라를 두고 앞자리에 탔다. 나는 이미 안전벨트를 풀어놓은 상태였다.

우리는 오랫동안 키스했다. 그녀의 얼굴을 바라보고 싶은 마음이 몹시도 간절했기 때문에 키스만 하고 있는 게 어려웠다. 하지만 난 그녀의 입술에 너무 허덕이고 있었다.

마침내 그녀는 내 가슴에 머리를 기댔다.

"난 당신을 원하지만 섹스는 못해요."

"괜찮아."

"난 처녀예요. 남자들과 키스는 몇 번 해봤지만, 그게 다예요."

"사랑해. 그런 건 상관없어."

그녀는 내가 진심인지 알아보기 위해 내 얼굴을 붙잡고 들여다보더니 다시 키스를 퍼붓기 시작했다. 천 배는 더 강력하게. 지퍼 열리는 소리가 들렸고 그녀는 나의 손을 잡더니 자신의 사타구니 안으로 밀어 넣었다. 그런 다음 자신의 속옷을 옆으로 밀어제쳤다.

그녀의 음부는 타는 것 같으면서도 흠뻑 젖어 있었다. 그녀가 허벅지를 조이자 내 손가락이 안으로 들어갔다.

스킨플릭은 우리의 관계를 받아들였다. 막달레나는 우리의 관계에 있어 꾸밈없이 완벽하게 진술했고 단 한 번도 우리 서로의 애정에 의심을 품지 않았다. 자신이 더 이상 딱 그렇지는 않았지만 스킨플릭은 여전히 다른 사람들의 그러한 면을 존중해 주었고 그게 얼마나 보기 드문 일인지 인정했다. 한번은 단둘이 있었을 때 그가 내게 이렇게 말했다.

"막달레나는 너와 완벽하게 어울려. 나와 데니스처럼 말이야."

우리 셋은 종종 함께 마리화나를 피웠다. 막달레나는 자기는 전혀 느끼지 못하겠다고 말하고는 눈꺼풀이 풀리면서 내 목에 키스를 하기 시작했다. 그러곤 자기를 침실로 데려가 달라고 말했다. 그러면 스킨플릭은 말하곤 했다.

"난 괜찮아. 난 그냥 여기서 케이블 TV나 보겠어."

그러나 그것도 후의 일이었다. 스킨플릭이 다시 나와 같이 살게 되었을 때 말이다.

사실은 이랬다.

195

10월 어느 날 밤, 집에 돌아와 보니 스킨플릭이 거실에서 손에 총을 들고 앉아 있는 것이었다. 짧고 굵은 38구경 권총이었다. 나는 달리기를 하고 오던 길이었다. 막달레나와 함께 하기 위해 시작한 일이었다. 그러나 마침 그때는 그녀가 4중주단에서 연주를 하거나, 아니면 야간 학교에서 회계를 배우는 중이었다.

내가 들어갔을 때 스킨플릭이 내게 총부리를 겨누지는 않았다. 그렇다고 권총을 내려놓지도 않았다.

"웬일이야?" 내가 물었다.

"네가 죽였어?"

표정이 말이 아니었다. 창백했는데 얼굴이 마른 것과 축 늘어진 것이 묘하게 섞인 것 같았다.

"누구?"

나는 '이런, 젠장. 데이비드 로카노가 죽었구나.'라고 생각하며 말했다.

"커트."

"커트 림 말이야?"

"그럼 커트라는 이름으로 네가 아는 사람이 그 사람 말고 누가 있겠어."

"젠장, 네가 어떻게 알아? 나 너랑 연락 안 한 지 몇 주도 더 됐어."

"죽였어?"

"아냐. 내가 안 죽였어. 나는 그가 죽었는지조차 몰랐어. 어떻게 된 거야?"

"누군가 그의 아파트 문간에서 얼굴을 쐈어." 림의 아파트는 트라이베카에 있었다. "초인종을 누른 사람을 들였다 당한 것처럼."

"경찰에서는 뭐래?"

"강도는 아니래."

"네 삼촌 로저 아닐까."

셜의 남편 말이다.

"너 그거 웃기라고 하는 소리냐?"

"어, 그래. 미안." 한 순간 나는 내가 커트 림을 죽이고 잊어버린 게 아닌가 생각해 보았다. "네 아빠는 뭐라고 하시는데?"

"아빠는 네가 그 일에 대해 말하지 않았다고 하면서, 그래서 네가 했다면 너 혼자 한 일일 거라고 했어."

"알았다." 나는 테이블에서 의자를 끌어왔다. "나 여기 앉을 테니 쏘지 마."

스킨플릭은 내가 앉자 커피 테이블 위에 권총을 턱 하니 던져놓았다.

"지랄 마. 너 쏘려고 한 거 아냐. 난 그냥 널 잡으러 올까봐 걱정될 뿐이야."

"누가?"

"나도 몰라. 그게 문제야."

"음. 커트 일은 유감이다."

"그래도 날 막진 못해."

"뭘 못 막아?"

그는 고개를 돌렸다.

"입단하는 거."

"그걸 생각하고 있는 줄 몰랐는데."

"아니. 넌 알고 있었어."

"네 말이 맞아. 내가 알고 있었는지도 모르지. 하지만 그건 지랄 같은 생각이야. 그리고 지금은 생각 안 하는 게 좋아."

"생각할 필요 없어. 그냥 할 거니까."

"깡패들한테 잘 보이기 위해 사람을 죽이겠다고?"

"커트가 원했던 일이야."

"커트는 죽었어."

"맞아. 그리고 나는 누가 죽였든 그놈에게 '엿 먹어라'라고 해주겠어."

"커트 죽인 게 누구든, 그놈이 네가 입단하든 말든 상관할 거라고 생각해?"

"알 게 뭐야! 난 누가 죽였는지조차 몰라!" 그는 한동안 시무룩하니 아무 말 없었다. "어쨌든 네가 뭔데 나한테 그 따위 것을 캐물어? 넌 네 조부모의 원수를 갚았잖아."

"그렇다고 그게 옳았다는 건 아냐."

"하지만 옳은 일이었잖아, 안 그래?"

"음, 어쨌든 너한테 옳은 일이라는 걸 의미하진 않아."

"뭐가 달라?"

"너하고 내가?"

"그래."

"세상에." 나는 정말이지 더 이상 깊이 들어가고 싶지 않았다. "일단, 난 누군가 죽여야만 할 사람이 있었어. 입단하기 위해 그냥 살인을 저지른 건 아냐."

스킨플릭의 얼굴에서 안도감이 번쩍하는 것이 느껴졌다.

"제길, 친구. 난 무고한 사람을 죽이진 않을 거야. 난 인간 망종은 아냐. 쓰레기 같은 인간을 찾겠어. 우리 아빠가 널 위해 찾아준 치들 같은 인간 말이지. 죽여 달라고 애걸하는 쓰레기 같은 인간들 있잖아."

"그래?"

"그래. 네가 원하면 너한테 전부 알린 다음 하겠어."

"좋아."

마침내 내가 말했다.

내가 한 말은 그게 전부다. '좋아.'

자, 말해보시라.

그게 일종의 약속이었나?

13

우선 나는 항생제와 항바이러스제를 가지러 의국으로 올라간다. 약품은 나의 학생들이 사려 깊게 분량에 딱 맞는 플라스틱 컵에 담아두었다.

"선생님, 우선 좀 살펴보시……"

"시간 없어."

내가 말한다. 나는 아무 환자의 ID 번호를 이용해 수액 캐비닛을 열고 5% 포도당 수액 병을* 꺼낸다. 나는 이로 뚜껑을 열고

---

* 병원에서는 대부분의 병에 든 물이 5% 포도당을 함유하고 있다. 그 이유는 '염병할 맹물 얼마: 35달러' 식의 문구가 진료계산서에 포함되지 않도록 하기 위해서이다.

알약을 쑤셔 넣는다.

그런데 학생들이 실수해 내가 과다복용을 하는 거라면 어쩌나?

그러나 어쨌든 아마도 그렇게 크게 수명을 단축시키지는 않을 것이다.

객원의사 사무실로 올라가는 길에 시계를 보아하니 자꾸 겁이 난다.

사무실 문 밖에 프렌들리의 레지던트가 시무룩한 표정으로 벽에 기대어 있다. 그는 나를 한번 쓱 쳐다보고는 자리를 뜬다.

노크를 하고 나서 프렌들리가 마침내 "뭐요?"라고 답하기 전 나는 나무문에 이마를 쿵 치고 싶어진다. 나는 대답하지 않고 안으로 들어간다.

객원의사 사무실은 누군가의 진짜 사무실 같아 보인다. 버티고 앉아 안 좋은 소식을 전해주기에 좋을 것 같은 오크 책상이 보인다. 그리고 학위증 무늬가 연속적으로 배열된 벽지가 보이는데 멀리서 보니 생각보다 괜찮아 보인다.

프렌들리는 책상 앞에 앉아 있다. 약품 외판원 스테이시가 프렌들리 바로 옆 책상 끄트머리께 앉아 있다가 나를 보더니 놀란다. 프렌들리는 그녀가 나의 시선을 의식하고 있음에도 스테이시의 짧은 드레스 밑단 부분 허벅지에 손을 올린다. 치마속이 들여다보인다.

"뭔가?" 프렌들리가 말한다.

"로브루토 씨 수술에 저도 들어가고 싶습니다."

"안 돼. 왜?"

"제 환잡니다. 할 수 있다면 저도 돕고 싶습니다."

프렌들리는 그에 대해 생각해 본다.

"이러나저러나. 자네가 아니면 내 레지던트가 할 거고 그러니 나로선 뭐 손해 볼 건 없지. 내 레지던트한테 말하는 건 자네가 알아서 해."

"가서 찾아보겠습니다."

"자네가 오든 안 오든 난 11시에 시작하네."

"알겠습니다."

스테이시는 내게 알 수 없는 표정을 지어 보인다. 하지만 난 너무 불쾌해 그게 어떤 의미인지 생각해 보고 싶지도 않다.

나는 그냥 방을 나온다.

스퀼란티의 수술에 맞추려면 나는 다음 두 시간 동안 대략 네 시간 분량의 일을 해야 하고, 또 수술 후에도 두 시간 동안 네 시간의 일을 해야만 한다. 그러려면 학생들에게 평소보다, 혹은 합법적인 한도 보다 조금 더 많은 책임을 주어야 한다. 결국 내 혀 밑에 적어도 한 알의 목스페인을 내내 물고 있어야 한다는 사실을 즉각 깨닫는다. 윤리적인 보상을 해준답시고 학생들에게 목스페인을 주지는 않는다.

우리는 시작한다. 환자들을 본다. 오, 이런 젠장, 환자를 본다. 우리는 환자들을 보고, 그들을 깨우고, 그들의 눈에 빛을 비춘다. 그러고는 그들이 아직 살아있는지 너무나 빠르게 물어본다. 제길, 덕분에 영어를 할 줄 아는 환자들마저 도대체 우리가 뭘 하고 있는지 혹은 무슨 말을 하는지 이해하지 못한다. 그런 다음 우리는 수액을 교체하고 동맥을 두드리고 정맥을 통해 들어가는 약을 밀어 넣는다. 그런 후 서류에 끼적인다. 특수복과 마스크를 착용하지 않고 들어갈 수 없는 결핵 병동에서는 위험물질(HAZMAT) 차단 절차를 무시하고 그냥 할 수 있는 한 빨리 들락거린다.

위험물질을 말한 김에 하는 말인데, 우리는 병원 내의 두 개 팀을 피한다. 엉덩이 사내 샘플이 든 주사기에 관해 물어보려고 나를 찾는 직업안전보건 관리과와 전염병 관리과이다. 지금 당장은 주사기에 찔린 곳이 거의 아프지도 않고 그 염병할 것을 신경 쓸 시간도 없다.

병원을 이리저리 헤집고 다니다보니 우리는 병원이란 곳이 얼마나 말도 못하게 다급한 사람들과 동시에 너무나 느려 터져 길을 비켜주지 못하는 사람들이 기가 막히게도 잘 섞인 곳인지 새삼 깨닫게 된다.

우리는 심지어 두어 명의 목숨을 건지기도 한다. 약품 실수를 바로잡는 것을 목숨을 구하는 거라고 말할 수 있다면 말이다. 보통은 어떤 간호사가 킬로그램 당 밀리그램을 헷갈려 파운드 당 밀리그램을 준다던가 하는 일인데, 이따금씩은 좀 더 기이한 경우로 간호사가 콤비벤트(베링거인겔하임의 기관지 확장제 — 옮긴이)가 필요한 사람에게 콤비비르(글락소 스미스클라인의 HIV 치료제 — 옮긴이)를 주려고 하는 식이다.

두어 번은 사람들이 죽느냐 사느냐에 영향을 끼칠 수 있는 어려운 결정을 하는 데 도움을 청하기도 한다. 우리는 그것도 빨리 처리한다. 명백한 해결책이 있다면 애초에 떡하니 드러났을 것이다. 그런데 그렇지 않은 것이기 때문에 우리가 그 사람들에게 해 줄 수 있는 말이 별로 없다. 인터넷에 괴짜들이 널린 것은 바로 그러한 이유에서이다.

"집에 가."

나는 끝이 나자 학생들에게 말한다. 우린, 뭐냐, 90초의 여유 시간이 있다.

"선생님, 저희는 수술에 참관하고 싶습니다."

한 명이 말한다.

"왜?"

그러나 일손이 있으면 좋을지도 모른다.

우리 모두는 수술준비실을 향해 달린다.

마취전문의가 와 있지만 프렌들리는 자리에 없다. 간호사는 그 이유를 묻고는 내가 서류작업을 해서 염병할 환자를 지금 즉시 데려올 것인지 묻는다.

나는 서둘러 서류를 꾸민다. 내가 쓴 글씨를 알아볼 수 있겠느냐는 지진계 읽는 것 정도라고 치면 되겠다. 그런 다음 나는 학생들에게 복부 수술에 관한 젠장맞을 자료 좀 보고 오라고 시킨 뒤 스퀼란티를 데리러 직접 나선다.

"내가 일을 망쳐버렸어, 베어클로."

엘리베이터를 기다리고 있는데 스퀼란티가 갑자기 그렇게 말한다. 그는 아직 롤러 베드에 누워 있다.

"장난치지 마쇼."

"내 의도는 그게 아니었는데 일이 좀 더 커졌어."

나는 다시 버튼을 누른다.

"그래?"

"그래. 난 스킨그래프트가 아르헨티나에 있는 줄 알았어."

"무슨 말인지?"

"그런데 그 녀석이 지금 여기 뉴욕에 있어. 바로 지금 말이야. 나도 방금 알았어."

"무슨 말이야? 염병할, 스킨그래프트가 누구야?"

나는 그게 스킨플릭의 두 남동생 중 하난가 싶었다. 그들 둘 다 겁낼 만한 인물이라고 보기엔 부족하지만 말이다.

어쨌든 맞을 것이다. 아니면, 별명 따위 엿이나 먹으라지.

"어, 미안. 스킨플릭 말야. 난 너희들이 친구란 거 깜박했네."

"뭐라고?" 엘리베이터가 열린다. 만원이다. "잠깐." 나는 스퀼란티에게 말한다.

"모두 나오세요. 이 환자 토끼 플루에 걸린 환잡니다."

그렇게 말하자 사람들이 빠져나온다. 그런 다음 우리가 안에 들어가고 문이 닫히자 나는 스테이시가 엘리베이터를 멈추게 할 때 눌렀던 버튼을 누른다.

"자, 무슨 염병 지랄 같은 소린지 말해."

"스킨플릭. 사람들이 지금은 개 얼굴 때문에 스킨그래프트라고 불러."('스킨그래프트'에서 그래프트(graft)는 '옮겨심기', 즉 '이식'을 뜻한다 ― 옮긴이)

"스킨플릭은 죽었어. 내가 창밖으로 걜 던져버렸다고."

"그래, 맞아. 네가 창밖으로 걜 던져버렸지."

"그래, 내가 그랬어."

"그래도 안 죽었어."

한순간 나는 아무 말도 할 수가 없다. 나는 그게 사실이 아니란 걸 알고 있으나 내 속은 그렇게 확신을 하지 못하는 것 같다.

"헛소리하지 마. 6층에서 떨어진 거였어."

"6층에서 떨어지고도 살았다고 좋아하는 건 아니야."

"당신 나 엿 먹이는 거지."

"성 테레사를 걸고 맹세해."

"스킨플릭이 살아 있다고?"

"그래."

"게다가 걔가 여기 있다고?"

"뉴욕에 있어. 난 아르헨티나에 있는 줄 알았는데. 칼싸움 배우면서 거기서 살고 있었거든." 스퀼란티는 당황했는지 목소리가 더욱 작아진다. "널 찾아낼 때를 대비해서 말이야."

"오, 제길 훌륭하셔라."

"그래. 미안해. 난 내가 죽으면 네가 시간이 좀 있을 줄 알았어. 하지만 그러지 못할 것 같다. 내 말은 그거야. 내가 죽으면 넌 아마 이 도시를 빠져나갈 시간이 두어 시간밖에 없을 거야."

"생각해 주니 고맙기도 하네."

스퀼란티를 치지 않기 위해 나는 손바닥으로 '멈춤' 버튼을 치고 수술실로 향한다.

14

11월 초에 막달레나는 자기 부모에게 인사시키기 위해 나를 데려갔다. 그들은 브룩클린의 다이커 하이츠에 살고 있었다. 그녀를 데려다주기 시작하기 전에는 한 번도 가본 적 없는 동네였다.

그녀의 남동생은 그 전에 이미 만난 적이 있었다. 키가 크고 호리호리한 고등학생으로 만날 축구 유니폼을 입고 다녔고, 6개 국어를 할 수 있고, 8000킬로미터나 떨어진 이국에서 태어난 아이인데도 이상하게도 수줍음을 탔다. 그 아이의 이름은 크리스토퍼였는데 성이 니에메로버였기 때문에 그의 친구들은 로보라고 불렀다.

다시 말하지만, 나는 그 앨 이미 보았었다. 그렇지만 그녀의 부모는 처음이었다.

부모는 로보처럼 금발에다 키가 컸으며 건장했다. 그들 셋 옆에 선 막달레나는 마치 사냥개 그레이하운드들에 의해 길러진 것 같았다.* 루마니아에서 치과의사를 했던 아버지는 현재 지하철에서 일을 했는데 그랜드 센트럴 역사 매니저 일이었다. 어머니는 그들의 친구가 운영하는 제과점에서 일했다.

---

* 막달레나는 '로마'('집시'라는 단어의 여성형 ──옮긴이)가 최초로 이집트에서 유래했다고 믿었기 때문에 중세 유럽인들이 '집시'라고 불렀던 '롬'(집시 ── 옮긴이)을 닮았다. 집시는 사실 인도에서 기원했다. 역사적으로 지구상에서 가장 인종차별주의가 강한 나라 중의 하나인 루마니아 ──1910년 최초의 정당을 주로 유대인 혐오에 기반을 두어 설립했을 때 보수당 진보당 양쪽 다 이미 '반 유대'를 공식적으로 표방했다 ──가 또한 인종적으로 가장 많이 섞인 민족 중의 하나이며 그 이유는 그 나라가 역사상의 모든 군대가 이용했던 산맥에 위치하고 있기 때문이라는 사실은 꽤 흥미로운 농담거리다. 뭐, 농담이란 건 웃겨야 하는 것이라고 주장한다면 할 말은 없다.

내게 예의를 차려 저녁식탁에는 루마니아 음식이 아니라 스파게티를 내놓았다. 아니, 오히려 그들은 내 입맛에 그 나라 음식이 전혀 맞지 않을 거라고 애초부터 단정 지어서 막달레나와 내가 서로에게 얼마나 이질적인지 느끼게 해준 것이었다. 우리는 3층짜리 타운하우스의 반쪽에 해당되는, 그 가족의 돌아버릴 정도로 좁은 집의 주방에서 밥을 먹었다. 그 방 안의 모든 물건들—러그 양탄자, 어두운 색의 나무 시계, 가구, 누렇게 바랜 사진들과 그 액자들—이 빛을 먹었다. 막달레나와 나는 식탁의 한쪽 구석에 나란히 앉았다. 마주한 자리에는 로보가 있었고 막달레나의 부모는 끝 쪽에 앉았다.

"언제부터 루마니아 인들에게 관심을 가지게 되었나?"

식사를 시작하고 조금 지나자 막달레나의 아버지가 물었다. 그는 콧수염을 길렀고 넥타이를 하고 있었으며, 셔츠의 칼라가 분리형처럼 보였다. 그러나 실제로 그런 것은 아니었을 것이다.

"막달레나를 만나고요." 내가 말했다.

나는 사람 좋고 상대를 존중하는 모습으로 보이기 위해 애썼다. 하지만 경험이 없었기 때문에 잘 하지 못하고 있었다. 게다가 막달레나는 부모에게 자기와 내가 진지한 사이라는 것을 증명이라도 하고 싶은지 계속해서 내 쪽으로 몸을 기대와, 사실상 내 무릎에 올라타다시피 했다.

"그러니까 어떻게? 정확히 말해 보게?"

그녀의 아버지가 물었다.

"결혼식에서요."

"4중주단이 그렇게 사교적인 줄 몰랐네."

나는 그날 밤 그게 6중주단이었다고 말하지 않았다. 그의 말에 토를 달고 싶지 않았을 뿐더러 그의 앞에서 **섹스**텟(6중주단)이라고 말하고 싶지도 않았다.

"6중주단이었어요." 막달레나가 말했다.

"그렇구나."

막달레나의 어머니는 미소를 지었지만 괴로워보였다. 로보는 눈알을 굴렸다. 그는 제 의자에서 너무나 깊숙이 파묻혀 앉아 거의 미끄러져 사라져버릴 것처럼 보였다.

"루마니아어 아는 거 있나?" 막달레나의 아버지가 물었다.

"없습니다."

"루마니아의 대통령이 누군지나 아나?"

"차우셰스쿠 아닙니까?"

나는 내가 맞았다고 거의 확신했다.

"진실로 자네가 농담하는 것이길 바라네."

나는 나도 모르게 말이 나왔다.

"맞습니다. 루마니아에 대한 코미디가 제 장기입니다."

"비꼬는 것도 자네 장기인가 보군. 우리 막돌은 자네 차에서 같이 섹스나 즐길 수 있는 그런 미국 여자가 아니네."

"맙소사, 아버지. 역겨워요." 로보였다.

"저도 알고 있습니다." 내가 말했다.

"자넨 우리 딸과 공통점이라곤 전혀 없는 것 같군."

"막달레나 같은 사람은 아무도 없습니다. 사람들이 막달레나 같다면 좋겠지만요."

"맞아요."

그녀의 어머니가 맞는 말이라는 듯 맞장구쳤다. 그가 아내를 쏘아보았다.

막달레나 본인은 자리에서 일어나 아버지의 이마에 키스를 했다.

"아빠, 우스운 소리 마세요. 전 피에트로와 같이 집에 가겠어요. 내일이나 모레 돌아올게요."

그 말에 그들 셋은 모두 놀라고 말았다.

그 말에 나도 놀랐지만 그녀가 나를 움켜잡고 집에서 데리고 나오는 걸 막진 않았다.

그 시간 즈음 데이비드 로카노는 다시 내게 러시안 사우나에서 만나자고 연락을 했다. 지난 번 그곳에 갔다 오고 무좀이 생겼지만 어쨌든 나는 그곳으로 갔다.

"스킨플릭한테 내가 커트 림 죽였다고 말씀하셨다니 고맙습니다."

나는 그의 옆에 앉자마자 말했다.

"그런 말 안 했어. 난 그냥 내가 아니라고만 했다."

"그래요?"

"그래. 들리는 말로는 중계기 사업에서 그자의 방해를 받았던 어떤 놈이라고 하더군."

나는 내가 굳이 왜 물었는지 싶었다. 로카노가 림을 죽였거나 혹은 다른 사람을 시켜서 죽이게 했다면 나한테 말할 이유가 뭐가 있겠는가? 그리고 내가 상관할 바 무언가? 내가 림을 살해하는 것을 거절했다고 해서 그의 죽음을 애도해야만 하는 것은 아니지 않은가.

"그래서 무슨 일인데요?"

"네가 할 일이 있다."

"그래요?"

나는 거기 가기 전에 미리, 만약 그가 내게 일을 제의한다면 거절할 것이라고 결심을 한 상태였다. 그리고 결국 그가 내가 이 세계를 떠날 것이라는 사실을 이해할 때까지 앞으로도 계속 거절할 생각이었다.

나의 생각을 바꾼 것은 막달레나였다. 그렇다고 그녀가 내가 사람을 죽였다는 것을 알았다는 말은 아니다. 막달레나는 몰랐다. 그렇지만 내가 마피아들과 일을 한다는 사실은 알고 있었고 상세한 내용을 알게 될까 두려워했다. 그건 아주 끔찍한 일 아닌가.

"넌 거절할 수 없을 거야. 세상을 위해 아주 좋은 일을 하는 거니까."

로카노가 말했다.

"음……."

"내 말은, 이 자식들이 아주 사악한 놈들이라고."

"그래요. 하지만……"

"게다가 이건 네가 애덤하고 같이 하기 딱 좋은 일이야."

나는 그를 노려보았다.

"지금 농담하시는 거예요?"

"걘 들어오고 싶어 해. 그러려면 대가를 치러야 해."

"애덤이 마피아와 멀리 하길 바라셨잖아요."

'마피아'란 말에 로카노가 주위를 둘러보았다.

"아무리 이곳이라도 함부로 떠들지 마."

"마피아, 마피아, 마피아."

"됐어! 이런, 젠장."

"전 관심 없어요. 혼자 하는 것도요. 난 이제 끝내겠어요."

"그만 둔다고?"

"예."

말하고 나니 마음이 놓였다. 나는 훨씬 어려우리라 생각했었다. 그러나 나는 아직 로카노가 어떻게 반응할지 알 수 없었다.

그는 잠깐 허공을 응시했다. 그런 다음 한숨을 내뱉었다.

"널 잃게 되는 건 끔찍해, 피에트로."

"고맙습니다."

"나와 애덤을 완전히 버리겠다는 것은 아니지, 그렇지?"

"사교적인 면으로요? 아뇨."

"좋아." 한동안 우리는 그냥 앉아 있었다. 잠시 후 그가 말했다.

"있지, 그냥 들어봐. 얘기나 해볼게."

"진짜 관심 없어요."

"알았어. 하지만 나로서도 최선을 다해야 할 거 아냐. 그냥 얘기나 해줄 테니 들어 봐줄래?"

"왜요?"

"왜냐하면 일단 듣고 나면 네가 다르게 느낄 거라고 생각하기 때문에 그래. 네 마음을 바꾸어야 한다는 건 아냐. 나는 그저 네가 그렇게 될 거라고 말하는 거야."

"안 그럴 것 같은데요."

"좋아. 그냥 얘기할게. 이 건은 버지 형제 건 같은 거야. 하지만 그보다 100배는 더 나쁜 놈들이야."

바로 그때 나는 진짜 그에 대해 듣고 싶지 않았다.

"됐어요. 괜찮다면 저는 '노'예요."

"너 창녀가 어떻게 만들어지는지 알아?"

로카노가 내게 물었다.

"『대디 쿨』 읽어 봤어요."

"『대디 쿨』은 60년대에 나온 쓰레기야. 요즘은 우크라이나에서 떼로 데려오지. 모델 오디션을 열고는 여자들을 멕시코로 싣고 오는 거야. 그곳에서 공장에서 물건 찍어내듯 여자들을 때리고 강간하는 거야. 대부분 헤로인도 이용하게 되지. 여자들이 도망가지 못하도록 말이야. 14살 먹은 여자애들을 말하는 거야."

"그래서 아저씨가 그 일에 관련되었다고요?"

"제길 아냐. 그게 중요한 거지. 나랑 같이 일하는 사람은 누구라도 그런 짓거리를 참지 못해. 하지만 그게 나라 밖에서 일어날 때면 우리가 할 수 있는 일이 별로 없어."

그쯤 되니 벌써 허튼소리 같았다. 그러나 나는 바로 "알았어요."라고 말했다.

"하지만 미국에서 일을 하는 놈이 있어. 뉴저지에 말이지. 머서 카운티가 어딘지 알지?"

"예."

"어쨌든 지도를 구해줄게."

한증막의 문이 열리며 차가운 공기가 훅 밀려들었다. 허리에 타월을 두른 남자가 들어왔다.

"잠시 실례합니다." 로카노가 그에게 말했다.

"무슨 말이쇼?"

남자는 러시아 억양이 묻어났다.

"10분만 비켜달라는 말입니다. 금방 끝날 거예요."

"공공장손데."

남자는 그렇게 말하면서도 자리를 비켰다.

"어디까지 말했지?" 로카노가 물었다.

"모르겠어요."

"머서 카운티. 그곳에 세 남자가 있어. 아버지와 두 아들. 그들은 그걸 농장이라고 부르지. 아직도 비행기로 여자들을 멕시코로 보낸 다음, 나프타 트럭에 실어 밀입국시키는 일은 계속되고 있어. 하지만 매질하고 강간은 바로 여기서 해. 그래야 더 많은 여자들이 여행길에 죽지 않거든. 하지만 결국엔 이 자식들이 가하는 짓거리 때문에 죽지 않고 버티는 여자애들이 네가 생각하는 것만큼 많진 않아."

"이 일이 생산할당량에 관한 건가요?"

그는 나를 바라보았다.

"아냐. 그건 하나도 상관없어. 이건 내가 다른 사람들보다 먼저 똥 씹은 표정을 짓고 있어야 하기 때문이야. 나는 이 일에 대해 알아내자마자 그걸 끝장내기로 결심했어. 그리고 나랑 같이 일하는 사람들에게 말했더니 그들도 '어서 시작해.'라고 하더라고." 그는 잠시 말을 멈추었다. "12만 달러야."

"그런 건 상관없어요."

"알아. 그저 모두 이 문젤 얼마나 심각하게 생각하는지 보여주기 위해서 하는 말이야. 12만 달러이고 그건 너에게 돌아갈 거야. 애덤은 내가 알아서 할 거고."

나는 그 부분을 거의 잊어버리고 있었다.

"왜 애덤을 이런 상황 속으로 밀어 넣으려는 건가요?"

"이미 농장에 준비를 해두었으니까."

'준비'라는 말이 의미하는 것은 이런 것이었다.

두어 달 전 성은 카커이고 이름은 레스인 농장주가 아들들과 함께 자기 집 옆에 지은 창고에 부엌으로부터 수도관을 연장하기 위해 배관업체를 불렀다. 배관공들은 그 창고가 마약 제작실일 거라 생각하고는 냄새에 각별히 주목하면서 뭐라도 훔칠 게 있을지 살펴보았다. 그러다가 뒷마당 구석에 있는 또 다른 딴채를 발견하게 되었다. 그곳에 발가벗은 십대 소녀로 보이는 부패된 시체가 있었는데, 파리 떼들이 하도 많이 들러붙어 있어 제대로 분간하기는 어려웠다.

완전히 넋이 나가 트럭으로 돌아가는 길에 배관공 하나가 카커의 사무실 창을 들여다보았는데, 중세의 고문실에나 있을 법한 고문대 같은 것이 보였다.

그 사람들은 그 모든 것에 아주 놀라 경찰에 신고를 하려고 했다. 그 순간 그들은 기지를 발휘해 그 정보를 폭력조직에 넘겼다. 그러다가 마침내 로카노의 귀에 들어온 것이었다. 로카노의 이야기를 믿는다면 —나 자신이 아주 간절히 그러길 바라마지 않지만— 이 사건은 카커 집안사람들이 진짜로 하는 일이 무엇인지 알게 된 최초의 사건이었다. 어쨌든 그들은 거의 2년 동안이나 농산물을 생산하긴 했다.

그게 중요한 건 아니었다. 조직에선 지금 카커를 죽이려고 한다. 그 이유는 정말로 그런 일이 벌어지는지 윗선에서 모르고 있다가 지금은 알게 되어 그 일을 용납하지 않기 때문이거나, 혹은 시종일관 취해 사는 배관공들 한 무리에 의해서도 그렇게 쉽게 발각될 수 있는 일이라면 그 어떤 작전이라 하더라도 그 가치보다는 위험이 더 클 것이라는 판단 때문이었다.

경우야 어떻든 로카노는 그것이 내가 스킨플릭을 예행연습 시키기에 알맞은 일이라고 재빨리 결론을 내렸다. 그는 배관공들에게 배관 공사를 위해 다시 그 집으로 가라고 지시했다. 그리고 집과 새로 지은 창고 사이에 연결된 파이프 구멍을 두르는데 건식벽체 대신에 마분지를 사용하라고 시켰다.

배관공들에 따르면 그들은 휨을 방지하기 위해 마분지를 파란 핀지로 덮었고, 그 부분을 지면에 아주 가까이 대서 집 안에서는 보이지 않게 했다고 한다. 사실상 카커 집안사람들이 그것을 발각해 낼 가능성이 없다는 것이었다. 따라서 스킨플릭과 내가 창고에 들어가기만 하면, 벽에 터널을 뚫고 들어가 잠이 든 레스 카커와 그 아들들을 쏴 죽이는 것이 아주 간단한 일이 된다는 것이었다.

로카노는 우리가 창고에 잠입할 수 있도록 계획까지 짜 놓았다. 카커 집 안으로 매주 한 번씩 엄청난 양의 식료품을 배달하는 아이가 있었는데, 그에게 5000달러와 또 조직에서 잘 봐주겠다는 약속을 해주고 그의 픽업트럭 뒷좌석에 우리를 싣고 가게 준비해 놓았다. 그 아이와 배관공들 모두 그곳에 개는 없다고 말했다.

내가 어떻게 이 계획—다른 사람에게서 들어왔고, 혹은 다른 사람과 관련되었고, 혹은 다른 누군가가 알고 있는, 그리고 나도 모르는 변수들이 너무나 많은 첫 번째 일—을 수락하게 되었는가는 나 자신에게도 미스터리로 남아 있다. 이제 와 그때를 돌이켜보면 내 판단력이 흐려졌던 것 같다. 물론 내가 기억력이 안 좋은 건지도 모른다.

나는 막달레나를 원했고 조직에서 나오길 바랐다. 그리고 나는 둘 다 희생이 필요한 일이라는 것을 알고 있었다. 나는 또한 내 자신을 심히 증오했고, 막달레나는 물론이거니와 자유라는 것은 내가 어떻게 해도 차지할 수 없는 것이라는 사실을 깨달았다.

그게 아니라면 나는 여전히 데이비드 로카노를 믿고 있었던 건지도 모른다. 나를 생각하는 그의 마음을 믿는 건 아니라 할지라도, 그의 정보와 스킨플릭을 보호하려는 그의 마음이라는 면에서 말이다. 나는 로카노처럼 경험이 많은 자가 끔찍한 상황으로 우리 둘을 몰아넣을 수는 없을 거라고 믿었다.

나중에 전모가 드러났을 때 보았던 그 농장처럼 끔찍한 상황에 빠질 줄을 누가 알았겠는가.

나는 막달레나에게 모든 것을 털어놓았다.

그래야만 했다. 내가 진정 누군지 모르면서 나를 사랑하는 그녀를 바라보고 있는 것은 마치 다른 사람과 사랑에 빠진 그녀를 보는 것과 같았고, 그 질투심에 나는 죽을 것 같았다. 나는 늘 다른 삶, 다른 과거를 지닌 나를 상상했다. 심지어는 그냥 깡패나 부랑이로 나를 그려보기도 했다.

그러나 그것은 현실이 아니었다. 그래서 나는 그녀에게 말했다. 그녀가 날 떠날 수도 있다는 생각에 환장할 만큼 끔찍하긴 했지만 말이다.

막달레나는 나를 버리지 않았다. 그녀는 몇 시간이고 울면서 내가 죽였던 사람들에 대해 다시 또 다시 말하게 만들었다. 그들이 얼마나 사악했는지, 또한 그들이 또 다시 살해를 저지를 가능성이 얼마나 큰지 따위의 말들. 마치 계속 나를 사랑할 수 있는 이유를 찾고 있는 것처럼.

내가 그녀에게 이야기한 것 중에는 그 농장을 운영하는 남자와 그의 두 아들을 살해할 것이라는 사실도 있었다. 그러면서 그 일만 끝내고 나면, 그녀를 위협하는 사람이 아니고서는 다시는 그 누구도 죽이지 않을 것이라고 맹세했다. 농장을 문 닫게 하는 것이 내가 조직에서 빠져나오는 일을 도와줄 로카노의 부탁을 미리 들어주는 것이라고 말했다. 그리고 내가 그 일을 함으로써 살릴 수 있는 목숨들을 생각하면 정당화될 수 있다고 했다.

"경찰을 부르면 안 돼?" 그녀가 물었다.

"안 돼."

나는 내가 느끼는 것보다 더 확신을 담아 말했다.

"그럼 지금 바로 해버려." 나는 그 말이 내가 그 일을 빨리 끝장내야 그녀가 나를 더 이상 악마와 나누어 갖지 않아도 되고, 나를 용서하기 위한 노력을 시작할 수 있다는 뜻으로 생각했다. "더 많은 여자아이들이 죽는 걸 막아야 해."

그녀의 말이었다.

그것이 아마 그 일의 가장 수치스러운 면일 것이다. 내가 경찰을 부름으로써 데이비드 로카노의 '신뢰'를 배반할 수 없다고 느꼈다는 말이 아니다. 그게 아니고 시간이 지날수록 내가 구하기로 되어 있는 여자아이들에게는 하루하루가 생지옥일 것이라는 생각을 한 번도 해보지 못했다는 점에서 그렇다는 말이다.

어쨌거나 그것은 한 가지 시사하는 바가 있다. 영혼이 없다면 적어도 다른 사람에게 양심을 아웃소싱하는 것을 고려해 보아야 한다는 것이다.

"요일은 목요일로 잡아야 해. 카커 집 안의 식료품 배달 일이거든."

막달레나는 그저 나를 바라보았다. 목요일은 나흘 남았다. 준비하기에 충분한 시간이 아니었다.

또 다른 규칙이 깨지고, 또 다른 발자국이 안개 속에 찍힌다. 많은 '또 다른' 것 중의 또 다른 하나.

"그럼 미룰 것 없이, 당장 이번 주 목요일에 할게." 내가 말했다.

15

간호사 둘과 마취전문의와 내가 침대 시트를 이용해 바퀴 달린 스퀼란티의 침대에서 수술실의 중앙에 위치한 고정 수술 침대로 그를 들어 올려 옮긴다. 그가 무거워서가 아니라 수술 테이블이 너무 좁아 그 위에 딱 맞게 올려놓지 않으면 떨어질 위험이 있어서이다. 따라서 양쪽의 팔 고정대를 위로 고정시켜 잠그기 전에 그의 팔이 아래로 툭 떨어져 내린다.

"미안해."

팔고정대를 레일에 잠글 때 그가 말한다.

"입 닥쳐."

나는 마스크 너머로 말한다. 스퀼란티는 수술실 안에서 유일하게 가운과 마스크와 샤워 캡을 쓰지 않은 사람이다.

마취전문의가 스퀼란티에게 정맥 수액 주사를 통해 첫 주사를 한다. 진통제, 마비제, 기억 상실제가 섞인 것이다. 기억 상실제는 마비제가 효과를 보지만 진통제가 듣지 않을 경우를 대비한 것이다. 그러면 스퀼란티는 수술 내내 의식이 있지만 움직이지는 못할 것이다. 적어도 고소할 생각은 못할 것이다.

"다섯부터 거꾸로 셀 겁니다. 하나까지 가면 당신은 잠이 들 거예요."

마취전문의의 말에 스퀼란티가 말한다.

"내가 뭐, 염병할 갓난쟁이요?"

2초 후, 그의 몸은 마취가 되고 마취전문의가 두루미의 부리처럼 굽은 철제 후두경을 그의 목구멍에 집어넣는다. 그러곤 이내 그곳으로 인공호흡기 튜브도 들어가게 되는데, 그러면 스퀼란티는 마취전문의의 말마따나 '플라스틱 고추를 빨게' 되는 것이다. 마취전문의는 공기의 흐름을 체크하고 K-Y(러브젤 상표 — 옮긴이) 같이 생긴 것을 스퀼란티의 눈에 찍 짜 넣고는 눈꺼풀을 붙인다. 그런 다음 그는 호흡관만 삐져나오게 하고 스퀼란티의 머리를 들씌운다. 그러자 스퀼란티는 사용하기 전에 마르지 않도록 해부학 시간 첫 몇 개월 동안 머리를 들씌워놓는 의과대학의 해부용 시체 같아 보인다.

나는 스퀼란티의 빈 침상을 홀로 밀어 내보낸다. 그러면 잠시 후 그것은 누군가 채가서 다른 환자에게 갈 것이다. 아마 침대 시트는 갈지도 않을 것이다. 그렇지만 내가 어쩌겠는가? 뭐, 자전거 자물쇠라도 걸어놓으란 말인가? 그런 다음 나는 다시 수술실로 들어가 마치 괴물 영화에서 나오는 것처럼 그의 팔과 다리를 접착천으로 테이블에 고정시킨다.

"이 테이블 전동 테이블인가?"

내가 묻는다. 누군가 웃는다. 나는 크랭크를 돌려 스퀼란티의 등을 구부린다.

간호사 한 명이 스퀼란티의 가운을 가위로 잘라낸다. 그러자 그의 음낭이 앞치마마냥 허벅지 중간에 축 늘어진다. 간호사는 전기면도기를 집는다. 또 다른 간호사는 부풀릴 수 있는 매트리스 같은 것으로 스퀼란티의 사지를 싼다. 나중에 그것을 켠다면 그것은 따뜻한 공기로 차올라 그를 동상에 걸리지 않게 해줄 것이다.

"선생님." 학생 하나가 내 뒤에서 말한다.

"너 수술 참여하고 싶냐?" 내가 묻는다.

"예, 선생님!"

"위치로."

다른 학생에게는 이렇게 말한다.

"가서 디페너스트레이션(창 밖으로 내던져지는 일 — 옮긴이)의 LD50(어떤 조건하에서 실험자의 50%가 사망하는 확률. LD50 또는 50% 치사량이라고 한다 — 옮긴이) 좀 알아봐."

그런 다음 나는 순회 간호사에게 프렌들리 박사와 전화 연결을 해달라고 말한다.

프렌들리는 벨이 다섯 번 울리고 나서 숨을 헐떡이며 전화를 받는다. '여보세요?'나 다른 비슷한 말 대신에 그는 이렇게 말한다.

"나는 파더가 아니요. 농담. 프렌들리요. 누구시죠?"

"닥터 브라운입니다. 선생님 환자 준비 거의 다 됐습니다."

"난 자네가 준비 다 됐다고 한 줄 알았는데."

프렌들리가 나타났을 때 말한다. 스테이시는 마스크와 캡을 쓰고 그의 뒤에서 멋쩍어하며 들어온다. 프렌들리는 젖은 양손을 손등을 바깥쪽으로 향해 쳐든다.

스퀼란티는 준비가 되어 있다. 그저 '드레이핑'만 되어 있지 않을 뿐이다.

'드레이핑'이란 수술하는 부위만을 내놓고 다른 모든 곳을 덮는 것을 말한다. 대부분의 수술의는 드레이핑 할 때 본인이 직접 참관하고 싶어 한다. 그래야 환자가 예를 들어, 실수로 뒤집혀 있지 않게 할 수 있다.

그러나 대부분의 수술의는 위절제술을 할 때 프렌들리처럼 무릎까지 닿는 고무 부츠를 신지 않는다. 그것은 좋은 징조가 아니다.

그나저나 프렌들리가 방금 마쳤고, 내가 45분 전에 했던 손 씻기는 수술에 있어 최고의 순간이다. 복도에 있는 철제 싱크의 전면을 엉덩이로 쳐서 수도꼭지를 틀고 하면 된다. 냉랭한 공기에도 불구하고 완벽하게 따뜻한 물이 나온다. 액체에 담겨 있는(요오드나 혹은 마틴-화이팅 알도메드 사의 멸균소독기에 미리 담가 놓는 것을 말하는 것으로, 둘 중 선택 가능한 것인데 냄새는 요오드가 더 낮다.) 스펀지 팩을 디스펜서에서 빼낸 다음 껍질을 벗겨낸다. 그런 다음 그것으로 손톱 밑을 포함하여 손의 때를 씻어낸다. 손은 항상 위로 한 채 물이 손가락 끝을 향해 흐르지 않도록 조심하며 손가락 끝부터 팔꿈치까지 씻어야 한다. 손 씻기는 5분 동안 실시해야만 한다. 그러나 그냥 3분 동안만 하는데 마치 그때가 휴가처럼 느껴진다. 그런 다음 물을 털어낸다. 스펀지는 그냥 싱크에 던져버린다. 휴가처럼 느껴지는 이유는 다음 몇 시간 동안 단순 작업은 더 이상 없기 때문이다.

바로 지금, '소독을 마치고' 수술실에 들어온 우리 다섯—프렌들리 박사, 스크럽 간호사, 기구 간호사, 내 학생, 그리고 나—는 문자 그대로 엉덩이도 긁을 수가 없다. 사실 우리는 손을 목 위로 올리거나 혹은 허리 아래로 내릴 수가 없으며 푸른색이 아닌 것은 그 어떤 것도 만질 수가 없다.[*]

프렌들리 박사는 푸른 타월에 손을 닦고 스크럽 간호사가 내민 종이 가운에 팔을 집어넣고 그런 다음 글러브 속으로 손을 집어넣고는 가운 앞섶의 마분지 카드를 (푸른색 반쪽만 건드리며) 뜯어내고 그것을 순회 간호사에게 건네준다. 그러면 그는 간호사가 마분지 카드를 붙잡고 있을 동안 몸을 한 바퀴 돌려 가운의 벨트가 뜯어져 내리게 한 다음 그것을 매듭짓는다. 프렌들리는 그렇게 할 동안 내내 지겹다는 표정을 짓기 위해 최선을 다한다.

---

[*] 이것은 명백한 모순이 아닐 수 없다. 왜냐하면 수술실 안에서 푸른색인 것은 모두 살균 소독되어 있어야 하는데 역시 푸른색인 우리 수술복은 전부 마지막으로 세탁을 하고나서 적어도 한 번은 패스트푸드점에 다녀온 상태이기 때문이다. 내가 무슨 말을 하겠는가? 불완전한 과학인 셈이다.

하지만 나는 속지 않는다. 이 준비 과정은 아마 결코 지겨워지지 않을 것이다.

"체인을 끼겠어." 그가 말한다.

기구 간호사가 체인 글러브 한 켤레를 뜯어 스크럽 간호사의 커다란 푸른 테이블 위에 올려놓는다. 그러자 프렌들리는 자신이 직접 그 글러브를 들어 올려 고무 글러브 위에 덧대어 낀다.

그는 양 손가락 끝을 부딪쳐 절벅거린다.

"더마겔 한 켤레 더." 그는 내게 윙크한다. "HIV 위험. 이 환자 아까 봤을 때 새끼손가락 반지를 끼고 있더라고. 내 생각엔 이자가 게이인 게 분명해."

몸집이 작은 필리핀 남자 스크럽 간호사가 눈알을 굴린다.

"오, 뭐야? 기분 나쁘다고? '게이'란 말도 못해? 그런 고민은 시간 있을 때 혼자서나 하고. 자자, 일 하자고." 순회 간호사에게는 이렇게 말한다. "음악 부탁해, 콘스턴스."

순회 간호사가 카트 위에 있는 휴대용 카세트 라디오를 켜자 U2가 마틴 루터 킹이 4월 4일 이른 아침에 총을 맞았다고 노래한다. 마틴 루터 킹은 더블린 시각으로 치더라도 저녁에 총을 맞았다. 그러나 수술실에서는 U2의 히트 앨범에 적응해야만 한다. 40세가 넘은 모든 백인 수술의는 U2를 튼다. 콜드플레이(영국 얼터너티브 록 밴드 — 옮긴이)가 아닌 것만도 다행인 줄 알게 되는 법이다.

스크럽 간호사와 나는 푸른 종이 시트를 스퀄란티의 몸 위에 펼치고 그의 복부 부분을 뜯어낸다. 그런 다음 우리는 드러난 피부 위에 요오드를 살포한 폴리머를 떨어뜨린다. 그것이 스퀄란티의 주름 속에 스민다.

한편 프렌들리는 스테이플러를 들고 스퀼란티의 피부 이곳저곳에 종이 시트를 찍어 고정시킨다. 그렇게 스테이플을 찍는 것을 처음 볼 때는 꽤 충격적이다. 그러나 그에 의한 손상은 수술에 의한 손상에 비하면 경미하며 전통 방식을 고수하는 자들은 그것을 맹신한다. 그래서 전통을 고수하는 자들처럼 행동하고 싶어하는 사람들도 그것을 맹신한다.

프렌들리가 끝나갈 무렵 나의 다른 학생이 수술실로 들어와 속삭인다.

"디페너스트레이션의 LD50은 5층입니다, 선생님."

다시 말하자면, 'LD'는 '치사량'이고 LD50은 50%의 사람들에게 치사량이라는 말이다. 디페너스트레이션은 '창밖으로 내던져지는 것'을 말한다. 따라서 학생이 하는 말은, 만약 5층에서 100명의 사람들을 창밖으로 내던지면 그 중 절반이 살 것이라는 말이다.

"이런, 우라질."

나는 스킨플릭을 6층 창에서 내던졌다. 그러면 살아날 확률이 어떻게 되는가?

그리고 내가 운이 좋지 못할 이유는 무언가?

"일반적 사인(死因)은 뭔가?" 내가 묻는다.

"대동맥 파열입니다." 학생이 답한다.

"좋아." 대동맥, 우리의 가장 큰 동맥은 기본적으로 소아성애자들이 동물 모양으로 꼬아 만드는 길고 가는 풍선과 비슷하다.*

---

* 그들은 분명 찍찍거리는 소리 때문에 부모들이 가까이 오지 않기를 바라는 것이다.

그것이 혈액으로 가득 차 있으니 충격이 가해지면 파열되는 것이 당연하다. "다음은 뭐야?"

"머리 부상, 그 다음엔 장기 열상에 의한 출혈입니다."

"수고했어."

그에 대해 생각하자 내 입에 담즙이 차오른다. 내 입은 30분 전에 목스페인 네 알을 먹은 이래 주기적으로 담즙으로 채워지고 있다. 어쨌든 나는 긴장으로 정신이 깨어 있는 상태이다.

"주사바늘 검사결과는 아직 나오지 않았습니다, 선생님."

"그건 신경 쓰지 마."

그래, 내 팔뚝이 욱신거리긴 한다. 하지만 엉덩이 사내의 샘플은 아마 오래 전에 버려졌을 것이다. 애초에 보내지기나 했다면 말이다. 그러지 않고 그걸 건졌다면 너무나 많은 사람들의 근무시간이 5분은 길어졌을 것이리라.

"자, 시작합시다."

프렌들리가 말한다. 그는 스퀼란티의 오른쪽에 있는 금속 스텝 스툴을 발로 차서 자리를 잡게 하고 거기에 앉는다. 참관 학생은 더 아래쪽의 스툴을 찬다. 나는 스퀼란티의 왼쪽으로 간다. 기구 간호사는 머리 옆 스툴에 이미 자리를 잡았고 그의 트레이들은 여러 개의 기구 거치대 위에 자리를 잡은 상태이다.

프렌들리가 말한다.

"자, 여러분. 이 환자는 PMS입니다. 따라서 이 환자를 각별히 신경 써서 치료하고 싶겠죠. 예를 들자면 이 사람이 경찰이고 우리는 드라이브 스루(주차하지 않고 물건을 구매하는 상점 — 옮긴이)에서 일하는 것처럼 말예요. 하지만 우린 드라이브 스루에서 일하는 게 아닙니다. 그러니 자, 전문가답게 합시다."

"'PMS'는 뭘 말씀하시는 겁니까?" 내 학생이 묻는다.

"의료 과오 후 소송을 말하는 거야. 9년 전에도 하나 해결했지."*

내 학생이 질문을 해서 다행이다. 왜냐면 나도 프렌들리가 무슨 말을 하는지 이해하지 못했기 때문이다. 하지만 나는 주의가 흐려진다. 목스페인 때문에 방금 아주 이상한 기분을 느꼈다. 의식을 잃은 것 같은 기분. 하지만 겨우 1/1000초 동안이었다.

"선생?" 프렌들리가 부른다.

나는 그 기분을 떨쳐버린다.

"펜." 내가 말한다.

곧이어 뚜껑이 열린 펜이 내 손에 쥐어진다. 스크럽 간호사가 방금 그것을 열어서 기구 간호사에게 놀랄 만큼 재빠르게 건네주었는지, 아니면 내가 또다시 순간적으로 의식을 잃었던 것인지 확실치가 않다. 어느 쪽이든 오싹하기만 하다.

스퀼란티의 복부를 내려다본다. 나는 복부에 행하는 가로 절개는 제왕절개수술에서만 보아왔기 때문에 절개가 수직으로 될

---

* 사람들은 90%가 재판 전에 합의를 보기 때문에 의료과오소송이 위험부담이 없는 일이라고 생각한다. (그리고 그들의 변호사들도 그런 생각을 조장한다) 그러나 무조건 의료과오소송을 하겠다고 협박할 수는 없다. 대부분의 주에서는 신체적 상해에 대한 공소시효가 너무 빡빡해서(뉴욕의 경우 2년 반) 당신이 실제로 소송을 걸고 선서증언에 동의를 하기 전에는 보험사에서 당신 말을 심각하게 받아들이지 않는다. 게다가 소송을 제기하면 그 순간 당신은 평생 소송을 좋아하고 또 어쩌면 사기성이 농후하다고 여겨질 수도 있는 기소인 낙인이 찍히게 된다. 혹은 (이러한 정보의 주된 소비자층인 고용주들에게는 더 관심을 불러일으킬 만한 사안인데) 실제로 현재 건강상의 문제를 지닌 사람으로 낙인찍히게 될 것이다.

것이라고 생각한다. 절개가 얼마나 오래 걸릴지 혹은 어디부터 시작할지 알 수가 없다.

나는 마음의 결정을 내리기 위해 애쓰는 것처럼 스퀼란티의 정중선(正中線) 바로 위에서 천천히 펜을 흔든다.

마침내 프렌들리가 말한다.

"바로 거기 좋아. 자. 시작해."

그리고 나서 나는 그 지점에서부터 선을 긋는다. 늑골 바로 아래 치골(恥骨)이 시작되는 부분이다. 배꼽은 한 번 베면 복구가 거의 불가능하기 때문에 배꼽을 피해 주변을 돈다.

나는 기구 간호사에게 도로 펜을 건네고 말한다.

"칼."

16

스킨플릭과 농장을 치던 날, 나는 농장으로부터 북쪽으로 15킬로미터 가량 떨어진 곳에 있는 주유소에서 오후 2시 반에 식료품 배달원을 만나기로 했다. 그 배달원 아이는 그곳 공중전화기 옆에서 내가 미리 말해두었던 전화를 기다리기 위해 서 있었다. 나는 녀석의 뒤로 다가가 왼쪽 팔꿈치로 가슴을 내리꽂았다. 그리고 나서 녀석의 턱을 잡았다. 녀석은 뻣뻣해졌다.

"괜찮아. 그냥 긴장 풀어. 하지만 뒤돌아서 날 보지는 마. 이건 정확히 계획된 대로 하는 거야."

"네, 알겠습니다."

"이제 널 놓아줄 테니 트럭까지 걸어가자."

트럭에 다다랐을 때도 나는 여전히 아이의 뒤에 자리했다. 내가 말했다.

"창문 열고 주행기록계를 작동시켜. 대략 10킬로미터 정도 되면 알려줘라."

그런 다음 나는 화물칸으로 뛰어올라 등을 유리에 대고 발은 식료품 상자에 얹고 앉았다. 나는 매사추세츠 대학교 야구 모자와 스웨트셔츠를 입고, 후드는 머리에 쓰고, 겉에는 긴 캐시미어 오버코트를 입고 있었다. 그런 행색을 한 이유는 얼간이 같은 대학생클럽 학생처럼 보여 신분을 은폐하려고 할 목적이었다.

흙길로 오르고 나서 아이가 거의 10킬로미터 가량을 왔다고 소리 질렀을 때, 나는 그에게 트럭의 속도를 늦추라고 말했다. 스킨플릭은 우리 앞쪽 나무 뒤에서 모습을 드러냈다. 스킨플릭은 나처럼 차려입긴 했지만 대학생클럽 건달처럼은 보이지 않았다. 그는 자와(「스타워즈」에서 망토를 뒤집어쓴 채 눈만 보이는 외계인들 — 옮긴이)처럼 보였다. 그래도 우리가 훔친 차는 도로 옆 관목 속에 꽤 잘 감추어두었다.

나는 그에게 손을 내밀어 트럭에 오르게 했다. 우리는 보안 카메라가 왼쪽에 있다는 것을 알고 있었기 때문에 화물칸의 왼쪽 구석에 몸을 웅크렸다. 길은 점점 더 거칠어지고 있었다. 내 옆에 앉아 있는 스킨플릭의 몸이 캐시미어로 뒤덮인 더플백같이 느껴졌다.

농장 정문에 도착했다. 전기 펜스가 웅웅거리는 소리가 들렸다. 잠시 후 확성기 너머로 남자의 목소리가 들렸다.

"예, 누구요?"

남자의 목소리는 조지 부시를 흉내 낸 비음이 섞인 남부 가난뱅이 목소리로, 지금 미국 전역에서 불만이 많은 백인 남자들이 사용하는 음색이었다.

운전하는 아이가 말했다.

"'코스트 반'의 마이크예요."

"좀 떨어져 봐. 얼굴 좀 보게."

마이크가 좀 비켜선 것 같다. 전기 모터가 작동을 시작했고 문이 시끄러운 소음을 내면서 한쪽으로 구르면서 열리기 시작했다. 문 안쪽으로 들어가니 펜스에 철조망 레일이 안쪽을 향해 쳐져 있는 것이 보였다.

트럭은 한동안 경사를 오르면서 쿵 소리를 내며 좌우로 흔들거리다 멈추었다. 운전하는 아이가 트럭 앞에서부터 돌아와 트럭 적재함 뒤판을 열고는 커다란 음식 깡통들과 세제 병 꾸러미가 든 박스를 들면서 최대한 우리를 보지 않으려 애를 썼다. 그는 긴장되어 보였지만 일을 그르칠까 싶을 정도는 아니었다.

녀석이 시야에서 사라지자마자 나는 트럭 뒤에서 몰래 빠져나왔고 스킨플릭이 내 뒤를 따랐다.

집의 외벽은 마치 지붕널처럼 갈색의 판자가 겹쳐져 덧대어져 있었다. 전면에 네 개의 창이 있었다. 문간 옆에 각각 하나, 위쪽에 두 개였다. 우리의 왼쪽으로 로카노가 말한 배관공들이 파이프를 설치한 녹색 섬유유리로 된 창고가 보였다. 트럭의 후미가 그쪽을 향해 주차되어 있어 우리로서는 60센티미터 정도의 은폐가 가능했다.

운전한 아이가 문의 벨을 누를 때, 나는 집의 전면을 향해 뛰어갔다. 그러곤 구석에 있는 창 아래 벽에 등을 기댔다. 현관문이 열리는 순간 스킨플릭이 '쿵'하며 아주 요란하게 내 옆에 자리를 잡았다. 나는 짜증이 나서 입술에 손가락을 갖다 댔다. 그는 내게 미안하다는 듯 엄지를 추켜올려 보였다. 아이가 집 안으로 사라지자 우리는 구석으로 뛰어갔다.

이제 어려운 부분이었다. 뒤쪽 1층 창은 창고에 의해 가려져 있긴 했지만 집의 한쪽은 아까 말했듯 위쪽 두 개, 아래쪽 두 개의 창이 전면에 나 있었다. 한편 창고 문은 뒷마당을 향해 나 있었다. 그곳으로 가려면 우리는 적어도 두 개의 창과 뒷마당을 통해서 보일 수 있는 상황이었다.

따라서 우리는 몸을 쭈그리고 외벽을 따라 돌았다. 안에서 우릴 볼 수 있다는 느낌이 강했지만, 나는 스킨플릭에게 위를 올려다보거나 뒤를 돌아보지 말라고 일렀다. 나는 그때 이미, '사람들은 시야에 들어오는 건 뭐든 다 볼 수 있지만 보지 않았다고 스스로를 납득시킨다는 사실'과 '그러나 개중 사람의 얼굴은 그렇게 부정하기 힘들다는 사실'을 알고 있었다. 그리하여 우리는 얼굴을 들지 않았으며, 발각되지 않았는지 어땠는지 알지 못하는 상태로 창고에 도착했다. 나는 낱장으로 겹쳐진 유리섬유벽 두 장을 몰래 잠입할 수 있을 정도로 열어젖혔다.

창고 안은 천장이 벽과 똑같이 반투명의 유리섬유로 되어 있어 모든 것이 녹색으로 보였다. 뒷마당으로 난 문간은 바깥쪽에서 파란 방수포를 걸쳐 만든 식으로 그 부분을 그냥 도려내서 만든 문이었다. 약속대로 주택과 붙은 벽엔 낮게 설치된 수도꼭지가 튀어나와 있었다. 진흙 바닥에 호스가 연결된 철제 양동이와 노즐건, 그리고 배수구가 있었다.

나는 방수포 문 쪽으로 걸어가 밖을 내다보았다. 뒷마당은 270여 미터 뻗어나가 철조망 펜스에 닿아 있었다. 피크닉 테이블과 시멘트로 된 바비큐 화덕이 있었다. 그리고 또 한 개의 섬유유리 창고의 끄트머리가 보였다. 나는 그게 죽은 소녀가 발견된 창고인지 궁금했다.

나는 죽은 소녀가 진짜 존재했었는지, 아니면 그녀가 이곳이 아니라 다른 곳에 있었던 건 아닌지 의심하지 않으려 애썼다. 이 일은 맹목적인 것이었다. 나는 이곳으로 오면서 그 사실을 이미 알고 있었다. 그리고 이제 와 눈을 뜬다고 아무 소용이 없었다. 바라건대, 살인을 저지르기 전에 증거가 나와 주었으면 좋겠다는 마음뿐이었다.

트럭의 적재함 뒤판이 꽝 닫히고 엔진이 켜지자 한 남자가 배달원에게 말을 하는 소리가 들렸다. 그 어투에서 이상한 느낌이 없는 걸로 보아 우리가 발각되지 않았음을 알 수 있었다.

이제 아마도 위험한 부분은 지났으리라 생각했다. 이제 지루한 부분—벽에 난 구멍을 통해 잠입해 들어가 사람들에게 난사를 해대기 전에, 12시간을 기다리는 것—이 막 시작되려 했다. 나는 수도꼭지 부근으로 가서 나의 새 캐시미어 코트 꽁무니를 대고 앉았다.*

스킨플릭은 서 있으면서 벽에 붙어 왔다 갔다 했다. 잠시 후,

---

* 『킬러교본』의 제 1규칙: 절대 옷을 아끼려고 하지 마라.

나는 조금 당황스러워지기 시작했다. 마치 내가 '실상은 그렇지 않지만 듣기에는 무슨 대단해 보이는 사무직 직업을 가지고 있는데, 지금 나의 아이가 날 보러 왔고 그런 아이에게 아빠가 하루 종일, 또 밤새 흙바닥에 앉아 기다리고 있다가 사람들의 머리에 총질을 해대기 위해 집 안으로 몰래 침입하는 모습을 보여주어야만 하는 아빠' 같은 그런 기분이었다.

그때 나는 어쩌다가 내 인생이 이 꼴이 되었는지 하는 생각이 들었다.

책을 읽기도 하고 애완 다람쥐를 기르던 시절이 있었다는 생각도 함께 들었다.

스킨플릭이 나를 흔들며 속삭였다.

"피에트로. 나 오줌 싸야겠어."

12시간을 잠복해야 하는데 이런 문제가 생기지 않을 거라고 생각한 것은 아니었다. 하지만 이제 겨우 5분이 지났을 뿐이었다.

"숲속에 있었을 때 오줌 쌌으면 좋았잖아?"

"쌌어."

"그럼 싸."

스킨플릭은 구석으로 가서 지퍼를 내렸다. 오줌이 유리섬유를 때리자 그것은 마치 금속 드럼같이 덜그렁거렸다. 그러자 스킨플릭은 소변을 멈추었다.

그는 주위를 둘러보았다. 벽에서 조금 떨어진 진흙 바닥에 시험 삼아 몇 방울 떨어뜨렸다. 그랬더니 철벅거리는 소리가 났고 그는 다시 멈추었다. 그는 똥줄이 타는 것 같은 표정을 짓기 시작했다.

"몸을 낮춰." 내가 속삭였다.

스킨플릭은 몸을 쭈그려보기도 하고 무릎을 꿇어 보기도 하는 등등 여러 자세를 취해보다가 결국 진흙바닥에 옆으로 누워 벽을 향해 부채꼴 모양으로 오줌을 쌌다.

그 모습을 보니 걱정이 되었다. 스킨플릭은 내가 아는 그 누구보다 수치심에 면역이 된 사람이었다. 하지만 그런 그로서도 한계가 있으리라. 그리고 수치심에서 앙심으로 전이되는 것은 눈 깜빡할 사이다.

그러나 스킨플릭은 자기 물건을 털어내면서 그냥 이렇게 말했다. "젠장, FBI에서 오줌 DNA 검사는 못했으면 좋으련만."* 잠시 후 그가 말했다. "이런, 젠장. 여기 봐."

나는 그쪽으로 가보았다. 초록빛을 띤 어스름 속에서 거의 보이지 않긴 했지만 진흙바닥 전체에 발자국이 나 있었다. 사방팔방, 심지어 내가 앉아 있던 자리에도.

십대 소녀 사이즈의 발자국들. 여러 명의 발자국이었다.

그것은 증거는 아니었지만 그래도 소름끼쳤다.

그때 앞문이 열리고 십대 소년의 목소리가 들렸다.

"아빠, 개들을 다시 풀어놓을게요!"

어떤 것들은 제 모습을 아주 느리게 드러내지만, 반면 또 다른

---

* 나중에 알게 된 바, 건강한 오줌은 세포를 지니고 있지 않기 때문에 FBI는 오줌의 DNA 검사를 할 수 없다. 그리고 혹시 당신이 FBI처럼 열악한 검사 팀이 진흙탕에서 걸러낼 수 있을 만큼 많은 세포를 떨어뜨린 거라면 기소 따위야 걱정거리도 되지 않는다.

것들은 아주 빨리 명확해진다. 그럴 때 참 놀랍기만 하다. 예컨대, 개를 기르고 있는 누군가가 배관공이라든지 식료품점 점원이 왔을 때는 개를 안에 들여놓았다가 나중에 풀어놓는데, 그것들이 얼마나 고약한 개들인가 하는 문제 말이다.

초현실적인 느낌, 수동성, 앞이 자욱한 멍청함 등의 느낌이 즉각 달아났다. 내가 내 스스로를 여기까지 오게 한 것이었다. 이제 난 살아남아야만 한다.

한쪽 주머니에서 총을 꺼내고 다른 쪽에서는 소음기를 꺼내 그것들을 조이는 동안 껑충껑충 뛰는 소리가 들렸다. 두 마리의 거대한 도베르만처럼 생긴 그림자가 유리섬유 벽에 나타났다.

나는 그 개들이 '킹 도베르만'이라고 불리는 개들로, 도베르만과 그레이트데인을 교배시키고 나서, 그레이트데인 종의 큰 덩치만 남고 다른 특성은 사라질 때까지 다시 계속 역교배를 시켜서 얻을 수 있는 종이라는 사실을 나중에 알게 되었다.

정신이 제대로 박힌 모든 사람들이 그러겠지만, 나도 역시 개를 좋아한다. 개는 인간보다 사악하게 만들기가 훨씬 더 어렵다. 어쨌든 당장에 그 개들을 죽여야만 한다는 것은 명백했다.

개들은 스킨플릭이 방금 오줌을 싼 벽 아래 바닥을 따라 코를 킁킁대기 시작했다. 그러더니 그 중 한 마리가 섬유유리를 밀기 시작했고 다른 놈은 뒤로 물러서 으르렁거리기 시작했다.

주택의 앞문이 꽝 닫혔다. 그것은 곧 둘 중의 하나를 의미했다. 즉 그게 누가되었든 지금 실외에 있으니 최대한 빨리 그자를 사살하든가, 아니면 안으로 들어갔으니 그자는 밖에서 벌어지게 될 소리를 듣지 못할 것이라는 사실을 의미했다.

어느 쪽이든 무언가를 해야만 하는 시간이었다.

뒤에 물러서 있던 개가 낮게 으르렁거렸다. 짖기 전 단계이다. 나는 벽을 관통해 그 놈의 머리에 두 발의 총을 쏴서 뒤로 나자빠지게 했고 그런 다음 가까이 있던 녀석은 가슴에 두 발의 총알을 박았다. 그 놈은 낑낑거리며 쓰러졌다.

소리를 들으면서 재빨리 탄창을 바꿔 끼웠다. 총알 발사는 소음(消音)되었지만 네 발 모두 섬유유리를 관통하면서 시끄러운 충격음이 났다. 때문에 창고의 벽은 아직도 덜거덩거리고 있었다. 총알구멍 자리가 마치 천처럼 가장자리가 너덜너덜해졌다.

주택의 앞문이 다시 열렸다.

아까 그 십대 소년의 목소리가 들렸다.

"이베이? 제나?"

나는 오두막의 뒤쪽에 있는 방수포로 덮인 통로 쪽으로 걸어가기 시작했다.

"이베이!"

목소리가 더욱 가까이에서 점점 커졌다.

"내가 이놈 잡겠어." 스킨플릭이 말했다.

"안 돼!"

내가 쉿 소리를 내며 제지했다.

그러나 스킨플릭은 이미 손에 총을 들고 창고 벽을 향해 뛰고 있었다.

"안 돼!" 내가 소리쳤다.

그것은 액션 영화식 발광이었다. 스킨플릭은 점프를 하더니 천막 뒷벽을 한쪽 어깨로 부딪쳐 두 개의 섬유유리 판들을 바깥쪽으로 갈라지게 해서 V 자 모양의 틈 사이로 총을 넣고 방아쇠를 당겼다. 그러자 벽이 되튀어 그는 창고의 중앙까지 내동댕이쳐졌다.

어쨌거나 영화에서라면 빗나가지 않았을 것이다. 아니면 소음기 끼우는 거 잊지를 않았던가.

총 소리가 마치 자동차가 충돌하는 소리 같았다. 트렁크 안에서 들을 수 있을 법한 소리라고나 할까. 그 소리가 귀에 울릴 때, 나는 몸을 날려 방수포로 뒤덮인 통로를 지나 창고 전면으로 가다가 개의 피에 미끄러질 뻔했다. 때마침 집 문이 꽝 닫히는 것을 볼 수 있었다.

"내가 개 맞췄어?"

스킨플릭이 내 뒤로 오면서 말했다.

"아니. 집 안으로 다시 들어갔어."

"이런, 젠장. 어떡하지?"

흥, 제가 이렇게 일을 망칠 것을 대비해 내가 무슨 계획이라도 마련해 놓은 줄 아나보지.

"움직여." 내가 말했다.

뒷마당으로는 안 된다. 건식벽체만 빼고 집에 대해 이놈들은 우리보다 훨씬 더 잘 알고 있다.

나는 창고 안으로 다시 뛰어 들어갔다. 수도꼭지 근처의 벽을 발로 차고 페인트칠해진 마분지를 바닥을 향해 발로 밟아 뭉갰다.

그렇게 해서 생긴 구멍은 우스울 정도로 조그마했다. 대각선으로 14센티미터 정도. 그리고 그것도 내가 수도꼭지를 비틀어 구부린 후에 말이다.

나는 가까스로 어깨를 움츠려 머리 먼저 구멍으로 집어넣을 수 있었다. 그러자 모든 빛이 차단되었다. 나는 어둠 속에서 파이프들을 움켜잡고 그것을 이용해 곰팡이 냄새 나는 곳으로 몸을 밀어 넣었다.

속이 반쯤 찬 플라스틱 병 한 무더기가 얼굴에 부딪쳤다. 염소와 주방세제 냄새가 났다. 나는 웃음이 비어져 나올 뻔했다. 그런 다음 캐비닛 문을 밀어 열고 꼼지락거리며 부엌 싱크대 밑으로 기어 나왔다.

불빛에 눈이 먼 것 같았다. 내 옆으로 한쪽엔 커다란 스토브가 있었고 다른 쪽엔 푸줏간 도마대가 있었다. 나는 재빨리 자리에서 일어났다.

푸줏간 도마대는 무슨 여피족 장식물 같은 것이 아니었다. 그것은 피가 엉겨 붙어 있었고 한쪽 끝에는 고기 가는 거대한 기계가 연결되어 있었다. 또한 그것의 양쪽 끝에 두 여자가 나를 바라보며 서 있었다.

한 명은 50세쯤이었고 다른 여자는 아마도 그 반쯤 되는 나이로 보였다. 둘 다 얼굴의 모든 뼈가 적어도 한 번 부러지고 나서 병원 치료를 받지 않고 다시 굳어진 듯한 표정이 서려 있었다. 나이 든 여자 쪽이 더 심했다.

그들은 일종의 무장을 하고 있었다. 나이 든 여자는 두 손으로 조각칼을 내밀고 있었고 젊은 여자는 난로 버너에서 꺼낸 무거운 쇠살대를 들고 있었다. 그러나 두 여자 모두 겁을 집어먹은 표정이었다.

나는 여자들에게 총부리를 대고 스킨플릭이 개구멍을 통해 들어와 일어서는 것을 도와주었다. 내가 그에게 말했다.

"조심해. 구경꾼이 두 명 있어. 이 사람들 쏘지 마."

스킨플릭은 그들을 보더니 총을 들어올렸다.

"구경꾼이라고? 한 명은 칼을 가지고 있잖아!"

"소음기 장착해." 스킨플릭에겐 그렇게 말하곤 여자들에게는 이렇게 말했다. "소녀들은 모두 어디 있소?"

젊은 여자가 바닥을 가리켰다. 나이 든 여자는 그녀에게 얼굴을 찡그렸는데, 내가 그것을 알아보자 표정을 바꾸었다.

"지하요?"

젊은 여자가 고개를 끄덕였다.

"그들 말고 집 안에 얼마나 많은 사람이 있어요?"

"셋이요."

그녀가 거친 목소리로 말했다.

"당신 두 명 포함해서요?"

"우리 빼고 셋이요."

"당신들 경찰인가요?" 나이든 여자가 물었다.

"예." 내가 답했다.

젊은 여자가 "고맙습니다."라고 말하고는 울먹이기 시작했다.

"갈 시간이야." 내가 스킨플릭에게 말했다. 그리고 여자들에게 말했다. "당신 둘 다 여기 있어요. 움직이면 죽여 버릴 테요."

경찰이 할 법한 말은 아니었지만, 뭐 어쩌랴. 나는 부엌 밖으로 연결된 카펫이 깔린 통로를 뒷걸음질 치며 나와 몸을 돌린 후 내달렸다.

통로는 폐쇄공포증을 유발할 만한 공간이었다. 격자무늬 침낭과 낡은 보드게임들 같은 허섭스레기들로 가득 찬 선반 아래 두

번 꺾어지게 되어 있었다. 담배 냄새가 풍겼다. 끄트머리에 다가가
자 코르크로 된 게시판에 누렇게 변색된 가족 휴가 사진들과 내
생각에 섹스를 하는 사람들의 사진 같은 것이 나붙어 있었는데
확인하기 위해 멈추지는 않았다.

통로는 한쪽 끝에 문이 나 있는 뒤죽박죽이 된 휴게실로 연결
되어 있었다. 두 개의 출입구가 더 있었고 위로 오르는 계단도 있
었다. 오른쪽 출입구는 그저 아치였고 왼쪽의 출입구는 실제 문
이 달려 있었는데 닫혀 있었다. 스킨플릭은 뒤에서 날 따라왔다.

나는 아치 길과 계단 위를 총으로 커버했고 닫힌 문을 향해 뒷
걸음으로 다가갔다. 몸을 웅크리고 문을 당겨 열었다.

코트 옷장이다. 고무 부츠가 한 가득이었다. 나는 문을 다시
밀어 닫았다.

옷장과 앞문 사이에 예수 그림이 있었는데, 그림이 너무 어울
리지 않아 걷어 치워버렸다. 인터콤과 정문 제어장치도 있었다.

나는 그냥 도망쳐 버릴까 생각해 보았다. 여기서 정문을 열고
펜스 너머에 있는 숲속으로 도망칠까.

그러나 그것은 커버해야 할 열린 공간이 너무 많았고 움직임이
뻔히 드러나는 위험을 감행해야 하는 일이었다. 게다가 내가 성공
할 확률이 얼만지는 몰라도 스킨플릭의 확률은 그것의 반도 못
된다. 나는 그에게 통로를 빠져나와 나를 따라오라는 몸짓을 보냈
고 열린 아치 길을 향해 나아갔다.

그렇게 나아가자 주택의 오른쪽 전면 구석에 있는 방에 이르렀
다. 우리는 트럭에서 내렸을 때 보았던 앞면을 바라보는 창 밑에
몸을 웅크렸다. 옆면을 바라보는 창밖으로는 창고가 보였다. 그

방 자체는 커다란 스크린의 텔레비전과 소파, 역기 벤치, 대부분 스케이트보드에 대한 명판(銘板)과 트로피들이 얹혀 있는 선반들이 갖추어져 있었다. 소파 위에는 보디빌딩을 하던 시절의 아널드 슈워제네거의 포스터가 액자에 끼워져 있었다.

그것을 흘깃거리고 있을 때 나의 시야에 옆창 밖으로 움직임이 감지되었다. 그리하여 나는 몸을 낮추고 스킨플릭을 내 쪽으로 잡아당겼다.

군에서나 혹은 총 마니아 비디오에서나 배울 수 있는 빠른 교차 스텝으로 창고 옆을 돌아 집 앞쪽을 향해 나오는 키가 크고 마른 사내였다. 그는 손에 폭동 진압용 알루미늄 단총을 들고서 창고를 겨누고 있었다.

"뒤엔 없어요!"

그가 그렇게 소리를 질렀는데 창고 뒤를 의미하는 것 같았다.

그의 목소리가 이상했다. 또한 이상스럽게 마른 체형이었다. 뺨과 이마에는 6미터 떨어진 곳에서도 보이는 여드름이 나 있었다.

'세상에.'

그 아이는 도저히 열네 살도 안 넘어 보였다.

때마침 고개를 들어 보니 내 위에 있는 창을 통해 막 총을 쏘려고 하는 스킨플릭이 보이기에 내가 그의 총을 쳐서 떨어뜨렸다.

"젠장 뭐야?" 그가 속삭였다.

나는 그를 창턱 밑으로 홱 잡아당겼다.

"나한테 말도 안 하고 총 쏘지 마. 내 얼굴 바로 앞에 있는 유리를 쏘지도 마. 그리고 목표물이 누군가와 얘기를 하고 있을 때는 그 상대가 보일 때까지 기다려. 그리고 애들은 쏘지 마. 알아들어?"

스킨플릭은 내 눈을 피했다. 나는 꼴도 보기 싫어하며 그를 밀어 등을 대게 했다.

"젠장, 그냥 몸 낮추고 있어."

남자의 목소리가 들렸다.

"랜디, 나와!"

그 소리는 정문의 확성기에서 나오는 소리 같았다.

기관총 포성이 벽을 통해 바로 우리를 향했다. 우리 둘 다 총을 내려놓지 않은 채 최대한으로 귀를 막았다.

나는 창턱 너머 내다볼 수 있을 정도로만 몸을 일으켜 세웠다.

창고가 날아갔다. 갈가리 찢겨진 녹색의 섬유유리 파편들이 나뭇잎처럼 지면을 향해 두둥실 떠 있었고 휘휘 돌면서 앞마당 쪽으로 향했다. 그것은 마치 누군가가 낙엽 날리는 기계로 창고를 싹쓸이한 것 같은 모습이었다.

나는 앞창으로 몸을 돌렸다. 엽총을 들고 있는 아이가 거기 1미터 떨어진 곳에 옆모습을 보이며 서 있었다. 아이가 만약 안을 들여다보았다면 나를 보았을 수도 있었을 것이다. 아이는 대신 창고가 있던 자리를 향해 걷기 시작했다.

집 뒤쪽에서 두 명의 남자들이 모습을 드러내며 거기서 아이와 만났다.

그 두 명의 남자 중 하나도 역시 십대였다. 그러나 더 나이가 들어보였는데 열여덟이나 열아홉 정도로 보였다. 그는 칼리시니코프 돌격소총을 들고 있었다.

또 다른 남자는 추잡스럽게 생긴 중년의 남자로 야구 모자를 쓰고 색이 들어가지 않은 조종사 안경을 쓰고 있었다. 그는 키가 175센티미터쯤 되었고, 술집에서 쌈질을 일삼는 사람들에게서 흔히 볼 수 있는 일종의 단단한 지방질(의대에서는 이런 것은 가르치지 않는다.)의 몸이었다. 그는 전기톱 같은 것을 들고 있었는데, 날이 있을 자리에 '게틀링건'이 달려 있었다. 날이 있을 자리 전체에서 연기와 김이 뿜어져 나오고 있었다. 나는 그런 것은 한 번도 본 적이 없었다.*

두 남자와 아이는 찢겨진 섬유유리를 발로 차며 나왔고 중년의 남자가 집의 옆면에 있는 구멍을 발견했다.

"놈들을 잡은 것처럼 행동하지 마."

그가 소리를 질렀다. 나는 세 명 모두 귀 보호를 하지 않고 있다는 생각이 들었다.

그들이 이제 막 집의 옆쪽을 향해 걸어올 것이라는 사실이 명백해졌다. 그러면 우리는 그들을 향해 총을 쏘기 위해 창밖으로 몸을 내밀어야만 할 것이었다.

내 옆에 무릎을 꿇고 있던 스킨플릭이 말했다.

"총 쏴야 해."

그의 말이 맞았다. 나는 전술적인 결정을 내렸다.

"네가 뚱뚱한 놈 맡아. 내가 애들을 쏠 테니까."

우리는 발사를 했고 그러자 우리 앞에서 창이 무너져 내렸다.

내가 목표물을 그렇게 나눌 때 생각했던 것은, 나는 두 아들들

---

* 총에 환장한 사람들에게: 이건 알고 보니 .60 GE M134 '프레데터' 모터 건으로, 추측건대 중국에서만 구할 수 있는 일종의 열화우라늄 탄을 발사한다.

을 다리에 총을 쏴서 맞추고 ─정강이 쪽이라면 이상적일 것─ 아버지는 아주 살이 쪄서 스킨플릭이 맡아 쏘더라도 빗나가지는 않을 것이라는 생각이었다.

문제는, 바로 내가 계속 빗나갔다는 것이었다. 누군가의 다리를 쏜다는 것은 쉬운 일이 아니다. 사실상 탄창 전부를 바닥내고서야 큰아들의 정강이를 맞추고 작은 놈의 발을 날려버릴 수 있었다.

한편 스킨플릭은 카커를 한 번도 맞추지 못하고 탄창 전부를 바닥냈다. 그러자 카커가 우리를 향해 모터건을 조준했다.

내가 스킨플릭을 뒤로 휙 잡아당겼을 때, 폭발음이 다시 한 번 포효했다. 마치 영화에서 시간여행을 하는 사람이 미래에서 무언가를 바꾸어 놓는 바람에 현재에서 사물들이 사라지기 시작하는 것처럼, 우리가 무릎을 꿇고 기대어 있던 한쪽 벽 전체가 그냥 증발해 버렸다.

공기에 회반죽 먼지와 유산탄이 가득 차 앞이 보이지 않았다. 스킨플릭은 붙잡고 있는 내 손을 뿌리치고 빠져나가 보이지가 않았다. 나는 모퉁이에서 벗어나 안쪽으로 기어가다가 무너진 석조물 뒤로 갔다. 기침을 하고 있다는 것을 의식했을 때에야 비로소 나는 소리가 거의 들리지 않는다는 사실을 깨달았다.

도무지 가늠할 수 없는 시간이 흐른 후, 11월 바람 한 줄기가 집 안으로 훅훅 들어오면서 공기가 깨끗해졌다. 방의 앞벽 옆벽이 있던 자리엔 대부분 햇빛만이 반짝거릴 뿐이었다. 천장의 대부분은 날아가 버려 위로 침실이 보였고 파이프 몇 개에서 물이 뿜어져 나와 남아 있는 벽 아래로 흘러내리고 있었다. 휴게실너머의 공간이 모두 보였다. 예수 그림과 그 뒤 제어장치가 모두 완파되었다.

카커는 무너진 계단참 왼쪽에 서 있었다. 스킨플릭은 그의 발밑에 등을 대고 누워 있었다.

스킨플릭은 아직 총을 들고 있었지만 슬라이드가 뒤로 날아가안이 텅 빈 것이 보였다.

"오, 젠장 넌 이제 뒈졌다."

카커가 그에게 고함을 쳤다. 보아하니 카커의 청력은 나보다 훨씬 더디게 살아나는 모양이었다.

"아주 천천히 죽여주겠어. 네놈 살점을 뜯어내 너에게 먹여주겠다."

하류 백인 놈들에게는 「구출」(국내 출시명 「서바이벌 게임」 ─ 옮긴이)이 또 하나의 「대부」이다.

카커가 우리가 둘이라는 사실을 모르고 있다는 생각이 들었다.

나는 천천히 자리에서 일어나 정확히 겨누어 그의 머리를 쐈다.

나머지는 당신들이 읽어보았을 것이다. 어쩌면 진짜 범죄를 재현한 텔레비전 프로그램에서 사건 재현을 보았을 수도 있다.

내가 정강이를 쏜 카커 큰아들 코리는 출혈과다로 죽었다. 작은놈 랜디는 내가 압박대를 감아주었다. 그는 살 수도 있었을 것이다. 그런데 내가 차를 가지러 간 사이에 스킨플릭이 그 녀석의 머리를 쐈버렸다. 마피아 세계에 환영합니다, 애덤 '스킨플릭' 로카노.

세 구의 시체를 트렁크에 실을 때, 여자들이 앞마당으로 나와 우리를 바라보았다. 나이 든 여자는 무릎을 꿇고 울부짖었고 젊은 여자는 그저 바라보고 있을 뿐이었다. 그날 밤 늦게 시체들은 브룩클린 검시관(檢屍官) 사무실의 직원에 의해 여섯 개의 어린이 관에 나뉘어졌다. 그자는 멍청하게도 마피아 조직원들하고 함께 오스카상에 내기를 걸었다가 져서 부탁을 들어주어야만 했다. 여섯 개의 관은 무연고자의 묘지에 매장되었다.

그곳을 뜨기 전에 나는 최대한으로 우크라이나 여자들을 찾아냈다. 카커의 '사무실' 선반에 한 명이 있었는데 깨울 수가 없었다.* 내가 경찰보다 더 빨리 병원에 데리고 갈 수 있었다면 우리와 함께 데리고 갔었을 것이다.

아들 한 녀석의 위층 침실에는 사슬로 묶인 소녀 하나가 아직 살아있었다. 그 곳은 운 좋게도 텔레비전 방 위에 있는 방이 아니었다. 그리고 다른 창고에는 두 명의 여자들이 체인에 매달려 죽어 있었다.

나머지 사람들이 있었던 폭풍 대피용 지하실의 입구는 뒤쪽에 있었다. 그곳은 내가 의대에 들어가기 전에 맡았던 냄새 중에 최악이었다.

스킨플릭과 나는 배달원을 만날 때 이용했던 공중전화기 앞에서 차를 세우고 경찰에 전화를 했다. 그러곤 어디로 갈 것이며 거기 가면 어떤 것을 맞닥뜨리게 될지를 설명해 주었다. 로카노에게는 휴대폰으로 전화를 했다. 카커 집안 놈들의 시체를 떨어뜨리고 난 후, 우리는 집에 가서 샤워를 했다. 그리고 스킨플릭은 술과 약에 취했고 나는 막달레나를 만나러 갔다.

---

* 그런데 실제로 자세히 들여다보면 그 선반 가로 널에 스텐실로 '홈데포'라고 쓰여 있는 것을 볼 수 있다. 개중 피와 똥으로 그렇게 심하게 뒤범벅되지 않은 널판들에서 말이다.

스킨플릭과 나는 총질이 시작된 이래 서로 거의 말을 섞지 않았다. 우리 둘 다 심하게 충격을 받았다. 또한 둘 다 스킨플릭이 부상당한 14살짜리에게 쐐기를 박기로 한 결정을 내림으로써 우리의 우정이 허물어졌다는 사실을 잘 알고 있었다. 또한 다른 이상 없이 일이 술술 잘 풀렸더라도 스킨플릭이 그렇게 했을 것이라는 사실도 잘 알고 있었다.

그리고 2주 후 나는 레스 카커의 두 아내를 살해한 혐의로 체포되었다.

17

기구 간호사가 내게 머리가 작은 메스를 건네준다. 스퀄란티의 복부에다 방금 잉크로 그은 선의 중앙에 가볍게 메스를 갖다 댄다. 그러자 잉크와 요오드 랩과 피부가 2.5센티미터 정도 꽉 찢어지며 열린다. 베인 곳이 피로 가득 차기 전 아주 잠깐 그곳의 지방 벽들이 마치 코티지치즈 같아 보인다. 그런 다음 나는 메스를 다시 건네준다. 그 메스는 이 수술 동안 다시는 사용되지 않을 것이다. 메스는 깨끗하게 절개를 하지만 출혈을 막진 못한다.

"클램프." 프렌들리가 말한다.

"보비와 석션." 내가 말한다.

'보비'라는 것은 '전기지짐기'를 말하는데 펜 모양으로 생긴 것으로 끝에 코드가 연결되어 있고 다른 쪽 끝엔 가늘고 긴 금속 조각이 뻗어 나와 있다. 그것은 가축을 모는 작은 막대기처럼 생겼는데 따라서 '보비(Bovie)'란 이름이 '소과 동물(bovine)'의 줄임말이 아니라 발명가의 이름을 딴 것이라는 사실이 안타깝기만 하다.

보비는 자르기를 할뿐만 아니라 태우기도 한다. 따라서 보비를 대고 나아가면 혈관을 닫아준다. (그것은 또한 보기 싫은 화상의 흔적을 남기는데 그러한 이유로 피부를 자르기 위해서 사용하지 않는다.) 보비를 사용하는 이유는 절개한 부분에서 피를 빨아들인 후 재빨리 동맥의 절단된 단면을 찾아내 지져서 닫게 하려는 것이다. 그러한 시술은 아주 빨리 해야 하는데 왜냐하면 혈액을 석션(피를 흡수하는 작업 — 옮긴이)할 때 단면을 볼 수 있는 시간은 아주 짧은 찰나이기 때문이다. 그런 다음에는 다시 그저 온통 피바다일 뿐이다.

나는 학생에게 석션을 건네준다. 그 아이는 그것을 과도하게 사용할 만큼 멍청해 보이지 않는다. 내 학생이 피를 빨아들이는 작업을 할 때마다 작은 핏방울이 다시 드러나기를 기다리고는 한 개를 골라 다시 피를 뿜어대기 전에 전기로 지진다.

이런 속도라면 수술은 며칠이 걸릴 것이다. 게다가 내가 의식과 무의식을 오가는 것이 마치 무전 신호의 상승점과 골처럼 각각 1/1000초씩 서로 교차하기 시작한다. 내 이마에서 솟은 땀이 스퀼란티의 절개 부위 안으로 떨어진다.

결국 프렌들리가 지루함을 느끼고는 바늘코가 달린 펜치처럼 생긴 '클램프'를 들고 여기저기 쑤셔대기 시작한다. 그는 나에게는 보이지 않는 동맥을 잡는다. 그리하여 나는 프렌들리가 들고 있는 기구의 금속부분에 보비를 갖다 대어 믿음에 의지해 전도열로 동맥을 지지는 일밖에 다른 도리가 없다.

출혈이 멈추자 프렌들리는 절개부위의 하단에 있는 미끈미끈한 막을 찌른 후, 클램프의 집게를 벌려 막을 찢어낸다. 그런 후, 그는 내가 태울 수 있도록 혈관 몇 개를 더 잡는다.

그것을 하며 프렌들리는 20대의 흑인남자인 기구 간호사를 쳐다본다.

"그래, 내가 수술실에서 '게이'란 말을 못 한단 말이지. 이곳엔 깨지기 쉬운 취급주의 인간들이 너무 많구먼. 먼저 허락부터 받아야 한단 말씀이라. 난 이제 이 모든 게 '협력작업'이라는 사실을 잊곤 한단 말이야."

기구 간호사는 대꾸하지 않는다. 그러자 프렌들리가 내 학생에게 말한다.

"학생, '협력작업 의술'이 뭔지 아나?"

"모릅니다, 선생님."

"그건 일주일에 그 염병할 초과수당 없이 10시간을 더 일하는 것을 말하는 거지. 자네, 그거 기대하게."

"알겠습니다, 선생님."

프렌들리는 다시 기구 간호사를 향한다.

"여기서 '흑인'이라고 말해도 되나? 아니면 뭐 다른 말로 해야 하나?" 그는 말을 멈춘다. "'이전에 니그로라고 하던 아티스트들'이란 말은 어때? 그건 말해도 되나? 아니면 그것도 말하기 위해 허락을 받아야 해?"

수술실은 공사현장과 더불어 성차별주의자, 인종차별주의자 혹은 튜렛 증후군(신경정신성 질환으로 보통 '틱'이라 부르는 경련

증상을 수반한다 ── 옮긴이)이 있는 사람들에게는 마지막 안식처 같은 곳이라고 할 수 있다. 그 밑바탕이 되는 생각이 무엇인고 하니, 사람들을 괴롭힘으로써 압박 속에서도 평온을 유지하는 방법을 가르친다는 것이다. 그러나 현실은, 사회학자들이 1950년대의 일터의 환경이 어땠는지 연구하고자 하면 수술실을 찾아가보면 된다는 것이다.

"자네 의견은 어떤가, 스콧?"

프렌들리 박사가 기구 간호사에게 묻는다.

기구 간호사는 아무렇지 않은 듯 그를 올려다본다.

"박사님, 제게 말씀하시는 겁니까?"

"그런 거라면 나도 왜 그런지 모르겠네." 프렌들리는 피가 묻은 클램프를 기구 트레이의 정 가운데로 던져 넣는다. "됐다. 자, 열자."

그는 절개부위에 손가락 끝을 집어넣고 몸을 수그린 후, 마치 거대한 가죽 잔돈 지갑처럼 잡아당겨 연다. 그러자 스퀄란티의 새빨간 복부 근육이 보이는데, 그 근육 중앙에 밝은 흰 줄무늬가 나 있다. 그곳이 우리가 다음 절개를 하게 될 부분이다. 이 줄무늬 안으로는 피가 거의 돌지 않는다.

프렌들리가 지금 컴퓨터에 가 있는 순회 간호사에게 알려준다.

"제대 결절 네거티브. 좌측 쇄골 림프절도 없다. 물론 자네가 내 말을 믿어야 하긴 하지만 말이야."*

나는 흰 줄무늬를 따라 보비로 처리한다.

---

* 암 이야기다!

"림프절 가이드라인 일본 것과 미국 것 중 어떤 걸 사용하시겠습니까?"

학생이 묻는다.

"경우에 따라 다르지. 여기가 일본인가?" 프렌들리가 되묻는다.

"선생님, 차이가 뭡니까?" 나의 다른 학생이 플로어에서 묻는다.

"일본에서는 예방 절제술을 위해서 결절을 찾아 온종일 헤맨다네. 왜냐하면 일본에는 의료보건이 사회 제도화되어 있거든." 그는 근육 두 줄기를 서로의 반대방향으로 잡아당기며 말한다. "리트랙터(상처를 비집는 기구 — 옮긴이). 우리 복부에 들어왔다."

기구 간호사가 절개부위를 열어 고정시키는 커다랗고 둥그런 리트렉터를 조립하기 시작한다.

우리가 기다리는 동안 프렌들리는 뒤로 돌아 수술에 참여하지 않는 학생을 바라본다.

"걱정 마. 우리도 곧 사회 제도화될 거야. 스테이시, 내 호출기 좀 체크해 보겠어?"

"네, 프렌들리 박사님. 어디 있죠?" 스테이시가 묻는다.

"내 바지에." 그의 대답에 갑자기 수술실 안의 눈들이 모두 아래를 향한다. 스테이시가 용감하게 걸어와 프렌들리의 엉덩이를 만진다. "앞주머니."

내가 이미 말한 것으로 생각되는데, 수술복 바지와 셔츠는 뒤집어 사용 가능하다. 따라서 바지 뒷주머니가 바깥쪽 오른쪽에 있으면 앞주머니는 바지 안쪽 왼쪽에 있게 된다.

스테이시는 프렌들리의 수술 가운 안으로 손을 집어넣고 그의 사타구니 주변을 더듬는다. 그렇게 뒤지며 그녀는 나를 향해 코를 찡긋거렸는데, 그게 사실상 꽤 매력적으로 보인다.

"아무것도 만져지는 게 없는데요." 그녀가 말한다.

"암요, 그럴 줄 알았지." 스크럽 간호사였다.

모두가 떠들썩하게 웃는다. 프렌들리는 마스크 위로 얼굴이 빨개지다가 얼룩덜룩해진다. 그는 기구 간호사의 손에 있는 리트렉터를 빼내 스퀼란티의 배 안에 거칠게 밀어 넣는다.

리트렉터가 자리를 잡자 그가 말한다.

"알긴 뭘 알아? 다들 닥치고 일이나 해."

우리는 다시 하던 일에 몰두한다. 한동안 들리는 소리라곤 스퀼란티의 EKG(심전도 ─ 옮긴이)가 삐삐거리는 소리뿐이다. 삐삐거리는 소리 각각이 나에게는 영원히 계속되는 들뜬 잠 끝에 울리는 자명종 소리 같다. 엉덩이 사내의 주사기가 박혔던 내 팔뚝이 욱신거리기 시작한다.

그러나 적어도 수술은 잘 진행되고 있다. 우선 우리는 스퀼란티의 내장을 헤치고 나아간다. 내장의 각각의 고리는 피와 등등을 공급하는 얇은 조직 막에 고정되어 있다. 따라서 그것들은 수조 속의 상어들처럼 서로의 위로 미끄러져 갈 순 있지만 밧줄처럼 풀어헤칠 수는 없다. 마치 롤로덱스(전자명함집 ─ 옮긴이)나 전화번호부처럼 한 장 한 장 넘겨야만 한다.

"거꾸로 된 트렌델렌버그(누운 자세에서 발쪽을 높인 체위로 주로 출혈이 많아 쇼크 상태로 빠질 경우 이용된다 ─ 옮긴이)로 해봐."

프렌들리가 말한다.*

---

* '역 트렌델렌버그'란 환자의 발이 머리보다 더 낮은 자세이다. '트렌델렌버그'는 발이 머리보다 높은 위치에 있는 자세이다. 그렇지만 '머리 위로'나 '머리 아래로'라고

역 트렌델렌버그 자세가 내장을 한쪽으로 접어 치우는데 도움이 되어 마침내 스퀼란티의 위가 드러난다.

최초의 절개와 마찬가지로 이때의 문제도 위를 드러내는데 있지 않다. 아즈텍 사제라도 위 다섯 개 정도는 너끈히 꺼내 정오에는 골프장에라도 나갈 수 있다. 문제는 스퀼란티가 죽지 않도록 출혈을 제어하는 것이다. 즉, 바큇살처럼 위로 들어가는 열 댓 개의 동맥을 찾아 잘라야 한다. 내가 보비를 들고 작업을 하는 동안 프렌들리도 보비 하나를 들고 동맥을 잡기 시작한다.

프렌들리가 갑자기 다시 벌떡 몸을 일으켜 세운다.

"개자식들, 웃기네. 내가 몇 년을 트레이닝 했을까? 11년? 15년? 더 되었지. 고등학교까지 친다면 말이야. 그게 다 무엇 때문이야? 보비에서 나오는 콘틸롬 입자를 들이쉬면서 제대로 교육도 못 받은 멍청이들하고 하루 온종일을 씨름하면서 월급이라곤 전처와 미국의 HMO(민간의료보험인 건강관리기구 ─ 옮긴이) 임원들 반수에게 보내지는 것을 바라보려고? 그리고 뭐냐, 사실은 너희들도 그 입자를 들이마시고 있어. 하지만 어쨌든."

프렌들리는 조금씩 툭툭 끊기는 움직임을 보이기 시작한다. 그게 아니라면 내가 자다가 깨다가를 급속하게 반복하고 있는 건지도 모른다.

프렌들리가 말한다.

"오, 하지만 그래 맞아. 나는 사람들 목숨을 구하는 거야. 새끼손가락에 반지를 끼고 있는 이 얼간이 같은 인간들, 평생을 고기

말하는 수술의는 지구상에 그 어디에서도 찾을 수 없다. 맹장수술이 왜 네 시간이나 걸리나 궁금해 할까봐 하는 소리다.

먹고 담배 피우며 빈둥거리는 이 인간들을 말이야."

나는 "봉합."이라고 말하고 큰 동맥 하나를 묶기 시작한다. 실매듭이 내 손에서 부서지고 만다. 나는 또 하나를 요구한다.

프렌들리가 말한다.

"염병할 소고기 업계와 젠장맞을 HMO 업계. 알-카우다(al cowda)와 HM 오사마. 그들이 내 삶을 지옥으로 만들고 있어. 다른 사람들은 빈둥거리고 있는데 말이야. 담배는 피워보면 확실히 재미있을 거야. 아마도 내가 한 번도 해보지 못했던 그 모든 것들이 다 재미있을 거야. 내가 의대에 처박혀 있을 때 너희들 모두 밖에서 놀면서 마빈 게이의 노래나 듣고 마리화나 피우고 섹스를 즐겼던 것처럼 말이지."

이번 실매듭은 더욱 조심스럽게 묶어 튼튼하게 잘 견딘다. 나는 팔뚝 때문에 손가락이 뻣뻣해지기 시작한 상황에서 매듭을 짓는 솜씨가 다시 금방 회복된 것에 놀라지 않을 수 없다. 그러나 처음에는 돼지발, 그 다음엔 죽은 사람의 발, 그러고 나서 마침내 살아있는 사람의 발에 직접 시술하는 것을 배운 거라면, 그 무엇이든 기억 속에 영원히 자리 잡는 것은 당연한 일일 것이다.

"봉합."

프렌들리가 말한다. 기구 간호사가 프렌들리에게 실을 주지만 그것이 프렌들리의 손가락에서 엉키고 만다. 그러자 프렌들리가 화를 내며 스퀼란티의 열린 복부 안으로 그것을 떨쳐 내버린다.

프렌들리가 말한다.

"내가 뭘 했어야 하는지 아나? 뱀 다루는 사람이 되었어야 했어. 그건 똑같은 직업이지만 벌이가 더 낫잖아. 대신에 나는 날 엿 먹이려고 내 수술테이블에서 죽길 바라는 인간들의 목숨을 살리는 일을 해. 왜냐하면 그게 바로 모든 사람들이 바라는 거니까. 졸(卒)을 가지고 퀸을 빼앗을 기회 말이야."

"프렌들리 박사님?" 스크럽 간호사가 말한다.

"뭐?"

"이 시나리오에서는 누가 퀸입니까?"

또다시 마스크로 가려진 웃음들이 한바탕 터진다.

"닥쳐!"

프렌들리가 그렇게 말하며 묶인 한 가닥 실매듭을 움켜쥐고는 스크럽 간호사의 얼굴을 향해 집어던진다. 그러나 그것은 무게가 없어서 그렇게 멀리 나아가지 못하고 호를 그리며 바닥으로 떨어진다.

1초 동안 우리 중 어느 누구도 프렌들리가 다른 쪽 손으로 스퀼란티의 비장에 보비를 박아 넣는 것을 깨닫지 못한다.

그냥 비장 안으로가 아니다. 비장을 따라서 앞으로 나아가며 절개를 한다. 마침내 우리가 알아차렸을 때 절개부위에서 송골송골 피가 맺히다가 혹 뿜어져 나오기 시작한다.

"이런, 젠장."

프렌들리가 보비를 홱 잡아채면서 말한다.

비장은 기본적으로 위의 왼쪽에 자리한 주먹 크기만 한 피 주머니이다. 바다표범과 고래, 경주마의 비장은 크기가 크며 여분의 산소화 혈액을 비축하고 있다. 인간의 비장은 대부분 오래되거나 손상된 적혈구 세포를 걸러내는 일을 한다. 또한 항체가 감염에 의해 활성화될 때 스스로를 복제하기 위해 가는 곳도 비장 안에 있다. 비장이 없어도 완벽하게 잘 살 수 있는데, 자동차 사고에서 살아남는 사람이나 겸상(鎌狀) 적혈구성 빈혈을 가진 사람들도 그런 경우가 허다하다. 그러나 비장을 갑자기 파열시키면 안 된다. 왜냐하면 위로 가는 동맥만큼이나 많은 동맥들이 비장으로 가기 때문에, 그곳에서 피를 잃으면 단번에 죽을 수도 있는 일이다.

프렌들리는 보비를 콘센트에서 뽑아내 바닥에 패대기치고는 소리 지른다.

"클램프 줘!"

스크럽 간호사가 평온하게 "보비 다운."이라고 말하고는 한 움큼의 클램프들을 트레이에 올려놓는다. 프렌들리는 두 개를 집어 비장 상처의 가장자리를 한데로 잡아당긴다.

클램프들이 비장 조직 표면 대부분을 찢어낸다.

스퀼란티의 피가 억수같이 쏟아져 나오기 시작한다.

"무슨 일입니까?" 마취전문의가 커튼의 저쪽에서 소리 지른다. "혈압이 10포인트 떨어졌어요!"

"꺼져!"

프렌들리가 소리 질렀다. 곧 우리 둘 다 활동을 개시한다.

나는 두 개의 클램프를 움켜쥐고 동맥을 찾기 시작한다. 분수를 이루는 피 속에서 볼 수 있을 만한 것을 찾다보니 그냥 가장 큰 것들만 찾아보게 된다.

프렌들리는 내가 위의 하단을 따라 비장 쪽으로 뻗어 있는 왼쪽 위대망동맥을 클램프로 잡을 때 내게 시비를 걸지 않는다. 나는 그가 알아차리기나 했는지 알 수가 없다. 그러나 내가 대동맥에서 수도꼭지처럼 삐져나온 비장 동맥 자체를 잡으려고 하자 그는 내 손을 찰싹 때린다. 그 바람에 나는 스퀼란티를 그 자리에서 죽일 뻔하다 만다.

"젠장 뭐 하는 짓이야!?" 그가 소리를 지른다.

"지혈(止血)이요."

"내 동맥들을 망치자는 거지!"

나는 그를 노려본다.

그때 나는 그가 스퀼란티의 비장을 매듭지어 떼어 내는 대신, 사실상 그것을 살리는 게 가능하다는 생각을 하고 있다는 것을 깨닫는다.

왜냐하면 만약 비장을 살린다면 합병증으로 그것을 떼어내 버렸다고 보고하지 않아도 되기 때문이다.

스퀼란티의 혈압 모니터에서 경고음이 울린다.

"환자 제어해요!"

마취전문의가 고함을 친다.

프렌들리가 다시 난폭해질 경우를 대비해 나는 어깨로 시야를 막으며 다시 한 번 비장 동맥을 잡으려 시도한다. 그리고 이번에는 대동맥의 하류 대략 2~3센티미터쯤에서 잡는데 성공한다. 비장 밖으로 빠져나오는 혈액 손실은 이제 속도가 줄어 넓고 얕게 새는 정도가 되고 혈압 경보가 꺼진다.

"봉합과 바늘."

프렌들리가 어금니를 앙다물며 말한다.

프렌들리는 망가진 스퀼란티의 비장을 꿰매어 못생긴 작은 덩어리로 만들기 시작한다. 중간쯤 가다가 바늘이 부러진다.

그가 소리를 지른다.

"스테이시! 저 멍청이들 봉합하는 법 좀 배우라고 해. 안 그러면 나 글락소(글락소스미스클라인: 영국계 다국적 제약회사 — 옮긴이)로 가겠어!"

"예, 선생님."

스테이시의 목소리가 어딘가 멀리에서 들린다.

다음 번 실매듭이 더 잘 봉합된다. 그게 아니라면 프렌들리가 좀 덜 세게 잡아당겼던가. 그가 내게 묻는다.

"이제 동맥 하나 잡아도 되겠나?"

"버티지 못할 겁니다."

"염병할, 비장 동맥 주기나 해."

나는 비장동맥을 막고 있던 클램프의 핸들을 분리한다. 비장이 서서히 다시 부풀어 오른다.

그런 다음 그것은 꿰매놓은 절개부위의 양쪽을 따라 반으로 갈라지며 사방에서 피를 뿜는다. 프렌들리가 제 손에 있던 클램프를 벽에다 내동댕이치자 나는 비장동맥을 다시 막는다.

"바닥에 클램프." 기구 간호사가 범상하게 말한다.

"비장 뽑아냅니다."

내 말에 프렌들리가 말한다.

"지랄 마. 내가 하겠어."

"수혈하고 싶소." 마취전문의가 말한다.

"좋소!" 프렌들리가 그를 보고 고함을 친다. "환자 연결해, 콘스탄스."

콘스탄스는 지워지지 않는 마커 펜으로 '프렌들리'라고 쓰인 콜맨 아이스박스를 열고 두 개의 혈액 백을 꺼낸다.

"이거 크로스체크 된 겁니까?"

마취전문의가 묻자 프렌들리가 답한다.

"당신 일이나 하쇼."

프렌들리와 나는 함께 스퀄란티의 비장을 제거한다. 대략 1시간 반 가량 걸린다. 프렌들리는 학생 하나에게 떼어낸 비장을 병리학과로 가져가라고 시킨다. 그래야 나중에 암이 있는지 조사하기 위해 일부러 떼어낸 것이라고 주장할 수 있기 때문이다. 바로 그게 멋지게 위신을 회복하는 방법이란 건 나도 인정한다.

그 후 위를 실제로 떼어내는 일은 더디지만 무심히 지나가는 일이다. 우리는 이미 스퀄란티의 복부에 있는 동맥의 반을 작살낸 상태였다. 더 이상 출혈할 것은 남아있지 않다. 그에게 아직도 간과 결장으로 가는 피가 있다는 것이 다행인 것이다.

식도를 내장에 연결하는 것이 삶은 생선 두 조각을 서로 꿰매 연결하는 것처럼 더 짜증나는 일이다. 그러나 그것마저도 결국 이루어진다.

마침내 프렌들리가 내게 말한다.

"자, 마무리해. 나는 가서 수술 보고를 하겠어."

마무리는 적어도 또 한 시간이 걸린다. 그리고 나는 살아오면서 그 어떤 때보다도 지금 너무 피곤하다. 게다가 오른손 손가락들이 거의 쓸 수 없을 정도로 쥐가 나고 있다.

그러나 프렌들리와 함께 마무리를 하느니 차라리 혼자 하는 편이 낫다. 인체에는 너무나 많은 층들이 있어서 훌륭한 수술의마저도 수술이 너무 오래 지속되면 일부 꿰매는 것을 놓칠 수도 있다. 표면에 가까운 층들이 모두 봉합되는 한 환자는 차이를 알지 못한다. 꿰매지 못한 것들은 나중에 파열될 확률이 크다.

그리고 나 개인적으로는 스퀼란티가 최대한 타이트하게 꿰매지길 바란다. 라텍스 드레스처럼 잘 맞고 방수도 될 정도로.

마침내 난 수술실에서 비틀거리며 나왔다. 프렌들리는 복도에 서서 다이어트 콜라를 마시며 화들짝 놀란 얼굴을 한 간호사의 엉덩이를 두드리고 있다.

"과감해져야 스릴을 맛볼 수 있다네, 친구." 그가 내게 말한다.

나는 지금 내가 깨어 있는지조차 확실치 않다. 나는 지난 30분 동안 수술실에서 나가자마자 누울 것이라고 스스로에게 다짐을 했다. 따라서 아마 나는 이미 누워 잠을 자며 꿈을 꾸고 있는지도 모르겠다.

"선생님, 정신이 나가셨군요, 제길." 내가 말한다.

"그렇다면 난 이게 민주주의가 아닌 게 다행이야. 이건 '좆까라 주의'야. 그리고 난 왕이지."

그 마지막 말은 간호사에게 한 말이다. 난 신경 쓰지 않는다.

나는 이미 그를 지나쳐 비틀거리며 복도를 나아간다.

나는 깨어난다. 마치 트럭 한 대가 뒤에서 빵빵거리는 것처럼 자명종이 울린다. 또한 많은 사람들의 목소리도 들린다.

나는 병원 침대에 누워 있다. 도대체 왜 그런지 또 어딘지도 모르겠다. 내 뒤에 있는 벽을 빼곤 모든 벽이 커튼이다.

그때 나의 호출기와 손목시계의 알람이 동시에 울리자 기억이 되살아난다. 20분 정도 낮잠을 자기 위해 누웠던 것이다. 회복실의 스퀼란티의 옆 침대이다.

나는 벌떡 일어나서 그의 침대와 내 침대 사이의 커튼을 열어젖힌다.

사람들이 그를 온통 둘러싸고 있다. 간호사들과 의사들, 그러나 침대 참에 한 무리의 일반인들도 있다. 공격적인 가족들이 수술이 어떻게 되었는지 보러 온 것으로 보인다. 소음이 믿을 수 없을 정도이다.

왜냐하면 스퀼란티가 발작을 일으키고 있기 때문이다.

다가가 보니 그의 EKG가 모든 곳에서 덜컹거림을 멈추고 일자의 선을 이루며 또 다른 경고음을 낸다. 의료진이 고함을 질러대고 서로에게 주사기를 던져 그의 몸 여러 곳에 주사기들을 꽂는다.

"심장충격기! 심장충격기!"

일반인 하나가 소리를 지른다.

아무도 스퀼란티에게 제세동기를 사용하지 않는다. 그래봤자 아무 소용이 없다. 심장의 리듬이 잘못된 사람에게 전기충격을 주는 것이지, 아예 멈춰버린 사람에게는 소용없다. 그러한 이유로 그것을 제세동(除細動)이라고 부르지 세동이라 하지 않는 것이다

따라서 스퀼란티는 죽은 상태이다. 결국 집중 치료실 인간들이 포기하고 일반인들을 내보내고는 할 일을 찾는다.

나는 누가 지미인지 알아보려 애쓴다. 나에 관한 스퀼란티의 메시지를 텍사스의 보몬트 연방교도소에 있는 데이비드 로카노

에 전달할 임무를 지닌 자 말이다. 회복실을 나가면서 벌써 휴대폰을 꺼내고 있는 쓰리피스 정장을 입은 사내에게 베팅을 걸어본다. 그러나 경쟁자들이 한 무리는 된다. 너무나 많아 어찌해 볼 도리가 없다.

그리하여 나는 침대 머리맡으로 가서 스퀼란티의 EKG 기계에서 출력된 종이를 뜯어낸다. 8분 전까지는 완벽하게 정상이다가 갑자기 전부 급격한 돌출선을 보이기 시작한다.

돌출선들은 정상에 가깝지도 않다. 그것들은 한 무리의 'M'자나 'U'자를 이루어 마치 '살인(Murder)'을 쓰려고 하는 것 같다. 나는 빨강색의 '바이오해저드(실험실이나 병원에서 세균이나 바이러스 등의 미생물이 외부로 누출됨으로써 야기되는 재해나 장애 — 옮긴이)' 수거통을 집어 들고 커튼을 돌아 내가 낮잠을 잤던 곳으로 가져간다. 그것을 침대 위에 쏟는다.

그 모든 쓰다버린 주사기들과 피 묻은 거즈들에도 불구하고 '마틴-화이팅 알도메드'라고 쓰인 두 개의 빈 유리병을 찾는 데는 오래 걸리지 않는다.

칼륨이 담겨 있던 병.

18

젊은 여자는 집 안에서 '티츠(젖꼭지 — 옮긴이)'라는 애칭으로 불리긴 했지만 레스 카커의 두 아내 모두 이름이 메리였다. 나이 든 메리는 경찰과 구급요원들에 의해 집 앞에서 발견되었는데 스킨플릭과 내가 그녀를 두고 떠난 지점이었다. 그녀의 두개골은 안으로 찌그러져 있었는데, 아마도 그녀의 시체 근처에서 발견된 스토브의 철제 쇠살대에 의한 것으로 추정된다. (FBI에 따르면) 그 쇠살대에는 추적 가능한 만큼의 지문은 나오지 않았고 단지 나이 든 메리의 두뇌 조직이 꽤 많은 양 발견되었다고 한다. 티츠는 세 명의 카커 사내들처럼 단순히 사라져버렸다.* 그러나 그들과는 달리 그녀는 피 한 방울 남기지 않았다.

　FBI에서 나를 카커 보이스(아버지와 아들들을 모두 함께 일컫게 된 말)가 아니라 두 명의 메리를 살해했다는 혐의를 씌웠다는 사실은 상당히 납득할 만했다. 두 명의 메리가 훨씬 더 동정을 유발했고 더군다나 FBI에서 그 중의 한 명의 시신을 확보하고 있었던 것이다. 게다가 사건 자체가 날아가지 않고서야 그들은 언제고 카커 보이스 살해에 대해서는 나중에라도 내게 혐의를 씌울 수 있었던 것이다.**

---

* 저런, 미안해요. 나도 그녀를 '티츠'라고 부르고 말았네. 그렇지만 모든 사람들이 다 그렇게 불렀다. 심지어 검찰에서도 그렇게 불렀는데 어쩐지 녹취록에는 나타나지 않지만 한 번은 '법정' 내에서조차 그랬다.
** 미국에서는 같은 범죄로 두 번 재판을 받을 수 없다는 생각은 허튼소리다. 실제로는 똑같은 혐의에 대해서 두 번 재판을 받을 수 있는데 한번은 연방정부 법정에서, 또 한 번은 주정부 법정에서. 게다가 같은 범죄에 대해 몇 번이고 다시 고소당할 수 있다. 예컨대, 나의 연방정부 재판은 다음과 같은 혐의들(각각에 기소의 소인(訴因)이 둘이었다)에 관한 것이었다: 일급살인, 일급 과실치사, 폭력 범죄나 마약 밀매 범죄가 행해지고 있는 동안 화기를 이용한 살인, 납치 기간 중의 살인, 돈으로 고용된 살인, 갈취 범죄와 연루된 살인, 고문이 연루된 살인, 영구적인 범죄조직과 관련된 살인 혹은 마약밀매 범죄 혹은 연방정부나 주정부나 지방의 법 집행관에 대한 마약과 관련된 살인, 어린이 성 착취와 관련된 살인, 그리고 증인이나 피해자, 정보 제공자의 증언을 방해하려는 의도를 지닌 살인. 그 많은 수의 혐의들은 배심원들이 나에게 뭐라도 유죄판결을 내릴 수 있도록, 또 나의 잠재 형량을 네 자리 수로 끌어

다른 한편, 두 메리의 살해에 대해 나를 재판한다는 것은 좋지 않은 조처였다. 왜냐하면 나는 실제로 그들을 살해하지 않았기 때문이었다. 검찰측에서 제시한 모든 증거는 조작된 것이거나 곡해된 것이었다. 따라서 그들이 '대립가설에 대한 해석'에 반박을 하는 것이 불가능했다. 그 대립가설에 대한 해석이라는 것은 티츠가 —도대체 얼마동안 얼마나 많은 학대를 받았는지 누가 알겠는가— 나이 든 메리의 머리통을 부숴버리고 집 안에 있는 20만 달러를 들고 도망갔다는 것이었다. 돈의 존재는 우크라이나 소녀 하나가 엿들어 알고 있다고 말했다.

그나저나 나는 이 점을 분명히 밝히겠다:

티츠, 실제로 그게 사실이라도 난 당신에게 아무런 앙심 같은 거 없습니다. 당신이 이 모든 세월 내내 어딘가에 숨어 《뉴욕 포스트》에서 날마다 내 재판에 대한 소식을 보면서 언제고 당신이 날 구하기 위해 개입할 수 있는데 그러지 않는다는 것 — 그럴 일이 없을 것 같긴 하지만— 에 대해 키득거리며 즐거워할지라도 나는 당신의 행동을 완전히 이해합니다.

물론 상황이 달리 돌아갔다면 내가 여전히 이런 식으로 느낄 것인지에 대해서는 장담할 순 없지만 말이죠.

나의 '변호팀'은 모라데이 차일드 사에 의해 꾸려졌다. 팀에는 그중에서도 에드 '뉴욕의 조니 코크란' 루박과 도노반 '다른 모든 변호사들이 당신의 메시지를 듣고 반올림하여 시간당 450달러를

올리기 위해 마련된 것이었다. 그러나 그런 상황에서도 FBI는 나에게 다른 혐의를 씌워 나중에 다시 재판을 걸겠다는 옵션과 또 나를 주정부로 넘겨버리겠다는 옵션을 움켜쥐고 있었다.

청구하는 상황에서, 당신의 전화에 회신을 보내는 유일한 당신 법률팀 멤버' 로빈슨이 포함되었다.

도노반은 지금 샌프란시스코 시 시장 사무실의 특별보좌관인데 ―도노반 씨, 안녕!― 나보다 다섯 살쯤 위여서, 당시에는 28세쯤 되었다. 그는 명민했지만 멍청해 보였다. ―도노반 씨, 미안! 어떤 기분인지 알아요!― 그러한 점이 바로 피고측 변호사에게는 바람직한 면이었다. 그는 나를 돕기 위해 최선을 다했다. 내 생각엔 내가 결백하다고 믿었기 때문이었던 것 같다. 적어도 그 구체적인 혐의에 관해서는 말이다.

예를 들어, 도노반은 그 혐의에 힘을 실어줄 증거가 없다고 여겼다. 또한 나이 든 메리가 직접적으로 고문에 참여하진 않았더라도 두어 경우의 상당히 끔찍한 고문 행위에 적어도 부수적인 도움을 주었다는 우크라이나 소녀 몇 명의 직접적인 증인진술을 볼 때, 내가 고문이 포함된 살해 혐의를 받고 있다는 사실이 얼마나 이상한지를 짚어낸 최초의 사람이었다. 따라서 그것은 검찰 측에서 화제 삼고 싶어 할 사안이 아니었다.

도노반은 어느 날 감옥으로 날 보러 와서는 ―웃긴 일이다, 에드 루박이 그런 적은 한 번도 없는 것 같다― 말했다.

"저들이 당신에 대해 뭔가를 잡았더군요. 그게 뭐죠?"

"그게 무슨 말이죠?" 내가 그에게 물었다.

"저들이 우리한테 말하지 않은 증거를 잡았다고요."

"그게 불법적인 건가요?"

"엄밀히 말해서, 그래요. 원칙적으로 그들은 자기들이 잡은 것이 무엇이든 '시의 적절하게' 우리에게 보여줘야 돼요. 하지만 만일 그게 뭔가 쓸 만한 것이라면 판사가 어쨌든 허락해 줄 거예요. 우리는 그걸 근거로 무효 심리를 주장해 볼 수 있지만 아마 잘 되지 않을지도 몰라요. 그러니 저들이 손에 넣은 게 무엇인지 조금이라도 감이 잡히면 나한테 말을 하는 게 어떻겠는지 생각해 봐요."

"모르겠어요."

그건 사실이었다.

데이비드 로카노가 그 모든 것에 비용을 대고 있었다. 물론 직접적인 방식은 아니었지만 말이다. 그는 나와 공식적인 연결을 원하지 않았고, 아마 내가 자신에게나 혹은 스킨플릭에게 위험이 된다면 나를 잘라버리고 싶어 했을 것이다.

그러나 당시 그러한 일이 일어날 아무런 이유가 없었다. 우리 모두는 FBI에서 내가 사실상 누군가를 살해했다는 것을 증명하기 전까지는 살인교사혐의로 로카노를 기소하지 않을 것이라는 사실을 알고 있었다.

로카노는 아주 세심하게 주의를 기울여 스킨플릭을 깨끗하게 유지하고 있었다. 그는 추적 조사가 없다는 것이 확실해지기 전까지는 스킨플릭이 살해에 대해 조직 내에서 공을 인정받는 것을 금지시켰다. 그리고 그 자신도 10번가의 러시아 사우나의 한증막 밖에서는 카커와 관련하여 스킨플릭에 대해 한 번도 언급한 적이 없었다.

불행히도 그는 나에 대한 문제에 있어서는 조금 느슨해지고 있었다. FBI는 로카노가 나를 '폴락(폴란드 인을 비하하는 용어 ― 옮긴이)'이라고 지칭하는 8시간 분량의 녹음된 전화통화를 확보해 놓고 있었다. "K 형제들에 대해선 걱정 마. 폴락이 다음 주에 걔네들을 방문할 거야." 하는 식이었다. 그러나 어쨌든 그로 인해 로카노는 내가 유죄판결을 받지 않도록 막기 위해 힘껏 애를 써야만 했다.

FBI는 내가 로카노에게 등을 돌리도록 유도하기 위해 일찍부터 우리에게 그 테이프에 대해 말을 해주었다. 그들은 또한 자신들이 이미 조직원 하나를 수감해 놓았는데 그자가 내가 로카노 밑에서 일하는 킬러라는 사실을 증언해 줄 것이라고 말했다.

그러나 도노반 말이 맞고 FBI가 증거를 가지고 있는 게 사실이라 친다면, FBI는 어쨌든 그 미스터리한 증거를 쉬이 드러내지 않고 마지막 순간까지 비밀로 유지하고 있었던 셈이다.

그리고 나는 그동안 감옥에서 썩고 있었다.

천재적인 웬디 카미너는 거리에서 습격을 당해본 민주당원이 공화당원으로 돌변하고, 체포되어 본 공화당원이 민주당원으로 바뀐다는 말을 한 적이 있다. 당신들은 아마 마피아 킬러가 무슨 인권 운운하며, 카미너의 말까지 들먹일 입장은 아니라고 생각할 것이다. 그렇다 하더라도 내가 겪어본 사법체계에 대한 다음 두어 가지 정도는 얘기하고 넘어가겠다.

한 가지는 이것이다. 만약 중죄로 고소가 되었다면 —명심하라, 고소 말이다— 보석은 받지 못할 것이다. 나는 **재판이 시작되기도 전** 8개월 동안이나 맨해튼 중심가에 있는 시청 건너편 연방 메트로폴리탄 교정센터 동북부 지부에 감금되어 있었다.

또 한 가지는 이것이다. 만일 당신이 나처럼 무섭게 생긴 유명한 킬러가 아니라면 감옥에 있는 동안 당신에게 일어나는 일은 내게 일어났던 일보다 젠장맞을, 훨씬 더 지독할 것이라는 사실이다. 예를 들어, 어느 누구도 나더러 한 번도 뚜껑이 없는 알루미늄 변기 옆에서 자라고 강요하지 않았다. 변기는 언제나 오줌과 똥, 토사물로 완벽한 표면장력을 자랑하는 돔을 이루고 있었는데, 여차하면 흘러넘칠 기세였다. 나는 저들이 '빨래 꺼내기'(세탁기에서 빨래를 꺼낼 때 허리를 굽히는 것에서 착안된 성적 행위로 사료됨 — 옮긴이)라고 부르는 것 또한 한 번도 강요받은 적이 없었다. 혹은 다른 사람들에게 자기의 힘을 과시하기 위해서, 또는 지루함을 견뎌내기 위해 만들어내는 수천 가지 유치찬란하고 상상력 넘치는 굴욕스러운 행위를 강요받지도 않았다. 심지어 교도관들마저도 내게 알랑거렸다.

그리고 기억하시라. 그곳은 교도소가 아니었다. 구치소였다. '결백'하다고 추정되는 사람들을 보내는 곳 말이다. 뉴욕시에서 라이커스 아일랜드(내 혐의가 연방정부 급이 아니었다면 내가 보내졌을 곳)로 보내진다는 것은 혐의가 단지 계류 중이라는 것을 의미한다.

그리고 당신은 아마 구치소에 갈 일은 없을 거라고 생각할지 모르겠다. 당신이 백인이고 그러니 사법 시스템이 '당신을 위해' 작동할 것이라고, 혹은 당신은 마리화나를 피우거나 탈세를 한 적도 없으며, 어쩌면 당신을 해하고 싶어 하는 사람들에게 여지를 남겨놓지 않았다고 생각할 수도 있을 것이다. 그러나 그렇다 하더라도 구치소에 가지 말란 법은 없다. 실수는 일어나기 마련이고, 그 순간 당신은 기본적으로 DMV(자동차 운전면허 및 차량등록 등의 업무를 맡은 주정부기관으로서, 여기서는 오래 줄을 서서 기다려야만 하는 곳으로 악명 높은 기관임을 비유한 말임—옮긴이)와 같은 기관의 손아귀에 들어가게 되는데, 들어갈 때 따지는 가입조건 따윈 그렇게 까다롭지 않다.

게다가 —뉴욕시에서조차도, 또한 당신이 누구건 간에— 당신이 체포될 확률은 강도를 당할 확률보다 150배가량 더 크다.

게다가, 속보: 감옥은 개 같다.

짐작대로, 그곳은 시끄럽다. 개 사육장은 시끄럽지 않을 수가 없다. 왜냐하면 50데시벨이 넘는 모든 소음은 개들에게 고통스럽기 때문이다. 만일 한 마리가 고통 때문에 짖기 시작하면 나머지 개들이 전부 따라 짖는다. 그러면 데시벨 수치가 계속해서 올라가게 된다. 감옥에서도 똑같다. 그곳엔 언제나 완전히 돌아버린 나머지 비명을 멈추지 않는 자들이 있다. 또한 언제나 염병할 라디오가 켜져 있다. 그러나 그런 것들은 그저 일부에 지나지 않는다.

감옥에서는 사람들이 끊임없이 말을 한다. 때때로 그들은 서로를 속여먹기 위해서 말을 한다. 감옥에서는 너무 멍청해 어떻게 숨 쉬는 방법은 알까 싶을 놀랄 만한 사람들이 끊임없이 다른 사람들을 이용해 먹으려 혈안이 되어 있다. 왜냐하면 그들이 자기들보다 더 멍청한 누군가를 찾아낼 확률이 꽤 높기 때문이다. 누군가 좀 더 스트레스에 지친 사람들이라든가, 혹은 약에 좀 더 찌든 사람들, 혹은 제 어머니가 자기를 임신했을 때 술을 너무 많이 마셨다든가 하는 따위의 사람들이 널려 있다.

그러나 감옥에 있는 사람들은 그저 말을 위해 말을 하기도 한다. 그렇게 혼돈스러운 곳에서 정보라는 것은 그것의 질이 어떻든

간에 아주 중차대해 보이기 마련이다.

감옥에서의 대화의 진짜 가치는 생각하는 것을 막아준다는 데 있는 것 같다. 다른 식으로는 설명할 길이 없다. 감옥에서 사람들은 2분 동안 입 닥치고 조용히 있느니, 네 칸 너머 있는 수감자에게 대화를 시도하려고 한다. 마치 근처에 있는 누군가를 칼로 긋고 있는, 그러면서/혹은 그자를 강간하고 있는 사내에게서, 혹은 수공으로 만든 주사기를 벽에다 갈고 있는 사내에게서 나오는 소음이 충분치 않다는 듯이 말이다. 당신이 죽인다고 위협하는 사람들이 끊임없이 당신한테 말을 걸어오는 것이다.

그들 모두가 바라는 것은, 그 정신없는 곳에서 누군가 다른 사람에게 말하지 말아야 할 것을 털어놓았을 때, 그것을 교도소장에게 팔아넘기는 것이다. 감옥에 있는 사람들은 언제나 자신들이 얼마나 밀고를 증오하는지에 대해 떠들어댄다. 따라서 그런 짓은 해서는 안 된다고 떠들어대며, 게다가 누군가 밀고를 했기 때문에 그자를 칼로 그으러 간다면, 당연히 그것을 눈감아주어야 한다고 이야기를 한다. '밀고'라는 것은 그들이 가장 좋아하는 말이다.*

그러나 그런 인간들은 모두 밀고자가 되니 차라리 죽고 말겠다고 노상 씨불거리고 다녀도 대부분의 시간을 밀고할 거리를 찾아 캐내는데 보낸다. 형기를 좀 줄여보려고, 혹은 알랑거리려고,

---

* 이 말(snitch)이 그들이 애용하는 또 다른 단어인 '쌍년(bitch)'이라는 말과 짝을 이루면 좀 더 닥터수스(미국의 만화가/동화 작가 씨어도어 수스 가이젤의 필명으로 작품에 시적 운율을 즐겨 사용했다.— 옮긴이)처럼 들린다.('밀고'snitch와 '쌍년' bitch의 각운의 일치를 이용한 말장난이다— 옮긴이)

혹은 그저 지루함을 견뎌보려고 그러고 다닌다.

　감옥에서 또 하나 인기 있는 주제는 모두 어디로 가게 될 것인가 하는 문제이다.

　조직원이자 킬러로서 나는 연방 시스템에서 가장 높은 수준의 보안이 유지되는 5레벨의 두 시설 중 하나로 보내질 것은 명백했다. 문제는 둘 중에서 어디냐였다. 리븐워스냐 매리언이냐.

　리븐워스와 매리언이 재미있는 것은, 그 두 곳이 유일한 5레벨 교도소이며, 또 두 곳 모두 미국에서 가장 끔찍한 교도소임에도, 두 곳이 서로 완전히 다르다는 점이다. 리븐워스는 감방 문이 하루에 16시간 동안 개방된다. 그 덕분에 죄수들이 서로 '어울릴' 수 있다. 외관상으로 죄수들의 어울림은 6월부터 9월까지 특히 바로크적이 된다. 왜냐하면 그 시기에 교도소장이 위층의 전등을 끄기 때문이다. 그래야 하는 이유가 뭐냐? 리븐워스는 그때 너무 더워 만약 전등을 켜놓으면 죄수들이 열기를 식히기 위해서 서로를 파괴하려고 달려들기 때문이다.

　반면 매리언에서는 미학이 완전히 다르다. 죄수들은 '애드 세그' 즉 '행정상의 격리'에 처하게 된다. 그것은 곧 아주 작은 흰색의 감방에 홀로 머물게 되는 것을 의미한다. 천장의 광확산 등은 결코 꺼질 줄을 모르는데, 바라볼 수 있는 거라곤 그게 전부다. 그곳에서 하루 23시간을 보낸다. 나머지 1시간은 샤워를 하거나, 혼자 6미터 걷기를 하거나, 혹은 족쇄를 조이거나 푸는데 쓰인다.

족쇄를 푸는 일이야 그렇게 샤워나 걷기 따위를 해야 할 때 필요한 것이다. 감방 안에서 수감자는 흰색의 형광불빛 무(無)에 떠 있는 느낌을 받기 시작하는데, 실상 그 외에는 아무것도 존재하지 않는다.

리븐워스가 불이라면 매리언은 얼음이다. 그것은 홉스적 지옥 대 벤담적 지옥과 같다. 구치소에 같이 있었던 놈들은 매리언에서는 미치지 않고 배길 수가 없기 때문에 모두 리븐워스가 더 낫다고 말했다. 그들은 또한 방목하는 리븐워스에서 나는 조직원으로서 '존경'을 받을 것이기 때문에 특별히 내가 더 잘 지낼 것이라고 했다. 적어도 내 자신을 지킬 수 있을 정도로 젊음을 유지하는 한은 그렇다는 말이다.

그런데 '존경'이라는 말은 감옥 안의 사람들이 세 번째로 많이 쓰는 말이다. 이런 식으로 말이다.

"이 자식아, 네가 나한테 덤벼보겠다는 거냐? 저 놈을 카를로스라고 불러? 그건 날 무시하고 존경 안 하겠다는 거지! 저 놈, 아니지, 저년은 로잘리타라고 불러야지, 이 새끼야. 뭔 말인지 알아? 네가 그러면 저 년을 따먹은 우린 뭐가 되냐? 그건 우리 같은 사내들을 존경하는 게 아니지!"

실제로 교도관 하나가 내게 한 말이었다.

나는 이것저것 따져볼 때 매리언이 더 낫다고 생각했다. 그러나 나는 그다지 신경 쓰지 않았다. 왜냐하면 여생을 매리언에서 보내느냐 리븐워스에서 보내느냐는 내가 결정할 사항이 아니기 때문이었다. 이상스럽게도 그것은 그 어느 누가 내리는 결정이 아니었다. 그것은 남는 침대가 있느냐의 문제를 토대로 무작위로 결정

된다.*

　그리고 어쨌든 나는 두 곳 모두를 피할 계획을 하고 있었다. 밀고를 하든, 그 무엇을 하든.

　나는 FBI에게 내가 알고 있는 모든 것을 말할 준비가 되어 있었다. 전반적인 조직에 대해서건, 특히 데이비드 로카노에 대해서건. 그래, 맞다. 난 한때 스킨플릭을 형제처럼 사랑했었다. 그의 부모는 내 부모보다 나와 더욱 가까웠다. 그리고 또 이것도 사실이다. 나는 막달레나를 너무도 지독히 사랑했다. 때문에 그녀와 함께 그 어느 곳에든 한 시간만이라도 단 둘이 보낼 수만 있다면, 로카노 사람들이건 내가 알고 있는 그 무엇이건 한순간에 팔아넘길 준비가 되어 있었다.

　나는 그저 얼마나 오래 기다려야 하는지 알지 못할 뿐이었다. 만약 내가 어떻게 해서든 빠져나가게 될 것 같았으면 불필요하게 조직을 밀고하는 것은 미친 짓일 것이다. 그러나 만약 내가 너무 오래 기다렸다가 유죄 판결을 받는다면, 유죄 답변 거래(검사측이 가벼운 형량을 제시하고 그 대신 피고측이 유죄를 인정하게 하는 따위의 거래 — 옮긴이)를 하는 것이 더욱 어려워지는 것이다.

　로카노 측 사람들은 막달레나—혹은 나 자신—를 직접적으로 협박할 만큼 멍청하지 않았다. 왜냐하면 만일 그랬다면 내가 어떤 식으로 그들을 괴롭힐지 생각해 낼 것이다. 게다가 일단 그

---

* 브룩클린의 마피아 하나가 내게 해준 말이 있다. 그것은 원한다면 리븐워스를 선택해 갈 수 있는데 그곳의 침대 하나를 '치워버림'으로써 가능하다는 것이었다. 달리 말해, 그곳의 누군가를 먼저 죽여 버리면 된다는 것이었다. 내겐 그저 허튼수작으로 들렸다.

렇게 되면 내가 결코 멈추지 않을 것이라는 걸 그들은 잘 알고 있었다. 그러나 어쨌든 그들은 많은 말을 할 필요가 없었다. 나는 우리에 갇힌 신세였고 그들은 막달레나가 있는 바깥세상에 있는 것이었으니. 방문하러 온 자들은 언제나 그녀를 언급했다.

"이놈의 재판이고 수사고 순 엉터리다. 뭐 어쨌든 넌 곧 밖으로 나와 네 여자 친구 만날 수 있을 거다. 이름이 뭐더라? 막달레나? 좋은 이름이군. 멋진 여자야. 곧 같이 있게 될 거다. 네 여잔 우리가 잘 보살펴 줄게."

막달레나는 일주일에 네 번 나를 보러 왔다.

방문권은 교도소보다 구치소가 더욱 느슨하다. 왜냐고? 이봐, 넌 무죄야! 그리고 분명 그것은 주정부보다 연방정부 차원에서 더욱 느슨하다. 만질 수는 없지만 죄수가 테이블 위 보이는 곳에 손을 두고 있기만 하면 분할되어 있지 않은 긴 금속 테이블의 반대쪽에 앉아 있을 수 있다. 방문객은 자기 손을 어디에 두어도 상관없다. 대화를 나누는 동안 손으로 스스로에게 무엇을 해도 괜찮다. 그렇게 몇 주가 지나고 나면 교도관이 거기 있다는 사실조차도 생각 안 하게 된다. 그리고 당신과 여자가 재빠르게 움직이기만 하면, 그들이 힘으로 당신을 떼어내 여자를 내보내고 입 안을 검색하기 위해 당신을 치과의사에게 보내기 전에는, 둘이 동시에 일어나서 그녀에게 키스를 하고 그녀는 자기 손가락을 당신의 입속에 집어넣을 수도 있다. 왜냐하면 여자가 다시 방문 허가를 받지 못할 것이라는 경고는 말짱 헛말이기 때문이다. 그리고 교도관들, 그 처량 맞은 직무 태만자들은 당신을 위해 기꺼이 거짓말을 해줄 것이다.

나는 막달레나가 매번 올 때마다, 또 그녀의 이상스럽게 격식을 차린 편지가 올 때마다 더욱 그녀를 사랑하게 되었다.

"4중주단에서 사람들이 내가 박자에 어긋나게 연주를 한다고 계속 지적해. 맞아. 왜냐하면 난 자기 생각에 빠져 있기 때문이야. 하지만 그렇다고 더 나빠진 게 아니라 오히려 연주를 더욱 잘 하고 있어. 내가 자기를 그리워 할 때, 내 자신이 훨씬 더 살아나니까. 그러니 나는 내가 4중주단 사람들을 실망시킨다고는 생각지 않아. 내 마음에서 우러나와 연주할 때야말로 최상의 연주를 하게 돼. 그러면 당신이 내 마음 속으로 들어와. 자기, 사랑해."

이게 만약 비만녀가 유명한 아내 살인자에게 편지를 보내는 그 제기랄 감옥 로맨스처럼 당신들에게 느껴진대도 나는 상관하지 않는다. 이것이 내 목숨을 살렸고 내 정신을 온전하게 지켜주었다. 그녀가 한 번 왔다 가면 며칠 동안은 그 지랄 같은 곳의 추잡스러움도 참아낼 수 있었다.

막달레나는 나보다 도노반과 더 많은 이야기를 나누었다. 그가 우리 둘 각자에게, 그녀가 소환될 경우를 대비해 결혼을 하는 게 어떠냐고 제안을 했다.* 그녀는 내게 자기는 물론 그러겠다고 말을 했다. 그녀는 뭐든 하겠다고 했다.

나는 그녀에게 그러고 싶지 않다고 말했다. 물론 그녀와 진짜로 결혼하고 싶다고도 했다. 그녀가 말했다.

"어리석게 굴지 마. 우리는 10월 3일 이래로 진짜 결혼한 거야."

---

* 결혼을 해도 여전히 결혼 전에 저지른 범죄에 대해 그녀가 증언하도록 요구받을 수는 있지만 배심원들이 그래도 그것은 불법적인 게 아닌가 생각할 수 있는 문제이고, 그러면 검찰에서 증언을 강행하고 싶어 하진 않을 것이다.

그 점에 대해서는 여러분이 알아서 파악하시라. 그것은 마치 태양의 표면이 어떻게 생겼는지 묘사하는 것과 같을 것이다.

그렇다고 우리가 막달레나가 소환될 것이라고 심각하게 걱정하는 것은 아니었다. 소환되더라도 그녀는 배심원의 마음을 그렇듯 허물어뜨릴 수 있을 여자였다.

막달레나는 내게 책들을 가져다주었다. 그러나 소음 때문에 읽기가 어려웠다. 그랬더니 그녀는 이어플러그를 가져다주었다.

그리고 막달레나는 상황이 잘못 풀릴 경우를 대비해, 나와 가까이 머물 수 있는 기회를 잡으려고 내게 말하지도 않고 연방 교도소 경비가 되기 위한 지원 절차를 밟기 시작했다.

2000년 초여름, 나는 감방에서 불려나와 이전에 한 번도 가보지 못한 메트로폴리탄 교정센터 동북부 지부의 한 사무실로 불려갔다. 그 자체가 특이한 일이라는 것은 아니다. 나라는 사람의 정체가 내가 주장하는 바와 같은지, 아니면 FBI에서 주장하는 게 맞는지 확인하기 위해, 또 범죄가 실제 저질러지기나 한 건지를 확인하기 위해, 두 주마다 한 번 정도 '최초 법정 출두'니 '예심'이니 하는 것들이 있긴 한 것이다. 그러나 이번엔 경비가 나를 사무실에 홀로 놔두고 밖으로 나가 서 있었다. 손목과 허리를 연결한 수갑과 발목 족쇄를 차고 있긴 했지만 그것은 참으로 심히 이상하게 느껴졌다.

나는 즉각 막달레나와 통화하기 위해 전화기를 찾았다. 하나도 없었다. 나무 책꽂이처럼 나무 책상도 비어 있었다. 나무 의자는 등받이가 널로 된 낡은 의자였다. 창문 밖에는 튀어나온 선반 같은 것이 있었는데 도망치기로 작정한다면 그것이 유용하게 쓰일 수 있을 것 같았다. 1, 2분 정도 탈출을 생각해 보며 창밖을 내다보고 있는 동안 뒤에서 문이 열리면서 샘 프리드가 들어왔다.

그는 당시 60대 후반이었는데 주름진 회색 정장을 입고 있는 모습이 보는 즉시 호감이 갔다. 내가 책상 주변을 돌기 시작하자 그는 한 손을 들고 말했다.

"앉게."

그래서 나는 데스크 앞의 의자에 앉았고, 그는 벽에 붙어 있던 의자 가운데 하나를 잡아당겨 앉았다.

"난 샘 프리드일세."

한 번도 들어보지 못한 이름이었다.

"피에트로 브라우나입니다."

그 사람에게서는 내가 주황색 죄수복을 입고 발에 족쇄를 하고 있어도 나도 인간이구나 하고 느끼게 만드는 무언가가 있었다.

"나는 법무부에 속한 사람일세. 지금은 퇴직한 것이나 마찬가지이지만 말이야."

그는 그렇게 말했다. 그는, 예를 들어, "내가 WITSEC을 만들어 낸 사람이야."라는 식으로 말하지 않았다. 비록 그 말도 사실이겠지만 말이다. 그는 이렇게도 말하지 않았다. "내가 조직의 허를 찔렀어. 그리고 내가 면책을 준 사람들은 이제껏 가장 낮은 재범률을 보였다네."

물론 그는 자기가 연방수사국에서 가장 싫어하는 사람 가운데 하나라는 말도 하지 않았다. 왜냐하면 분명 그는 마피아에게 치명적인 타격을 입히긴 하지만, 그것은 대부분의 경찰들과 심지어

FBI에서도 용서할 수 없다고 생각하는 한 무리의 조직원들에게 새 삶을 주는 대가를 치르면서 하는 일이기 때문이었다.

그는 물론 유대인이었다. 그렇지 않고서야 어느 누가 자기를 부랑자로 만들기 딱 좋은 식으로 정의를 위해 그렇듯 강력하게 싸움을 하겠는가? 그의 아버지는 예전에 풀턴 가 어시장에서 일하며 알버트 아나스타샤(뉴욕의 5대 마피아 패밀리 중 하나인 감비노 파에서 카를로 감비노가 대부가 되기 직전 그 조직을 이끌던 자―옮긴이)에게 총수입의 40퍼센트를 지불했었다.

어쨌거나 다시 말하지만, 당시에 나는 그의 이름을 한 번도 들어보지 못했다.

"예." 내가 말했다.

"버부 마모셋에게 자네에 대해 들었네."*

"저는 그게 누군지 모릅니다."

"인도 친구야. 의사고. 머리는 길고. 2주 전에 자네 신체검사를 했다네."

"아, 예."

나는 그때 그저 긴 머리를 한 프리드 세대의 사람 정도로 그를 기억해 냈다. 마모셋은 전화통화를 하는 동시에 나를 검사하며 서류작업을 했었다. 그때 그가 이렇게 말했었다. "자네 멀쩡해." 나는 그 정도가 우리가 나눈 대화의 전부였다고 확신했다.

"그 분이 저를 기억했다니 놀랍네요. 좀 정신없어 보였거든요."

내가 프리드에게 그렇게 말하자, 그가 웃었다.

---

* '버부'는 인도 가정의 막내아들에게 흔히 붙이는 별명으로 분명 마모셋 교수의 진짜 이름이 아니다. 마모셋 교수의 진짜 이름은 아르준이다.

"그 친군 항상 그래. 누군가 그의 주목을 끌었다면, 그 친구가 뭘 어떻게 할지는 아무도 몰라. 내가 한 가지 이야기를 해주지."

프리드는 책상에 발을 올렸다.

"나는 아내와 극장식 식당에서 외식하는 것을 좋아한다네. 중국 식당인데 배우들이 범죄 이야기를 무대에 올리고 사람들은 그걸 풀어야 한다네. 웃기지만 어쨌든 그럼으로써 우리는 거기서 밥을 먹을 수 있고 배우들도 먹고 살 수 있는 거지. 그러니 시키는 대로 하는 거야. 때때로 버부도 같이 간다네. 그 친군 전혀 주의를 기울이지 않는 것 같단 말이야. 실은, 보통 여자친구를 데려오기도 해. 대부분은 내내 여자의 가슴에 얼굴을 파묻고 있지. 그러지 않을 때는 음성메시지를 확인하기도 하고. 그래도 저녁이 끝나갈 무렵 누가 범죄를 저질렀나 맞춰볼 시간이 되면 그 친구가 언제나 맞춘다네."

"정말로요?"

"그럼. 어쨌든 그 친군 내가 알고 있는 사람들을 기가 막히게 잘 봐. 그리고 내가 알고 있는 사람들은 꽤 되고 말이야."

그는 이렇게 말하지 않았다. '잭과 바비 케네디 같은 사람들 말이야.' 그게 사실이었을 수도 있었지만 말이다.

"버부는 자네를 '흥미롭고 구제 가능한 인물'이라고 했다네. 그 말은 곧, 자네가 두 번째 기회를 잡을 수 있다는 거야. 게다가 아마 자네에게 그 기회를 잡기 위해 맞교환해야 할 정보가 많이 있다는 뜻이라고 볼 수 있지."

나는 고개를 저었다. 나는 프리드를 실망시키고 싶지 않을뿐더러 그에게 거짓말도 하고 싶지 않다고 이미 느끼고 있었다.

"나는 그 분하고 이야기도 거의 나누지 않았고요. 증언하고 싶지도 않습니다."

"좋아. 기다릴 수 있어. 하지만 오래는 안 돼. 기회는 왔을 때 빨리 잡아야 돼. 영원히 지속되는 기회는 없다네."

"저는 꼭 그래야만 하는 게 아니라면 '보호감호' 하에 들어가는 데 관심 없습니다. 그럴 준비가 안 됐어요."

"글쎄. 보호감호라는 것은 자네가 생각하는 것과 달라. 그건 다른 사람이 되는 게 아냐. 그건 애초에 자네에게 운명으로 정해진 사람이 되는 거야."

"저에겐 어려운 말인데요."

"난 전혀 그렇게 생각하지 않아. 자네 할아버지가 원했을 만한 것을 생각해 봐."

"저의 할아버지요?"

"개인적인 것을 파고들어 미안하네. 하지만 난 자네 할아버지가 자네에 대해서 어떻게 생각했을지 알 것 같네. 또 자네가 여기 이러고 있는 것에 대해 어떻게 생각할지도. 자네도 분명 알 거야."

"모든 잠재적 증인들에게 이런 식으로 합니까?"

"절대 아니야. 하지만 버부 마모셋은 자네가 이걸 받아들일 수 있다고 생각해."

"그 사람이 절 어떻게 알아요!"

프리드는 어깨를 으쓱했다.

"그자는 재능이 있어. 아마 자네 자신보다 자네를 더 잘 알지도 몰라."

"그게 뭐 힘들겠어요?"

"그래, 맞아. 터프 가이." 그는 책상에서 다리를 내리고 자리에서 일어섰다. "하지만 분명 자네도 그 조직이란 게 결국 어떤 가치가 있는지 알게 될 거야. 웨이터들이 자네한테 굽실거리게 만들겠지. 자네가 돈을 내고 또 그들이 자넬 두려워 하니까. 그러곤 다른 것은 다 앗아가는 거야. 자네의 그 사랑스런 젊은 처자를 포함해서 말이야."

웬일인지 그가 그 말을 했을 때 나는 기분 나쁘지 않았다. 그러나 머리로는 그건 아니었다.

"지금 나한테 사기를 치는군요."

"피차일반이야." 그는 문을 열었으나 나가기 전 돌아보았다. "이거 알아, 내가 만약 자네한테 사기를 친다면 이렇게 말을 하겠지. 조직에서 왜 카커 놈들을 죽이길 바랐을까?"

"전 그에 대해 아무것도 몰라요."

그는 나를 무시했다.

"자네, 카커 사람들이 얼마나 고립되었는지 봤지. 그들이 누굴 집어넬 수 있었을까? 자넨 그자들이 그 먹이사슬에서 높은 곳에 있는 사람들을 알았다고 생각해?"

나는 그저 그를 바라보기만 했다.

"아니야. 그들이 알았던 건 자기들 아래 있던 자들뿐이었어. 그래서 조직에서 그자들을 없애려고 했던 거야. 도급업자만 달라질 뿐 사업 자체는 계속 유지될 수 있도록 말이야. 나중에 연락하겠네. 내가 자네한테 사기를 친다고? 그럼, 생각 좀 해보게. 자네 할아버지라면 뭐라고 했을지도 생각해 보고."

물론 카커 일가에 대해서 프리드의 말이 맞았다. 나도 이미 수도 없이 그 생각이 들었었다.

그러나 그날 밤, 나는 그 생각을 하고 싶지 않아 이어플러그를 하지 않고 잠을 잤다.

재판 자체는 당신이 이미 알고 있을 것이다. 폭스 뉴스의 신봉자인 당신 말이다. 그러나 그것이 나한테조차 얼마나 가슴 아플 정도로 지루했는지 모를 것이다. FBI는 내가 개입해 모든 걸 망가뜨리기 전까지 수개월 동안 '러시안 인형 작전'이란 걸 펼쳐왔다. 그리하여 수천 가지의 재정 문서를 들이댔는데, 민간 부문에서 직업을 구할 수 있는 정도의 사람이라면 누구라도 배심원에게 그것을 읽어주는 멍청한 짓은 하지 않았을 것이다. 게다가 그것들은 이탈리아 마피아하고는 거의 아무런 관련이 없는 것이었다. 아니, FBI에서 부르듯 'LCN'하고는 관련이 없다고 해야 하나.

'LCN'은 라 코사 노스트라(la cosa nostra), 즉 '우리의 것'을 의미한다. 나는 마피아에서 어느 누구도 'LCN'은 고사하고 '라 코사 노스트라'라고 말하는 것은 한 번도 들어본 일이 없다. 그들이 뭐 하러 그러겠는가? 그것은 마치 프랑스 범죄자 무리들이 자신들을 LJNSQ 즉 '무엇인가 알지 못할 것(le je ne sais quoi)'이라고 부르는 것이나 마찬가지이다.*

* 추측건대 FBI 요원들은 아직 'LCN'이라고 말하도록 되어 있을 것이다. 존 에드거 후버(1895~1972 FBI의 초대국장으로 48년간 재직하며 권력을 휘두른 인물—옮

어쨌든 한동안 재판은 그저 답보상태였다. 그런 후 개정진술이 시작된 후 10일 정도 지난 즈음에 ―그들이 내가 주유소에서 911로 전화를 했던 통화 녹음을 들려준 직후인데, 스피치 전문가에 따르면 그게 '대략 85퍼센트 정확도로' 내 목소리라고 말했단다.― 검찰은 그 동안 쥐고 있던 미스터리 증거를 제시했다. 그리하여 마침내 모든 일이 본격적으로 시작되었다.

물론 그 미스터리 증거는 살갗이 벗겨지고 잘려진 손이었는데, 검찰은 그것이 티츠의 것임을 증명할 수 있다고 말했다.

손은 역겨웠다. 그 손은 굉장히 섬세해, 여자의 손이 아니라고 주장할 수도 없다는 것은 인정해야 했다. 그렇지만 너무 커서 십대의 우크라이나 소녀의 손이라고 할 수도 없었다. 그런데 그 손이 발견된 지점이 바로 농장 밖에 우리 차가 주차되어 있던 근처라서 FBI의 말을 믿기가 어렵지 않았다. 그들은 그곳에서 내가 차를 몰고 갔던 것을 증명할 것이라고 말했다. 그리고 손에 온통 나 있는 칼자국들을 보면 누군가 살갗을 일부러 벗긴 것이지, 예를 들어 족제비나 뭐 그런 것이 나중에 물어뜯은 것이 아니라는 것이 확실하다 했다.* 손은 굉장한 공포감을 자아냈다. 특히 FBI

간이)가 왜 그토록 오랫동안 마피아의 존재에 대해 부인을 했었는지 ―예컨대, 상원의 요청에 의해 이루어진 샘 지안카나(시카고 '아웃핏' 마피아 대부(1957~66)―옮긴이)의 통화를 녹음한 테이프를 후버가 가지고 있음에도 불구하고― 맥클레런(존 리틀 맥클레런 1896~1977 아칸소 주 출신 상원의원으로 의회 위원회에서 조직범죄에 대한 청문회를 이끈 인물이다―옮긴이)에게 설명해야만 했을 때 그는 그 모든 상황을 다른 사람들도 모두 틀린 이름을 쓰고 있다는 식으로 단어의 의미론적인 오해에서 기인한 일로 무마하려 했다.
* 그런데 고의로건 다른 이유에서건 피부가 벗겨진 상태를 이르는 의학용어는

가 법정 전면의 스크린에 그것을 크게 투사했을 때는 각별히 더 그랬다.

당연히 에드 루박은 반박을 했다. 그러나 도노반 말이 맞았다: 검찰이 그 손을 피고측에 비밀로 유지했다는 것이 '브래디 대 메릴랜드' 사건(1969년 사건으로, 피고인의 유무죄나 처벌에 관한 중요한 증거를 피고인의 공개 요구에도 응하지 않는 것은 적법한 절차를 어기게 된다는 사례 ─ 옮긴이)과는 어긋나게 갔지만 판사는 어쨌든 그것을 증거로 채택하는 것을 허가했다. 그것이 아주 그로테스크하고 그럴싸해서 언론 보도를 이끌어낼 수 있었기 때문이었다. 또 내가 볼 때 그것이 유죄선고를 이끌어낼 수 있는 유일한 것이기 때문이기도 했다.

상대적으로 말해 2000년 7월은 살인 혐의로 재판을 받기에는 끔찍한 때였다는 것을 이해해야만 한다. 그 5년 전에 O. J. 심슨 재판에서 그때까지만 해도 역사상 거의 모든 범죄의 유죄 판결에서 토대가 되었던 '정황증거'라는 개념을 훼손시키는데 성공을 했던 것이다. 정황증거는 물리적 증거나 목격자 증언 이외의 모든 것을 포함한다. 만약 당신이 작살총을 사고서 그걸 가지고 누군가를 쏴죽일 거라고 술집에 가서 모든 사람들에게 말을 한 후, 한 시간 뒤에 작살총이 아니라 엽총을 가지고 나타나 일을 저질렀다고 말을 하면 그것이 바로 정황증거가 되는 것이다. O. J. 재판은 심지어 물리적 증거마저 의심가게 하는데 성공했는데 왜냐하면 '보관사슬'(법의학에서 증거물수집과 증거 보관을 다루는 한 가

'degloving(벗겨진 손상)'이다. 신체의 어떤 부위건 'degloving'을 입을 수 있다. 예를 들어, 응급실에서는 진공청소기에 낀 남성 성기가 가장 흔한 경우다.

지 방법으로 이용되는 것으로써 증거물에 관련된 모든 일들을 명확하게 기술하는 문서화를 지칭 — 옮긴이) 상 그 어떤 구멍도 '경찰이 그걸 일부러 망가뜨린 것이 아닌가' 하는 생각을 가능하게 만들었기 때문이었다.

그리고 당시 목격자 증언은 수년 째 신뢰할 수 없다고 비난을 받고 있던 터였다. 그렇긴 하다. 비록 내 사건의 경우 목격자라야 어쨌든 별로 없긴 했지만 말이다. 그저 배달원 마이크가 백미러로 보았을 수도 있고 못 보았을 수도 있는 모습을 가지고 말할 수 있을 정도랄까.

한편, FBI는 손 이외에 다른 물리적 증거가 거의 없었다. 농장에는 사방에 진흙이 있었지만 그 어떤 발자국도 내 것일 만큼 크지가 않았다.*

따라서 그 손은 세심하게 보호되고 있었고 발견된 순간부터 언제나 직접 관찰 하에 보관되도록 되어 있었다. 웃긴 얘기다. 내 말은, 도대체 누가 그런 일을 맡아 하겠는가? 당신이라면 그 짓을 하기 위해 냉장고 안에 기어들어가 앉아 있겠는가? 그러나 어쨌든 그게 논지가 무엇인지 파악하게 해주었다.

FBI는 그 손의 DNA 테스트조차 하지 않았다. 할 수도 없었는데 왜냐하면 그것과 비교하기 위해 필요한 신뢰할 만한 티츠의

---

* 그것은 왜냐하면 내가 신발 한 켤레의 바닥판을 나에겐 너무 작게 두 사이즈만큼 잘라낸 다음 실제 내 발에 맞는 신발의 바닥에 접착제로 붙였기 때문이다. FBI가 발자국 크기로 신체 사이즈를 추정해내기 위해 이용하는 사이즈/심층 차트에 따르면 나는 162센티미터의 키에 체중 136킬로그램인 것으로 되어 있었다. 내가 형사들을 속여 넘긴 것이라고 그 사실을 떠벌리는 것은 아니다. 어쨌든 배심원에게 설명하려면 해보시던가.

샘플이 없었기 때문이었다. O. J. 재판은 DNA 테스트를 자기들이 배심원들보다 더 우월하다고 여기는 어떤 얼간이들이 배심원들을 속이기 위해 꾸민 음모로 보이게 만들었다. 피고측은 기꺼이 그 손에 대해 DNA 테스트하길 바랐으며, 어쨌든 배심원들이 그저 무시하게 되고 말 결과에 대해 우쭐대는 얼간이 엘리트주의자처럼 보이는 것도 마다하지 않았다. 그러나 검찰이 테스트를 하고자 하지 않았다.

그 모든 공방이 나의 혼을 쏙 빼놓았다.

말인즉슨, 자, 봐라. 손이 있다. 나는 티츠가 손톱이 긴지 어떤지 기억나지 않았다. 그러나 어쨌든 그것은 누군가의 손이었다. 카커 보이스들이 그걸 자른 게 아니라면 누군가 다른 사람이 그랬다는 것이고, 그러면 누군가가 나를 함정에 빠뜨렸다고 생각해야 한다는 의미였다.

그러나 누가, 그리고 왜?

검찰은 그 어떤 염병할 것을 전면에 들이대든 끊임없이 그 손과 연관시켰다. 예를 들어 감시 카메라 테이프를 보면 화면 상태가 너무 고르지 않아 검찰 측에서 앞에 자막을 넣어야 했는데, 그래서 법정에 있던 사람들의 절반—그리고 배심원의 삼분의 이—을 잠들게 했다. 그러면 검찰은 "여자의 손에 이러한 짓을 하는 아주 사악한 범죄자에 대한 이야기를 하고 있다는 사실을 명심해 주십시오."라고 말을 하며 스크린에 다시 손 사진을 띄워 사람들을 깨우는 식이었다.

검찰이 폭풍 대피용 지하실을 포함하여 농장 사진들을 보여주기 시작하자 상황은 흥미로워지기 시작했다. 그러다가 그들은 마침내 우리를 자기 트럭에 태워 농장까지 데려다 준 경위에 대해 조사하기 위해 배달원 마이크를 증인석에 세우게 되었다. 마이크는 놀랄 정도로 씨무룩했는데 이런 말을 해서 웃음을 자아내기도 했다.

"제가 봤을 때는 새스콰치(미국 북서부 산속에 산다고 전해지는 사람 같은 큰 짐승 ─ 옮긴이)일 수도 있어요."

검찰은 또한 투옥된 조직의 변절자를 소환하려는 움직임을 보이기 시작했는데, 그랬으면 흥미로웠을 것이다.

그러나 알다시피, 재판은 그게 필요해지기 전에 끝나고 말았다.

어느 날 밤 샘 프리드가 내 '감방'으로 왔다. '자정'이었다. 그는 교도관이 프리드와 내가 처음 만났던 사무실로 우리를 데려가 우리끼리만 있도록 하기 전까지 나에게 말을 걸지 않았다.

단둘이 남게 되자 그가 말했다.

"이봐, 친구. 뭔가 일이 일어날 거야. 난 그게 뭔지 자네에게 말하지 않겠네. 왜냐면 난 자네가 내 말에 집중하길 바라거든. 그런데 자네가 그걸 알아버리면 그땐 아무것에도 정신을 집중을 할 수 없게 될 거라서 말이지."

"오, 또 사기를 치시려고……"

"난 주고 자넨 받는 거야. 그러니 들어. 난 자네에게 일어났었던 일 가운데 가장 좋은 일이 될 수 있는 제안을 했네. 자넨 자네 할아버지처럼 그 젠장맞을 의사도 될 수 있어. 자넨 그 무엇이든 될 수 있다네. 자네가 원하는 그 어떤 사람이든 될 수도 있단 말이야. 컨트리클럽에 가입하고 싶어? 난 자네를 와스프(앵글로색슨

계 백인 신교도로서 미국 사회의 주류를 이루는 지배 계급으로 여겨진다 — 옮긴이)로도 만들 수 있다고. 내 말 알아들어?"

"전 와스프 되고 싶은 적 한 번도 없었어요."

"내 말 들어?"

"예."

"나는 모든 게 잠잠해진 후에 자네에게 그 제안을 다시 할 수 있도록 하기 위해 뭐든 할 거야. 하지만 한동안 상황이 진정되지 못하고 통제 불능 상태에 빠질 거야. 결국 사람들이 제정신으로 돌아올 거라는 사실만 기억해. 자네가 데이비드 로카노에 대해 증언하는 것이 법무부에는 득이 되는 일이야. 내 말 알아들어?"

"모르겠어요. 무슨 말씀을 하시는 건지 전 모르겠어요."

"내일 아침이면 알게 될 거야, 내 말만 믿어. 그러니 오늘 밤 내가 자네한테 한 이야기를 생각해 봐. 우리의 거래를 긍정적으로 생각해 보게나. 자네가 허락한다면 난 자네 여자친구에게 전화해서 내 번호를 줄 거야. 그래도 되나?"

"음…… 예, 하지만……"

"내일 아침이면 모든 걸 이해하게 될 거야. 그리고 일이 벌어질 땐, 제발이지, 머리를 쓰라고."

다음 날 8시에 판사는 '브래디 대 메릴랜드' 판례에 따라 손을 결정적 증거물로 채택했던 것을 무효화한다고 선언함으로써, 내게 씌워졌던 주정부와 연방정부 선의 혐의를 모두 각하시켰다. 6시간 후에 그들은 나를 구치소 감방에서 꺼내주었다. 도노반이 와서 나를 데리고 나가 점심을 사주면서 무슨 젠장맞을 일이 일어

287

난 것인지 말해주었다.

나의 변호팀이 그 손에 DNA 테스트를 실시했다. 그들은 O. J. 때 그랬던 것처럼 대중이 그런 종류의 일에 대해 그렇게 멍청하지 않다고 생각했고, 또 검사해서 손해날 게 뭐가 있겠는가 생각했다. 결과가 나왔을 때 그들은 그 손을 방사선 학자와 해부학 박사, 그리고 동물학자에게 검사를 의뢰했다.

그 손은 손이 아니었다. 그것은 발이었다. 곰의 발. 수놈 곰. 그렇게 끝이 났다.

그날 오후 검찰이 기록을 봉인하려 시도했다. 그래봤자 소용이 없었다. 즉각 대서특필이 시작되었다:

"도망 발" "합법적이지 않은(Bearly Legal)"**"제정신을 잃은 검찰**(witless for the pawsecution)"('합법적이지 않은'은 음이 같은 '곰(bear)'를 붙인 것이고 '제정신을 잃은 검찰'은 '검찰(prosecution)'에 '곰발톱(paw)'를 붙여 만든 말장난이다 — 옮긴이)

그 염병할 놈들은 전혀 가망이 없었다.

그런데 그건 너무한 처사였다. 모두가 그게 얼마나 휘황찬란한 대실수인지, 또 어떤 미련한 자가 곰 발을 인간의 손으로 착각했는지에 대해 끊임없이 조롱을 해댔다. 그러나 나도 법정에서 그걸 봤고 마찬가지로 다른 많은 사람들도 보았다. 그리고 우리 중 그 어느 누구도 한순간도 짐승의 발일 수 있을 거란 의심은 하지 않았다. 적어도 사진 상으로는 그것은 구별 불가능했다.

의대에 입학한 후에도 나는 그 유사함에 놀라지 않을 수 없었다. 사람들이 곰의 가죽을 벗길 때 하듯이 발톱을 떼어내고 나면 특히 더 그랬다. 곰은 뒷발로 서서 걸을 수 있는 유일한 비영장류 동물이다. 곰은 거죽을 벗겨냈을 때 인간과 매우 유사해서, 이누잇 족과 틀링깃 족, 오지브웨이 족들은 모두 거죽을 벗겨냄으로써 곰이 사람이 될 수 있다고 믿었다. 그리고 이누잇 족과 틀링깃 족, 오지브웨이 족들은 FBI의 어떤 주정뱅이보다 훨씬 더 많은 곰들을 해부했다.《뉴욕 포스트》보다야 더 많이 해부해 보았다는 것은 말할 나위도 없다.

어쨌든.

나는 바로 그런 식으로 베어클로라는 별명을 얻게 된 것이다.

19

나는 회복실 스퀼란티의 침대 옆쪽 커튼이 둘러쳐진 침대 가에서 두 개의 빈 칼륨 병을 한 손안에 굴리며 서 있다. 젠장, 환자들 회진을 돌고 나서 병원에서 빨리 토껴야겠다. 아니 그럴 것 없이 회진이고 뭐고 바로 토끼던가.

내가 하지 말아야 할 일은 여기 서서 누가 스퀼란티를 죽였는지 알아내려고 하는 것이다. 말인즉슨, 누가 신경을 쓰겠으며, 또 그렇다고 뭐가 달라지랴? 병원에 여전히 킬러가 있어 뭐 이런 전화라도 받게 되겠는가? *"기다려. 거기 있는 동안 베어클로도 제거해 주겠어?"*

그럴 것 같지 않다. 아마도 90분쯤의 시간이 있는 것 같다.

그러나 이전에 그 누구도 내 환자를 죽인 적은 없었다. 그리고 나는 그것을 그냥 지나칠 순 없다. 그것은 완전히 다른 방식으로 날 자극한다.

나는 스스로에게 생각할 시간을 100초 준다.

명백한 용의자는 스퀼란티 가족 중 누군가이다. 스퀼란티가 수술 도중 죽어서 의료과실 소송이 벌어지길 바라지만, 스퀼란티가 가까스로 살아나면 문제를 제 스스로 기꺼이 해결하려고 한 자. 그러니 보험 수혜자를 뜻한다.*

그러나 그것은 또한 칼륨 두 병을 사용할 줄 아는 누군가이다. 그보다 적은 양은 스퀼란티를 살게 했거나 혹은 오히려 도움이 되었을 수도 있다. 또 그보다 많은 양은 소용이 없는 것으로, 대동맥에 흔적을 남겨 부검을 해야 한다는 주장이 나올 게 뻔했기 때문이다.

그러나 만약 그자가 살인이라는 사실을 감추고 싶었다면, 왜 스퀼란티에게 그렇게 빨리 주사를 해 EKG가 돌출선을 그리게 만들었을까? 보험사는 그런 것을 좋아한다. 유언검인(遺言檢認, 사망자의 유언이라고 주장되는 문서가 법적으로 유효한지 판단하는 영미법 상의 사법절차 — 옮긴이) 한다고 돈이 나오진 않을 것이다.

아마도 신경은 썼지만 제대로 할 시간이나 훈련이 부족했던 것인지도 모른다.

그나저나 아무튼 누가 신경 쓰겠는가? 너무 많은 시간을 허비했다. 나는 내가 돌보지 않으면 죽을 수도 있는 환자들을 보고나

---

* 그러한 일들은 도처에서 목격할 수 있다. 사람들이 실제로 자신의 친인척을 죽인다는 말이 아니라, 친인척이 살아나면 몹시 실망을 한다는 말이다. 그것은 보통 수술이 잘 되어 엄마가 자리를 털고 일어나 퇴원할 수 있는 희망이 있는 상황에서도 자신의 어머니의 생명 유지 장치를 떼어내 달라고 부탁하는 식이다.

서 나머지는 아크팰에게 맡길 것이다.

그런 후에 젠장, 빨리 튀자.

나도 알고 있다, '아시아 얼간이. 그 파키스탄 사람 엿 먹이시게?' 같은 주변의 시선을. 하지만 어쩌랴, 아크팰은 어쨌든 적응하는 게 나을 것이다. 나는 돌아올 것 같지 않으니까.

그런데 나는 회복실 밖 복도에서 스테이시와 마주친다. 그녀는 아직도 수술복을 입은 채 울고 있다.

"무슨 일예요?" 내가 묻는다.

"스퀄란티 씨가 죽었어요."

"오."

프렌들리 박사와 놀아나면서 아직도 그의 환자가 죽었다고 놀라워한다는 게 가능한지 의아할 뿐이다. 그때 나는 스테이시가 아직 신입인 것을 기억한다. 나는 그녀에게 팔을 두른다.

"힘내요, 친구."

"제가 이 직업을 견뎌낼지 모르겠어요."

무언가 생각난다. 나는 "그래요."라고 말한 뒤 그녀가 훌쩍거리자 다섯까지 센다. 그런 다음 말한다.

"스테이시, 염화칼륨 샘플 혹시 가지고 있어요?"

그녀는 어리둥절한 얼굴로 천천히 고개를 끄덕인다.

"예…… 보통은 아니지만, 가방 안에 두 병 있어요. 왜요?"

"보통은 가지고 있지 않다면서 왜 지금은 가지고 있죠?"

"제가 주문하지는 않아요. 그냥 페덱스로 나한테 그걸 보내주면 제가 병원으로 가져오거든요."

"자기 사무실에 페덱스로 보내준다고?"

"전 사무실 없어요. 제 아파트로 페덱스로 보내주는데요."

나는 놀란다.

"자기, 집에서 일을 한다고?"

그녀는 다시 고개를 끄덕인다.

"제 룸메이트 둘 다 그런데요."

"약품 외판원들 모두 집에서 일해요?"

"그런 것 같은데요. 우린 일 년에 두 번 들어가는 것으로 되어 있어요. 크리스마스하고 노동절 파티 때요."

그녀는 다시 흐느끼기 시작한다.

나는 생각한다. '이런, 매일 매일이 수업이군.'

"목스페인 더 이상 없죠, 그렇죠?"

"예. 다 떨어졌어요."

그녀는 눈물 사이로 고개를 저으면서 말한다.

"집에 가서 잠 좀 자요."

나는 이제껏 언급하지 않았던, 그리고 앞으로도 다시 언급하지 않을, 시간을 피처럼 똑똑 흘리고 있는 환자에게 호흡기 세팅을 해주고 있다가 아크펠에게서 호출을 받는다. 전화를 거니 그가 말한다.

"엉덩이 사내가 황달이 생겼어."

좋아. 그것은 간의 기능 장애가 악화돼서 죽은 혈액세포들을 올바로 처리하지 못한다는 것을 뜻한다. 나는 팔이 조금 나아지기 시작했다. 하지만 그는 어쨌든 망했다.

나는 그걸 그냥 무시해 버려야 한다. 그게 시간을 다투는 일이 아니라서가(아마 시간을 다투는 것처럼 들리긴 하지만) 아니라 시간이 있다 하더라도 그에게 뭘 해줘야 할지 생각이 나지 않기 때문이다. WITSEC에 전화해서 "저 진짜 살기 위해서 도망가야겠어요. 하지만 내겐 엉덩이 통증이 있다가 알 수 없는 확산성 병원균으로 인해 8시간도 안 돼 간기능 장애를 일으킨 환자가 하나 있어요."라고 말을 하면, 말귀를 알아듣는 이상 그들은 이렇게 말할 것이다. "네 목숨 살려야 하니까 도망가. 그래서 다른 사람 살려야지."

혹은 그러지 않을 수도 있다. WITSEC는 세상에서 가장 동정적인 조직은 아니다. 그들이 보편적으로 증인을 일컫는 말은 '쓰레기'이다. 그것은 나 같은 진짜 범죄자들에게는 상관없으나, 자기 가게에 들어와 자기가 보는 앞에서 남편을 쏴 죽인 세 명의 갱들에 대해 증언하고 나온 아기가 있는 젊은 미망인에 대해 그렇게 말을 할 때는 귀에 거슬리는 게 사실이다.

그리고 대부분 이주를 시킨 증인들은 아이오와에 있는 스테이플스(사무용품 전문업체 ― 옮긴이)에서 일자리만 얻어도 다행이다. 그러니 '좆까 FBI'라고 쓰인 번호판을 단, 세금으로 구매한 도금한 포르쉐를 타고 골프장에 가는 팔자가 된 나를 FBI가 어떻게 생각할지 상상할 수 있을 것이다.

실제 나에게 일어났던 일은 이런 것이었다. 나는 브린 마 대학의 2년제 의대 예비과정에 배치되었다. 비용은 나의 돈으로 댔다. 그러나 그조차도 내가 샘 프리드의 후원을 받고 있기 때문이었다. 샘은 이제 은퇴했다. 만일 내가 다시 재배치된다면 네브래스

카에서 소화전(消火栓) 도색하는 일을 하게 될 것이다. 의사로 일하는 것은 다시 없을 것이다.

물론 나는 재배치 받지 않고 도망칠 수도 있다. WITSEC에 참여하는 것은 순전히 자발적인 것이다. 실제로 기관에서 싫어하는 일을 하게 되면 쫓아내기도 하는데, 그러면 그 중 절반은 그 과정에서 '우연히' 자기 정보가 누설된다. 그러나 내 이름을 유지하고 또 그럼으로써 의사 직업을 유지하려면, 나는 마피아에서 날 찾아내 우편으로 폭탄을 보내지 못할 어디 아무도 모르는 외진 곳을 찾아내야 한다. 그러나 그러한 곳조차 의사로 일하려면 놀랍도록 엄격한 면허 요건을 필요로 한다. 예컨대 신분을 밝혀야 한다는 것 따위의 일 말이다.

문제는, 내가 일단 이 병원을 떠나게 되면, 거의 확실히 영원히 의료계에서 떠나는 셈이 될 거라는 거다.

그 생각에 현기증이 인다. 나는 엉덩이 사내의 병실로 달려간다.

간호사실을 지나쳐갈 때 자메이카 출신의 수간호사가 소리친다.

"선생니임."

"예, 선생님."

내가 답한다. 아일랜드 할망구는 자기 컴퓨터 키보드에 엎드려 자고 있다. AS/ZX 키가 있는 곳쯤에 침을 흘리면서.

"어떤 여자가 선생님과 통화하고 싶다고 계속 전화하네요. 번호 남겨놓았어요."

자메이카 간호사가 말한다.

"얼마 동안 했죠?"

"몇 시간 됐어요."

그렇다면 아마 합법적인 일일 것이다.

"번호 좀 주시겠어요?"

그녀는 번호를 적은 처방전 패드를 카운터 너머로 내게 건네준다.

"고맙습니다. 친구 분 감전되지 않도록 해야겠네요."

그녀는 얼굴을 찌푸리며 컴퓨터 키보드에서 나온 플러그가 뽑힌 케이블을 들어 올리고는 말한다.

"여긴 병원이에요."

나는 전화를 건다. 여자의 목소리다.

"여보세요?"

그 소리 너머로 차들의 소음이 들린다.

"닥터 피터 브라운입니다."

"폴 빌라노바 씨의 담당의이신가요?"

"네, 그렇습니다."

"그가 날아다니는 설치류에게 물렸어요."

"무슨 말씀입니까?"

뒤이어 요즈음에는 공중전화를 끊을 때나 들을 수 있는 딸깍 소리가 들린다.

나는 엉덩이 사내 빌라노바의 병실로 들어간다.

"어때요?" 내가 그에게 묻는다.

"빌어먹을." 그가 말한다.

나는 그의 이마를 짚어본다. 아직도 뜨겁게 타오른다. 나는 내 팔뚝이 더 이상 아프지 않다는 사실에 대해, 또 그의 이마를 짚은 내 손가락을 얼른 뒤로 빼내는 사실에 대해 조금 죄책감을 느낀다.

"박쥐에 물린 적 있어요?"

내가 묻는다. 박쥐가 설치류란 말은 아니다. 그것은 익수류이다. 그러나 때론 의술을 제대로 펼치기 위해 평범한 사람의 입장에 서보아야 할 때가 있다.

게다가, 날아다니는 다람쥐에게 물리는 사람은 없다.

"없수다."

엉덩이 사내가 말한다.

나는 그가 말끝을 흐리게 되길 기다리지만 그는 그러지 않는다. 그는 그저 눈을 감고 땀을 흘린다.

"한 번도요?"

그러자 그는 눈을 뜬다.

"당신 뭐요, 지진아야?"

"확실해요?"

"음, 생각나는 것 같기도 하네."

"그래요? 당신은 이전 대통령들이 누구였는지 네 명도 기억 못하잖아요."

그는 그들의 이름을 재빨리 주워섬긴다.

"아니면 오늘이 무슨 요일인지는요."

"목요일이잖소."

그러니 적어도 정신이 제대로 돌아가기는 하는 것이다. 한편,

내 정신은 흐려지고 있다.

"결혼하셨어요?"

"아니올시다. 이 반지를 낀 이유는 지하철에서 슈퍼모델들이 내게 비벼대지 못하게 하려고 그런 거요."

"부인은 어디 있어요?"

"젠장, 내가 어떻게 알겠소?"

"병원에 있나요?"

"환자로서 말이요?"

"언제나 비꼬기 좀 잠깐 멈추실는지."

그는 눈을 감고 통증 속에서도 미소를 짓는다.

"여기 어디 근처에 있을 거요."

나는 커튼을 젖히고 모스비 씨를 점검한다. 그는 어떻게 했는지 손목 억제대를 풀었지만 예의상 발목 억제대는 남겨두었다. 잠들어 있다. 나는 그의 발목의 맥박을 만져보고 방을 나온다.

나는 엉덩이 사내의 차트에 '아내에 의해 박쥐 물림이 R/O'이라고 끼적이고는* 수평선 두 개와 사선 하나를 그어 노트를 마친다. 나는 거기에 서명도 하지 않는다.

왜냐하면 나는 지금 이상하게도 순수한 상태에 처했기 때문이

* 'R/O'는 "따져보시던가!"라고 말할 때의 뉘앙스로 "배제해 보셔!"라는 말을 하는 것이다. (임상적으로 추정되지만 단정적으로 결론내릴 수 없을 때 붙이는 중간진단——옮긴이)

다. 어찌되었든, '닥터 피터 브라운'은 고소를 당하거나 심지어는 검사 결과를 확인할 수 있을 정도로도 오래 존재하지 않을 것이다. 실제적인 의술을 펼치는 것 이외에 아무것도 할 일이 없으며, 그것도 엄밀히, 절박하게 필요한 것만 하면 된다.

아니면 내가 하고 싶은 것만 하면 된다. 두 가지 화학요법 주사액이 떨어지는 속도를 점검하고 나서 30초 모두를 머리의 절반이 날아간 여자의 드레싱을 새로 해주는데 보낸다.

다음 침상에 있는 골육종 여자는 핏기 없는 얼굴로 천장을 올려다보고 있다. 그녀의 무릎에 있는 주머니는 피와 응혈(凝血)로 가득 차 있다.

그녀의 다른 쪽 무릎은 괴어져 있다. 나는 그녀의 가운을 끌어내려 아직도 푸른색 탐폰 줄이 비어져 나온 상태로, 병실로 들어오면 누구라도 볼 수 있는 음부를 덮는다.

"젠장, 누가 신경이나 써요? 이제 아무도 날 다시 원하지 않을 거예요."

"헛소리 마요. 수천 명의 사람들이 아가씰 원할 테니까."

"그러겠죠. 절름발이한테 한 번 해주고 생색이나 내려는 등신 같은 놈들 있겠죠."

음. 꽤 명민해 보이는데.

"어디서 그런 말버릇을 배웠어요?"

"미안해요. 이제 사내애들은 그 누구도 날 댄스파티에 데려가지 않을 거예요."

그녀가, 냉소를 섞어 말한다.

"아니, 데려갈 겁니다. '고고장' 있잖아요."

"에이, 젠장!"

나는 그녀의 뺨에서 눈물을 닦아내준다.

"나 가야 해요."

"키스해 줘요, 이 머저리 같은 사람아."

그녀의 말에 나는 키스한다.

여전히 키스하고 있는 와중에 뒤에서 목을 다듬는 소리가 들린다. 다리를 절단하기 위해 휠체어에 태우러 온 두 명의 수술실 테크니션(수술실 장비와 환자 준비하는 일을 하는 기사 — 옮긴이)들이다.

"이런, 젠장. 나 무서워요."

그들이 그녀를 들것 침상에 들어 올릴 때 그녀가 말한다. 그녀가 나의 손을 잡고 있는데 그 손이 땀에 젖는다.

"괜찮을 거예요."

"아마 사람들이 엉뚱한 다리를 자를지도 몰라요."

"그래, 그럴지도 모르죠. 하지만 두 번째 수술을 할 때는 실수하기도 더 어려워지잖아요."

"엿이나 드시죠."

그들이 그녀를 밀고 간다.

응급실에서 근무하는 의사에게서 호출이 들어올 때 나는 생각한다. '문제없어. 어차피 나가는 길이야.'

응급실 바로 밖에서 나는 오늘 아침 나를 습격하려 했던 놈을 본다. 그는 아직도 검진을 받지 못했다. 병원에서 보험이 없는 사람들을 응급실로 오지 못하게 막는 방법이, 바로 오래 기다리게 하는 것이기 때문이다. 그는 얼굴은 피범벅이 되어 부러진 팔을 붙들고 있다. 나를 보더니 들것 침상에서 뛰어내려 도망치려 하지만 나는 그냥 지나치면서 그에게 윙크를 날린다.

상황이 극한으로 치닫지만 않는다면 나는 응급실을 좋아한다. 거기서 일하는 사람들은 집 안에 있는 식물들처럼 느리고 평온하다. 그들은 그래야만 한다. 그렇지 않으면 실수를 하게 되고 기력이 소진되어버릴 것이다. 그리고 맨해튼 가톨릭 병원의 응급실에서는 호출한 의사를 항상 쉽게 찾아낼 수 있다. 왜냐하면 한 사건이 벌어진 이후 그곳이 완전히 개방된 통짜의 공간이 되었기 때문이다. 그 사건은 당신은 정말 알고 싶어 하지 않을 만한 일이었다.*

몸을 비틀며 고함을 치는 환자를 두 명의 간호사가 붙들어 제지하고 있다. 허리에 칼에 베인 상처 부위를 의사가 호스로 씻어내고 있다.

"무슨 일이죠?" 내가 그녀에게 묻는다.

"젠장, 응급실은 완전 악몽이에요." 그녀가 차분하게 말을 한다.

"미안해요. 나 좀 급하거든요. 뭘 해드릴까요?"

"오토바이 사고로 인해 고환에 심하게 타박상을 입은 환자예요."

"네."

"그런데 환자가 벙어리예요."

"벙어리라고요?"

"네, 맞아요."

---

* 좋아, 알았어요. 그곳 남자간호사 한 명이 자기 환자들을 묶어놓고 한 번에 며칠씩 진정제를 투여해 그동안 그들에게 '실험'을 한 일이 있었다.

"들을 수는 있어요?"

"네."

그러면 그는 아마 벙어리가 아닐 것이다.

나는 손목시계를 본다. 시계가 마치 "킬러에게 10분."이라고 말하는 것 같다.

"어디 보죠." 내가 말한다.

그녀는 스프레이 호스를 내려놓고 나를 잡아끈다.

오토바이 운전자는 위크엔드 할리 오토바이를 타고 노는 얼간이는 아니다. 그는 「김미 셸터」에 나오는 그런 실제 바이커 갱 식의 바이커이다. 녹색 문신을 하고 있는 그는 응급실에서 선글라스를 끼고 있다. 사타구니에 한 꾸러미의 아이스팩이 놓여 있는데 그 사이로 검붉은 물풍선 같은 음낭이 보인다.

"내 말 들려요?"

내가 그에게 묻자, 그가 고개를 끄덕인다.

나는 그의 코를 잡아 틀어막는다. 그는 놀라워하는데 제 얼굴에서 내 손을 떼어낼 수 있을 만한 힘이 없다는 것을 깨닫고는 더 놀라워한다.

결국 그는 숨을 쉬기 위해서 입을 벌리고 나는 거기서 헤로인 주머니를 꺼낸다.

나는 그것을 의사에게 던져준다.

"됐죠?"

"고마워요, 피터."

"언제라도 얘기해요."

나는 그 말이 사실이기를 바란다. 나는 앰뷸런스 입구로 걸어

나온다.

20

구치소에서 나온 후 나는 막달레나 빼곤 그 어느 것에도 상관하지 않았다.

우리는 포트 그린에서 그녀의 부모님 집과 꽤 가깝지만 그렇다고 아주 가깝지는 않은 곳의 아파트로 이사해 모든 시간을 함께 보냈다. 그녀가 연주를 하러 나가면 나는 그녀를 태우고 가서 근처에 숨어 있었다.

우리는 일주일에 두 번 정도 그녀의 가족을 보러 갔다. 그녀의 부모님은 친절했지만 매번 눈물을 글썽거렸다. 막달레나의 남동생 로보는 나를 경외시하는 것 같았는데, 때문에 나는 창피하기도 했지만 그러면서도 우쭐해졌다.

나의 다른 가족, 즉 로카노 집안 사람들은 내가 할 수 있는 한 최대한 피했다. 나는 그들에게 신세를 졌고 그들도 내게 신세를 졌다. 그리고 그 외엔 모든 게 무너져버렸다. 나는 나를 '폴락'이라 지칭하면서 그 따위로 떠들어대고 또 나를 그 구렁텅이로 몰아넣고서는 젠장, 눈곱만큼도 신경 쓰지 않는 친구들을 얼마나 참아낼 수 있을지 알 수 없었다. 또한 그 녹음테이프를 내가 들었다는 것을 알고 있는 친구들로서도 날 얼마나 참아낼 수 있을지도 알 수 없었다. 우리의 관계는 와해되기 시작했는데, 위험을 피하며 서서히 와해되었다.

한편 스킨플릭은 그저 어리둥절해 하는 것 같았다. 농장에서 우리가 함께 겪은 것은 이제 그에게 아무 쓸모가 없었다. 자기가 뭘 할 수 있겠는가? 이제 와서 한 발 앞으로 나서 자기가 카커 보이스들을 죽였다고 말할 텐가? 아니면, 카커 보이스 제거하는데 '도움을 주었다'고? 내가 차를 가지러 간 사이 부상당한 14살짜리 소년의 머리에 총을 쐈다고 말할 텐가?

그것은 아무 소용이 없었다. 그리고 이제 그에게서 느껴지는 것은 수치심이라기보다 질투에 가까웠다. 내가 구치소에서 나온 이후에도 우리는 거의 말을 섞지 않았다.

가장 나빴던 상황은 내가 더 넓은 마피아 세계를 피할 수 없었다는 것이었다. 'LCN'계나 그 언저리의 기식자들 사이에서 나는 지독한 유명세를 얻게 되었다. 예컨대 모르는 사람들이 냉혈한 킬러로 나를 즉각 알아본다든지, 또 그것 때문에 나를 좋아한다든지 하는 식으로 말이다. 그러한 하류인생들이 나의 변호 비용을 댔는데, 그들은 성마르고 허영기 있고 위태롭고 위험했다. 나는 그들의 초대를 일부는 거절할 수 있었지만 전부 다 그럴 순 없었다. 그들의 초청을 거절하는 데는 한계가 있었다.

조직원들은 어쨌든 내가 다시 암살 일을 하는 것을 원하지 않았다. 그들은, 정부가 너무 큰 수모를 겪었기 때문에 또다시 그 무엇으로든 내게 혐의를 씌우지 않을 것이다, 따라서 나는 면죄부를 지니고 있는 것이다, 라는 신화는 시험해 보려 하지 않고 그냥 놔둘 때 더 큰 가치가 있다는 사실을 알고 있었다.* 어쨌든 젠

---

* 때는, 존 고티가 '테플론(열에 강한 수지 ─ 옮긴이) 대부'라는 별명을 얻게 된 때와 그가 종신형을 선고받아 투옥된 사이 기간이었다. 기간으로 치자면 18개월이었다.

장, 그 얼뜨기 같은 놈들이 나를 가까이 두고 싶어 했다. 바로 그 당시 에디 '콘솔' 스퀄란티를 만난 것이다. 하고 많은 다른 사람들 중에 하필이면 그를.

그런데 그 '얼뜨기들'은 제 조직원들을 공정하게 취급하지 않았다. 그 인간들은 가증스러웠다. 자긍심에 어린 무식함이 있었고, 인격적으로는 역겨운 인간들이었다. 게다가 다른 사람을 고용해, 생계를 위해 일을 하는 사람들을 폭력으로 위협해서 돈을 갈취하는 일을 기꺼이 즐겼다. 그러면서도 그게 바로 자랑스러운 전통을 고수하는 일이며 일종의 천재성을 발현하는 것이라고 확고하게 믿는 작자들이었다. 그래도 그들에게 그 전통—내가 그나마 그 암흑가의 얼간이들의 이야기에서 관심을 가졌던 한 가지—에 대해 물어볼 때마다 그들은 대개 조개처럼 즉시 입을 다물어버렸다. 나는 그들이 그런 반응을 보이는 것이, 서로 무슨 맹세를 했기 때문인지, 아니면 그냥 아무것도 모르기 때문에 그러는 건지 알 수가 없었다. 그렇지만 적어도 그 얼간이들로 하여금 입을 다물게 만드는 것이 그것 자체로 하나의 승리였기 때문에 난 포기하지 않고 계속 물어보았다.

스킨플릭은 어퍼이스트사이드로 이사 간 후 그 아파트에서 열었던 두어 번의 파티에 날 초대했다. 나는 사람들이 가장 붐빌 것 같은 시간에 맞추어 가서 그를 찾아내 악수 한 번 하고 돌아왔다. 그러면 그는 이런 식으로 말을 건넸다. "친구, 보고 싶었다." 그러면 나는 "나도, 그래."라고 했다. 그 말은 어떤 면에선 사실이었다. 나는 무언가를 그리워했는데, 그게 뭔지 딱 꼬집어 말할 순 없지만 어쨌든 이젠 확실히 사라진 것이었다.

사실, 만일 내가 사라져버린 것에 대한 —죽어 사라져버린 것들이 어떻게 되었는지에 대한— 믿음이 좀 더 컸더라면, 나는 아마도 우리 모두를 살릴 수 있었을지도 모른다.

2001년 4월 9일이었다. 집에 있는데 스킨플릭이 내 휴대폰으로 전화를 걸어왔다. 밤이었다. 나는 기념일 파티에 연주하러 간 막달레나가 돌아오기를 기다리고 있었다. 나는 최근에 그녀에게 차를 한 대 사주었다.

스킨플릭이 말했다.

"이봐, 친구. 젠장, 나 완전히 큰일 났다. 난 완전 망했어. 네 도움이 필요하다. 너 좀 태우러 가도 될까?"

"모르겠다. 나 체포되는 일 아냐?"

"아니. 그런 거 전혀 아니다. 불법적인 거 아냐. 그보다 더 지독한 일이야."

나는 아직 그와 완전히 갈라서지 못한 상태였기 때문에 이렇게 말했다.

"좋아. 태우러 와."

코니로 가는 내내 스킨플릭은 손톱을 씹었다. 그리고 알토이트 껌 깡통에서 코카인을 손가락 끝으로 핥아 흡입하고 다시 손가락을 집어넣어 가루를 묻힌 후 코로 흡입했다. 그리고 나머지는 마치 양치질 하듯 잇몸 주변에 문질러댔다.

"말할 수 없어. 보여줘야 해."

그는 계속해서 그렇게 말했다.

"지랄 말고. 말해 봐."

"좀, 친구. 제발. 그냥 쿨하게 있어줘. 이해하게 될 거야."

나는 의심스러웠다. 나는 스킨플릭과, FBI에서 기소를 철회했던 전날 밤에 샘 프리드와 나누었던 식의 대화를 하고 있다는 느낌이 들었다. 단지 이번에는 결말이 좋은 것은 아닐 것이라는 생각이 들었다.

"코카인 좀 줘?" 그가 물어왔다.

"아니."

그즈음에 나는 마약을 끊었다. 나는 구치소에서도 지루함을 이기기 위해 마약을 꽤 했었다. 그러나 막달레나와 함께 달리는 10킬로미터의 달리기에 비하면 그 염병할 마약은 비교도 안 됐다. 달리기를 끝내고 서늘하게 식어가는 땀에 젖은 그녀와 나누는 섹스는 달리 말해 무엇하랴. 어쨌든 스킨플릭이 복용한 양, 그리고 운전을 하면서 코로 흡입한 양은 정말 굉장했고 오싹할 정도였다.

그는 코니로 가서 거의 2년 전에 주차했던 곳과 똑같은 곳에 주차를 했다. 그런 다음 우리는 예전에 지나갔던 부두 밑의 똑같은 지하 통로를 걸어갔다. 단지 이번엔 좀 더 큰 손전등을 들고 갔을 뿐이다.

우리는 펜스에 난 구멍을 넘어 곧장 상어 탱크 빌딩으로 향했다. 내 기억보다 좀 더 작아보였다. 문은 이미 잠금장치가 풀어져 있었다.

나는 그쯤 되자 스킨플릭이 불법적이 아니라고 했던 말은 거짓말이며, 그가 누군가를 죽였고, 그래서 사체를 은닉하는데 내 도움이 필요한 것이라는 생각이 들었다. 그는 꽝 소리가 나게 문을 닫고 구부러진 철제 계단을 따라 위로 올랐다.

그는 안으로 몸을 숙여 들어가며 손전등을 껐다. 한순간 보이는 것이라곤 천창에서 들어오는 회색빛과 그 빛이 아래쪽의 검은 물에 반사되는 것뿐이었다.

그때 그 소리가 들렸다. 고음의 '**으 으음음으 으음!**'

가장 정확하게 그 신음소리를 재현할 수 있는 방법은 아마도 입에 강력 접착테이프를 두르고 비명을 질러보는 것일 것이다. 왜냐하면 막달레나의 입에 둘러져 있던 것이 바로 강력 접착테이프였기 때문이다.

나는 즉시 그녀의 목소리를 알아차렸다. 아드레날린이 내 동공을 키웠다. 갑자기 시야가 밝아졌다.

발코니 참에 대략 대여섯 명의 조직원 놈들이 있었다. 그 상황에서 숫자를 세는 것은 어려웠다. 그 중 두어 명은 내가 알던 놈들이었다. 그들 모두는 무장을 하고 있었다.

난간이 없어진 부분을 두르고 있던 밧줄은 제거되어 있었고 경사로는 물 위로 펼쳐져 있었다. 막달레나와 그녀의 뒤에 있는 남동생 로보가 경사로의 꼭대기 근처에 서 있었다. 그들의 팔과 다리, 입이 마치 독극물을 투여한 거미들이 짜는 줄처럼 테이프로 너절하게 둘러쳐져 있었다. 그들 바로 뒤에 총을 든 한 놈이 있었다.

충동이 일었다. '죽여라.' 사방으로 무릎, 눈, 목들이 사격장의 과녁처럼 빛을 발했다.

그러나 나는 스킨플릭은 겨냥하지 않았다. 할 수는 있었다. 발굽을 축으로 뒤로 돌면서 그의 흉골 위쪽까지 발차기 공격을 가해 심장을 으깨버릴 수도 있었다. 그러나 웬일인지 나는 그가 이 음모에 가담했을 리 없다는 생각이 들었다. 물론, 그는 알고는 있었을 것이다. 그러나 아마 나를 여기로 데리고 오도록 강요받았을 것이다. 뭐, 그런 식이었을 것이다. 따라서 나는 놈들을 죽이면서도 그는 살려두었다.

내 왼쪽에 있던 놈은 운이 나빴다. 그는 글록 총을 내게 겨누고 있었다. 나는 그의 어깻죽지 전면과 가슴을 머릿속에 담고 총의 바깥쪽에서 안쪽으로 돌아 들어갔다. 그런 다음 어깨를 이용해 놈에게 부딪쳐 놈의 쇄골과 폐 부위까지 짓눌렀다. 그러면서 백핸드로 총을 빼앗고 목을 움켜잡았다. 그리고 나서 목을 움켜쥐었던 손으로 스킨플릭의 손전등을 빼앗아 그것을 다른 두 놈의 눈에 비추어 놈들의 시야를 막았다. 그러곤 그들의 가슴에 총을 쐈다.

그러나 이번만큼은 스킨플릭이 빨랐다. 왜냐하면 그는 그저 뒤로 움츠러들면서 통로로 빠져나가기만 하면 됐는데, 움츠러들기는 그의 전문분야가 아닌가. 안전한 아치 뒤에서 그는 소리를 질렀다.

"쫘!"

나는 놈들보다 빨리 움직여 먼저 두 놈을 더 쐈다. 그때 막달레나와 로보 뒤에 있던 놈이 둘을 경사로 가장자리로 밀어붙였고 그러는 바람에 둘이 물속으로 곤두박질쳤다. 나는 그 놈 이마를 쏘고 나서 난간을 뛰어넘었다.

내 몸은 원한 것보다 빨리 떨어지지 못했다. 막달레나와 로보는 테이프로 결박당해 있을 뿐 아니라 서로 연결되어 있었다. 단지 몇 가닥의 테이프였지만 서로 연결되기에는 충분했다. 내 몸이 물속으로 들어가는 속도가 너무나 느려 소리를 지르고 싶을 정도였다. 나는 그저 뭐라도 해야겠기에 난간 아래로 배가 보이는 놈을 쏘았다.

다른 누군가 나를 향해 총을 쏘기 시작했다. 나는 발코니에서 총구화염이 서서히 피어오르는 것을 보았다. 물론, 그땐 이미 소리를 들을 수는 없었다.

나는 마침내 물속으로 들어갔고 상황이 전개되기 시작했다.

물은 언제나 충격적이다. 그러나 나는 이미 충격을 받은 후였고, 서로 연결된 막달레나와 로보가 있다고 생각되는 곳으로 가면서 물은 공기처럼 엷게 느껴졌다. 내 무릎에 무언가 미끈거리는 것이 부딪혔는데, 처음엔 그것이 마치 물이 들어 있는 가죽 백처럼 푹 들어가다가 그런 다음 생명을 되찾아 내게 달려들었다.

나는 운 좋게도 막달레나의 머리칼을 움켜쥐었다. 무언가 내 목을 찰싹 때렸다. 나는 강력 접착테이프를 잡고 표면으로 오르려 발버둥 쳤다. 공기인 줄 알고 숨을 쉬었더니 물이었고, 그런 다음 경련을 일으키다가 마침내 머리를 물 밖으로 내밀었다. 나는 계속해서 발길질을 했다. 한번은 무언가를 찼는데 거대하고 미끈거리는 바위덩어리 같았다. 그것이 굉장히 단단해 나는 발목을 삘 뻔했다.

그렇지만 그에 대해 생각할 겨를이 없었다. 로보의 머리를 찾을 수가 없었다. 마침내 나는 머리를 써서 로보를 빙글빙글 돌려 막달레나로부터 분리했다. 그들은 둘 다 끔찍할 정도로 콧구멍으로 숨을 할딱거렸다.

그들을 위로 밀면서 내 몸은 다시 가라앉았다. 무언가 아주 세게, 내 배를 밀었다. 몸을 기댈 데가 필요했다. 나는 혹시 얕은 지역이 있는지, 그렇다면 찾아낼 수 있는지 궁리했다.

내가 다시 물 밖으로 머리를 내밀었을 때 발코니에 있던 누군가가 총을 쏘고 있었다. 그건 별로 신경 쓰이지 않았다. 나는 이미 오래 전에 총과 손전등을 놓쳐버린 상태였다. 내가 필요한 것은 우리를 물 밖에 붙들어 놓을 방법이었다.

무언가 내 등을 치면서 우리 모두를 한 쪽 벽으로 몰고 갔다. 나는 발길질을 해서 6각형으로 된 탱크의 두 벽이 만나는 지점으로 방향을 잡아 유리마찰을 이용해 막달레나와 로보의 머리를 물 밖으로 내밀어 놓으려 했다. 나는 상어를 피하기 위해 발길질을 하고 몸부림을 쳤다. 상어가 실룩거리는 것 같은 찰나 손길을 뻗어 막달레나와 로보의 입에서 테이프를 떼어냈다.

막달레나는 즉시 목이 막히기 시작했다. 로보는 내가 가슴을 쳐줘야만 했다. 내가 있는 힘껏 발길질 하는 것을 멈출 때마다 무언가 내 다리 옆을 스쳤다. 로보와 막달레나는 씨근거리기 시작했고, 그런 다음 호흡항진을 보이기 시작했다.

"숨 쉬어!" 내가 소리 질렀다.

밑에서부터 치받는 것이 계속되긴 했지만 물결이 잦아들기 시작했다. 상어들이 왜 여태 공격을 하지 않았는지 확실치는 않지만, 내가 주의를 기울이지 않을 때 더 공격적으로 변하는 점으로 미루어보아 분명 그것들이 나를 시험해 보고 있음에 틀림없었다.

그리고 아마 총알들이 도움이 되었으리라. 우리 위 통로에서 누군가 신음하는 소리가 들렸다.

한참 후에 어딘가에서 스킨플릭이 소리를 질렀다.

"피에트로?"

응답을 해야 할지 고민스러웠다. 분명 그는 우리를 보지 못할 것이다. 어쨌든 나도 그가 보이지는 않았다. 바로 머리 위 통로를 뚫고 들어오는 희미한 격자무늬 빛과 어깨 너머 뒤돌아보면 보이는 천창의 조그만 부분만이 보일 뿐이었다. 그러니 스킨플릭은 우리가 아직 살아있다는 사실을 알지 못할 수도 있으며, 소리로 우릴 찾으려 할지도 모른다. 내가 꽤 몸부림을 치고는 있었지만, 그것은 상어들이 내는 소리라 할 수도 있는 일이었다.

그렇지만 나는 이것만은 알고 있었다.

아까 그를 죽이지 않은 것이 한심한 일이라는 것을. 다른 누구도 아니라 바로 그가 이 짓을 꾸민 것이었다.

그러나 또한 내겐 스킨플릭만이 유일하게 빠져나갈 구멍이었다. 역겹고 되도 않은 일이긴 하겠지만 나는 그를 꼬드겨 빠져나갈 방법 외에 달리 선택의 여지가 없었다.

"스킨플릭!"

내 목소리는 거칠고 희미했다.

"어때?"

그의 목소리가 사방으로 울려 퍼졌다. 적어도 그런 식이라면 그 어떤 것도 조준 불가능하리라.

"제기랄, 너 뭐하는 거야?"

"널 죽이고 있는 거지."

"왜 그러는데?"

"커트 림을 죽인 게 바로 너라는 걸 아빠가 알아냈어."

"헛소리 하지 마! 커트 림을 죽인 건 네 아버지야. 그게 아니라면 러시아 인을 시켜서 했던가."

"못 믿어."

"내가 뭐 하러 그랬겠냐? 내가 그자와 무슨 상관이 있다고? 우릴 여기서 빼내줘!"

"그러기엔 좀 늦었는데."

"무엇 때문에? 너 내가 진실을 말하고 있다는 거 알잖아!"

"네놈이 진실을 안다고 생각하냐? 그 진실이란 게 이제 곧 네놈 뒤통수를 후려칠 텐데."

"스킨플릭!"

그는 잠시 침묵을 지키다가 말했다.

"우리 아빠가 버지 형제를 시켜서 네 조부모를 죽인 이유 알아?"

"뭐?"

"내 말 들었잖아. 왜 그런지 알아?"

"아니! 그리고 상관 안 해!"

난 정말로 상관하지 않았다. 나는 그게 사실인지 어떤지도 알지 못했다. 사실이었다면 그게 어떤 의미인지도 몰랐으며, 스킨플릭이 그 이야기를 계속하는 걸 듣고 싶지도 않았다.

"그건 어떤 러시아 유대인을 위해 베푼 일이었다. 네 조부모는 진짜 브라우나가 아니라 폴란드 인이었지. 그들은 십대 때 아우슈비츠에서 일을 했어."

물이 내 귀를 덮어버리자 그의 목소리가 간헐적으로 들리다 끊기곤 했다. 나는 막달레나와 로보를 구석에 박아놓으려고 동시에 두 벽에 대고 밀고 있었다. 그러나 그들은 계속해서 내 몸 앞에서 미끄러져 내려가고 있었다.

스킨플릭이 말을 이었다.

"진짜 브라우나는 거기서 죽었다. 그리고 네 조부모는 전쟁이 끝나고 그 나라를 빠져나오기 위해 그들의 신분을 도용한 거야. 하지만 그들은 이스라엘에서 자신들도 알고 또 진짜 브라우나도 알고 있는 러시아 남자를 만났지. 그래서 그 러시아 남자의 친구 하나가 우리 아빠에게 전화를 했다."

나는 그 내용의 일부를 받아들이지 않을 수 없었다. 꼭 알아보아야 할 것이라는 느낌도 들었고 기분 나쁜 일임에 틀림없다는 생각도 들었다.

이를테면, 내가 일주일을 더 산다면 말이다.

지금 당장은 나로서는 스킨플릭이 입 닥치고 우리를 꺼내주길 바랄 뿐이었다.

"그래서 어쩌라고?" 내가 소리를 질렀다.

"그냥 얘기해 주는 거야. 염병, 넌 아무것도 모르니까."

"좋아! 널 용서해 주겠어! 네 아빠를 용서하겠어! 염병할 조부모도 용서하겠어! 그러니 우릴 여기서 빼내줘!"

스킨플릭은 대답하지 않았다. 그러더니 말했다.

"어이, 친구. 난 모르겠다. 네가 내 밑의 사람들을 모두 죽였어."

"그거 잘 됐네. 이 일에 대해서는 아무도 모를 거 아냐. 제발!" 그가 아무 말도 하지 않자 내가 다시 말을 이었다. "죽일 사람이 있는데 내 도움이 필요하다면, 내가 도와주겠어!"

"음. 지난번처럼? 고맙지만 난 차려진 밥상에서 먹겠어. 그리고 그건 바로 너야. 말 그대로."

"농장 사건은 내 잘못이 아냐. 너도 알잖아!"

나는 공포에 질리기 시작했다. 팔다리가 불타는 것 같았다. 살아 있는 생명체들이 내 발목 주변을 미끈미끈 돌고 있었다. 게다가 내게는 막달레나와 그녀의 남동생의 몸에서 테이프를 떼어낼 그어떤 방법도 없었다. 나는 그저 공포에 사로잡힌 그들의 눈을 바라보며 내 얼굴에 그들의 뜨거운 숨을 느끼는 것 밖에 달리 도리가 없었다.

"뭐라고 하시든, 친구. 아니 '첨'('chum'은 '친구'라는 뜻의 단어이며, 동시에 물고기에게 뿌리는 '미끼'라는 뜻도 된다 ─ 옮긴이)이라고 해야 되나. '먹이 줄 시간'에 하는 말처럼."

우리 위에서 죽어가던 사내가 자기 총을 물에 빠뜨렸다. 그것은 90센티미터 정도 떨어진 곳에 낙하했는데, 나로서는 어찌해 볼 도리가 없었다. 스킨플릭은 그 소리를 듣더니 물에다 대고 마구잡이로 두어 발의 총질을 해댔다.

"이제 여기 있는 이 시체들을 좀 치워야겠네." 메아리가 잦아들자 그가 말했다. "상어 녀석들이 물지 않을 경우를 대비해 고기를 좀 가져올까도 했는데 말이야. 그럴 필요 없는 것 같네."

그 말인즉, 사체 하나를 물속에 넣어볼까 한다는 것으로 파악되었다. 그리고 나는 그게 혹시라도 우리에게 도움이 될까 생각해 보았다. 상어들은 한 덩어리의 먹이를 우리와 비교할 수 있을 것이고, 그러면 우리는 먹이가 아니라고 생각할지도 모른다.

그때 나는 무언가 내 얼굴로 떨어지는 것이 느껴졌는데 구리

맛이 났다. 나는 위를 올려다보았고 커다란 방울이 내 눈에 떨어졌다. 따가웠다. 그리고 따뜻했다.

"그럼 막달레나와 남동생이라도 여기서 빼내줘! 너한테 아무 짓도 안했잖아!"

"전쟁 사상자라네, '첨.' 미안."

2초 후 상어들이 요동치기 시작했다.

상어들에게는 나 혹은 로보라는 선택권이 있었다. 왜냐하면 무슨 일이 벌어지고 있는지 깨닫자마자 내가 막달레나의 몸을 내 몸으로 감쌌기 때문이었다.

로보는 나보다 팔을 휘두르는 힘이 훨씬 약했다. 상어들이 그를 공격하면서 물 표면이 출렁이며 갈라졌다.

사람들은 상어가 하는 일이라곤 헤엄치고 죽이는 일이라고들 말한다. 하지만 그것은 상어를 너무 과대평가하는 것이다. 상어는 그 두 가지 일 모두에 옆구리를 따라 발달한 똑같은 근육들을 사용한다. 상어는 무언가를 물면 아가리를 꽉 다물어버리고는 그 물린 것 덩어리가 저절로 떨어져 나갈 때까지 그저 이쪽저쪽 양쪽으로 도리깨질만 한다. 그러다가 여유가 생겼다 싶으면 물러나 사냥감이 출혈로 죽을 때까지 기다린다.

코니의 상어들은 그런 여유가 없었고, 그 놈들은 그 사실을 알고 있었다. 놈들의 수가 너무 많았던 것이다. 그 탱크는 야생에서라면 하루에 수백 킬로미터를 헤엄치며 서로에게서 충분히 멀리 떨어져 지낼 동물들로 가득 찬, 지독하게 과밀한 유기물 지옥 같은 곳이었다. 여기서는 만약 놈들이 물고 나서 물러난다면 아무것도 남는 게 없을 것이다. 그러니 로보를 공격한 녀석들은 그를 끌고 탱크의 중앙까지 갔는데, 그러면서 막달레나와 나를 함께 끌고 갔다.

그것은 배수구 구멍 속으로 콸콸 빨려 들어가는 느낌이었다. 내 다리로 막달레나의 몸을 두른 채로 물속에서 나는 그녀 팔 둘레의 테이프를 찾아내 이빨로 찢어냈다. 그러자 내 왼쪽 아래 송곳니와 바로 그 안쪽에 있던 이가 빠져버렸는데 어쨌든 그래서 그녀는 결박에서 풀려났다.

그렇지만 수면으로 오르자 그녀는 격렬하게 허우적거리며 내게서 멀어져 나아갔다. 그러고는 위에서 비추는 빛에 의해 보이듯 아직도 피를 토하며 휙 잡아당겨졌다가 사방으로 패대기쳐지는 로보를 향해 허둥거리며 나아갔다. 나는 스킨플릭이 다시 총을 쏘기 시작하자마자 막달레나의 다리에 있던 테이프를 잡고는 그녀의 몸을 어둠 속으로 잡아끌었다.

나는 실제로 로보의 목숨을 끊은 것은 바로 그 총질이었다고 생각한다. 젠장맞을, 그렇기를 바랄 뿐이다.

막달레나를 다시 구석으로 데리고 가서 그녀의 입을 손으로 막았다. 그녀는 그래도 내 어깨 너머로 볼 수는 있었을 것이다. 그러나 굳이 볼 필요도 없었다. 물은 살아 있었고, 상어들이 그녀의 동생의 몸에 엉겨 붙은 채로, 찢어발기는 소리, 물어뜯는 소리가 다 들렸기 때문이다.

얼마나 오랫동안 그렇게 있었는지 모르겠다. 나는 우리 몸을 벽에 기댄 채로 가라앉지 않으려 발길질을 해댔고, 또 무언가 내 발이나 다리를 스치거나 혹은 스쳤다고 생각될 때마다 발광을 하면서 견뎠다. 스쳤거나 혹은 스쳤다고 생각되는 것은 한 시도 쉼이 없었다.

시간이 흘렀다. 두어 시간 쯤이라고 생각되었다. 시간이 지나면서 접전은 점점 덜 폭력적으로 변했고 또 덜 잦아졌다. 그러다가 물 표면이 요동을 멈추었다. 건진다면 로보를 얼마만큼 건질 수 있을지 누가 알랴. 상황은 비교적 잠잠해졌다.

그때 위에서 목소리가 들렸다.

"로카노 씨…… 이런 젠장."

다른 사람이 말했다.

"이런, 제길!"

"그래. 그냥 치워줘, 알았지?"

스킨플릭이 말했다.

누군가 시체들을 끌어내기 시작했다. 오랜 시간이 걸렸다. 조직원 놈들의 발들이 발코니의 철제 격자 바닥에서 실로폰 소리를 냈다.

마침내 그들은 일을 마쳤다. 스킨플릭이 손전등 빛을 여기저기 비춰보았는데 나는 대부분 우리 둘의 몸을 물속에 잠근 채로 있었다.

"피에트로?"

그가 불렀지만 나는 대답하지 않았다.

"그동안 즐거웠다, 친구."

그는 떠나면서 경사로를 거뒀다.

그때를 돌이켜 볼 때, 그날 밤이 내가 막달레나와 함께 지낸

총 시간의 절반은 되었던 것 같다.

우리는 주변을 돌며 극도로 느린 속도로 움직였다. 나는 그녀를 유리벽에 최대한 높이 올리려 애썼다. 그녀는 어둠 속을 헤매며 낮게 걸린 받침대나, 수도꼭지 같은 것이나 혹은 그 무엇이 되었든 우리 몸을 끌어올릴 수 있는 것을 찾으려 애썼다. 나도 한참 전에 발로 찼던 바위를 찾아 더듬거렸다. 우리 둘 다 운이 따르지 않았다. 물 위로 꼬박 150센티미터 위에 있는 격자 바닥은 족히 1킬로미터는 되어 보였다.

구석에서는 각도가 너무 크긴 했지만 유리벽 두 장에 대고 밖을 향해·밀어 몸을 위로 지탱시킬 수 있었다. 그런데 너무 세게 밀면 몸이 다시 벽에서 떨어지게 되었고, 충분히 세게 밀지 않으면 가라앉게 되었다. 팔과 목이 떨어져 나갈 것 같았다.

그리고 물론 더 사소한 문제들도 있었다. 목을 수면 밖으로 내밀 수 있을 만큼, 우리 몸을 뜨게 하는 소금은 눈과 입에는 참으로 가혹했다. 물 자체는 26도 가량이어서 처음에는 따뜻하게 느껴지지만 오래 들어가 있으면 죽을 수도 있을 만큼 차가운 온도였다. 그렇지만 막달레나를 살리는 일이라면, 나는 무너지지 않을 것 같았으며 피로에도 면역이 된 것처럼 느껴졌다. 나는 기술 하나를 생각해 냈다. 막달레나가 나를 마주보는 방향으로 내 어깨 위에 그녀의 다리를 올려서 최대한 그녀의 몸을 물 밖으로 유지시켰다. 내 생각엔 그렇게 하고 있었던 게 몇 시간은 된 것 같다. 그러다 결국 우리는 그녀의 옷을 벗겼는데, 그 편이 오히려 더 따뜻했기 때문이었다. 그러다 결국 나는 그녀의 몸을 핥기 시작했는데, 그런 와중에서도, 심지어 오르가즘을 느낄 때도, 그녀는 울음을 멈추지 않았다.

비판하고 싶다면 하라. 그녀를 비판한다면 내가 당신의 등신 같은 대갈통을 바숴버리겠다. '원초적인 것'이 당신네들의 내밀한 삶속으로 들어올 때, 당신네들도 그에 대해 깨닫게 될 것이다. 막달레나의 음부의 매끄러움과 풍부함, 그 이외 다른 자극은 받아들이지 않는 내 척추 아래의 신경들, 그것이 바다도 허물어뜨릴 것 같았다. 그것은 생명을 의미했다.[*]

밤새 우리는 콧김을 내뿜는 소리를 들었다. 아마 15분에 한 번 정도였던 것 같다. 천천히, 그러다가 우스울 정도로 빠르게 천창이 밝아오자, 조그맣고 둥근 머리가 수면에 나타나는 게 보였다. 그 머리는 검은 눈이 반짝거렸고 파충류의 콧구멍으로 물을 뿜고 있었다.

시계를 볼 수 있게 되었을 때는 아침 6시를 막 지난 때였다. 우리는 오한으로 떨면서 구토감을 느꼈다. 물속의 상어들을 볼 수 있을 정도로 날이 밝아졌을 때, 상어들은 더욱 공격적으로 돌변했다. 상어들은 분명 새벽과 땅거미를 좋아하는 것 같다. 상어들은 마치 튄 공의 그림자처럼 쉬이익 돌진해 왔다.

그러나 놈들은 기회를 놓쳤다. 그것들은 얼굴에 발길질만 수없이 받았다. 탱크가 더욱 밝아졌다. 콧김을 부는 동물은 다름 아닌 커다란 바다거북이었다. 아마도 그걸 내가 바위라고 생각했던

---

[*] 사람들은 바다가 생명과 자유를 상징한다고 생각한다. 그러나 해변은 자연에 존재하는 그 무엇보다 가장 넘기 힘든 장벽이다. 사람들은 마치 우주나 죽음, 혹은 무엇이 됐든 누가 됐든 자신들에게 단호하게 안 된다고 말하는 것/자를 숭배하듯 해변을 숭배한다.

것 같았다. 그때 또 거북이 둘이라는 사실을 알게 되었다. 또 탱크가 동물들로 가득 차 있다는 것도.

사람 키 정도 되는 상어들(20분 후 나는 정확히 14마리라고 셀 수 있었다.)이 적어도 여섯 마리가 있었는데, 종류는 두 가지로, 그 둘 모두 나는 모르는 종이었다. 둘 다 갈색이고 마치 스웨이드 가죽으로 만들어진 것 같았다. 그것들은 옆구리를 따라 놀랄 만큼, 그리고 불쾌할 만큼 많은 지느러미가 달려 있었다. 한 가지 종은 점도 있었다.*

꼬리 반이 물려 떨어져 나간 것 같은 느리고 유연한 가오리 한 마리가 탱크의 모래와 시멘트 바닥을 따라 움직였다. 더 높은 곳에는 길이가 각각 30센티미터가 넘는 한 무리의 비늘돔이 있었는데, 로보의 남아 있는 부분을 툭툭 치기도 하면서 그 주변을 무리를 지어 왔다 갔다 했다. 그 모습이 마치 그가 춤이라도 추는 듯했다. 비늘돔들은 시체를 갉아먹으면서 탱크의 가장자리로 몰고 갔다.

로보의 몸은 남아 있는 게 별로 없었다. 찢어진 머리, 척추, 양 팔의 뼈들. 손은 찢어발겨져 있었고 힘줄들이 마치 방울술처럼 벌어져 있었다. 이따금 상어 한 마리가 고깃덩어리의 섬유질 부분을 찾아 시체를 되는대로 긁다가 그것을 뒤집어놓곤 했다. 그 후엔 물고기들이 다시 달려들었다. 한번은, 물고기들을 시체에서

---

* 그것들은 뱀상언지 너스상언지 그런 거였다. 뭐, 누가 신경이나 쓰겠는가? 그 정도로 큰 상어는 뭐가 되었든 자기가 너끈히 해치울 수 있다고 생각하면 인간도 공격한다. 그리고 얕은 물에 사는 상어들은 전부 위는 갈색이고 아래는 흰색인데, 그래야 위에 있는 물고기들이 상어를 모래라고 생각할 것이고 밑에 있는 물고기들은 상어를 하늘이라고 생각할 수 있기 때문이다.

떼어놓으면 막달레나가 그렇게 심한 과호흡을 멈출까 싶어, 내가 물속으로 잠수해 들어가 시체가 지나갈 때 잡아보았다. 그랬더니 상어들이 너무 공격적으로 돌변했고 게다가 그 느낌이 너무 구역질이 났다. 정말로 손으로 잡을 수 있는 유일한 곳은 날카롭고 미끈거리는 척추의 맨 아래로, 두 신장이 떼어내졌을 구멍 옆이었다. 따라서 나는 다시 시체를 떠다니도록 놔두었고 막달레나에게는 보지 말라고 했다. 그렇지만 우리 둘 다 그것을 계속 바라보게 되었다.

7시 30분경 상어들은 무슨 신호라도 들은 것처럼 우리에게서 멀어져 갔다. 그러자 먹이를 주는 사내가 나타났다.

그는 이십대로 머리는 밀었고 구레나룻을 길렀으며 노란색 고무바지를 입고 있었다. 그는 제자리에 서서 막달레나의 곧추선 젖꼭지를 응시했다. 그녀는 완전히 발가벗은 상태였다. 어쨌든 그래서 그 후레자식이 로보를 보지 못했다.

"우리 좀 빼내줘." 내가 헐떡거리며 말했다.

그는 우리 쪽으로 와서 경사로를 내렸다. 나는 우리를 건드리려 하면 당장 어떤 놈의 상어라도 눈알을 뽑아낼 태세를 갖추며 막달레나를 팔에 두르고 벽에서 떨어졌다. 그녀를 먼저 밀어 올리고 나서 내 몸을 끌어올리는 바람에 내 머리가 너무 세게 방향을 틀어 잠시 시야가 깜깜해졌다.

"경찰을 부를게요."

"어떻게? 휴대폰 없잖아."

"아니, 있어요."

그가 휴대폰을 꺼내며 말했다.

등신. 나는 사내를 후려 패서 의식을 잃게 한 후, 전화를 난간에다 후려치고는 그 조각들을 물속에 집어넣었다.

그 순간 시작된 24시간은 내 인생에서 가장 최악이며 가장 중요한 시간이었다. 그 시간 동안 ―물론 이것은 별것도 아니지만― 나는 거의 3000킬로미터를 돌아, 겨우 다시 뉴욕으로 돌아왔다. 막달레나와 내가 물속에서 기어 나온 이래 꼬박 하루였다.

구체적으로 말해, 나는 맨해튼으로 돌아왔다. 그곳에서 스킨플릭의 도어맨이 나를 알아보고 건물 안으로 들여 주었다. 스킨플릭 아파트 안에 있던 건달 둘은 유리 커피테이블로 때려 죽였다.

스킨플릭은 코카인에 취하긴 했지만 아직 의식은 있었다. 그런 놈을 막달레나 들 때처럼 엉덩이를 끌어안아 들어올렸다. 나는 놈이 몸부림치고 비명을 질러대는 것에 아랑곳하지 않고 머리부터 거실 창밖으로 내던졌다.

나는 그 즉시 놈을 다시 올려오고 싶었다. 왜냐하면 또 한 번 그렇게 집어던지고 싶었기 때문이다.

그리고 사람들이 벌써 몰려들기 시작한 거리에서 나는 샘 프리드에게 전화를 했다. 그 날 두 번째로 그에게 나를 태우러 올 장소를 알려주었다.

21

나는 시민으로 거리에 나선다. 자유로운 몸이다. 나는 그 모든 것을 포기했다. 나는 더 이상 환자를 치료하지 않을 것이다. 그리고 의사 가운과 내 이름 앞의 호칭이 내게 무엇을 해주었든, 이제 그것들은 더 이상 쓸모가 없을 것이다. 나는 성직을 떠나 더 이상 그 어떤 복사(服事)들도 괴롭히지 않을 것이다.

나는 끔찍한 기분을 느껴야 한다. 그건 나도 안다. 의사가 되기 위해서 7년이 걸렸다. 기본적으로 나는 다른 아무것도 가진 게 없다. 직업도 없다. 심지어, 안전하게 살 만한 장소도 없다.

그러나 웬일인지 길바닥의 얼음조각들을 날리고 있는 얼 것 같은 바람에서 봄밤 공기와 같은 맛이 난다. 바비큐 파티를 즐기는 술에 취한 여자 손님들과 반딧불이로 가득 찬 봄밤의 공기.

왜냐하면 나는 전혀 기분이 나쁘지 않기 때문이다.

여긴 뉴욕이다. 나는 호텔방을 빌려 거기서 WITSEC에 전화를 할 수 있다. 그러고 나서 박물관에 갈 수도 있고 영화관에 갈 수도 있다. 나는 스태튼 아일랜드 페리를 탈 수도 있다. 아마 그러지 말아야 할지도 모르겠다. 왜냐하면 스태튼 아일랜드의 모든 남자들은 조직원이거나 경찰일 것이기 때문인데, 그러나 어쨌든 나는 할 수 있다. 나는 염병할 책을 한 권 사서 카페에서 독서를 할 수도 있다.

그리고 젠장, 나는 의사인 것이 얼마나 싫었는가.

의대 시절부터 나는 그게 싫었다. 내가 병을 고쳐주어야만 하지만 그러지 못했던 환자들의 끝없는 고통과 죽음. 그 이유야 아무도 고칠 수 없는 병이었기 때문이었든, 아니면 그저 내 능력이 좋지 않아서이든 그건 상관없었다. 추악함과 부패. 좀먹는 시간들.

그리고 나는 특히 뉴욕의 이 병원 판 죽음의 별, '맨캣'이라 알려진 이 휘황한 모리아(『반지의 제왕』에 나오는 지하도시 — 옮긴이)를 증오했다.

나는 내가 할 수 있는 한 오래도록 의사 노릇을 해왔다. 나는 빚을 지고 있다. 그건 안다. 그리고 내가 의사라는 사실이 나로 하여금 빚을 갚게 만들었다는 것에 감사하며, 또 그것이 내가 찾으러 다니지 않아도 매일 내게 내가 행해야 할 선행을 제시해 주었다는 점에 대해 감사한다.

그러나 나는 내가 지불할 수 있는 것만을 지불할 뿐이다. 7년이란 세월을 포기하는데, 그것도 모자라 살해를 당한다는 것은 아무에게도 도움이 되지 않는다. 사실 그러면 그저 인적자원만 잡아먹는 꼴이 될 것이다. 이 업계에서는 내가 할 수 있는 일이 더 이상 아무것도 없다.

그렇다고 세상이 끝나는 것은 아니다. 어쩌면 재정착한 후에 무료 급식시설에서 일을 할 수도 있을 것이다. 그런 점에서 보자면 의료과실 책임보험 일을 하는 것도 뭐, 불가능한 일은 아닐 것이다.

나는 프렌들리 박사가 사용한 용어 '의료과오 후 소송'이 떠올라 웃고 만다.

그러자 또 다른 것이 머릿속에 떠오르며, 나는 마치 누군가가 내 발을 바닥에 고정시켜 놓기라도 한 듯 제자리에 멈추어 선다. 그러다가 거의 넘어질 뻔 한다.

나는 뭐가 잘못된 건지 알아내려 골몰히 생각한다.

계속 생각한다.

그러나 생각만 한다는 건 의미 없는 짓이다.

나는 골육종 소녀의 다리를 살릴 방법을 알고 있다.

바람을 맞으며 진창 속에 서서 휴대폰으로 수술실에 전화를 건다. 받지 않는다.

정형외과. 통화중.

아크펠. 드보르작의 「신세계 교향곡」이 흘러나온다. 그가 환자 MRI 검사를 하고 있다는 뜻이다.

한편, 내 앞쪽 이 블록의 끝에 두 대의 리무진이 서고 남자 여섯이 서로 아무 말도 하지 않고 차에서 내린다.

여섯 명 모두 무기를 감추기 위해 허리 밑으로 내려오는 코트를 입고 있다. 한 사내는 검은머리이고 한 사내는 히스패닉계로 보이는데, 나머지 넷은 중서부 출신으로 보인다. 청바지를 입고 스니커즈를 신었다. 그들은 아무도 눈치 채지 못할 거라고 생각하겠지만, 와이오밍과 아이다호의 목장에서 햇빛 아래 아주 많은 시간을 보내서 생긴 주름진 얼굴들을 하고 있다.

나는 그 목장들 중 일부에 가본 적이 있다. 일 때문이었다. 무슨 말인지 짐작할 수 있을 것이다.

킬러들이 모든 출구를 막기 위해서 모퉁이에서 두 방향으로 갈라선다. 나는 뒤를 바라본다. 또 다른 두 대의 차가 보인다.

길을 건너 도망칠 것인지 아니면 병원으로 되돌아갈 것인지 생각할 시간이 0.5초 정도 된다.

나는 바보다. 나는 병원을 택한다.

에스컬레이터를 뛰어올라 수술실 층으로 오른다. 만약 밖에 있는 사내들이 여기 온 첫 번째 사람들이라면, 내게 시간이 좀 있을 것이다. 왜냐하면 그들은 아마도 병원을 샅샅이 훑으며 쫓아올 것이기 때문이다.

'만약.'

나는 집중치료실 사람들이 아직도 스퀼란티의 EKG 출력본이 어디 갔는지 찾기 위해 그가 죽은 침상의 칸막이 주위를 둘러보고 있는 회복실을 관통해 지난다. 결국 그들은 IT과에서 새것으로 뽑을 것이다. 이를테면, 한 달 뒤에 말이다.

수술실 라커룸에는 벽에 수술 스케줄을 알려주는 플랫 스크린 TV가 걸려 있다. 거기 보니 골육종 여자는 세 시간 전에 다리를 제거한 것으로 나와 있다. 그건 불가능한 일이다. 왜냐하면 내가 방금 전에 그녀를 보았기 때문이다. 그래도 방 번호가 적혀 있긴 하다. 바로 한 층 위다.

그렇지만 그곳에 가보니 수술복을 입고 마스크를 낀 어떤 사내가 바닥을 닦고 있을 뿐 다른 사람은 아무도 보이지 않는다. 아마 스케줄에 방 번호가 잘못 입력되었던 것 같은데 확실치는 않다.

"다음번 수술이 언제죠?"

내가 걸레를 든 사내에게 묻는다.

그는 그저 어깨를 으쓱한다. 그러더니 나가려고 내가 몸을 돌리자 걸레를 놓고 내 머리 위로 와이어를 두른다.

귀엽군. 사내는 아마 내가 골육종 여자의 방 밖에서 그녀와 이야기를 나누는 것을 엿듣고는 여기서 날 기다리고 있었던 것 같다. 로카노의 현상금을 저 혼자 노려보려 낮은 확률에 승산을 건 것이다. 그리고 그는 와이어 사이코이다.

와이어는 만들기도 간단하고 없애기도 간단하며, 또 심지어 가운 속이라도 감추기가 간단하다. 그렇지만 사이코만이 와이어를 사용한다. 그렇지 않고서야 누가 다른 사람에게 그렇게 가까이 다가가고 싶겠는가? 나는 그가 와이어를 세게 잡아당기기 전 가까스로 내 목 앞으로 손을 올린다.

그때 나는 그것으로 날 죽이지는 못할 것이라는 것을 깨닫는다. 어쨌든 빠른 시간 안에는 말이다. 나는 후두 앞에서 손바닥을 앞으로 향해 내밀고 청진기 튜브를 양쪽에서 와이어 안쪽으로 집어넣는다. 그 상태에서 사이코는 내 목 뒤에서 와이어를 교차하여 꼬긴 했지만 동맥을 끊어버릴 수 있는 힘을 발휘하지 못한다. 동맥보다 표면에 더 가까이 있는 정맥은 끊을 수 있겠지만, 그래 봤자 내 머리에 있는 피가 아래로 내려오는 것을 멈추게 할 뿐이다. 나는 벌써 열과 압력이 쌓여가는 것을 느낄 수 있다. 그러나 한동안은 의식을 잃지 않을 것이다.

그때 사내는 앞뒤로 톱질하듯 움직이기 시작하는데 동작이 꽤 빨라 내가 그것을 역이용할 수 없을 정도이다. 그리고 와이어가 내 손바닥과 목 양 옆을 깊게 파고든다. 사이코는 그것에 유리인지 금속인지 무언가를 꼬아 넣었다. 청진기의 헤드가 바닥에 튀면서 쨍그랑 소리가 난다.

보아하니, 날 빨리 죽일 수도 있을 것 같다.

나는 놈의 발을 짓밟는다. 놈은 철제 발가락 신발을 신고 있다. 물론 그럴 것이다. 놈은 와이어 사이코이지 않은가. 이것을 예상했을 터이다. 발가락 캡이 조금 움푹 들어가면서 발가락들이 꼬집혔는지 놈이 끙끙거리는데, 그렇다고 제 계획이 그다지 변경되지는 않는다. 철제 발가락 신발 위로는 자동차도 지나갈 수 있다.

그래서 나는 힘을 주어 우리 둘 모두의 몸을 뒤로 밀어제친다. 놈은 이것도 예상했던 터라, 재빨리 다리에 힘을 주어 수술테이블에 엉킨 우리 몸을 지탱시킨다.

그러나 여긴 나의 홈그라운드다. 나는 테이블의 브레이크를 풀게 하는 페달에 발굽을 밀어 넣는다. 우리 몸이 나가떨어지면서 놈을 당황케 만든다.

나는 바닥에서 놈의 몸 위로 떨어진다. 놈의 숨이 턱 막히면서 끙 소리가 난다. 그러나 와이어를 붙잡고 있는 손아귀는 풀어지지 않는다.

나는 자유로운 한쪽 손을 뒤로 뻗어 —멍청하게도 그런 식으로 길러놓은— 놈의 왼쪽머리 한 움큼을 그러쥔다. 그런 다음 나는 어깨 너머 놈을 잡아당기며 자리에서 일어나 앉는 동시에 놈을 홱 비튼다.

이 방법은 이 와이어 사이코가 오른손잡이여야만 하거나, 아니면 적어도 오른손목과 왼손목이 교차된 상태라야만 효과가 있다. 그러나 나는 옵션이 별로 없다.

그게 먹힌다. 놈이 넘어가면서 내 목에서 와이어가 풀린다.

사이코는 얼굴을 내 방향으로 한 채 아주 세게 바닥에 부딪치며 머리가 뽑힌다. 그 상태에서는 팔꿈치와, 칼 모양으로 그러쥔 손을 교차로 해서 그의 얼굴을 빠르게 가격하는 게 그다지 어렵지 않다. 앞뒤, 앞뒤. 그러다가 결국 놈이 의식을 잃고 뒤통수에서 출혈이 발생한다.

나는 현기증을 느끼며 자리에서 일어선다.

머저리 놈, 걸레질할 날을 잘못 잡았다.

나는 수술실들 사이에 있는 물품 통로에서 스테이플 건을 꺼내 갈라진 손바닥을 붙인다. 고통에 미칠 것만 같지만 어쨌든 그렇게 해서 손을 쓸 수 있게 된다. 목은 붕대를 감는다. 보지 않고 붕대를 감을 수 있는 방법은 그다지 많지 않았는데, 그나마 찾을 수 있는 물건 중에서 도구 트레이가 거울과 가장 비슷했다.

새 가운으로 갈아입다가 나는 키트 선반을 보게 된다. 거기에 수술에 쓰이는 다양한 기구들이 든 철제 상자들이 있다. 그것들에 '가슴, 개방', '신장이식' 등의 라벨이 붙어 있다.

나는 '큰 뼈 가로절단'이라고 쓰인 박스를 꺼낸다. 손잡이가 새겨져 있는 만도(蠻刀) 같이 생긴 칼을 골라 나의 새 바지 옆면을 잘라 터낸다. 그런 다음 수술 테이프를 이용해 그것을 바깥쪽 허벅지에 붙여놓는다.

밖으로 나가 피를 씻어내기 위해 싱크대로 가자 남자 간호사한 명이 바늘처럼 생긴 복강경의 카메라로 자신의 겨드랑이를 긁고 있다. 그것은 오염을 방지하기 위해 우주복을 차려입는 의사들이 나중에 누군가의 복부에 집어넣을 기구다.

그는 흘긋 나를 한 번 보더니 서둘러 빠져나간다.

나는 수술 층에서 골육종 여자를 찾아 이 방 저 방 돌아다닌다. 그것이 가장 빠른 방법이다. 도착해 보니 마취전문의가 그녀에게 마스크를 씌워놓은 상태이다. 의식이 없다.

그녀는 테이블에 발가벗은 채 누워 있다. 레지던트들이 누가 음부를 면도할 것인가에 대해 승강이를 벌이고 있다. 그건 애초에 필요하지도 않은 일이다.

나를 보더니 스크럽 간호사의 눈이 커진다.

"선생님 마스크 안 쓰셨어요! 모자도요!" 그가 소리친다.

"상관없어. 의사가 누구야?"

"수술실에서 나가요!"

"누가 수술하는지 말해."

"보안과로 전화 넣게 하지 말아요!"

내가 그의 종이 가운 앞섶을 손으로 두드려 오염시키자 그는 비명을 지른다. 수술이 실시된다 하더라도, 어쨌든 방금 30분은 연기시킨 것이다.

"젠장맞을 의사 어디 있는지 말해."

"바로 여기 있소." 의사가 내 뒤에서 말한다. 나는 몸을 돌린다. 마스크 위로 보이는 얼굴에서 품위가 느껴진다. "젠장 내 수술실에서 뭣하고 있는 거요?"

"이 여자 골육종 아닙니다."

내가 그에게 말한다. 그의 목소리는 평온하다.

"아니라고? 그럼 병이 뭐요?"

"자궁내막증. 월경을 할 때면 출혈이 됩니다."

"종양은 환자의 대퇴부에 있소. 대퇴골원위부 말이오." 그는 내 목에 붙인 붕대를 보고 있다. 다시 그곳에서 피가 새는 모양이다. 염병하게 아프다. "당신 의사요?"

"예. 그건 이동된 자궁 조직입니다. 때때로 그렇게 생길 수 있어요. 임상 사례들도 있고요."

"하나만 대보쇼."

"못해요. 교수에게서 들은 이야기입니다."

사실 나는 그것에 대해 마모셋 교수와 함께 비행기를 타고 가다가 들었다. 그는 실제로는 한 번도 본 일이 없으면서, 의대에서 배워야만 하는 생뚱맞고 지랄 같은 것에 대해 이야기 하고 있었다.

"이제까지 들어본 중에 가장 멍청한 이야기로군요."

"메드라인(온라인 의학 논문/정보 검색 서비스 — 옮긴이)에서 사례를 찾을 수 있어요. 그녀는 대퇴사두근(大腿四頭筋) 앞쪽 부분에 자궁조직이 골막에 붙어 있어요. 그거 떼어내면 돼요. 그게 아니고 다리를 절단하면 병리과에서 나중에 내 말이 맞았다는 걸 깨닫고는 당신을 족칠 거예요. 이 방에 있는 모든 사람들을 족칠 겁니다. 내가 장담합니다."

나는 사람들의 눈을 정면으로 응시한다.

"으음." 의사가 말한다.

나는 이자의 가운 앞섶도 만져야 하나 어쩌나 생각한다.

"알았어요, 진정해요." 그는 마침내 스스로 자기 가운을 뜯어내면서 말한다. "가서 메드라인 검색 좀 해보죠."

"고맙습니다."

"그럼 내가 지금 즐겁게 이야기를 나누는 분은 누구신지? 혹시라도 선생 말이 틀려 선생을 잘라야 할 경우가 생길지도 모르니까요."

행운을 빈다. 얼간아.

"베어클로 브라우나."

나는 자리를 뜨면서 말해준다.

그러나 에스컬레이터 층계참에 감시자가 있다. 양쪽에 각각 한 명씩, 그리고 또 다른 두 명이 위층으로 오르고 있다.

'젠장. 도대체 이놈들 몇 명이나 되는 거야?'

나는 한순간 람보라도 되는 양, 벽에 붙어 있는 퓨렐 알코올 손 세정제 젤 디스펜서를 홱 잡아 뽑아 네이팜탄으로 써볼까 생각 해 본다. 그러나 환자로 가득 찬 병원을 불태운다는 것은 선을 넘 는 행위인 것 같다. 대신 나는 비상계단으로 되돌아간다. 나를 찾 고 있는 사람들의 조심스러운 발자국 소리가 울린다. 나는 최대한 조용히 계단을 역주해 의국으로 향한다.

내 소굴의 심장부를 향해 회귀.

거기엔 보너스가 있다. 이를테면 그 덜떨어진 강도에게서 빼앗 은 권총 같은 거 말이다.

나는 그것을 찾아야만 한다.

도대체 권총을 어디에 두었는지 생각이 나지 않는다. 돌이켜 생각을 해보려 할 때마다 약에 취해 생긴 몽롱함만이 느껴진다.

마모셋 교수의 수법을 써보기로 결정한다.

마모셋 교수에 따르면, 뭔가를 놓아둔 장소를 굳이 기억해 내 려고 애쓸 필요가 없다는 것이다. 그저 지금 어딘가에 그걸 두어 야하는데, 그렇다면 어디다 둘까 선택하고 그곳으로 가면 된다는 것이다. 왜냐하면 굳이 이전에 골랐던 곳하고 다른 곳을 고를 이 유가 뭐가 있겠는가? 사람들의 성격이란 생각보다는 고정적이다. 우리가 날마다 다른 사람으로 깨어나지 않는 것과 같다. 그저 우 리는 우리를 믿지 못할 뿐이다.

그래서 나는 시도해 본다. 나는 포스(「스타워즈」 제다이 기사들이 가지고 있는 힘으로 형이상학적이고 편재하는 힘을 말한다 ― 옮긴이)를 이용한다. 나는 새벽 5시 30분 권총을 숨겨야 하는데 사실상 머릿속이 텅 빈 것 같은 상황이라고 상상해 본다.

그랬더니 내 발길은 의국 뒤 간호사실로 향한다. 간호사실을 둘러싼 높은 선반 위에 얹힌 고풍스러운 책들이 있는 곳이다. 인터넷이 도래한 이래 이용되지 않고 있는 책들이다. 그 중에서도 중추신경계에 관한 독일어로 된 큰 책이 있는 곳으로 향한다.

그 책 뒤에 총이 있다.

마모셋에 1점 추가.

다시 간호사실 앞 복도의 양 끝에 두 명씩 방들을 뒤지고 있는 킬러들이 보인다. 내게 다가오고 있다.

만일 내가 노골적인 총격전을 원한다면 간호사실 반대편에 나란히 이어지는 복도로 건너가 그곳에서 이놈들에게 총질을 하면 될 것이다. 그렇게 하면 무작위로 구경꾼들을 죽음으로 몰아넣을 수 있을 뿐 아니라 병원 안의 모든 무장한 사람들을 불러 모으게 될 것이다. 나는 이에 대해 한순간 생각해 보다가 이내 포기한다. 그 보안요원들은 익히 보아 알고 있다.

나는 몸을 홱 돌려 뒤에 있는 병실로 들어간다. 나는 그곳이 비어 있다는 사실을 알고 있다. 스퀼란티의 수술 직전, 그곳에 있던 환자 하나를 내가 퇴원시킨 데다, 나머지 한 명은 오늘 아침 침대에 죽어 있는 것을 보았기 때문이다. 누군가 그때 이후 침대 시트라도 간 척 할 정도로 이 병원에서는 그 어떤 일도 빨리 진행

되지 않는다.

나는 캐비닛을 뒤진다. 가장 큰 가운이 미디엄 사이즈이다. 나는 클로그 슬리퍼와 옷들을 화장실에 벗어 내버리고는 온기 없는 작은 옷을 입고 오늘 아침 여자가 죽었던 침대로 뛰어오른다.

이삼 분 후 두 명의 킬러들이 병실 안으로 들어온다.

나는 자리에 누워 있다. 그들이 날 본다. 나는 그들을 본다. 시트 아래에 그들을 향해 겨누고 있는 허접한 내 총은 마치 손안에서 녹아 없어져 버릴 듯한 느낌이다. 총의 무게는 대부분 총알이 차지한다.

나는 그들의 눈을 들여다보지 않으려 애쓴다. 그렇지만 그들이 지금 다른 모든 병실을 뒤져본 만큼, 그들에게 내 모습이 어떻게 보일지 짐작이 간다. 목에다 두른 바보 같은 붕대에도 불구하고 너무나 건강한 혈색. 완전 사기꾼.

그들은 동시에 재킷으로 손을 뻗는다. 나는 두 놈 중 나와 더 가까이 있는 놈에게 권총을 겨누고 방아쇠를 당긴다.

방아쇠 공이가 딱 소리를 내지만 아무 일도 벌어지지 않는다. 나는 방아쇠를 다시 당긴다. 또다시 딱 소리. 2초 안에 여섯 개의 탄창을 모두 시도해 본다. 그러더니 방아쇠가 구부러지기 시작한다. 총알이 문제가 아니라 공이나 뭐, 그런 것이 문제다.

염병할 지랄 같은 싸구려 총. 나는 총을 놈들을 향해 집어던지고 허벅지에 붙여놓은 칼을 뽑으려 한다.

그들은 내게 테이저 총을 쏜다.

나는 깨어난다.

나는 얼굴을 아래로 한 자세로 체크무늬 리놀륨이 깔린 복도에 있다. 내 팔을 붙들고 있는 두 놈은 할일은 제대로 하는 놈들이다. 한 놈은 내 등에 발을 대고 있어 나는 앞으로 굴러 빠져나갈 수 없다. 칼은 없어졌다. 눈에 보이는 것은 대부분 신발이다. 귀에 들리는 것은 대부분 웃음소리다.

"염병 그냥 해. 이거 진짜 역겹다." 누군가의 말이다.

"이건 정확성을 요하는 일이야."

다른 누군가가 그렇게 말하니 웃음소리가 더 커진다.

나는 필사적으로 주위를 둘러본다. 왼쪽 벽에 광택을 낸 알루미늄 문이 있다. 대형 냉장고다. 나는 아직 병원에 있는 것이다.

한 놈이 뒤에서 갈색 액체가 가득한 거대한 플라스틱 주사기를 들고 몸을 웅크리고 있는 것이 어깨 너머로 보인다.

"듣자하니 아까 네 놈한테 뭐 더러운 게 박혔다지. 그런데 뒈지질 않았네. 그러니 더 센 걸로 박아줄게."

"제발 그런 말 하지 마쇼."

나는 겨우 힘을 내 말한다.

그러나 놈은 이렇게 말한다.

"아까 것으론 충분치 않았지만 이제는 확실히 해주마."

들뜬 웃음. 한편 나는 아직도 염병할 환자복을 입고 있다. 등에서 풀려져 옷이 열린 채로 누워 있다. 그놈이 주사기를 내 왼쪽 엉덩이에 박고는 타는 듯한 액체를 전부 주사한다. 그래도 그놈이 공기방울은 제거했다.

"스킨그래프트가 여기 오면 네놈은 얌전하고 착하게 굴게 될 거야."

그들은 다시 한 번 내게 테이저 총을 쏜다.

22

막달레나와 나는 상어 먹이 주는 사내의 녹색 스바루를 타고 수족관을 떠났다. 나는 운전하기 위해 가슴을 운전대에 기대야만 했다. 팔을 뻗을 수가 없었다.

막달레나는 철제 캐비닛에 있던 노란 레인코트를 입었다. 그녀는 조수석 좌석에 다리를 포개고 앉아 있었다. 울고 또 울어 얼굴 전체가 눈물에 젖은 채로 빨개졌다. 그러다가 그녀가 처음으로 입을 열었을 때, 나는 그녀가 무슨 말을 했는지, 아니 처음에는 말을 했다는 사실도 깨닫지 못했다.

알고 보니 "멈춰."라는 말을 여러 번 반복하고 있었다.

"그럴 수 없어."

나는 이가 하나 빠졌고 그 부위가 으깨져 잇몸이 뜨겁게 부어올랐다.

"부모님한테 말씀 드려야 해."

나는 그 문제에 대해 생각해 보았다. 그녀의 부모님은 도망쳐야 했다. 스킨플릭이 우리가 아직 살아있다는 것을 알면 놈은 분명 그들을 찾을 것이다. 그들에게 알려야만 한다.

그렇지만 그들은 또한 잠자코 있어야 한다. 만일 그들이 FBI에서 보호권을 발휘하기 전에 경찰에 알리면 스킨플릭이 더 먼저 알아낼 것이다.

"로보에 대해서 말하면 안 돼."

"무슨 말이야?"

막달레나가 물었다. 우리 둘 다 목소리가 거칠었다. 마치 성대 모사 하는 것처럼.

"부모님께 떠나야 한다고 말씀드려야 해. 뉴욕을 떠나야 한다고. 동부를 떠야 한다고 말이야. 유럽으로 가든가. 하지만 로보가 죽었다고 말씀드리면 난리를 치실 거야. 아니면 떠나지 않겠다고 하시든가. 아니면 둘 다겠지."

"부모님이야, 아셔야만 해." 막달레나가 말했다.

"자기, 그럴 순 없어."

"자기라고 부르지 마. 다신 자기라고 부르지 마. 저기 공중전화 있어. 차 세워."

나는 차를 세웠다. 그녀가 나를 증오한다면, 물론 그녀는 충분히 그럴만한데, 다른 걸 따져 무엇 하랴.

그렇지만 나는 그녀가 로보에 관해 부모님께 거짓말을 했을 것이라 생각한다. 왜냐하면 통화를 하면서 울긴 했지만 억누르듯 가슴을 들썩거리며 조용히 울었기 때문이다.

무슨 말을 했건 그건 루마니아어였다.

그에 대해 나는 무궁하게 감사할 따름이다.

일리노이로 들어갔을 때는 밤이었다. 고속도로에서 꽤 위쪽으로 모텔들이 여기저기 꽤 먼 거리를 두고 자리한 기다란 지대에 식당이 하나 있었다. 그것은 '누군가의 파이' 뭐 그런 식의 이름이었다. 체인점이었다.

막달레나는 주문을 하기 위해 나와 함께 들어갔는데 내내 몸을 덜덜 떨었다. 우리 둘이 함께 다니는 것은 어리석은 짓이었다. 그러나 그녀를 내 시야에서 벗어나게 할 순 없었다. 나는 존재감을 잃을 정도로 불안감을 느꼈다.

나는 스킨플릭이 내 조부모에 관해 한 말이 맞는 말이라는 것을 안다. 그의 말로 많은 것들이 설명됐다. 그 모든 세월동안 다른 유대인들을 피했던 것, 전쟁 이전의 가족들에 대해 침묵을 지킨 것, 그들의 팔뚝에 있던 엉뚱한 문신. 나는 그것을 어떻게 받아들여야 할지 몰랐으며, 또한 다른 사람으로 살아가려 애썼던 그들을 이해할 수 없었다. 이제 나에게는 인간과의 끈이 단 하나밖에 남지 않았으며, 그것이 막달레나라는 사실만 알 수 있을 뿐이었다.

우리가 들렀던 식당에 대해서 나는 그다지 기억이 뚜렷하지 않다. 그곳이 다른 모든 고속도로 식당들처럼 주황색과 갈색이었다는 것만 확실할 뿐이다. 우리는 차에서 식사를 했다. 그런 다음 막달레나는 의자를 접어 젖히고 차 안에서 잠이 들었다. 나는 슬며시 차에서 빠져나와 샘 프리드에게 전화를 넣어 우리가 갈 준비가 되었다고 말했다.

"이게 좀 시간이 걸릴지 모르겠네. 이 문제에 관하여 누굴 믿을 수 있을지 모르겠어. 꼭 그래야 하는 경우가 아니면 누구에게도 알리고 싶지 않아." 그러더니 그는 잠시 생각에 잠겼다. "몇 사람 연락해 보고 내가 직접 거기로 가겠네. 여섯 시간 정도면 될 거야."

나는 스바루의 뒷자리에서 잠이 깼다. 막달레나는 내게서 멀찌 감치 웅크리고 있었다.

여전히 밤이었다. 그렇지만 누군가의 머리 그림자가 성에가 낀 뒷좌석 창가에 어른거렸다. 누구인지는 모르겠지만 레스토랑 주 차장 뒤 가로등의 불빛을 뒤에서 받고 있었다.

머리엔 경찰모를 쓰고 있지 않았다. 무전기 소리도 들리지 않 았고 플래시 빛도 보이지 않았다. 그자는 차 주변으로 오면서 최 대한 소리를 내지 않기 위해서 최선을 다하고 있었다. 그림자가 바로 뒷문 밖에 위치했을 때 나는 문을 홱 걷어차 사내의 배를 가격한 뒤 그에게 달려들었다.

사내가 옆으로 다섯 발자국 정도 떨어진 곳에 멈춰 쓰러지자 내가 그의 위에 올라탔다. 사내를 쓰레기통 뒤 어두운 곳으로 질 질 끌고 갈 때 나일론 코트가 아스팔트에 긁혀 쉭쉭 소리가 났다.

사내는 모르는 얼굴이었다. 20대 초반으로 안경을 낀 마른 백 인 사내였다. 나는 그를 쓰레기통 옆면에 얼굴이 먼저 닿게 패대 기쳤다.

"너 FBI 끄나풀이야?" 내가 물었다.

그는 킬러이기엔 너무 숙맥 같았다.

"이봐요, 아니에요. 내 찬 줄 알았어요!"

"지랄 마."

나는 한 번 더 그를 내동댕이쳤다.

사내는 울기 시작했다.

"난 그냥 당신들이 그거 하고 있는 줄 알았다고요."

"뭐라고?"

"그냥 구경이나 하려 했다고요!"

사내는 흐느끼고 있었다. 나는 그의 주머니를 뒤졌는데 벨크로 지갑밖에 없었다. 운전면허증은 인디애나 것이었다.

그리고 바지 지퍼가 열려 있었다.

"이런, 젠장."

나는 막달레나에게 괜찮다고 말해주려 몸을 돌렸다. 그녀는 스바루의 뒷좌석에 똑바로 앉아 있었다.

그때 갑자기 그녀가 헤드라이트 빛을 받아 환해졌고, 타이어 긁히는 소리가 들렸다.

SUV의 창문들은 미리 열어놓았었음에 틀림없었다. SUV는 다시 스바루를 비추며 기관단총과 엽총으로 일제 사격을 퍼부었는데, 창문이 미리 열려 있지 않았었다면 그렇게 빨리 퍼붓진 못했을 것이다.

그때 SUV가 앞으로 돌진하더니 손으로 스칠 수 있을 듯 바짝 내 옆을 지나쳤다. 그 차는 내 뒤에 있던 차들을 스치면서 주차장에서 돌진해 빠져나갔다.

나는 스바루로 갔다. 마치 장난감처럼 누가 발로 짓이겨놓은 것 같았다. 한쪽 전체가 포화에 일그러져버렸다. 공기는 유리 파편들로 가득 찼고 화약과 피 냄새로 진동했다.

문짝은 손을 대자 떨어져 나갔다. 막달레나를 끄집어내면서 내 몸이 그녀와 함께 바닥으로 굴렀다. 그녀의 머리가 축 늘어졌다.

막달레나의 오른쪽 광대뼈가 자동차 옆면처럼 일그러져 움푹 팼고 피가 낭자했다. 두 눈 모두 완전히 빨갰는데 왼쪽 눈에는 금이 갈라져 그곳에서 완벽하게 투명한 젤리가 스며나와 머리 한쪽으로 흐르고 있었다.

그녀의 머리를 내 얼굴에 기댔을 때 보이지는 않지만 피부 밑으로 뼈가 움직이는 것이 느껴졌다.

신이 진정으로 노했을 때, 신은 복수심에 찬 천사들을 보내지 않는다.

신은 막달레나를 보낸다.

그리고 그녀를 데려간다.

23

나는 깨어난다. 그게 어렵다. 두어 번 시도를 해야만 한다. 나는 놀랄 정도로 추워, 그 이유를 찾으니 차라리 잠을 깨지 않는게 나을 듯싶다.

그렇지만 나는 결국 몸을 돌리려 한다. 그리고 내 성기가 바닥에 붙어 있다는 사실에 즉각 내 온몸이 깨어난다. 처음에 나는 성기가 바닥에 고정되어 있는 줄 알았으나, 그곳이 너무 무감각해 마치 나를 그 자리에 고정시키는 한 조각 가죽 같은 느낌이 든다. 그때 나는 성기를 만져보고 접착제 같은 것으로 바닥에 붙여진 것이라 생각한다. 그러고 나서 나는 성기가 금속 바닥에 얼어붙어 있다는 사실을 깨닫는다.

나는 왼손에 침을 뱉는다. 오른손을 축으로 몸을 돌린다. 나는 더 이상 한순간도 엎드려 있고 싶지 않다. 그것을 떼어 내야 한다. 손에 묻은 침으로 성기를 녹이려 한다. 두어 번 묻혀야 한다. 마치 수음을 하는 것 같다.

그렇지만 그러고 있는 동안 눈이 멀었다는 공포심이 엄습해 온다. 아무것도 보이지가 않기 때문이다. 침을 묻히는 일을 하는 중간 중간에 나는 자유로운 한쪽 주먹을 눈에 대고 비벼본다. 그 괴이하고 다양한 색상의 꽃들이 나타나는데, 그로 보아 나는 아직 망막 신경이 살아있다고 결론 내린다. 또 한편, 내 손에 만져지는 눈의 촉감이 괜찮은 것을 보니, 그저 이곳이 완벽하게 어두운 곳임을 알 수 있다.

그럼 정확히 어디란 말인가? 성기가 바닥에서 떨어지는 순간 나는 자리에서 일어선다. 가슴 부위에 말려져 있던 병원 가운이 풀어져 떨어지며 가려야 할 부위를 가린다. 그렇지만 손과 목에 감겨져 있던 붕대는 없어졌다.

나는 앞으로 손을 뻗는다. 60센티미터 정도 앞에 금속 벽이 만져진다. 앞으로 한 발 내밀다가 금속성의 무언가 단단한 것에 앞니를 부딪는다. 고통과 놀람 때문에 나는 다시 뒤로 펄쩍 뛰고 그러면서 또 다른 금속에 부딪는다. 선반이다. 나는 그것이 마치 거대한 점자인 것 마냥 손으로 더듬는다. 수혈을 위한 혈액 세트 모양으로 된 수십 개의 아이스백이 만져진다.

나는 다른 쪽도 더듬어보고 그런 다음 뒤쪽을 만진다. 똑같은 것이다. 정면은 금속 문인데 핸들은 전혀 움직이지 않는다.

나는 감방 크기만 한 대형 냉장고에 들어 있는 것이다. 혈액 냉장고다.

왜?

분명 나는 이곳에서 죽을 수도 있다. 나는 또한 자신이 일하는 레스토랑의 급속냉동기 안에 갇혀 온밤을 꼬박 지새운, 내가 예전에 치료했던 적이 있던 부주방장처럼 뇌손상을 입을 수도 있다. 그러나 누군가 그 두 가지 목적 중 하나를 이루려고 일부러 급속냉동기를 이용한다는 것은 멍청한 짓인 것 같다. 그것은 마치 조커가 배트맨을 스노콘 기계(얼음을 잘게 부수는 기계로, 스누피 집 모양의 장난감 — 옮긴이)에 넣어두고는 감시를 하지 않는 것과 마찬가지다.

생각해 보면, 누군가의 엉덩짝에 똥을 주입해 놓은 것도 좀 이상하긴 하지만 말이다.

나는 그에 대해 생각을 좀 해본다. 왜냐하면 그건 너무 역겹기 때문이다. 그러고 나서 다른 생각으로 넘어간다. 독소쇼크로 죽을 것 같았으면 벌써 죽었을 것이다.* 그리고 내가 그것을 알아낼 수 있을 정도로 오래 산다고 치고 장기적인 영향력에 관해 말하자면, 나는 이미 모든 종류의 항생 물질에 절어 있다. 엉덩이 사내, 고맙다. 나는 당신이 뭐가 잘못 됐는지 알 수 없지만 어쨌든 당신의 치료 프로토콜에 의지하고 있다.

지금 나는 내가 왜 여기 와 있는지 깨닫는다.

저들은 나를 죽이려고 하는 게 아니다. 그들은 마치 투우사가

---

* 독소쇼크는 박테리아(박테리아는 인간의 배설물 무게의 20%를 차지하며, 모두 장 안에서 산다. 소는 이 박테리아에 의지해 생존한다. 소는 풀을 먹고, 자기의 진짜 먹이라 할 수 있는 박테리아는 그 풀을 먹고(분해하고) 자란다.)와 같은 혈액 내의 오염균에 의해 촉발된 면역반응이다. 쇼크가 일어나면 정맥이 열리면서 백혈구를 조직으로 보내 침입한 균과 싸우게 하고 그러면 그때 체액이 새어나와 혈압이 급격히 떨어지게 된다.

경기장에 들어가기 전에 황소를 칼로 찔러 반쯤 죽게 만드는 『퍼디난드』(먼로 리프의 작품. 주인공 황소는 투우 경기에서 싸움을 하는 것 보다 차라리 꽃향기를 맡는 것을 더 좋아하는 성격으로, 경기장에서 투우사들의 선동 따위는 아랑곳하지 않는다 — 옮긴이)의 여섯 종류의 얼간이들처럼 나의 힘을 약하게 만들려고 하는 것이다.

그렇게 해야 나중에 스킨플릭이 와서 직접 나를 죽일 수 있을 것이다.

아마도, 그가 익혔다던 칼싸움 기술로 말이다. 스킨플릭이 어디서 훈련을 받았다고 스퀼란티가 말했지? 브라질? 아르헨티나? 나는 그 두 곳의 칼싸움 스타일이 어떻다고 들어본 적이 있는지 생각해 본다. 그런 기억은 없다.

나는 칼싸움의 기저에 정말로 두 가지의 원리가 있다는 것을 알고 있다. 그중 리얼리즘 파는 제대로 싸울 줄 아는 사람과 싸울 때면, 언제나 자신이 베이게 될 거라는 생각으로 그에 대한 준비를 해야 한다고 믿는 파이다(이들은 싸우기 전에 왼쪽 팔뚝에다 가죽 재킷을 두르는 사내들이다.). 그리고 이상주의 파는 전혀 베이지 않도록 최대한의 에너지를 쏟아 부어야 한다고 믿는 파이다. 예를 들어, 신체 부위 중 휘두르지 않는 부위를 결코 칼보다 앞으로 나아가지 않게 한다는 것이다.

두 파 모두 두 가지 기본 규칙을 따른다. 기회가 있을 때마다 킥과 펀치를 날려야 한다는 것은 꼭 기억해야 한다. 왜냐하면 칼이 너무 무서워 사람들은 칼 이외의 나머지 부분을 잊어버리게 되기 때문이다. 그리고 날이 있는 칼이라면 결코 누군가를 찌르려 해서는 안 된다는 것이다. 찌르기는 멍청이들의 동작이다. 그것은 손상을 줄 가능성은 극히 희박한데 반해 당사자의 신체 부위를 너무 많이 노출시키게 된다. 한편 휘두르기는 제 스스로 갖다 대는 모든 목표물에(예를 들어 적수의 칼이 들린 손의 마디들) 적용되어야 하는데, 그렇지만 이상적으로 말하자면 좀 더 큰 혈관이 지나는 상대의 팔이나 허벅지 안쪽에 적용되어야 한다. 그래야 적수가 야생에서 상어에게 공격을 당한 동물들처럼 피를 흘리며 죽게 된다.

원칙적으로 ―그리고 내가 가죽 재킷 대신 조그마한 병원 가운을 입고 있는 관계로― 나는 이상주의 파에 기운다. 물론 칼을 가지고 있다면야 얼마나 좋으랴. 그러니 나는 이 상황을 바꾸기 위한 일에 착수한다.

우선 나는 냉장고를 살펴본다. 천장에는 벗겨진 소켓만 있을 뿐 전구는 없다. 혈액 제품을 넣어두는 많은 선반들도 만져진다.

어쩌면 나는 피로 눈사람을 만들어 스킨플릭을 구역질하다 죽게 만들 수도 있을 것이다.

선반 자체는 쓸모가 없다. 선반들은 굵은 L자형 강철봉으로 만들어진 틀에 용접이 되어 있다. 또 그 강철봉들은 접시받침만 한 크기의 사각형의 철판에 용접되어 있고 또 그것들은 바닥과 천장에 볼트로 연결되어 있다. 볼트들은 모두 아주 타이트하게 조여져 있어 어찌해 볼 도리가 없다. 게다가 나는 침을 뱉지 않은 쪽 손가락들을 포함하여 손가락 끝의 감각을 아주 빨리 잃어가고 있고, 베어진 손은 손바닥에서 뻣뻣해지기 시작하는 바람에 더욱 어쩔 도리가 없다. 선반을 두들겨 본대도 그 위로 주먹을 올릴 공간도 거의 없어서 어려울뿐더러 현명하지 못하게 필요 이상의 소음을 낼 것이며, 또한 그래봤자 찌그러뜨리지도 못할 것이다. 문의 핸들은 두 발을 문에다 대고 잡아당겨 봤자 부서지지 않는다.

나는 그냥 지금은 내 사지의 끝에 매달린 고깃덩어리처럼 느껴지기 시작하는 손과 발로 씨름을 하는 것은 어떨까 생각해 본다. 나는 전략을 생각해 본다. 문 근처에 있을 것인지 말 것인지, 그런 것들을.

그러나 움직이지 않고 생각만 하고 있자 나는 다시 무력해지기 시작한다. 나는 다시 한 번 공간 안을 돌기 시작한다. 나는 보이지 않는 모든 선반을 다 점검해 보았다. 이제 내 촉감이 하도 형편없어서 팔뚝을 이용하기 시작한다. 신경 밀도가 더 느슨해졌지만 계산을 더 해봄으로써 상쇄할 수 있다.

결국 나는 어떤 강철봉 밑에서 모서리가 날카로운 철판을 발견한다. 철판은 대략 40평방센티미터에 두께는 5센티미터 정도이다. 만일 거기에 연결되어 있는 강철봉으로 철판을 풀어 올릴 수 있다면 그건 꽤 훌륭한 무기가 될 것이다. 다시 벽에다 발을 대고 시도해 본다. 어림도 없다. 그저 내가 30분 전보다 더 힘이 약해졌다는 사실만을 깨닫게 해준다.

나는 숨을 돌리기 위해 선반에 기댄다. 젠장, 금속이 내게서 온기를 빼앗기만 한다. 어떻게 해야 할지 생각해 내야 한다.

아니, 뭐라도 할지 말지를 결정해야 한다.

그래봤자 무슨 소용이 있겠는가? 여기서 빠져나가봤자 데이비드 로카노가 다시 나를 찾아내서 죽일 것이다. 그리고 그건 내가 네바다에서 주유원으로 일하고 있는 동안에 벌어질 것이다. 그저 펌프에 신용카드만 긁으면 되기 때문에 더 이상 주유원을 이용하는 사람이 아무도 없고, 나는 하루 종일 멍하니 서 있어야 할 것이다.

한편 내가 이곳에서 죽는다면, 내세가 있다는 막달레나의 말이 맞을 가능성이 기다리는 것이다. 그렇다면 누군가 실수로 나를 그곳에 들여놓을 가능성 또한 있는 것이고, 그러면 나는 결국 그녀를 다시 만나게 될 것이다.

나는 미쳐가면서도 동시에 침울해지기 시작한다. 사물이 추상적으로 보이기 시작하며 대수롭지 않게 여겨진다. 나는 정신이 나가고 있다.

그걸 막아야 한다.

계획을 짜내야 한다.

선반의 모서리에 머리를 부딪친다. 고통이 나를 깨운다. 그리고 '무언가' 생각나게 해준다.

너무나 미친 생각이며 멍청한 생각, 도대체 먹힐 것 같지 않은 것이기에 그게 제시하는 아주 실낱같은 희망이 아니라면 결코 시도조차 하지 않을 일.

또한 그 시도로 나는 엄청나게 큰 고통을 겪을 것이다.

그런고로 만일 그 계획이 잘 풀려서 내가 살아남는다면 그 고통은 겪을만한 가치가 있는 것이다.

발꿈치를 바닥에 대고 천장을 향해 발을 들어 올리고 나서 발가락들을 벌리면(그렇게 쉽지 않다. 그렇게 하면 당신은 당신이 영장류 동물이라는 사실을 인정할 것이다.) 정강이 근육과 종아리 근육 사이 하지 바깥쪽을 따라 뚜렷한 홈이 생긴다. 그곳이 바로 내가 베고자 하는 홈이다.

나는 바닥판 옆에 무릎을 꿇고 오른쪽 정강이를 바닥에 압박해서 날카로운 바닥판의 모서리가 무릎 바로 아래 피부에 박히게 한다. 왼쪽 정강이에 하고 싶지만 오른손으로 그렇게 하기가 너무 어렵다. 그리하여 나는 오른쪽 정강이를 모서리에 대고 앞으로 밀어댄다.

잘 되지 않는다. 거의 긁히지도 않았다. 분명 마지막 순간에 무의식적으로 내 스스로 피부를 찢어발기지 않으려고 압력을 느슨하게 풀었을 것이다.

나는 혈액 아이스 팩으로 정강이를 마비시키고 이번에는 날카로운 모서리에 정강이를 긁으면서 오른손으로 종아리를 밀어 다리가 발작하지 않도록 한다. 그렇다, 다리는 벌떡 발작을 한다. 그러나 이번엔 발작이 약하고 피부는 찢어진다.

그 고통으로 나는 등을 대고 구르면서 무릎을 가슴에 움켜쥔다. 그러면서 소리를 지르지 않으려고 눈을 부라린다. 그러나 그 자세에서 발끝이 즉각 꺾이며 엄지발가락과 그 다음 발가락 사이 살을 제외하고는 완전히 마비가 되는 게 느껴진다. 그건 좋은 소식이다. 살을 아주 깊게 베어 근육 바로 위로 지나는 신경을 끊어놓은 것이다.

나는 1, 2분을 기다려 신경을 따라 지나는 동맥도 역시 끊어졌는지, 달리 말해, 내가 방금 내 자신을 살해해 삶의 마지막 남은 몇 분 동안 편안히 쉴 수 있는 상황이 된 건 아닌지 살핀다. 그런 다음 길이가 충분한지 확인하기 위해 조심스럽게 베어 벌어진 부분을 만져본다. 그렇다. 베어진 부분은 발쪽을 향해 죽 밑으로 사분의 삼 지점까지 내려온다. 따라서 나는 조금이나마 통증을 완화하고 출혈을 늦추기 위해 몸을 굴려 상처부위를 얼음처럼 차가운 바닥에다 밀어붙인다. 그게 효과가 있을지는 모르겠다.

어쨌든 지금이 최고의 기회다. 나는 엉덩이를 붙이고 앉는다. 이미 타이트한 내 음낭은 아주 빠르게 더 조여진다. 마치 내 해골을 향해 고환을 발사하려는 것 같다. 나는 양 손 손가락들을 다리 상처부위에 집어넣는다.

완전히 다른 종류의 고통이 나를 찢어놓는다. 이 통증은 내 엉덩이까지 이른다. 나는 다시는 이런 시도를 하지 못할 것이라고 생각한다. 그래서 나는 손가락을 뜨겁고 끈적끈적한 근육 사이로 밀어 넣는다.

그 근육들은 미끄럽긴 하지만 마치 철제 케이블처럼 수축을 하는 바람에 손가락을 거의 부러뜨릴 지경이다. "이런, 젠장!" 나는 소리를 지르며 오른손 손가락들을 더 깊게 밀어 넣어 힘으로 근육을 벌린다. 손가락 마디에 닿는 동맥의 맥박이 느껴진다.

바로 그때 벌어진다. 나는 내 왼쪽 비골(腓骨)을 만진다.

내가 앞서 언급한 것으로 믿는 바, 비골과 경골(脛骨)은 팔뚝에 있는 두 개의 평행한 뼈들과 대등한 것들이다. 그러나 팔뚝과는 달리, 이 두 개의 뼈 중에 작은 것, 즉 비골은 큰 뼈가 하는 것만큼 많은 일을 하지 않는다. 그것의 상단 끝은 무릎의 중요치 않은 부분을 이루고 하단 끝은 복사뼈 바깥 부분을 이룬다. 나머지는 완전히 쓸모없다. 그것은 무게를 견뎌내지도 못한다.

그리하여 나는 비골과 경골 사이를 지나는 막을 뚫고 손가락을 집어넣어 뼈를 잡는다. 그것은 대략 연필 두께의 세 배 정도 되는데 둥글지는 않다. 모서리들이 날카롭다.

그리고 이제 나는 그것을 부러뜨려야 한다. 발목이나 무릎을 부러뜨리지 않으면 최상이다. 그 생각 자체만으로도 고개가 돌아가고 가슴 왼쪽으로 구토를 한다. 별로 많은 것이 나오지 않지만 어쨌든 토사물은 따뜻하다. 그러나 절대 내 비골을 놓을 수는 없다.

그나저나 젠장맞을, 도대체 어떻게 뼈를 부러뜨린단 말인가? 뼈는 기본적으로 돌로 만들어져 있다. 그것을 부러뜨릴 만한 충격은 어떤 게 되었든 또한 바스러뜨릴 수도 있는 것이다. 나는 선반 아래쪽 날카로운 모서리에 대고 그 부위를 가격해 볼까 생각하지만, 그렇게 하면 정강이 대부분을 이루고 있는 경골을 손상시킬 위험이 크다.

그때 한 가지 생각이 떠오른다. 나는 앞으로 획 내달아 최대한 발목에 가까운 쪽으로 최대한 부드럽게 정강이를 선반 모서리에 부딪는다. 무릎 쪽으로 더 높은 곳을 그러쥔다. 그런 다음 나는 뼈를 앞으로 당겨 아래쪽 부분을 발목 바로 위에서 끊고 나서 무릎을 연결하는 얽혀 있는 인대에서 위쪽 부분을 비틀어 빼낸다.

오, 고통.

오, 고통.

급속냉동기 안인데도 땀으로 완전히 뒤범벅될 때, 상황을 극한으로 밀고 간 건 아닌가 하는 생각이 든다.

혹은 스스로의 정강이뼈로 만든 칼을 그러쥐고 있을 때라고 해야 하나.

마침내 잠금장치가 풀리며 문이 열리고 누군가 말한다.

"나와."

나는 움직이지 않는다. 나는 뒤쪽 선반까지 물러나면서 눈물이 흐르는 눈을 똑바로 떠서 빛에 최대한 빨리 적응하도록 애쓴다. 지금 쏟아지는 빛은 순백의 포효하는 벽과 같다. 나는 칼을 내 오른쪽 팔뚝, 그 칼의 원래 사촌들 뒤에 숨기고 있다.

총을 든 사내 하나가 윤곽을 드러내며 말한다.

"야, 내가, 나오라고…… 이런, 세상에 하느님 맙소사!" 그러고 나서 다시 말을 잇는다. "저기 있습니다. 그런데 피로 범벅이 됐습니다, 로카노 씨."

총을 든 다른 사내들 한 무리가 그의 뒤에서 들여다본다.

"오, 제길." 그 중의 한 놈이 말한다.

그때 스킨플릭이 말한다. 예전보다 거칠지만, 나는 그의 목소리를 알아차린다. 그 목소리는 더 깊어지기도 했고 동시에 이상하게도 높은 쇳소리도 섞여 있다.

"밖으로 끌어내." 스킨플릭이 말한다.

아무도 꿈쩍도 않는다.

"그냥 간염일 뿐이야. 나 건드린다고 옮진 않을 거야."

내가 말한다.

모두가 문에서 뒤로 물러선다.

"이 병신 새끼들." 스킨플릭이 말한다.

그가 시야로 들어온다. 윤곽만 잡히며 잘 보이지 않는다. 내 눈은 아직 적응을 하지 못한 상태다. 그러나 그는 좋아 보이지는 않는다. 사실 그는 9세 이상의 아이들에게 권장하는 '애덤 로카노

키트'를 네 살 난 아이에게 준 것 같은 모습이다. 그의 머리 전체가 제멋대로 만들어놓은 장난감 같다.

나는 말을 시켜야 한다. 나는 피가 묻은 것을 제외하고 완전히 발가벗었다. 나는 오른쪽 다리와, 병원 가운으로 만들어 그 다리에 댄 지혈대에 쏟아질 주의를 분산시키기 위해 내 피와 또 안에 있던 혈액 백에서 꺼낸 피로 내 몸에 온통 피범벅을 했다. 냉동고 안이 온통 피범벅이다.

그것으로 스킨플릭의 심기를 건드릴지 어떨지 모르겠다. 그는 백핸드로 쥔 칼을 휘두르며 들어온다. 칼날이 옆면에 무늬가 새겨진 뱀 모양이다. 그러니 아마도 인도네시아 칼일 것이다.

스킨플릭은 제법 나쁘지 않다. 그는 멈추지 않고 칼을 휘두르는데 일종의 전자구름 모양의 방어 태세이다. 내내 이상주의 파의 움직임이다. 그러나 그가 나의 칼—내 자신의 살과 피로 만들어진 자랑스러운 제품—을 본 순간 그는 움직임을 멈추고 두려움과 놀라움에 빠져 움츠러들면서 자신의 오른쪽 부위 전체를 고스란히 내게 노출시킨다.

"이런, 스킨플릭." 내가 말한다.

나는 그의 흉곽 오른쪽 바로 밑을 위로 향한 각도로 찔러 횡격막에 본래 존재하는 구멍을 관통시킨다. 그리하여 내 비골의 들쭉날쭉한 끝이 대동맥을 뚫고 지나 팔딱거리는 심장에 마침내 안착한다.

그 순간까지만 팔딱거린단 말이다.

24

다음으로 기억나는 것은 깨어나는 것이다. 그 다음으로 기억나는 것은 이렇게 생각하는 것이다. '잠을 못 잔다고 항상 투덜거리는 주제에, 나는 참 많이도 깨어난다.'

나는 병원 침대에 누워 있다. 마모셋 교수가 침대 머리맡 소파에 앉아 학술지 같은 것을 읽으면서 마킹을 하고 있다.

나는 늘 그렇듯 그가 참으로 젊어 보인다는 사실에 놀란다. 마모셋 교수는 일종의 불로(不老)함을 지니고 있다. 그것은 내가 어떻게 하더라도 그가 나보다 항상 더 똑똑하고 더 많은 것을 알고 있다는 사실과, 또한 정말 굵은 머리칼을 지니고 있다는 점에 기인하는 특징이다. 그렇지만 실제로 나보다 훨씬 더 나이가 많은 것은 아닐 것이다.

"마모셋 교수님!"

"이스마엘! 깨어났구나. 좋아. 나 이제 가봐야겠다."

나는 자리에 일어나 앉는다. 현기증이 일지만 어쨌든 한 팔로 지탱해 앉을 수 있다.

"제가 의식을 잃은 지 얼마나 됐나요?"

"자네가 생각하는 것만큼 오래는 아니야. 한 몇 시간? 자네랑 통화한 직후 비행기를 탔으니까. 누워 있어."

나는 자리에 눕는다. 이불을 한쪽으로 제친다. 오른쪽 다리에 붕대가 많이 감겨 있다. 아직 내 몸 여기 저기 말라버린 피딱지들이 덮여 있다.

"어떻게 되었어요?" 내가 묻는다.

"자넨 내가 기억하는 것보다 수술에 더 능해. 골육종이 아닌 것으로 판명난 여자 일은 인상 깊었네. 우리가 그런 경우를 한 번 얘기한 적이 있지, 아마. 하지만 '자가 비골절제술'은 더 인상 깊었어. 《뉴잉글랜드 저널》에 실어도 되겠어. 뭐, '연방 증인 판' 같은 거에 말이지.

"그자들은 어떻게 됐습니까?"

"조직원들?"

나는 고개를 끄덕인다.

"데이비드 로카노의 아들은 자네가 심장을 찔렀고. 나머지 치들은 자네가 로카노 아들의 총으로 쏘았어. 한 놈만 제외하고 말이지. 그놈은 자네가 냉장고 문짝에 수도 없이 짓찧었어. 그놈도 살아나지 못할 거야."

"맙소사. 저 그거 하나도 기억 안 나요."

"자네 그렇게 밀고 나가야 될 거야."

"왜요? 저 구속되나요?"

"아직은 아냐. 행운을 빌고 있게나." 그는 자기 서류들을 챙긴다. "자네 멀쩡한 거 보니 다행이야. 난 진짜 더 있고 싶은데."

나는 묻지 않을 수 없다.

"절 쫓아내겠죠?"

"맨해튼 가톨릭 병원에서? 그야 당연하지."

"의학계에서요."

마모셋 교수는 나를 똑바로 바라본다. 내 생애 처음인 것 같다. 그의 눈은 내가 생각했던 것보다 더 밝은 갈색이다.

"그야 경우에 따라 다르지. 자넨 의사로서의 자네 일이 끝났다고 생각하나?"

나는 그에 대해 생각해 본다.

"눈곱만큼도요." 나는 이렇게 말하지 않을 수 없다. "그랬으면 좋겠지만요."

"그럼 생각 좀 해보겠네. 그러는 동안에 자넨 연구 지원을 하도록 해. 어디 먼 곳에 갈 수 있도록. 난 캘리포니아 대학 데이비스 캠퍼스를 추천하네. 나중에 전화하게."

그가 자리에서 일어선다.

"잠깐만요. 스퀄란티는 어떻게 되었죠?"

"여전히 죽어 있네."

"누가 죽였나요?"

"자네 학생들이."

"뭐라고요? 왜요?"

"그는 심실세동(心室細動)에 빠졌었어. 학생들이 그걸 멈추려고 한 거고. 그를 위해 좋은 일을 한다고 생각했지."

"제 잘못예요. 내가 걔들한테 너무 많은 책임을 줬어요."

"걔네들은 그런 주장 안 해."

"그 일이 벌어졌을 때 저는 잠들어 있었어요."

그는 자기 시계를 본다.

"걔네들은 깨어 있었어. 그리고 자기들끼리 코드를 처리해 보겠다는 생각은 말았어야 했지. 어쨌든 그건 우리의 문제가 아냐. 걔들은 쫓겨나든가 말든가 하겠지."

"학생들인 줄은 어떻게 아셨어요?"

마모셋 교수는 불편한 표정을 짓는다.

"그건…… 말이지, 너무 빤하게 드러나는 게 아닌가. 뭐, 또 다른 할 말 있어?"

"한 가지만 더요. 저한테 다발성 농양 환자가 있었어요. 제가 익명의 전화를 받았는데 그가 박쥐한테 물렸다는 거……"

"자네 주사바늘 그 남자?"

"예. 그 환잔 지금 어떤가요?"

마모셋 교수는 어깨를 으쓱한다.

"그 사람 보험회사에서 하루라도 더는 그에게 돈을 지불할 수 없다고 해서 주정부 시설로 이송되었어."

"하지만 그 사람 문제가 뭐였나요?"

"누가 알아? 원하면 그쪽으로 전화해 보던가. 아마도 우린 그에 대해 아무것도 못 듣게 될 거야. 자네 혈액 검사는 깨끗해. 그건 단지 우리가 상관할 일 없는, 또 하나의 문제일 뿐이야."

그는 내 다치지 않은 쪽 무릎을 토닥인다.

"알코올 중독자들이 이런 식으로 말하잖아. '네가 뭘 할 수 있는 일과 네가 아무것도 할 수 없는 일을 구별할 수 있다면, 그때마다 신에게 감사해야 한다.'잖아. 특히 그게 자네가 어떻게 해볼 수 없는 일로 드러난다면 더 그렇지.

나는 몸을 돌린다. 그러니까 다리의 통증에 불이 붙더니 이상하게도 이내 사그라진다. 머리와 배 둘 다 진통제 때문에 달떠 있다.

"와주셔서 감사합니다."

"내가 그러지 않을 일이 있나. 전화하게."

"네, 그럴게요."

그는 떠난다. 나는 꾸벅꾸벅 존다.

좋다. 그는 처리할 일이 있다.

나는 없다.

〈끝〉

경고

이 단락과 감사의 말과 헌정사를 빼고

이 책의 모든 부분은 픽션이다.

제사(題辭)조차도 픽션이다.

그게 아니라고 생각하는 것,

특히 의학정보에 관하여 그런 의문을 품는 것은

매우 좋지 않은 생각이다.

| 옮긴이 | 장용준

한국외국어대학교 대학원 영문과에서 박사과정을 수료하고 현재 한국외국어대학교
와 경기대학교에서 강의하고 있다. 옮긴 책으로는 『신들의 전쟁』(상/하)이 있다.

비트 더 리퍼

1판 1쇄 찍음 2011년 3월 25일
1판 2쇄 펴냄 2011년 5월 25일

엮은이 | 조시 베이젤
옮긴이 | 장용준
발행인 | 김세희
책임편집 | 김준혁
펴낸곳 | 황금가지

출판등록 | 1996. 5. 3 (제16-1305호)
주소 | 135-887 서울 강남구 신사동 506 강남출판문화센터 5층
전화 | 영업부 515-2000 편집부 3446-8774 팩시밀리 515-2007
홈페이지 | www.goldenbough.co.kr

© ㈜민음인, 2011. Printed in Seoul, Korea

ISBN 978-89-94210-79-7 03840

* 황금가지는 ㈜민음인의 픽션 전문 출간 브랜드입니다.

추리 · 호러 · 스릴러
밀리언셀러 클럽